오늘도

힘들고 어려운 교육 현장에서

꿋꿋하게, 정성을 다해

제자들을 키우시는

모든 '산적' 선생님들께 바칩니다.

선인장이 있는 풍경화

ⓒ 이성준, 2025

초판 1쇄 발행 2025년 9월 8일

지은이	이성준
펴낸이	이기봉
편집	좋은땅 편집팀
펴낸곳	도서출판 좋은땅
주소	서울특별시 마포구 양화로12길 26 지월드빌딩 (서교동 395-7)
전화	02)374-8616~7
팩스	02)374-8614
이메일	gworldbook@naver.com
홈페이지	www.g-world.co.kr

ISBN 979-11-388-4676-9 (03810)

- 가격은 뒤표지에 있습니다.
- 이 책은 저작권법에 의하여 보호를 받는 저작물이므로 무단 전재와 복제를 금합니다.
- 파본은 구입하신 서점에서 교환해 드립니다.

| 이 도서는 강원특별자치도, 강원문화재단 후원으로 발간되었습니다.

Landscape with Cactus

선인장이 있는
풍경화

이성준 지음

좋은땅

책머리에

10여 년이나 묵혀 둔 원고를 세상에 내놓는다.
책을 읽지 않는 사회
손해 보는 출판을 꺼리는 출판계
세상은 그런데도
나는 오늘도 글에 매달려 산다.

10여 년이 흘렀으니
지금은 많이 변했으리라.
그러나 학교가 더욱 아름답지 못하고
더욱 사나운 곳이 된 것 같아
마음 아프다.
그렇지만 오늘도 묵묵히
힘들고 어려운 교육 현장에서
애쓰고 고생하는 선생님들을 기억하며
그분들의 노고에 감사드리기 위해
이 책을 펴낸다.

을사년 여름
횡성호수 근처 와실에서

차례

선인장 소리를 듣다 • 7

낮추게나, 여보게 • 26

망진자 호야(亡秦者 胡也) • 55

체인지와 찬스는 하나인 것을 • 82

선생? 그 쫌팽이들 말야? • 108

눈에는 눈, 이에는 이 • 131

오월동주(吳越同舟)라더니 • 155

저 들에 푸르른 솔잎을 보라 • 181

감옥으로부터의 사색 • 225

지금은 떠나야 할 때 • 250

오월, 장미꽃 향기 날리던 날 • 263

봄은 남쪽에서 오는 것을 • 279

새벽빛은 좁은 창살 너머로 • 290

그저 바라볼 수만 있어도 • 319

선인장 꽃향기를 맡다 • 333

선인장 소리를 듣다

1

또 그 소리에 잠을 깼다.
묘한 일이었다.
비슷한 소리에 일주일 이상 잠을 깨고
갈수록 그 소리가 또렷해지고
커져 간다는 게 예사롭지 않다.
처음 그 소리는 들릴 듯 말 듯 아주 미세한, 땅속에서 울려 나오는 듯한 소리였다. 젖먹이가 꿈속에서 젖을 빨면서 입을 오물거리는 소리거나, 아이들이 즐겨 보는 애니메이션 영화에서 새싹들이 땅을 뚫고 올라오는 소리 같았다. 잠결에도 아이의 꼼지락거림이나 소리에 반응하는, 젖먹이를 키우는 엄마처럼 예민한 신경 소유자가 아니고는 들을 수 없는 그런 소리였다. 반수면 상태에서 모든 신경을 귀에 집중하지 않고서는 도저히 들을 수 없는, 크지도 높지도 않은 그 소리는 들린다면 들리고 들리지 않는다면 들리지 않는 소리였다.

그러던 그 소리가 어느 순간 구체적인 청각 이미지로 다가오기 시작했다. 모든 소리가 잠든 깊은 밤, 잠 못 이루고 누워 있는데 머리맡에서 바퀴벌레가 바스락거리는 소리처럼 구체적인 소리로 바뀌었다.

사람의 목소리인 것만은 분명한 것 같은데 무슨 소리지는 알 수 없었다. 신음 같기도 하고, 가위눌린 소리 같기도 했다. 또는 목이 터져라 울부짖는 소리 같기도 하고, 많은 사람들이 외쳐 대는 소리 같기도 했다. 어쩌면 그런 소리들이 차례차례 이어지는 것 같기도 했고, 그런 소리들이 뒤죽박죽 뒤섞인 소리 같기도 했다.

크지는 않지만 명확한 청각 이미지가 일주일째 나의 잠을 뒤흔들고 있었다. 사람의 신경을 거스르는 건 큰 소리가 아니라 아주 작고 미세한 소리가 아니던가.

벽에 걸려 있는 시계를 봤다.

시곗바늘들이 4와 5 사이에서 힘겨루기를 하고 있었다.

아니, 시침이 분침을 붙잡고 넘어트리려고 버둥거리고 있었다.

분침이 앞서가야 시침도 목적지에 닿을 수 있건만

같이 가야 하건만 어쩌자고 상대방에게 딴죽을 거는 것인지,

비좁은 숫자판의 일이 현실의 일만 같아 눈꼴사나웠다.

옷을 갈아입었다. 할 일이 있는 건 아니었다. 그러나 이제 다시 잠을 청해도 잠을 잘 수 없을 것이었다. 억지로 잠을 청하려 할수록 잡념들이 나를 옭아맸다. 당치도 않은 헛생각이 들고, 상상하기조차 싫은 생각들이 머리를 어지럽혔다. 그런 잡념에서 벗어나는 유일한 방법은 몸을 움직이는 것뿐이었다. 어떻게든 몸을 바삐 움직여 잡념을 털어내는 수밖에 없었다.

남편이 구속된 후 새벽잠이 없어지고, 아주 미세한 파동이나 소리에도 잠을 깨곤 했다. 뭔가가 똬리를 틀고 우리 가족을 노려보는 듯한 께름칙한 느낌마저 들었다. 우리 식구에게 직접적인 위험이 있는 것도 아닌데 온 신경이 곤두섰다. 그러다 보니 쉽게 잠을 이룰 수가 없었고, 한번 잠에서 깨면 다시 잠들기 힘들었다. 일상생활에서도 신경과민 증세를 보이고 있었다. 소리가 조금만 커도 깜짝깜짝 놀라기 일쑤였고, 아이들의 울음소리만 들려도 가슴부터 철렁 내려앉곤 했다. 심지어는 TV 뉴스에서 사건·사고를 보도하는 장면만 봐도, 경찰이나 경찰차만 봐도 심장이 쿵쾅거렸다. 길을 가다가 낯선 사람이 가까이 접근만 해도 소스라치게 놀라곤 했다.

별일 아니라고, 아무 일도 없을 거라던
남편의 말을 액면 그대로 믿었던 건 아니었다.
일의 성격상 어떻게 진행되고 매듭지어지든
남편은 이번 일의 주동자로서 책임을 져야 했다.
남편도 그걸 알고 있는 듯했고,
얼마간 준비도 하는 것 같았다.
그러나 긴급 체포란 충격 그 자체였다.

머리를 대충 정리한 후 방을 나섰다. 특별히 할 일이 없었다. 그러나 식탁에 앉아 할 일을 찾아야 했다. 정 할 일이 없으면 쓰지 않고 쌓아 둔 접시라도 꺼내서 닦아야 했다. 그것들을 소리 나게 닦다 보면 그 소리를 지울 수 있을지도 모르니까.

안방을 나서는데 서재가 눈에 들어왔다. 하루에도 수십 번 이상 안방을 드나들며 봐 온 서재건만 이상하게 눈을 잡아끌었다.

뭔가가 있을 것 같은, 비밀이 숨겨져 있는 것 같은 느낌.

이유 없는 끌림.

이상한 일도 다 있다 싶으면서도 서재로 발을 옮기고 말았다.

서재 문을 땄다. 남편의 구속 후 잠가 두었던 서재. 남편과 함께 쓰는 서재라 잠가 둘 필요까지는 없었다. 남편이 없는 동안 내가 쓴다고 문제 될 것도 없었다. 그러나 잠가 두었다.

남편이 돌아왔을 때 낯설어할까 봐.

너무 변해 버린 모습에 마음 붙이기가 힘들까 봐.

청소 한 번 안 했다고 잔소리할 '꺼리'를 마련해 두기 위해.

사람이란 낯익은 것에 친밀함을 느끼고,

자기가 해 둔 그대로의 모습에 안도하고,

잔소리하면서 자신의 존재 가치를 찾는 거니까.

서재는 늘 그랬듯, 종이 냄새와 담배 냄새를 입 냄새로 내뿜었다. 오래 잠가 두어선지 퀴퀴한 곰팡내도 났다. 사람의 발길이 끊긴 곳에서만 풍기는 황량한 냄새. 그러나 냄새보다 썰렁함, 냉냉함이 더 낯설었다. 사람의 온기를 잃어버린 모든 것들은 이렇게 차가워지는 것일까? 남편도 그랬다. 두 달여의 영어(囹圄) 생활에 남편은 변해 가고 있었다.

남편은 급하고 저돌적인 면이 있어서 극단적인 사람으로 보일 수도 있었다. 그러나 누구보다 배려심 깊고 따뜻한 사람이었다. 6년간의 연애와 15년 가까운 결혼 생활에서 얻은 결론이 그랬다. 그동안 다툼도, 충돌도 많았지만 남편과의 삶을 행복하게 여기는 이유도 거기에 있었다. 그의 결점을, 부모 없이 혼자 세상을 살아오면서 세상에 지지 않기 위해 키운 자기방어기제였다고 이해하고 나면, 배려심과 따뜻함만 오롯이 남았다. 그런 남편이 차갑게 변해 간다는 건 참을 수 없는 일이었다.

"이제 그만 와."

월요일이라 아침 일찍 면회를 갔는데 남편이 불쑥 이런 말을 던졌다. 늘 미안하다는 말로, 나 때문에 고생 많다고 위로해 주던 남편이 던진 이 한마디는 충격이었다.

"그만하면 됐어. ……결국 그들이 짠 시나리오대로 돌아가고 있는데 당신이 사서 고생할 필요 없잖아."

면회실 투명 칸막이 구멍을 뚫고 날아드는 남편의 말은 유리 조각이 되어 내 가슴에 박혔다.

알 수 없었다.

모든 걸 포기하는 건지,

세상에 대한 믿음을 버리겠다는 건지,

자신이 한 일을 후회하는 건지.

남편의 얼굴을 살펴봤지만 어떤 의미도 찾을 수 없었다. 남편의 표정은 사람의 표정이 아니라 돌의 표정이었다. 아무런 의미도 담지 않은 채 굳어 있었다. 순간, 낯섦과 함께 남편이 너무 멀리 떨어져 있는 느낌이 몰려들었다.

"여보, 포기하지 말아요. ……지금껏 잘 견뎌 오고선 왜 그런 말을 하세요?"

어떻게든 남편을 세워 볼 생각으로 뿌린 이 말은 남편의 고갯짓에 흩어져 버렸다.

"아니, ……여기에 있지만 바깥 상황을 다 짐작할 수 있어. 이제 면회들도 안 오고, 면회 오지 않는다는 건, 그만큼 자신의 삶에 충실하다는 뜻이겠지. 그러니 당신도 이제 그만해."

남편은 세상에 뿌려 두었던 믿음의 씨앗들을 거둬들이고 있는 듯싶었다. 그 정도가 아니라 혹시라도 뿌리를 내렸을까 싶어 아예 송두리째 갈아엎으려 하고 있었다.

어려서부터 혼자 살아서 세상과 충돌이 잦았을 남편. 그런 만큼 세상에 대한 믿음을 줄임직도 한데 남편은 정반대였다. 다 그렇지 뭐, 그렇다고 믿음마저 거둬들일 순 없잖아. 속도 좋다며 제발 세상 똑바로 보라고, 다 내 마음 같을 줄 아냐고 잔소리할 때마다 남편은 그래도 세상에 대한 믿음마저 포기할 수는 없는 거 아니냐며 나의 입을 막곤 했었다.

남편은 세상이 자기를 속일수록 세상을 믿으려 했고, 업신여길수록 소중히 하려 했다. 그것은 보복이었다. 부모 없이 혼자 아등바등 살아온 자신을 믿어 주지 않았고, 따뜻하게 대해 주지 않았던 세상에 대한 보복. 더 큰 사랑으로의 보복이었다.

그런 남편을 옆에서 지켜보노라면 안쓰럽기도 했고 가끔은 화도 났지만, 받아들일 수밖에 없었다. 남편이 살아가는 힘은 바로 거기에서 나오고 있는 것 같았기 때문이었다. 남편의 세상에 대한 믿음은 몸부림을 지나 차라리 신앙에 가까웠다. 그러던 남편이 세상에 대한 보복을 포기했다는 것은 자신의 삶을 포기하는 것이나 다름없었다. 그게 두려웠다.

그러나 내가 할 일은 없었다.

그 무기력감이라니.

존재 이유가 사라지는 느낌이었다.

스위치를 올리자 여기저기 웅크리고 있던 어둠들이 놀라 후다닥 꼬리를 감췄다. 그와 함께 어둠 속에 잠들어 있던 물체들이 눈을 찌푸렸다.

사방 벽을 둘러싼 책장이며 책장에 들어찬 책들도, 깔아 놓고 좋다며 어린아이처럼 몇 번이나 뒹굴었던 카펫도, 존경하는 교수님의 졸업 선물이라며 표구해 걸어 둔 인부지불온(人不知不溫) 글씨도, 음악 들으면서 책도 읽고 글도 쓰겠다며 바득바득 옮겨 놓은 오디오 세트도, 집도 없는데 수공품 책상이 무슨 소용이냐는 말에 평생 쓰고 아이들에게 물려줄 거라며 끝내 사들인 책상도, 도태되기 싫다며 무리하게 장만한 책상 위의 최신형 컴퓨터도……. 주인이 없는 동안 주인을 기다림직도 한데 모두 편안하게 잠을 즐긴 눈치였다.

환경에 민첩한 적응.

편안함과 안락함의 추구.

당연한 일이건만 왠지 모를 쓸쓸함이 밀려들었다. 그건 어쩌면 남편의 동료들에게서 맛보았던 감정이 솟아올랐기 때문인지도 몰랐다.

남편의 긴급 체포는 또 다른 파장을 불러일으키는 듯했다. 남편의 일이 연일 언론에 보도되기 시작하자 그에 따라 선생님들은 더욱 강한 결속력으로 뭉치는 듯했다.

"이 선생 구속을 기점으로 새로운 지도 체제가 갖추어졌습니다. 이전까지 소극적이던 선생님들도 적극적으로 바뀌었고요. 모두들 이 선생 구속을 교권 침해의 표본으로 응징하겠다고……."

정우형 선생님의 전화는 금방이라도 일이 마무리되리란 희망을 갖게 했다. 남편을 한 알의 밀알에 비유하면서 모든 방법을 동원해 조기 해결하기 위해 노력하고 있다고 했다.

그러나…….

시간은 갇혀 있는 남편을 묶어 두는 데는 성공했지만 밖에 있는 사람들을 묶어 두는 데는 실패하고 말았다.

"선생들이 아니라 협잡배들이에요. ……오늘 이 선생에게 겨눈 칼이 내

일은 자기들 목을 겨눈다는 생각을 왜 못 하는지……. 선생이란 게 환멸스럽습니다."

남편이 구속되고 일주일도 지나지 않아 정우형 선생님에게서 다시 전화가 왔다. 이제 정 선생님을 비롯한 바른 의식을 가진 사람들이 쫓기고 있다고 했다. 그뿐 아니라 남편에 대한 흉흉한 루머까지 나돈다고 했다. 그리고 그 악성 루머가 인터넷 신문에 가십처럼 슬쩍 올라오는가 싶더니 하루도 안 돼 인터넷을 달구기 시작했다.

> 사학 재단의 인사권 · 학생들의 학습권 침해
> 반발 세력 규합, 재단 권위 도전
> 재단 이사장의 비리 폭로는 대부분 사실무근. 재단 측, 무고죄 고발 검토
> 체벌 교사, 재단과의 마찰 두려워 데모 주동
> 학생 성적 조작 의혹, 교사로서 부끄러운 사생활…

남편이 제기한 열네 개나 되는 이사장 교권 침해 사례는 어디에도 없었다. 일방적으로 남편을 매도하는 소리뿐이었다. 그뿐이 아니었다. 한 인터넷 신문에서는 여제자에 대한 성추행설까지 제기하고 있었다. 모두가 이사장 측이 조작하여 흘린 악성 루머였다. 그럼에도 불구하고 시간이 갈수록 모든 언론이 성적 조작과 여제자 성추행 쪽으로 몰아갔다. '꺼리'가 없던 인터넷 신문은 미모의 연예인이 선정적인 포즈를 취하고 있는 사진을 퍼 나르듯 경쟁적으로 성적 조작과 성추행을 언급했다. 여론 몰이를 통해 남편을 죽이려는 이사장 측의 농간에 놀아나고 있었고 어쩌면 이사

장과 한통속이 되어 이사장 측의 날조를 돕고 있는지도 몰랐다.

그러나 언론의 힘은 위대했다. 한 인간과 한 가정을 파괴하는 데는 일주일도 걸리지 않았다. 언론에 남편 매도 기사가 실린 지 며칠 만에 분위기는 급반전되기 시작했다.

사람들은 어이, 더러워! 하는 표정으로 남편과 우리 가족에서 멀어져 갔다. 심지어는 남편의 결백성을 누구보다도 잘 아는, 남편과 이번 일을 함께했던 동료 선생들까지도 남편을 의심하는 듯했고, 또 몇몇은 제 살길을 찾아 이사장 휘하로 몰려가고 있다고 했다.

발가벗긴 채 사람들 속에, 날 선 눈총 앞에 내몰린 느낌. 그때 느낌이 그랬다. 어린 시절, 오줌을 쌌다가 소금 빌리러 갔을 때도, 거짓말을 했다가 속옷 바람으로 집에서 내쫓겼을 때도 이번만큼 수치스럽고 괴롭지는 않았던 것 같다. 그때는 달팽이처럼 몸을 조그맣게 웅크리면 내 몸뚱이 하나쯤은 가릴 수 있었다. 보는 사람도 별로 없었고, 부끄러움도 덜했었다. 그러나 언론의 눈은 달랐다. 아무리 숨느라고 숨어도 충혈된 눈총이 남편과 나, 그리고 우리 가족을 쏘아보았다. 특히 SNS는 쏘아보는 정도가 아니라 짓씹었고, 갈가리 찢어 놓았다. 몇몇에 의해 자행된 신상 털기는 우리 가족의 영혼마저 파괴하려 들었다.

처음에는 사필귀정이란 말을 되새기며 떳떳해지려고 노력했다. 남편이 고군분투하고 있는 만큼 어려움을 같이 겪으면서 나도 남편과 같은 길을 가려 했다. 그러나 내가 그러면 그럴수록 사람들은 나를, 우리를 뻔뻔하고 더러운 그 무엇으로 봤다. 아이들이 어려서 망정이지, 조금만 컸다면 학교를 그만두어야 할 지경에까지 이르고 있었다.

뚜껑 없는 동물은 외롭다.

그때 나는 이 말을 가슴에 새겨 놓아야 했다. 거북이처럼 단단하지는 못할망정 달팽이 정도의 뚜껑도 갖지 못한 동물은 외로울 수밖에 없다는 생각. 얇은 막이라도 뚜껑으로 갖고 싶었다. 그러나 우리에게는 뚜껑은 고사하고 차단막 하나 없었기에 외롭고 괴로울 수밖에 없었다. 결국 우리는 집 밖에 나서기를 두려워하게 되었고.

되살아나는 흥분을 가라앉힌다. 이따금씩 되살아나는 흥분과 분노가 지금까지 나를 지탱시켜 준 것도 사실이지만, 이제 흥분은 애써 다듬어 놓은 나의 마음결을 흩뜨릴 뿐 아무런 의미도 없었다.

길게 심호흡을 하고 책상으로 다가간다. 가서는 안 될 곳을 가는 사람처럼 한 발자국 한 발자국을 조심스레.

몇 발자국을 갔을까? 그런 나의 조심스러운 발목을 붙잡아 끄는 게 있었다.

예의 그 소리였다.

현실에서 그 소리를 듣기는 처음이었다.

가끔씩 꿈속에서의 울림이 가슴속 울림으로 남아 있곤 했지만 실제음으로 들리지는 않았었다. 그런데 이제 구체적인 그 무엇으로 다가오고 있었다.

가던 발길을 멈추고 숨소리를 낮췄다. 모든 감각을 귀에 집중시키고 눈을 감았다. 집중하지 않으면 들을 수 없는 소리. 가볍고 미세한 먼지처럼 둥둥 떠다니던 소리들이 살포시 가라앉았다.

목이 잔뜩 쉰 목소리가 들렸다.

워낙 낮고 가늘어서 분간하기 힘들었지만 사람의 목소리인 것만은 분명했다.

그 뒤쪽으로 여러 사람의 목소리도 들렸다.

목이 쉰 사람의 선창에 여러 명의 목소리가 이어지는 형상이었다.
일정한 간격으로 되풀이되는 게 같은 내용을 반복하는 것 같았다.
그러나 그 내용을 알아들을 수는 없었다.
다만, 소리, 소리, 외침, 외침…….
눈을 뜨고 사방을 둘러봤다. 소리가 나올 만한 곳이 없었다.
불현듯 무서워졌다.
정신 이상? 설마!
아무리 처음 겪는 환난에 두 달가량 정신적 고통을 겪긴 했지만 그럴 리는 없었다. 머리에 달라붙어 있는 먼지라도 되는 양 정신 이상이란 단어를 털어 내려고 도리질했다. 그러나 개운치가 않았다. 한번 엄습한 생각은 옷에 묻은 먼지를 떨어내듯 쉽게 떨어낼 수 없었다. 그러다가 나는 섬뜩한 눈빛과 마주쳤다.
책상 위에 놓인 선인장 화분.
졸업한 제자가 스승의 날 선물로 남편에게 보낸 선인장이 무서운 눈초리를 나를 쏘아보고 있었다.
그 눈빛을 보는 순간, 소리의 진원지가 바로 그 선인장 화분일지도 모른다는 생각이 들었다.

선인장을 볼 때마다 늘 선생님이 떠올라요.
수염 때문이 아니라 분위기가요.
사막 한가운데서도 꿋꿋이 서 있을 것 같은 모습.
늘 같은 모습으로 남아 있기를 빌게요.
　　　　　　　　　　— 선생님을 그리는 제자가.

분명한 여자 글씨. 동글동글한 글씨를 유성 사인펜으로 쓰고, 코팅까지 해서 몸통에 붙여 보낸 그 화분.

"선물할 게 그리 없어 선인장이야?"

선인장 화분을 받고 와서는 소중한 물건이라도 되는 듯, 조심스레 살피는 남편의 눈길이 거슬려 한마디 쏘았었다. 선인장 화분이 마음에 들지 않았을 뿐 아니라 아무리 제자지만 여자가 보낸 선물이 아닌가. 그걸 애지중지하는 남편을 보고 있자니 불현듯 질투심마저 일었다.

"힘들다는 얘기지. ……자기가 편할 땐 생각나지 않다가도, 힘들 땐 생각나는 거니깐……."

남편은 그 선인장을 보낸 이가 누군지 아는 듯싶었다. 그리고 그가 지금 어려움에 처해 있을 거라고 짐작하고 있었다.

"짜아식, 잘 사는가 했더니……. 또 바람에 흔들리고 있군."

남편은 바람이란 단어에 한숨을 실었다. 바람 잘 날 없는 자신의 삶이 무거워서 그랬는지 몰랐다. 잊고 있었던 자신의 모습을 다른 사람에게서 볼 때, 자신의 모습이 더욱 극명하게 보이는 법이니까.

그러나 곧 선인장을 잊고 지냈다. 선인장은 단순히 제자가 보낸 선물 이외의 다른 의미가 없었다. 그런데 선인장이 전면에 부상하는 사건이 발생했다.

술에 취해 돌아온 남편이 휘청휘청 서재에 들어가더니 책장 위에 놓여 있던 선인장 화분을 책상에 옮겨 놓았다. 안 좋은 일이 있는지 선인장 화분을 앞에 놓고 담배질만 해댔다. 선인장과 마주 앉아 무슨 심각한 대화라도 하는 듯했다. 그러기를 한참. '잠깐 나갔다 올게.'란 말에 돌아보니 남편은 벌써 현관문을 나서고 있었다. 어디 가냐고 물었으나 남편은 아무 대답도 하지 않고 나가 버렸다. 설거지하던 손을 닦고 남편의 뒤를 밟았으나 종적이 묘연했다. 취한 발걸음이라 집 근처에 있겠지 싶어 찾아보았으나 허사였다.

남편이 돌아온 것은 새벽녘이었다. 별의별 생각으로 잠을 이루지 못해 뒤척이고 있는데 현관문을 따는 소리가 났다. 나가 보니 남편은 정우형 선생님 어깨에 기대 있었다.

"응? 왜 우리 집이야? 한잔 더 하자니까."

"그래, 그래. 알았어. ……많이 취했어요. 전 그만 갈게요. 아 참, 그리고 이거…….."

정 선생님이 내민 것은 선인장 화분이었다. 술에 취한 채 여기저기 들고 다녔는지 흙이 반 넘게 쏟아져 있었고, 뿌리를 드러낸 채 비스듬히 쓰러져 있었다. 그 뿌리를 드러낸 선인장이 왠지 불안스러웠다. 그리고 며칠 후, 은행으로부터 보증 선 5천만 원을 갚으라는 최고 독촉장이 날아들었다.

그 후에도 남편은 자주 선인장을 사 들고 왔다. 보증 문제, 학생·학부모와의 마찰, 선생님들과의 의견 충돌, 재단 인사와의 갈등……. 그럴 때마다 남편은 선인장을 사 들고 왔다. 어떤 때는 별다른 이유도 없이, '나 자신이 너무 처량하게 느껴져서…….'라며 선인장을 사 들고 오기도 했다.

그러나 이번은 달랐다. 선인장을 사 들고 들어오지도 않았고 흔들리는 모습을 보이지도 않았다. 평상시와 다른 점이 있다면 서재 문을 잠근 것이었다.

"당분간 혼자 쓸 테니 그리 알아."

일이 있기 일주일 전, 남편은 서재를 혼자 쓰겠다고 했다. 평소에도 글을 쓸 때나 시험 출제 때면 문을 잠그곤 했기에 별달리 생각하지 않았다.

선인장 소리를 듣다

쓸 때는 어지럽히기도 했지만, 쓰고 나선 여자인 나보다도 더 정갈히 정리하고 청소하는 남편이라 오히려 그걸 바라곤 했었다.

그런데 이번엔 달랐다. 서재 출입을 아예 통제하는 것이었다. 가끔 커피나 과일을 가져다주면 말없이 책상에서 물러앉던 남편이 서재 출입 자체를 거부했다. 더군다나 남편은 모든 걸 감추려 했다.

그러기를 사흘. 남편은 온다 간다 말도 없이 자취를 감춰 버렸다. 아무리 봄 방학이라 해도 밑도 끝도 없이 종적을 감춘 일은 예삿일이 아니었다. 더군다나 무슨 비밀 작업을 하는 사람처럼 사흘 동안 몸살을 앓고 난 후가 아닌가.

가까운 선생님들께 연락을 해도 아는 사람이 없었다. 심지어는 정 선생님까지도 모른다고 했다. 하는 수 없이 서재를 뒤져 봤으나 단서가 될 만한 것은 없었다. 휴지 중에 무슨 단서가 있을까 싶어 휴지통을 뒤져 봤으나 휴지통도 깨끗이 비워져 있었다.

조바심과 불안감이 커져 갔다. 지금까지와는 전혀 다른 충격과 고통이 똬리를 틀고 있는 것만 같았다. 그리고 그 예감은 빗나가지 않았다. 새 학기가 시작되자마자 〈이사장 퇴진 운동〉을 벌인 것이었다.

책장 칸마다 자리 잡고 앉은 선인장 화분들을 바닥에 내려놓았다. 남편이 없는 동안 서재 문을 잠가 두었던 이유는, 선인장들이 말라 죽기를 바라고 그랬는지도 모르겠다. 비정상적인 생김새가 자꾸만 장애자를 떠오르게 했고, 삐죽삐죽 돋은 가시가 남편과 나, 우리 아이들을 찌를 것 같고, 왠지 정이 가질 않았다. 그렇다고 예쁜 꽃을 피우는 것도 아니고, 향기로운 꽃 내음을 내뿜는 것도 아니고. 더군다나 선인장을 볼 때마다 잊고 있었던 충격과 고통이 되살아나서 영 밥맛이었다. 그런 불청객을 남편 없는 동안 알뜰살뜰 보살필 이유가 없었다. 못된 계모 심보로 구박하기 좋은 기회였다. 그래서 문을 잠가 놓고 보지 않으려고 했다.

그러나 남편은 달랐다. 면회 갈 때마다 선인장을 들먹였다. 염려하고 걱정하는 정도가 아니라 집에 남겨 놓고 온 자신의 분신인 양했다. 그러다 한동안 선인장 얘기를 않더니, 또 불쑥 선인장 얘기를 했다.

"이제 당신이 줘."

바깥 상황을 다 알고 있으니, 다시 면회 오지 말라는 말에 어떻게든 남편을 부추길 생각을 키우고 있는데 남편이 차분히 말했다. 너무 차분한 목소리여서 처음에는 혼자 중얼거리는 소린 줄 알았다. 그러나 남편은 나를 바라보고 있었다. 그윽이, 아주 그윽이 부탁하는 눈빛이었다.

"선인장 말이야. 내가 물을 주려고 했는데 힘들 것 같아서……. 아무리 갈증을 먹고 사는 놈들이지만 너무 힘들면 포기해 버릴지도 모르잖아……."

"아뇨. 난 보기도 싫어요. 당신이 나와서 직접 주세요."

마침 잘됐다 싶어 매몰차게 쏘아붙였다. 어떻게든 세상에 대한 남편의 믿음을 회복시켜 주고 싶었던 차에, 남편이 틈을 보인 것이었다. 선인장에 대한 관심은 자신에 대한 관심이기도 했기에 그 기회를 놓칠 수 없었다. 세상에 나오고 싶어 발버둥 치게 해야 했고, 발버둥 침으로써 세상에 나와 다시 보복할 수 있게 해야 했다.

"말라 죽든 병들어 죽든 난 몰라요. 당신이 좋아서 한 일이니깐 처리도 당신이 하세요."

말이 나온 김에 이번 일까지도 들먹였다. 점점 비관적으로 바뀌어 가는 남편을 자극해야 했다. 오기라도 세워 꼿꼿이 버티게 하고 싶었다. 배짱과 오기로 살아온 남편에게 그 이상의 묘약은 없다고 생각됐기에. 그리고 그 처방은 주효했다.

"놔둬, 그럼. 죽이든 살리든 내가 알아서 할 테니까."

드디어 남편은 소리를 지르며 비좁은 터널을 지나 세상을 향해 나서려 하고 있었다. 비록 그 발길은 무겁겠지만, 한번 내디딘 이상 뒷걸음질 칠 사람은 아니었기에 나는 남편을 믿고 면회실을 나설 수 있었다.

30여 개의 선인장 화분을 내려놓자 서재 바닥이 꽉 찬다. 여기저기 제자리에 놓여 있을 때는 있는 듯 없는 듯 많아 보이지 않더니 내려놓으니 엄청났다. 이 많은 선인장을 언제 다 사들였으며, 어떻게 이 서재에 다 놓아두었을까 싶었다.

이삿짐을 쌀 때마다 느끼는 의아심이 다시 한번 밀려들었다. 제자리에 있을 때는 없는 듯싶다가도 막상 늘어놓으면 엄두가 나지 않고 힘 먼저 쭉 빠져 버리는 현상. 그 부담감은 일의 성패 여부를 떠나 늘 껄끄러운 그 무엇으로 작용하곤 했다. 이번 일을 해 나가는 과정에서도 그랬다. 일상적인 것의 작고 가벼운 느낌에 비해 비일상적인 것의 엄청난 중압감이 나를 주눅 들게 했다.

남편의 체포 소식에 가슴을 내려 앉힌 것은 잠시였다. 남편을 위해 무엇이든 해야 했다. 그러나 내가 할 일이라곤 아무것도 없었다. 무엇을 어떻게 해야 할지, 어떤 게 남편을 돕는 길인지 판단이 서질 않았다. 하는 수 없어 남편이라도 만나 볼 생각으로 경찰서에 면회를 신청했으나 조사 중이어서 면회마저 안 된다는 것이었다. 맥을 놓은 채 시간만 흘리고 있었다. 구속 수감 된 남편을 위해 아무것도 할 일이 없다는 게 슬펐다. 그때처럼 부부도 철저히 혼자라는 사실을 맛본 적도 없었다. 그런 와중에 재단 측에서는 새로운 공작을 마련하고 시행하고……. 남편은 점점 더 불리해지기만 했다.

책상에 앉았다. 선인장들에게 물을 줘서는 안 되겠다는 생각이 밀려왔기 때문이었다.

이놈들은 말이야, 괴상한 데가 있어.

얼마간의 목마름 속에서만 자라거든.

너무 풍족하면 밑동부터 썩어 버리지.

쳇, 찬란할 정도로 서러운 운명을 타고난 거지.

언젠가 화분에 물을 주면서 남편이 뇌까렸던 '선인장의 비애론'이 아니더라도 물 줄 때가 훨씬 지나 있었다. 그래서 꿈속에까지 나타나 목마르다고 울부짖었던 것이었고. 그러나 가만히 생각해 보니 물을 줘서는 안 되겠다 싶었다. 내가 선인장에 물을 주는 순간, 계속 선인장에 물을 줘야 할 것 같은 강렬하면서도 어두운 예감이 몰려들었기 때문이었다.

이놈들이라도 목마르다고 울부짖고

억울하다고, 죽겠다고 소리를 쳐야 할 것 같았다.

그 소리를 남편과 세상이 들어야 할 것 같았고.

물을 달라고 울부짖는 선인장들의 아우성을 무시하고 남편이 쓴 〈이사장 퇴진 운동 취지문〉을 가만히 읽어 보았다.

학교는 교육의 장으로 백 년을 생각하고, 백 년을 위해 바로 세워야 할 신성한 곳이다. 따라서 회사나 수익사업단체, 압력단체와는 분명히 다르다. 그러나 이사장은 이를 인지조차 못 하는지 학교를 개인 사업장처럼 생각했다. 특히 선생님들과의 일에서는 그 도가 더했다. 그럼에도 이사장의 이런 안하무인적인 태도와 행동을 제어할 수 없었다. 독단적이고 개인감정만을 앞세우는 그의 성격과 행동 양식 때문이었다. 아니, 어떤 상황에서도 가족과 가정을 지켜야 한다는 강박 관념이, 비굴이 우리를 침묵하게 했다.

남편은 학교에서 학생들을 가르치는 게 힘들었던 게 아니라 이사장의 눈치를 보느라 피곤했었나 보다. 무식하면 용감하다더니 오로지 힘만 믿고 설쳐 대는 이사장 밑에서 숨죽이고 사느라 머리가 셌는가 보다. 그러면서도 아내와 자식들 때문에 말 한마디 제대로 못 했는가 보다. 남편은 또한 비굴이 두려웠는가 보다. 가진 것도, 누린 것도, 쌓은 것도 없기에 어느 누구보다 비굴해질 수 있고 남들처럼 굽히면 편했을 텐데도 말이다.

우리는 그동안 입은 정신적 고통과 피해를 드러내 보상받기를 원하지 않는다. 더 큰 육체적 고통이 있더라도 학교를 바로 세워 참제자를 길러 내려는 교육자적 양심에 의해 고통을 감내하려는 것이다. 그러기에 우리는 결코 폭력으로 문제를 해결하려 하지 않는다. 학사 일정의 혼란과 마비도 원치 않을 뿐 아니라 학생들의 피해는 더욱 원치 않는다. 질서 속에서 민주적이고도 평화적으로 이 운동을 해 나갈 것이다. 높은 목소리로 소리치기보다 다소곳이 대화할 것이고, 대립과 반목보다 따뜻한 마음으로 감싸 안으려 한다.
이제 머잖은 날, 이 교정에도 봄이 오리라. 계절에 맞춰 개나리, 진달래, 목련이 피리라. 그러나 우리는 그 봄을 기다리기보다 봄의 씨앗을 교정에 뿌리려 한다. 꽁꽁 얼어붙은 교정에 봄 씨앗을 뿌려 꽃들이 피어나게 하려고 한다. 봄은 거저 오는 것이 아니라 아픔으로 키워, 아픈 곳을 고치며 오는 것이기에.

짜디짠 눈물이 흘렀다.
눈물이 아니고는 제어할 수 없는 감동과 가슴 저밈.
계절은 어느덧 여름을 향해 달음질치고 있는데
남편은 아직도 봄을, 봄의 씨앗을 뿌리고 있었다.
이육사가 얼어붙은 광야에 가난한 노래의 씨를 뿌렸다면,
남편은 얼어붙은 서울 한복판에
차갑고 서러운 봄의 씨를 뿌리고 있었다.

낮추게나, 여보게

2

 "교감 경질이라니? 그게 정말이야?"
 학년 교무실에서 학생부(학생생활기록부)를 정리하고 있는데 교감 경질이란 소리가 들리자 나도 모르게 소리를 지르고 말았다.
 "어이쿠, 이 사람아. 소리 좀 지르지 마. 안 그래도 요즘 간이 반쪽인데……."
 우형이 다른 사람들을 살피며 나무라는 소리를 했다. 그러거나 말거나 나는 자리에서 일어나 난롯가로 가며 물었다.
 "그게 사실이냐고?"
 자신의 말을 주워 담고 싶은 사람처럼 안절부절못하는 우형을 향해 내가 다시 물었다.
 "그런 말이 있어. 나도 잘은 모르고……."
 우형이 다시 주위를 살피며 목소리를 낮췄다.

"교감 선생님께 직접 들었어?"

"아니, 그건 아니고…… 강 부장님한테서 들었어."

"강 부장님한테서? 아니, 강 부장님이 어떻게?"

"그건 나도 모르지. 이번에 같이 숙청당하는 교감 선생님과 얘길 나눈 건지."

"숙청? 하긴…… 어쩌면 가장 적확한 표현일지도 모르지. 그나저나 교감 강임(降任) 이유가 뭐래? 그 사람이야 우리하곤 다른 사람이라 만들면 이유겠지만, 이유는 있을 게 아냐?"

"그걸 내가 어떻게 알아? 하지만…… 작년부터 자기 말을 듣지 않는다고 두고 보자는 말을 자주 했었대."

"아니, 무슨 말을 듣지 않았다는 건데?"

"아, 그거야 교감 대가 세서 다른 주구(走狗)들처럼 자기 하라는 대로 고분고분하지 않으니까 하는 말이겠지. 교감이야 말 그대로 FM 아냐."

"하긴, 우리 교감 선생님 성격상 또라이와는 융화할 수 없는 사람이지. 이사장 바뀌기 전에 교감 됐으니까 망정이지 또라이 체제였다면 어림도 없는 일이지."

입이 썼다. 그와 함께 목이 타는 것 같아 냉수를 석 잔이나 마셔도 갈증은 가시질 않았다. 갈수록 목이 말랐다.

타는 듯한 갈증. 그건 육체적인 갈증이 아니었다. 정신적인 갈증이었다. 짠 걸 먹은 것도 아닌데, 물을 마셨는데도 계속 물이 당기는 현상. 목구멍까지 물이 차올랐는데도 채워지지 않는 갈증. 그 갈증의 이유가 무엇인지를 깨닫게 되자 알 수 없는 가려움증까지 밀려들었다. 도저히 가만히 앉아 있을 수 없는, 움직이지 않고서는 견딜 수가 없는 가려움증이 엄습했다.

하던 일을 멈추고, 학년 교무실에서 나와 강 부장한테 전화를 걸었다. 내막을 정확히 알지 않고는 견딜 수가 없을 것 같았다. 생각 같아선 교감 선생님을 직접 찾아가 묻고 싶었지만, 그럴 수는 없었기에 강 부장에게라도 물어보고 싶었다.

한참 신호음이 울린 끝에 강 부장이 전화를 받았다. 결재받을 일이 있어 교무실에 내려갔노라고 했다. 그럼 내가 내려갈 테니 좀 보자는 소리에 결재 다 받았으니 자기가 올라오겠다고 했다.

"아니, 그러지 말고…… 매점에서 좀 봐요. 물어볼 게 좀 있으니까."

어디서 만날까 잠시 생각하다 나는 매점을 미팅 장소로 잡았다. 밖은 추워서 안 되고, 학년 교무실도 다른 사람들(이사장과 선생들)이 있어 얘기하기가 곤란할 것 같았다. 하여 생각다 못해 매점에서 보자고 했다. 쉬는 시간이면 학생들로 북적거리겠지만 수업 시작된 지 얼마 안 됐으니 매점이 그나마 나을 것 같았다. 알았다고, 바로 내려가겠다는 소리에 나도 지하로 내려갔다.

"형민이 형, 혹시 교감 강임 소식 들었어?"

다짜고짜, 그가 매점에 들어서기 무섭게 내가 단도직입적으로 물었다.

"……?"

"우형이가 그러데. 형한테서 들었다고."

그 말에 그가 주위를 돌아보더니 급히 말했다.

"목소리 좀 낮춰. 사방팔방에 또라이 레이다가 깔려 있는 거 몰라?"

"알면 어때. 쉬쉬하며 다 아는 눈치고, 픽션이 아닌 팩튼데."

"그러긴 하지만…… 너하고 내가 그런 얘기 하는 건 좀 다르지. 둘 다 또라이한테 찍힌 사람들 아냐."

"찍혀? 우리가? 찍힌 게 아니라 찍어낸 거지. 그나저나 교감 강임 사실은 어떻게 알았어? 교감이 형한테 알렸을 린 없고."

"몰랐어? 며칠 전에 교감 후보가 학교 다녀간 거?"

"뭐? 교감 후보가 학굘 다녀가다니, 그게 뭔 말이야. 그럼 교감을 딴 데서 데리고 온다는 말이야?"

"그렇데나 봐. 우린 2층에 있어 몰랐는데, 1층 교무실에 있는 사람들은 거의 알고 있었대. 또라이가 교무실 교감 자리로 가서 인수인계 잘해 주라고 했대. 그것도 선생님들이 많은 자리에서."

"뭐? 그게 정말이야? 정말 그랬대?"

나의 외침을 막을 만한데, 그도 이제 포기했는지 무겁게 고개만 끄덕였다.

"이유가 뭐래, 대체. 그럴 만한 이유가 있을 게 아냐?"

"뭔 이유가 있겠어. 쫄배처럼 고분고분하지 않고 바른 소릴 해 대니 그게 미운 거지. 자기가 하는 말에 옛 썰! 하지 않는다고."

기도 안 찼다. 어떻게 돌아가는 판국인지, 어찌해 보겠다는 건지 감을 잡을 수 없었다. 소설이나 영화 속 현실보다 더 참혹한 학교 현실에 치가 떨렸다.

그러나 그뿐.

학기말 고사 뒤끝이라 종이 울리지도 않았는데 수업을 일찍 끝낸 선생님이 있었는지 학생들이 몰려들자 우리는 학생들에게 자리를 내줘야 했고, 수업 시간에 맞춰 수업에 들어가야 했고, 학생부 입력에 신경을 써야 했다. 작지만 신경 쓰이는 민원에 시달리기도 했고.

타는 갈증과 가려움증을 겨우 억누르고 수업에 들어갔지만 수업할 기분이 아니었다. 학생들을 가르칠 흥이 나지 않았다. 수업이나 학생 지도력으로 평가하기보다 자기편에 서느냐 안 서느냐로 평가하는 또라이 치하에서 학생을 가르치는 일에 힘이 날 리 없었다. 또라이한테 손이나 잘 비비는 게 최고 아닌가?

다행히 학년말이어서 진도를 마친 상태라 소설과 영화 이야기, 영화와 드라마 제대로 보기로 그럭저럭 시간을 때우고 교실을 나서는데, 어이, 산적! 하는 소리가 들렸다. 소리가 나는 쪽을 쳐다보니 이사장, 아니 또라이가 복도 한가운데 선 채 나를 노려보고 있었다. 학생들 앞에서도 선생님 별명을 개 이름 부르듯 하는 사람을 복도에 있던 학생들이 모두 쳐다보았다. 누구길래 감히 산적이란 별명을 함부로 부르지 하는 눈으로.

"예. 안녕하십니까?"

나는 학생들의 눈도 있고 해서, 학생들의 관심을 집중시키지 않기 위해 재빨리 고개를 숙이며 인사했다. 안 그러면 또 무슨 말을 할지 몰랐기에 그의 신경을 거스르지 않기 위해.

"나 좀 봐."

또라이는 인사를 받을 생각도 하지 않고 이 말을 뱉어 놓고 발길을 돌렸다.

죄지은 것 없이 가슴이 쿵 내려앉았다. 무슨 일이지? 또 뭘 꼬투리를 잡아 생떼와 억지를 부리려는 거지? 행정실 직원이나 행정실장을 보내지 않고, 직접 찾아왔다는 건 그만큼 긴한 일이 있다는 뜻이었다. 어젯밤 강 부장, 정우형 선생을 비롯하여 뜻이 맞는 선생님들과 마신 술기운이 다 빠지지 않은 몸을 이끌고, 출석부와 교재를 든 채 이사장실로 따라가면서 머리를 굴려 보았으나 또라이가 나를 부를 만한 일이 없었다.

학생, 학부모, 선생들과의 문제를 차례로 생각해 보았으나 없었다. 그런

데도 자꾸만 다리가 후들거렸다. 자기 마음에 안 들면 없는 죄도 신통방통하게(?) 만들어 내는 위인인 만큼 마음이 놓이질 않았다. 아니, 말이 통하지 않는 그와 말을 섞는다는 것 자체가 고역이었다. 그를 만난다는 건 온몸에 다족류가 스멀거리는 것만큼이나 싫었다. 그러나 그가 일부러 부르러 온 것을 보면 뭔가 큰 건수를 잡은 모양이었다.

또라이를 따라 이사장실로 들어섰다. 교장 쫄배가 앉아 있었다. 쫄배가 이사장에게 무언가를 보고했고, 그 소리를 듣고 나를 직접 찾아 나선 모양이었다. 상황을 대충 짐작한 나는 마음을 다잡고 두 사람 앞에 섰다.

"2학년 부장 어때?"

"예? 강 부장님 말입니까?"

"그래, 강 선생 어떠냐고?"

"……?"

"왜? 선후배 사이에 아주 잘 통한다며?"

"……?"

"엊저녁 술 마시며 나 씹었다며? 2학년 담임들이."

"무슨 말씀이신지……?"

"무슨 말이냐고? 본인이 더 잘 알 거 아냐. ……내가 이사장이 된 후로 학교 꼴이 엉망이라고 날 씹었잖아."

"아닙니다. 그런 말을…… 그런 적 없습니다."

"그래? 증인을 댈까? 다 들은 사람이 있어. 날 우습게 보는 모양인데, 내 레이다가 사방팔방에 다 있어. 어제 4차까지 하면서 날 씹었잖아."

탁자를 치며 일어서더니 금방이라도 한주먹 날릴 기세였다. 교장 쫄배가 말리지 않았다면 정말 쳤을지도 몰랐.

"너, 조심해. 확! 그냥! …… 꺼져!"

또라이는 분이 풀리지 않는지 씩씩거렸다. 이사장이 선생을 대하는 게 아니라 건달 두목이 똘마니 다루듯 했다. 나이도 나보다 어린 놈이, 일방적으로 자기감정을 뱉어 놓고는 나가라고 했다. 억울하고 기분이 상했고, 따지고 싶었고, 증인을 대라고 하고 싶었고, 대질시켜 달라고 하고 싶었으나 그 앞에서 말해 봐야 내 입만 아플 게 뻔해 말없이 인사를 하고 나왔다.

이사장실을 나오며, 나와서 아무리 생각해 봐도 모를 일이었다.

어제 보직 해임당한 학년부장을 위로할 겸 학년 해단식도 할 겸 2학년 선생님들이 모인 건 사실이었다. 우리가 모인다고 달라질 건 없었지만, 삼겹살에 소주라도 기울이며 분함을 삭이고 싶어서였다. 그러나 소주를 마실수록 기분은 가라앉았다. 술을 마시는 게 아니라 독배를 마시는 기분이었다. 그러던 중 김수용 선생이 그제야 학교 소식을 들었는지 목소리를 높이며 강 부장을 향해 물었다.

"도대체 뭣 때문이랍니까?"

갑자기 튀어나온 말에 모두 놀라 그를 쳐다봤다.

"글쎄, 2학년 부장에 앉힐 사람도 아닌데 자기가 생각해서, 잘해 보라고 기회를 줬는데 그에 부응하지 못했다나."

강 부장이 담담하게 말했다. 이제 모든 걸 포기한 듯했다.

"부응이라뇨?"

김 선생이 강 부장을 빤히 쳐다보며 다시 물었다.

"그걸 정말 몰라서 묻는 거야, 김 선생?"

강 부장 대신, 옆에 앉았던 동갑내기 정우형 선생이 대꾸했다. 벌써 취기가 오르는지 평소답지 않게 목소리가 거칠었다.

"그래. 부응하지 못한 게 뭡니까? 모두 열심히 해서 애들 성적도 좋고…… 말이 나왔으니까 말이지만, 우리가 언제 제시간에 퇴근이라도 해 봤습니까? 매일 특강이다, 자율학습이다, 뭐다 해서 아홉 시 전에는 퇴근도 못 해 봤잖아요."

"그게 아니지, 이 사람아."

"그럼 대체 뭐가 문제란 말입니까?"

"문제? 문제야 없지……. 지난 추석 때 찾아보지 않은 게 죄라면 죄지."

"뭐라고요? 찾아보지 않은 죄? 여기가 어디 썩어빠진 정치판이나 깡패 집단입니까? 여기는 학굡니다, 학교. 여의도도 아니고 깡패 소굴도 아니라고요."

"맞아. 정 선생 말이 다 맞다고. 그런데 어쩌겠어? 힘없고 비굴한 우리가 어쩌겠냐고."

더이상 참을 수 없어 내가 대답했다. 나도 모르게 목소리가 높아졌다. 강 부장이 대학 선배여서가 아니었다. 같은 학년단이어서도 아니었다. 학교를 사기업체로 착각하는 것을 넘어, 정치 집단이나 깡패 집단으로 생각하는 또라이의 행태가 견딜 수 없었다. 남의 일 같지가 않았다. 오늘 강 부장에게 겨누어진 칼이 언제 내 목을 겨눌지 알 수가 없는 노릇이었다.

그러나 그뿐이었다. 2학년단이라 해서 모두 같은 생각을 가지고 있는 건 아니었고, 2학년단 중에는 또라이 눈치를 살피느라 분주한 사람들도 있느니만큼 그 이상의 얘기는 할 수가 없었다. 그런 상황이 더욱 기가 막혀 더이상 말을 할 수가 없었다.

썰렁한 분위기에서 저녁을 먹고 식당을 나섰지만 그냥 집에 들어갈 기분이 아니었다. 바쁜 사람은 일찍 들어가고 나머지는 2차를 가자고 의견을 모아 식당을 나설 때였다. 정 선생이 내 곁으로 오더니 한숨을 섞어 말했다.

"그것만이 아니야, 이 선생. 하, 참. ······수학여행 갈 때 자기한테 같이 가자고 얘기 안 했다고, 자기에게 얘기했으면 싸게 갔다 올 건데 학년부장 마음대로 했다고, 그런 말까지 나왔대."

"뭐야? 지가 뭔데 수학여행을 같이 가? 자기가 선생이야? 그리고 자기한테 얘기했으면 싸게 다녀올 수 있었다고? 웃기고 있네. 커미션 챙기려고 했는데 못 챙겼다 이거지?"

들을수록 화가 났다. 선생들을 자기 똘마니 정도로밖에 여기지 않는 또라이의 사고방식에 넌더리가 났다.

그러나 우리는 나약하고 비굴한 선생들이었다. 우리는 취기가 오를수록 남이 들을까 살피며 입을 다물었었다. 한자리에서 너무 마시면 취해 실수할까 봐 장소를 바꾸며 술을 마셨고. 그러면서 서로에게 위안의 말을, 비굴하지만 교사로서의 자세를 견지해 나가자고 다짐도 했었다. 여기저기서 들은 더 기막힌 사연들을 들춰내 서로를 위로하며. 그리고 찬란한 노예근성을 버리지 못하고, 오늘 아침 새벽같이 일어나 출근하고, 덜 깬 몸으로 수업하고 그랬는데······.

더 놀란 것은 우리가 4차까지 다녔다는 사실을 또라이가 알고 있다는 점이었다. 그걸 어떻게 알았을까? 어제 우리는 아는 사람을 만난 적이 없었다. 혹시나 우리 얘기가 새 나갈까 봐 사람이 북적이지 않는 한적한 곳만 골라 다녔었다. 그랬는데 또라이가 알고 있다면 우리 중에도 또라이 쫄배 ㄲ나풀이 있다는 얘기였다. 생각할수록 무서웠다.

이사장실을 나와 휴게실에서 맥 놓고 담배를 피우고 있자니 강 부장이 날 찾았다.

"이 선생도 불려 갔었어?"

강 부장도 불려 가서 당했던 모양이었다.

"그럼, 부장님과 정 선생도? 아니, 이런 세상이 어딨습니까? 이건 개인…… 사생활 침해예요, 사생활 침해."

"목소리 낮춰. 안 그래도 지금 우리 만나는 걸 누가 지켜보는 것 같아 바늘방석이야. 누군지 몰라도 우리 선생들의 일거수일투족을 보고하는 사람이 있는 것 같아."

"여기가 정치 집단입니까? 깡패 집단입니까? 여기는 신성한 학굡니다, 학교."

나는 일부러 언성을 높였다. 누가 듣건 간에 이 일은 이제 우리의 일만이 아니었다. 모든 선생님들이 알아야 할 일이었다. 폭력을 넘어선 감시체제, 보이지 않는 손이 목을 조이는 것 같아 견딜 수가 없었다.

방 또라이.

누가 붙였는지는 모르지만 그에게 너무 잘 어울리는 별명이었다. 인격이나 교양은 약에 쓰려고 해도 찾을 수 없고, 위아래 없이 함부로 설쳐 대는 게 정상인이 아니었다. 그런 사람이 이사장이 됐으니 학교 꼬라지는 뻔했다. 선생들은 벌써 재단파, 비재단파로 갈등하고 충돌하고 있었고, 대부분의 선생들이 의욕을 잃고 복지부동하고 있었다.

내가 어떻게 해서 된 이사장인데…….

그는 말끝마다 이 말을 강조하면서 자기에게 무조건 복종하고 아부할 것을 강요했다. 어려서부터 깡패 꽁무니 따라다니며 똘마니 짓을 했다더니, 학교를 깡패 집단으로 아는지 모든 걸 깡패처럼 했다.

또라이가 이사장이 되고 2년간 학교는 정상 궤도에서 이탈한 채 무한 질주를 계속하고 있었다. 선생님들의 숨줄 조이기는 진작부터, 재단 사무국장으로 있을 때부터 있어 왔지만 부장 보직 해임은 물론 교감까지 아무 이유 없이 강임하는 지경에 이른 것이다. 그런데 썩은 고기에는 파리들이 들끓는다고 했던가. 선생들 중에 몇몇은 벌써 그와 한통속이 되어 권력의 힘을 만끽하고 있었다. 이번 교감 선생님 강임도 자기 뜻에 맞는 사람을 교감으로 앉히려는 것인 게 드러났고. 그리고 그들을 활용하여 선생님들의 일거수일투족을 감시할 것이고. 그러나 속수무책이었다. 갈수록 또라이 편에 서는 사람들이 늘어가고 있었다. 그러다 보니 바른 눈과 양심을 가진 선생님들만 설 곳을 잃어 가고 있었다. 백 명밖에 안 되는 작은 집단, 그것도 학교란 집단이 이 정도니, 대기업체나 권모술수가 판을 치는 정치계 같은 곳은 어느 정도일지 상상도 못 할 정도였다. 소설이나 영화에서 그려지는 갈등과 암투는 새 발의 피에 불과할 것이란 생각까지 들었다. 그런 속에서 사는 사람들은 과연 어떤 마음으로 살아갈까 싶자 숨이 다 막히는 것 같았다.

"이 선생, 견디는 김에 조금만 더 견뎌 보자고. 난 수업이 있어서……."

강 부장이 먼저 일어났다. 말은 그렇게 했으면서도 어깨를 축 늘이고 걸어가는 그의 뒷모습을 보고 있자니 분하고 치가 떨리고, 무섭고 부끄러워 견딜 수가 없었다. 무슨 조치를 취해야 할 것 같았다. 그러지 않고선 온몸이 가려워서 미칠 것만 같았다.

정확한 원인을 알 수 없는 가려움증. 이 고질(痼疾)이 언제부터 시작됐는지는 정확하지 않지만 어렸을 때부터였던 것만은 분명했다. 거짓말을 했거나 잘못을 숨기고 있을 때, 혼자만의 비밀을 감추고 있을 때, 당장 행동해야 할 일을 미루고 있을 때 등등 다양하게 나타났던 것 같다. 그러던 것이 나이를 먹어 감에 따라 어떤 결단이나 행동을 미루고 있을 때, 분노를 감당하지 못해 터지기 직전에 밀려들었던 것 같다. 일종의 행동 촉구 신호였다. 정도에 따라 다르기는 했지만 심할 때는 뼛속이나 핏속까지 가려워 견딜 수가 없었다.

그러나 참는 수밖에 없었다. 혼자라면 모를까, 나는 가족을 거느리고 있는 가장이었다. 뼈가 가려우면 뼈를 갈아내는 한이 있더라도 어떻게든 버텨야 했다.

그렇게 울화 속에서 며칠을 보낸 끝에 나는 한 가지 결론을 내렸다. 떠날 때 떠나더라도, 비록 선생을 그만두는 한이 있더라도 바로 된 학교를 보고 싶었다. 교권이 살아 있는 학교, 선생님들끼리 반목하지 않고 갈등하지 않는 학교, 각자가 소신껏 신명나게 제자를 길러내는 학교, 구성원 모두가 공감하고 소통하는 학교, 어디 가서도 떳떳하고 당당하게 이곳에 재직하고 있음을 얘기할 수 있게 만들고 싶었다. 단 하루만이라도 그런 학교에서 근무하고 싶었다. 그러기 위해서는, 설립자이신 전임 이사장님이 얼마간 실현시켰던 그런 학교로 되돌리기 위해서는, 또라이를 학교에서 내쫓아야 했다. 그러지 않고선 다른 방법이 없었다.

또라이를 학교에서 내쫓아야 할 이유는 충분했다. 그가 부당하게 학사업무를 방해한 건 부지기수였다. 또한 선생님들 가운데 그에게 부당함을 당해 보지 않은 사람이 없었고, 수모와 굴욕, 비참함을 맛보지 않은 사람이 거의 없었다. 그것들을 모아 글로 표현해서 퇴진 운동의 정당성을 확보한다면 선생님들이 호응·동조할 것 같았다. '이사장의 교권 침해 사례'만 열거해도 그를 내쫓기에 충분할 것이고, 명분은 하나였다. 설립자이신 전임 이사장님께서 꿈꿔 왔고 실현하려 하셨던 '바른 학교, 참교육, 꿈을 키우는 학생'의 이상을 실현하기 위해 원래 상태로 되돌리기 위함이라고 내세우면 될 것 같았다.

결심을 굳힌 나는 서재에 틀어박혔다. 우선 취지문을 작성하고, 그간 이사장의 교권 침해 사례들을 정리해 두어야 했다. 그러기 위해선 혼자 생각할 수 있고 혼자 자료를 정리할 수 있는 공간이 필요했는데, 서재가 가장 적격이었다. 아내와 함께 쓰고 있어 아내에게 들킬 가능성이 있었지만, 안에서 문을 잠가 출입을 통제하면 됐다. 그럴 수밖에 없었다.

서재에 들어서 조용히 문을 잠갔다.

아내는 아직 눈치채지 못하고 있는 것 같았다.

아내가 알면 일만 더 복잡해질 것이었다.

아니, 끝장날 것이었다.

내가 아무리 설명하고 설득한다 해도 아내는 이해하려 하지도 납득하려 하지도 않을 것이었다. 당신만 선생인 건 아니지 않냐고, 당신 마음은 잘 알지만 제발 한 번만 참으라고, 한 번만 참으면 될 걸 왜 그러냐고, 일이 잘못되면 우리는 이제 어떡하느냐고, 집도 절도 없이 길거리에 나앉을 순 없지 않느냐고. 아내는 울면서 나를 막을 것이었다. 어쩌면 형들이나 처갓집 식구들을 동원해서라도 나를 막으려 할 것이었다. 아내가 다른 여자들에 비해 바른 눈을 가지고 있고 강단이 있다 해도 이 상황에서는 나를 막으려 할 게 뻔했다. 나야 나의 소신을 위해 일을 벌인다지만, 아내는 가장인 내가 섶을 지고 불구덩이로 뛰어드는 걸 그냥 보고 있지 않을 게 뻔했다.

책상에 앉아 일을 시작하기 전에 이런저런 생각을 하다 아내와 아이들을 생각하자니 코끝이 시려 왔다. 잘못하다간 15년 교직 생활이 하루아침에 물거품이 될 수도 있었다. 퇴직금 한 푼 못 받고 쫓겨날 수도 있었고, 일이 꼬이면 옥고를 치를 수도 있었다. 아내나 아이들에게도 피해가 갈 수 있었다. 그러나 그냥 있을 수만도 없었다. 이 이상 물러선다는 것은 비굴을 넘어 수치요, 죽음이었다. 영혼의 죽음.

먼저 사표를 쓰기 시작했다. 손이 떨렸다. 그러나 글자 하나에 하나씩의 사연을 담고 꾹꾹 눌러썼다. 연도만 쓰고 월일은 빈칸으로 남겨 두었다. 날짜까지 미리 적어 둘 필요는 없었다. 가지고 다니다 꼭 필요할 때 날짜를 써서 제출하면 그만이었다.

책상 서랍을 열어 도장을 찍었다. 초빙(모집이 아닌)에 응해 주셔서 고맙다는 표시로 설립자이신 전임 이사장님께서 선물해 주신 옥도장이었다.

"저는 평생 배우지 못한 게 한이었습니다. 장사로 돈도 벌 만큼 벌었고, 사회적인 지위도 남부럽지 않게 갖게 됐지만 못 배운 게 평생 한이었습니다. 그래서 저는 학교를 세우고 싶었습니다. 중학교밖에 나오지 못했기에 고등학교를 세우고 싶었습니다. 내 후배나 후손들은 나처럼 배움의 때를 놓쳐 후회하지 않길 바라는 마음에서 말입니다."

설립자이신 전임 이사장님께서는 임용장을 주는 자리에서 말했었다.

"부디 초심을 잃지 말기 바랍니다. 저도 힘닿는 대로 돕겠습니다."

임용장을 주면서도 황송하다는 듯 몇 번이나 머리를 조아리던 전임 이사장님이 떠올랐다. 그와 함께 학교 행사 때마다 항상 교장·교감을 앞세우고 그 뒤를 따라 조심스레 단상에 오르던 단아한 모습도.

도장을 찍고 나서 의자에 등을 묻고 천장을 바라다보았다. 설립자를 생각하려니 내가 하는 일이 옳은 일인가 싶었다. 그분이 헌신과 열정으로 세운 학교를 내가 무너뜨리는 건 아닐까. 그분이 살아 계셔서 지금 내가 하는 일을 안다면 어떤 말을 할까. 배은망덕한 놈이라고 하겠지. 네깟 놈이 뭔데 학교를 뒤흔들려고 하느냐고. 그러나 다시 생각해 보면 반드시 그럴 것 같지도 않았다.

"이 학교는 저의 학교도, 저희들의 학교도 아닙니다. 이 학교는 선생님들의 학교고, 학생들의 학교입니다. 저희들은 심부름꾼일 뿐입니다. 주인 의식을 갖고 학교 발전을 위해 노력해 주시기 바랍니다."

시간이 있을 때마다 되뇌던 설립자의 말씀을 생각해 보건대, 지금 내가 하는 일을 꾸짖기보다 박수를 보낼 것 같았다. '역시, 저의 판단이 틀리지 않았군요. 선생님을 처음 보는 순간 이 학교를 위해 큰일을 해내리라 여겼습니다.'라고 위로를 보내 줄 것 같았다. 또라이를 이사장직에서 내몰고 정상적이고 순리적으로 다른 형제가 이사장 자리에 앉게 된다면 설립자도 반대하지 않을 것 같았다.

나는 새 종이를 꺼내 힘주어 쓰기 시작했다.

> 어떤 일이 있어도 학교 내에서 해결하고, 밖으로 새 나가지 않게 할 것. 특히 언론의 접근을 막을 것.

3

서재에 박힌 지 꼬박 사흘 만에 얼마간 준비를 마쳤다. 현수막, 리본, 어깨띠 문안(文案) 작성도 마쳤다. 이제 마지막 하나가 남았다. '이사장의 교권 침해 사례'였다. 제일 먼저 떠오르는 일은 얼마 전에 있었던 진(秦) 선생 폭행 사건이었다.

학년말 전체 회식 자리는 생각했던 것보다 한층 침통했다. 아직 정식 적인 사무 분장 발표는 하지 않았지만 알음알음 상황을 들어 알고 있어 그랬을 것이었다. 또라이가 합석해서 더욱 그랬는지도 몰랐다. 평상시 와는 달리 고기는 집지도 않고 테이블마다 주거니 받거니 술들만 마실 뿐이었다.

그렇게 30분쯤 지난 때였다. 화장실에 다녀온 강형민 부장이 내 맞은편에 앉아 내 잔에 술을 따르며 말을 걸었다.

"아무래도 나가란 얘기겠지? 한 번도 아니고 두 번씩이나 커트하는 걸로 봐서."

"그게 무슨 말입니까? 그럴수록 더 굳건히 서셔야죠. 그래야 후배 교사들도 버티죠. 지금 모든 후배 교사들은 강 부장님을 거울삼아 버티고 있는데. 그러니 딴생각 말고 내 잔이나 받으세요."

"그런가? 나한테 그럴 자격이 있을까?"

"그럼요. 교감 선생님도 의연히 버티고 있잖아요. 힘내세요."

라며 강 부장 잔에 술을 따르는데, 나만큼이나 성질이 괄괄해 '장비' 또는 '진독사(眞毒蛇)'로 불리는 진용현 선생의 목소리가 터져 나왔다.

"이 선생님, 그게 뭔 소리예요?"

안 그래도 그는 요즘 학교 돌아가는 꼴이 눈꼴사나운지 자주 분노하고 있었다. 그러나 아직 교감 강임 사실은 모르고 있는 눈치였다.

"아냐. 아무것도."

일이 커질 것 같아 입을 다물었다. 그가 아직까지 몰랐다면 모르고 있는 게 낫겠다 싶었다. 더군다나 또라이가 합석해 있었다. 나는 그를 자리에 앉히고 술잔을 건넸으나 그는 받지도 않고 물었다.

"무슨 일이냐니깐요. 교감 선생님이 어찌 됐단 말씀입니까?"

소리가 너무 컸다. 돌아보니 모든 선생님들이 우리를 쳐다보고 있었다. 또라이와 하수인들도.

"좀 조용히 해. 남들 다 보잖아."

"보면 어때요!"

진 선생은 왕방울 눈을 굴리는 게 말 안 하면 금방이라도 나에게 달려들 기세였다. 그러고 있는데 누군가 술 취한 목소리로 외쳤다.

"모르고 있었어요? 교감 선생님 평교사로 내려온대요."

"뭐? 교감 선생님이 어찌 됐다고? 평교사? ……아주 학교를 난장판으로 만드네, 만들어. 이거 어디 무서워서 선생 하겠나."

대놓고 떠드는 그를 말리려 일어서려던 바로 그때였다.

"야, 너 지금 뭐랬어? 난장판 어쩌고저쩌?"

그 소리와 함께 우리 테이블로 술병이 날아들었다. 억! 소리와 함께 진 선생이 얼굴을 감싸 쥐었고 이마며 얼굴에서 피가 흐르기 시작했다.

"이런 씨발."

진 선생이 피를 흘리며 자리에서 벌떡 일어나자 내가 달려들어 막았다. 아무리 화가 나도 우리는 선생이었다. 그래서 선생 똥은 개도 안 먹는다고 하지 않았던가. 아니, 이제 더 이상 피를 흘려서는 안 되었다. 또라이를 내몰지 않고서는 학교가 피로 얼룩질 게 뻔했다.

교사 폭행. 교직원 회식 자리에서 학교를 비판한다고 모 선생님에게 술병을 던져 상해함. 이마에 열여섯 바늘이나 꿰매야 할 정도의 깊은 상처를 입힘.

진 선생의 일이 떠오르자 주마등처럼 또라이와의 2년이 스쳐 지나갔다.
교장에 대한 부당한 대우, 교감직에 대한 미끼화 및 엄포, 대학원 진학에 대한 방해와 불법 사찰, 교사를 이사장실로 호출하여 위압, 각종 사무 분장에 사사건건 개입 및 간섭, 부당한 시말서 요구, 수업 및 휴식에 대한 부당한 간섭과 압력, 각종 연수 및 포상에 대한 간섭, 부당한 학교 행사 참여 및 지휘권 남발, 공공연한 사표 얘기로 공포 분위기 조성…….
잠시만 생각해도 이 정도였다. 그렇지만 이런 생각들은 구체적인 물적 증거로 뒷받침되지 않으면 아무짝에도 쓸모없는 것이었다. 법정에 섰을 때를 대비해서라도 증인과 증거물을 확보해야 했다.
책상 맨 밑 서랍을 열어 일기장들을 꺼냈다. 교직일기였다. 이럴 때 쓰려고 적어 둔 건 아니었다. 휘청거릴 때, 무너질 때, 보람을 느낄 때, 나를 뒤돌아볼 일이 있을 때마다 일기 형식으로 써 두었던 것이었다. 또한 훗날 교직 생활을 정리할 때쯤 회상록 형식으로 책이라도 낼 생각으로, 있는 그대로를 기록해 놓은 글이었다. 일기에는 학생들과의 마찰, 학부모와의 마찰, 선생님과의 마찰 등 수많은 사연들이 기록되어 있었다. 심지어는 제자들이 보낸 편지와 커피잔을 덮은 종이에 써 놓은 제자의 메모까지 옮겨 적혀 있었다.
벌써 15년. 일기장은 벌써 다섯 권이나 되었다. 이사장이 바뀐 2년 전 기록들을 살펴볼 생각으로 다섯 번째 일기장을 열었다. 잉크 냄새와 삶의 냄새가 묻어났다. 앞쪽은 볼펜 잉크가 눈물을 머금은 듯 글씨 주변에 피어 있었다. 어쩌면 눈물로 쓴 글이라서 글씨도 눈물을 머금었는지도 몰랐다.

낮추게나, 여보게

낮을수록 높고
높을수록 낮아짐을 아는가

숨 막히게 깨어나는
아침이 오고 있으니
낮게 엎드려
더욱 높아짐을 알게나

여보게,
바람도 없는 대낮에
꽃들의 흔들림을
본 적이 있는가, 눈을 뜨고
지워지지 않는 가슴의 피멍
지우기 위해 쓰디쓴 잔을 마셔 보았는가

꽃들의 소리 없는 아우성
귀라도 열어 보려 했는가

낮게 낮추게나

눈높이를 낮춰 꽃의

은밀하고도 기민한 움직임을 보게나

귀를 열고 안으로만

타오르는 소리, 소리, 소리를

듣게나. 마음을 열고

　　　　　　－ 20××. 9. 1. 학교 상황을 안타까워하며

이사장의 전횡은 끝이 없다. 오늘은 교무회의 자리에 나타나 선생님들이 자기 험담이나 하고 다닌다면서 소리쳤다. 필요한 소리에는 귀를 닫고, 쓸데없는 소리에는 귀를 여는 이사장. 한편으로는 미우면서도 또 한편으로는 안타깝기도 하다. 옳은 소리를 들을 수 있는 귀는 없는 것일까?

첫 페이지부터 또라이의 횡포를 안타까워하는 시가 실려 있었다. 한 페이지씩 넘기며 차곡차곡 지난날을 되새김질하기 시작했다. 어떤 날은 취중에 썼는지 글씨가 흐트러져 있고, 어떤 날은 한 줄로 마감해 놓은 것도 있었다. 얼마 지나지 않은 일인데도 꿈속에서의 일인 것처럼 아련했다. 그렇게 한참 일기장을 넘기던 나는 감상적인 나를 발견하고 놀랐다. 감상에 젖어 있을 때가 아니었다. 대충 사건이 일어났던 날을 어림잡아 일기장을 넘기기 시작했다.

20××. 5. 9.

화장실 청소를 제대로 하지 않는다고 화장실에 청소 점검표를 붙여 놓았다. 청소 후 담임이 직접 점검표를 확인하라는 것이었다. ㄱ선생은 화장실 청소를 제대로 안 시켰다고 이사장실에 불려 갔었단다. 이사장이 "너 찍혔어. 내가 이사장으로 있는 한 넌 끝이야."라고 했단다.

선생님, '나의 연애 일기·2'는 언제 들려주실 거예요? 연애 일기보다 선생님의 애수 어린 눈빛이 너무 예뻐요. 빨리 듣고 싶어요.: 2학년 7반 5교시 문학 시간 커피 덮개에 쓰인 글.

20××. 5. 12.
교사 휴게실에 앉아서 담소를 나누던 선생님들이 봉변당했단다. 점심을 먹고 대여섯 분의 선생님들이 휴게실에 앉아 쉬고 있는데 또라이가 들어왔단다.
"이거 우리 학교 선생님들은 맨날 노닥거리기만 하고 수업 준비도 안 하는 거 아냐."
들어오면서 다짜고짜 시비조였다고 한다. 선생님들이 일어서서 자리를 내주자 본 체도 않고,
"앞으로 휴게실에서 30분 이상 앉아 있지 말아요. 안 그랬다간 시말서 쓸 줄 알아."
라고 뱉고는 가 버렸다고 한다.
휴게실에 선생님들이 모이는 것이 두려운 모양이다. 선생님들이 모여서 자기 험담이나 하는 줄 알고. 또라이에게도 두려운 게 있는가 보다.

스승의 날이 가까워졌는지 반 아이들이 분주하다. 얼마씩 돈을 모으는 모양이다. 생각 같아선 당장 그만두라고 하고 싶지만, 그것도 교육이다 싶어 잠자코 있었다.
오천 원씩 걷는 것 같던데, 이번 스승의 날엔 케이크 하나와 와이셔츠 하나는 받지 않을까 싶다.

20××. 9. 10.
교사 휴게실과 교무실 게시판에 '황홀한 소자보(?)'가 붙었다.

선생들이 재단을 헐뜯는 일을 용서하지 않겠음. 특히 이사장실 ㅈ양의 일에 대해서는 일절의 말도 하지 말 것.

ㅈ양–이사장실에 근무하고 있는 사무보조원. 또라이는 이를 여비서라고 함–의 봉급을 자신이 주겠다고 하고선 육성회비에서 충당함. 그 사실을 안 ㄱ선생님이 사실 얘기를 했다가 이사장실에 불려 갔다고. "다시 한번 그런 소리 했다간 사표 쓸 줄 알아."라면서 엄포를 놓았다고.

ㅂ학부모로부터 저녁 식사나 하자고 전화가 왔다. 2학기 들어 아이가 많이 변했단다. 고마움의 표시를 하고 싶은 거겠지만, 마음만 흡족히 받았다. 나도 녀석의 변화를 느끼고 있었는데, 보는 눈은 비슷한가 보다.

20××. 9. 18.

ㄱ선생이 봉급을 못 받았단다.

ㄱ선생 반 학생들의 납입금 납부 실적이 저조하다는 게 이유다.

벌써 여러 차례 이사장실에 불려 갔었단다. ㄱ선생은 학생들에게 납부를 독려했는데도 2/4분기 미납자가 5명이라고.

행정실에 확인하니 또라이가 봉급 입금을 보류시킨 게 맞다고 한다. 선생님들이 공납금을 받아야 한다? 그럼 행정실은 문을 닫아야지.

일기를 읽고 있자니 절로 한숨이 나왔다. 내가 겪은 일이 아니라 소설을 읽는 것 같았다. 어디 무법천지에서나 일어났음직한 일들이었다. 이런 상황에서 어떻게 선생을 했을까? 그 속에서도 용케 견딘 내가, 모든 선생님들이 존경스럽기까지 했다. 그와 함께 비굴과 노예근성에 침이라도 뱉고 싶었다.

일기장에서 뽑아낸 교권 침해 사례는 대충 열세 가지였다. 이를 일의 성격별로 세 항목으로 나누어 핵심 골자만 뽑아 정리하기 시작했다.

방두희 이사장의 교권 침해 사례

1. 교사의 숨통 조이기 및 폭행

    1) 교장에 대한 부당한 대우: 교장을 함부로 대하고 교장에게 공포감 조성 및 교장의 권위를 떨어뜨림.

    2) 교감직에 대한 미끼화와 엄포: 다음 교감을 거론, 현 교감 선생님

에 대한 불안감을 심을 뿐 아니라 선생님들 간의 불화를 조장함.
3) 교사 폭행: 회식 자리에서 학교를 비판한다고 선생님에게 술병을 던져 상해, 이마를 열여섯 바늘이나 깊게 함.
4) 대학원 진학에 대한 방해: 수업계 교사에게 대학원 다니는 선생의 일일 보고를 명령함. 불법 특별사찰.
5) 선생님들에 대한 횡포: '누구(선생님 이름을 개 이름 부르듯 함)는 찍혀서 몇 년간 담임 못 하며, 무슨 보직을 할 수 없다.'는 등의 말을 하고 이를 실행하여 자신의 힘을 과시하는 한편, 선생님들을 위축시킴.
6) 사소한 일에도 이사장실로 호출, 위압: 선생님들을 자주 불러 고압적인 말과 행위로 선생님들의 기를 꺾음. 학생들의 공납금을 제때 받아들이지 않았다는 이유로 월급까지 지급 보류시킴.

2. 부당한 학사 업무 간섭
   1) 각종 사무 분장에 사사건건 개입, 간섭: 교장의 고유 권한을 침해하는 한편, 교장이 재고를 요구하면 교장 임기를 운운, 협박함.
   2) 부당한 시말서 요구: 사소한 일을 침소봉대하여 부당하게 시말서를 요구함. 자신의 마음에 안 들면 트집 잡아 시말서나 사표 제출을 요구함.
   3) 수업 및 휴식에 대한 간섭: 단순히 책상에 앉아 있지 않았다는 이유로 수업 준비를 제대로 안 한다고 시말서 요구, 휴게실에 30분 이상 체류하지 말라고 위압함.
   4) 각종 연수 및 포상에 대한 간섭: 각종 연수와 포상에 관한 교장 및

인사위원회 결정을 묵살, 자신의 의도대로 처리함. 법으로 보장된 심의권 박탈.

3. 지휘권 남발 및 기타
   1) 각종 행사 참여, 지휘권 남발: 수학여행이나 기타 학생 행사에 참가, 행사 일정을 마음대로 변경함은 물론 선생님들까지 통제함.
   2) 교사 휴게실에서 유명 연예인과 섹스를 해 봤다는 등의 음담패설을 늘어놓아 학교 분위기를 흐림.
   3) 이사장실 모 양의 봉급을 자신이 주겠다고 해서 임용해 놓고 육성회비에서 충당시킴. 이 사실이 알려지자 교사 휴게실에 엄포문을 부착, 선생님들을 불안에 떨게 함.

많은 생각을 할 필요가 없었다. 감자 줄기를 뽑으면 땅속에 묻혔던 감자들이 따라 올라오듯 하나의 일을 떠올리자 그 줄기에 매달려 다른 사건들이 줄줄이 따라 올라왔다. 거짓이나 상상, 허구가 아닌 실제로 있었던, 몸소 체험했던 일들이라 그걸 뽑아내는 데는 어려움이 없었다. 오히려 너무 많아 그걸 추려내는 데 애를 먹을 지경이었다.

 그러다 조영건 선생의 제자 성추행 사건과 박영철 선생의 시험지 유출 사건과 맞닥트렸다. 두 사건을 언급해야 할지 말아야 할지 판단이 서지 않았다. 분명 방두희 이사장이 은폐하고 조작했던 사건이었지만 그걸 언급했다간 그 파장을 감당할 수 없을 것 같았다. 그 사건을 언급하는 순간 이사장 퇴진 운동이 아니라 조·박(조영건+박영철) 죽이기가 돼 버릴 것이고, 진상이 밝혀지는 순간 네 사람(또라이, 쫄배, 조영건, 박영철)은 구속될 것이었다. 학사 일정이 마비되고 학교 위신이 추락하는 것은 물론, 구성원 모두가 피해를 입을 것 같았다. 한마디로 자폭 내지는 진내사격이 되고 말 것이었다.

고민 끝에 성추행 사건과 시험지 유출 사건은 빼기로 했다. 그걸 뺀다 해도 방두희 이사장을 몰아내는 데는 아무런 문제가 없을 듯했다. 그 두 사건은 히든카드로 감춰 두기로 했고.

비슷한 일들을 항목별로 정리하면서 나는 연신 담배를 피워 댔다. 가슴 속에서 솟아오르는 긴 한숨을 뱉어내지 않고서는 견딜 수가 없었다. 작은 가슴 어디에 이렇게 많은 한숨들을 모아 놓고 살았는지 의심스러울 지경이었다. 어쩌면 가슴에 쌓인 한숨을 남몰래, 남들이 눈치채지 못하게 뱉어내기 위해 담배를 피우고 있는지 모른다는 생각이 들 정도였다.

4

사흘 동안 모든 준비를 마치고 제일 먼저 찾은 곳은 변호사 사무실이었다. 친구들 중에는 서울에서 활동 중인 변호사도 많았지만 지방에서 활동 중인 변호사 한명식을 일부러 찾아갔다. 명식과 친했기 때문이기도 했지만 서울에서 활동하는 친구들에게 알렸다간 일이 커질 것 같아서였다. 같은 이유로 교원단체에도 알리지 않았을 뿐 아니라 문의도 하지 않았다. 어떤 일이 있더라도 학교 내에서, 평화적으로 해결하고 싶었다. 학교 이미지도 이미지지만 돌아가신 설립자의 유지를 받들고 싶었다. 감상적인 생각일지는 몰라도 그분에게 누가 되는 일은 하고 싶지 않았다. 아니, 그 무엇보다도 그런 상황 속에서도 비굴하게 살아가고 있는 나와 나의 동료들의 모습을 가까이에 있는 사람에게 알리고 싶지 않았다. 자주 봐야 할 그들에게 알렸다간 나 자신이 부끄러워 고개를 들고 다니지 못할 것 같았다.

"야, 이 선생! 네 성질에 이런 데서 어떻게 견뎠냐?"

취지문과 교권 침해 사례를 보더니 명식이 혀를 내둘렀다.

"여기 내용이 전부 사실이라면 형사고발까지 가능하겠어. 근데 말이야, 몇 가지 보완해야 할 것 같아."

녀석은 법전과 판례들을 뒤적거리더니 보완 사항들을 적어 주었다.

"아무래도 가장 중요한 게 증거거든. 여기 있는 내용들을 증명할 만한 물증이나 증인이 필요해."

"내 일기 같은 것도 증거가 될 수 있을까?"

함께 가져간 일기장을 꺼냈다. 그 내용들을 훑어보더니 녀석이 혀를 내둘렀다.

"야, 너한테 이런 꼼꼼함이 있었냐? 내가 기억하는 너하곤 도저히 연결이 안 돼. ……난 아직도 널 객기 어린 국문학도나 위장복 입고 캠퍼스를 휘젓고 다니던 해병 아저씨로 기억하는데."

"짜식, 옛말하지 말고……. 도움이 되겠어?"

"되고말고. 우리나라 교육을 고뇌하는 교육자의 '교직일기'가 증거가 되지 않으면 증거 될 게 뭐 있게? 그리고 더 좋은 건 단순히 교권 침해 사례만 기록돼 있지 않고 자질구레한 일들도 기록돼 있다는 거야. 여기에 언급된 사람들을 증인으로 채택하면 자연스레 이 기록이 사실이란 게 밝혀질 거고."

"그래?"

눈앞이 훤해지는 것 같았다. 결국 내가 원치 않는다 하더라도 일이 꼬였을 경우, 세상에 알려질 수밖에 없고 법정에 설 수밖에 없었다. 그때 가장 중요한 증거가 될 수 있는 자료를 확보해 놓고 있는 셈이었다. 그렇게 한시름 놓은 나는 한 가지 사실을 당부했다.

"일길 읽다 보면 자연스레 알게 되겠지만, 제자 성추행 사건과 시험지 유출 사건은 빼기로 하자."

"어? 그런 일도 있었어?"

"어, 있었어. 근데…… 그건 또라이, 아 참, 그건 방두희 이사장 별명이야. 아무튼 그건 또라이 문제라기보다 두 선생의 문제고, 우리 학교 구성원 전체의 문제로 비화될 것 같아 뺐어. 판도라 상자인 것 같아서. 그러니 그건 빼자고. 그걸 빼도 또라일 몰아내는 데는 아무 문제가 없을 것 같으니까."

"……?"

"방 또라일 몰아내려는 거지 자폭하려는 건 아니잖아. 아무리 전쟁에 이기고 싶어도 써선 안 될 무기가 있잖아. 그리고…… 최후 수단으로 쓸 히든카드 한 장쯤은 숨겨 둬야 하고."

"뭔 생각인지 잘 모르겠지만, 알았어. 의뢰인의 요구에 따를게."

"자, 그럼 정리할게. 먼저, 교권 침해 사례에 당사자나 증인이 될 수 있는 사람의 서명을 미리 받아서 따로 보관할 것. 다음으로 학습권을 절대 침해하지 말 것. 셋째, 리본 착용이나 교무실 내에 현수막 부착은 상관없음. 넷째, 어떤 일이 있더라도 학교 기물을 파손하거나 변형하지 말 것. 마지막으로 경찰에 연행되었을 경우 어떤 형태든 반항하거나 기물에 손대지 말 것. 공무집행 방해죄가 성립될 수 있다. 이게 전부지? 또 있나?"

녀석은 벙한 눈으로 나를 쳐다보았다. 놀란 눈치였다.

"아 참, 이 일기 말야. 네가 보관하고 있을래? 중요한 증거라니 말야. 그리고 ……운동 기간 중에 매일 저녁 너한테 연락할게. 만약 일이 꼬였을 땐 그날로…… 넌 내 법정 변호인이 되는 거고. 해 줄 수 있지?"

"서울에도 변호사 친구들 많잖아. 왜 하필 지방에 있는 나야?"

"아, 시끄러. 수임료는 줄게, 오늘 상담비는 못 줘도. 그리고 너 혼자 벅찰 것 같으면 네가 알아서, 서울에 있는 놈 중에 너와 손발이 맞는 녀석에게 연락하고. 알겠지?"

"그래. 알았어, 인마. 짜식이 선생 되더니 나보다도 더 꼼꼼이가 됐네? 아무튼 나가자. 술이라도 한잔해야지."

그날 밤, 나는 녀석이 이끄는 대로 횟집과 술집을 돌아다니며 오랜만에 녀석과 회포를 풀었다. 녀석은 그만하자고 빼는 내게 걸쭉한 욕설까지 섞어 가며 자정 넘게까지 나를 끌고 다녔고.

망진자 호야(亡秦者 胡也)

5

얼마간 예상은 하고 있었지만 선생님들의 반응은 냉담했다.

어느 정도 준비가 됐다 싶자 나는 건전한 비판성과 적극성을 가지고 있다고 생각하는 동년배 선생님들부터 찾아갔다. 그리고 나의 뜻을 알렸다. 구체적인 계획을 세운 것은 아니지만 이사장 퇴진 운동을 벌일 생각이라고.

취지에는 수긍하고 동조하면서도 동참에는 미적거렸다. 두려워하고 있었다. 교직에서 내몰릴지도 모른다는 불안감과 또라이에게 찍혀 좋을 게 없다는 피해 의식이 그들을 머뭇거리게 하는 것 같았다. 조퇴니 명퇴니 시끄러운 판국에 교사직은 정년을 보장받은 그야말로 '철밥통'이 아닌가. 그런 직장을 포기할 생각을 하자 오금이 저리는 모양.

그런 경향은 선배 선생님들에게서 더욱 강하게 나타났다. 한평생 교직생활을 해 온 그들은 안정의 소중함을 누구보다 잘 알고 있었다. 그리고 그들은 이제 퇴임을 얼마 안 남겨 둔 사람들이었다. 또한 자식들 교육비에다, 애경사비(哀慶事費) 등등 수입보다 지출이 많을 때가 아닌가. 그런 그들에게 동참을 권하는 건 섶을 지고 불구덩이에 함께 들어가자고 권하는 거나 다름없었다. 그런 사실을 잘 알기에 동참을 권하지는 않았다.

다만, 운동의 취지를 알리고 힘을 실어 달라고 했다.

침묵하는, 침묵으로 동조하는 다수가 없으면 이룰 수 없는 일인 만큼 선생님들의 뜻을 함께 실어 달라고 부탁했다. 두려워하는 사람에게 무턱대고 용기를 호소할 수는 없었다.

두렵기는 나도 마찬가지였다. 다른 사람들이야 단순 가담 정도로 끝나겠지만 나는 달랐다. 주동자였다. 그리고 정말 두려움을 느끼기 시작한 것은 선생님들을 만나면서부터였다.

처음 한두 사람이 머뭇거릴 때는 그럴 수 있지라고 생각했는데 그 인원이 많아져 가자 두려워지기 시작했다. 일은 시작도 못 해 보고 나만 쫓겨날 것 같았다. 더군다나 이미 발설된 일이라 덮어 둘 수도 없는 상황이고 보니 더욱 그랬다. 여러 사람들에게 알려진 이상 또라이 레이더에 잡힐 것은 너무나 당연한 일이었다.

집에도 들어가지 않고 모텔에 묵으며 고민에 고민을 했다. 아무리 머리를 짜내도 혼자 힘으로는 역부족이었다. 소시민에게 나태와 안정보다 더 달콤한 건 없다는 생각이 나를 더욱 무겁게 했다. 결국 방법을 바꾸지 않고는 일을 시작도 해 보지 못하고 그만둬야 할 것 같았다. 생각 끝에 정우 형 선생에게 전화를 했다.

"어, 이 선생? 지금 어디야? 사모님이 찾고 난리야."

정 선생은 내 목소리를 듣자 반가움보다 걱정을 앞세웠다.

"어, 집사람 몰래 처리해야 할 일이 하나 있어서."

"이 사람아, 사모님 몰래 처리할 일이 어딨어. 빨리 집에……."

"그래, 알았어. 알았으니까 걱정 말고…… 삼일절 오후에 시간 있지?"

가장 믿는, 동갑내기에다 같은 국어과 정 선생은 내가 가장 믿을 수 있는 친구이자 동지였다. 그래서 처음에는 그에게 동참을 권하지 않으려 했었다. 권하지 않아도 일이 시작되면 자연스레 나와 뜻을 같이하리란 걸 알고 있었기 때문이었다. 그리고 또 한 가지, 그를 이번 일에 끼워 놓고 싶지 않았다. 그도 나만큼이나 또라이한테 찍힌 몸이라 앞에 나서는 걸 막고 싶었다. 또한 다른 선생님들에게 지들끼리 잘 논다는 인상을 줄 수 있기 때문에 그는 일종의 히든카드로 쓸 작정이었다. 그러나 상황이 상황인지라, 그의 도움 없이는 시작도 못 해 보고 끝내야 할 것 같아서, 그에게 먼저 전화를 했던 것.

아니나 다를까. 그는 두말없이 나오겠다는 말과 함께 가까운 선생님들에게 전화해 보겠다고까지 했다. 그 말을 듣는 순간, 울컥하면서, 마음이 놓이자 농담이 흘러나왔다.

"야, 우리 둘 중 한 사람은 빠져야 하는 거 아냐? 그러다가 둘 다 짤리면 뒤봐줄 사람이 없잖아."

"야, 인마, 짤릴려면 둘 다 짤려야지 한 놈만 남아서 뭐 하게? 바늘 없는 실 신세지. 걱정 말고, 삼일절 날 만세나 목청껏 불러 보자고."

"그래, 알았다. 바늘과 실이 따로 놀면 디게 외롭긴 하겠다."

"그려, 그때 보자고."

정 선생을 필두로 다른 선생님 열 명쯤에게 전화를 했다. 낮에 만났던 사람들에게도 전화를 했다. 부담감을 줄여 줄 생각으로, 함께 모여서 중지를 모아 볼 생각이라 했다. 그러자 그들도 참석하겠다는 의사를 밝혔다.

삼일절 당일, 약속 장소인 피커피숍에는 예상보다 많은 사람들이 모여들었다. 한 열 명쯤 예상하고 있던 나는 놀라지 않을 수 없었다. 그동안 나만 힘들었고 나만 고민했었던 게 아니었음이 확인되는 순간이었다.

그들은 약속 시간보다 10여 분이나 일찍 약속 장소에 모여들었다. 일의 성격상 밝은 얼굴은 아니었지만 그렇다고 마지못해 무거운 발걸음을 한 것 같지는 않았다. 무겁기는 해도 발걸음은 당당했고, 얼굴은 다소 상기되어 있긴 했지만 두려운 기색은 없어 보였다.

"오늘 바쁜 중에 이 자리에 모인 이유는…… 제가 말하지 않아도 잘 아실 것이라 믿습니다. 혼자 할 수 있다면 혼자 하겠지만, 이 일은 어느 한 사람의 힘으로 할 수 없는 일이기에 몇 번이나 망설였습니다."

예상했던 선생님들이 얼추 모였다 싶자 정황 설명을 시작했다. 목소리가 떨렸다. 온몸이 후들거렸다. 그러나 내친걸음이었다. 선생님들의 무거운 마음을 잘 알기에 말을 아끼며 하나씩 끄집어냈다. 너무 많은 말을 하면 오히려 반감을 가질 것 같아 최대한 압축하며.

"그건 지금도 마찬가지입니다. 다들 자발적으로 여기에 모이기는 했지만 마음은 똑같지 않으리라 생각하기 때문입니다."

떨리는 목소리로 말을 이어 가는데 갑자기 나의 말을 자르고 나서는 사람이 있었다.

"이 선생님, 말씀 중에 죄송한데요, 대충 분위기를 보니 여기에 모인 선생님들은 동참할 의사가 있는 것 같은데, 우리의 뜻을 알리는 취지문이라도 만들어야 할 것 아닙니까?"

월급을 보류당했던 김수용 선생이었다. 그에게는 연락도 하지 않았는데 어떻게 알고 왔는지 긴말 필요 없지 않느냐고 내 말을 잘랐다.

침묵하는 다수. 무언의 동조.

그의 말에 좌중을 돌아본 나는 이런 말을 떠올렸다. 구심점과 시발점이 없어서 침묵하고 있다가 어느 순간 엄청난 힘으로 터지는 화산. 그래, 지금 그들은 활화산이었다. 순간, 나는 하나의 실수를 인정하지 않을 수 없었다. 조용히 있는 듯 없는 듯싶지만 선생님들은 회색분자도 아니었고, 반대파는 더욱 아니었다. 다만 침묵하고 있었을 뿐, 다만 숨죽이고 있었을 뿐, 기다리고 있었을 뿐이었던 것이었다. 그런 그들의 마음을 알고 나자 미안한 마음에 그들과 눈도 마주칠 수가 없었다.

"선생님들 모두 동참할 의사가 있습니까?"

김수용 선생의 발 빠른 행보에 힘을 얻은 내가 선생님들을 돌아보며 물었다. 예! 대답하는 사람, 고개를 끄덕이는 사람, 푸우 한숨을 쉬는 사람⋯⋯. 각기 행동은 달랐지만 동참 의지를 표명하는 것 같았다.

"자, 동참할 의사가 있으시다면 박수로 의사를 표시해 주십시오. 여러분, 동참하겠습니까?"

예! 소리와 함께 박수가 터져 나왔다. 20여 명이 치는 박수가 그렇게 클 줄 몰랐다. 그들은 손이 얼얼할 정도로 박수를 치고 있는 것 같았다.

"⋯⋯그럼 제가 미리 준비해 둔 취지문과 이사장 교권 침해 사례, 동참 서명서를 나눠 주도록 하겠습니다. 스스로 판단해서 결정하시기 바라고, 문제점이 있거나 고쳐야 할 부분이 있으면 알려 주시기 바랍니다."

나는 카운터에 맡겨 두었던 봉투를 찾아왔다. 미리 50부를 준비해 두길 잘했다. 처음 생각대로 20부를 준비했다면 큰 낭패를 볼 뻔했다.

자리별로 나눠 줘도 됐지만 나는 일부러 한 사람 한 사람에게 직접 전달했다. 그래야 할 것 같았다. 그들은 이번 일의 성패를 좌우할 사람들이 아니던가. 그래서 그들에게 직접 전달하면서 나의 의지를 보여 주고 싶었다. 굳은 악수까지 나누며.

아니, 이걸 언제 준비했어. ……취지문 죽이네. ……눈물이 다 나네. ……뭐야 이건, 잘도 찾아냈네. ……아주 단단히 준비했구만. ……이거 하느라고 봄 방학 다 보낸 거 아냐? ……수고했어요, 이 선생님. ……아주 수고했어. 아주 속이 다 시원—하네.

여기저기서 탄성과 감사의 말이 터져 나왔다. 몇몇 선생님들은 눈을 슴벅거리기도 했다. 자신의 속마음을 다른 사람이 속속들이 대신해 줄 때 감격하는 것인지, 선생님들의 표정에는 그런 감격이 묻어 있었다.

참석자 24명 전원이 서명을 해서 내게 주었다. 눈물이 나올 것만 같았다.

"여러분, 정말 고맙습니다. 이 일을 준비하며 외로웠습니다. 혹시 나 혼자 외로운 메아리만 울리다가 끝나는 건 아닌지 솔직히 두렵기도 했습니다. 그런데…… 기우였습니다. 이제 선생님들의 마음을 확인한 이상, 어떤 일이 있더라도 끝까지 싸울 겁니다. 여러분들이 함께하는 한 이번 일은 반드시 성공할 것이고, 다시 한번 감사드리며, 그동안 속 끓이느라 고생 많으셨습니다. 그러나 이제 다시는 그런 일은 없을 것입니다. 아니, 없게 해야 합니다."

찻값과 기타 경비 조달에 대한 문제는, 어느 한 개인의 일이 아니라 모두의 일인 만큼 십시일반(十匙一飯)의 원리에 따르기로 해서 각자 가진 돈을 털었다. 액수를 밝히지 않은 헌금 형태의 모금이었다. 그리고 앞으로도 필요한 경비를 그렇게 조달하기로 결정했다. 나는 미리 카드로 인출해 두었던 돈 전액을 모금 봉투에 집어넣었다. 즉석에서 총무를 맡은 김수용 선생은 300여만 원이 모금됐다고 했다.

6

 전체 교직원 조회가 끝나기 직전, 나의 눈짓을 신호로 내 주변에 앉아 있던 선생님 몇 분이 자리에서 일어서 내 자리로 모여들었다. 나를 호위하기 위해서였다. 그와 동시에 어제 서명한 선생님들이 우두둑 일어섰다. 그런 일련의 행동들을 확인한 나는 선생님들의 호위를 받으며 교무실 중앙으로 이동하기 시작했고, 그와 동시에 어제 임무를 부여받은 선생님들이 전단과 리본을 나눠 주기 시작했다. 운동이 시작된 것이었다.
 나는 선생님들의 호위를 받으며 교장·교감·행정실장 앞으로 가서 깊숙이 머리를 숙였다. 너무나 짧은 시간 동안 일사불란하게 일어난 일이라 그들을 비롯한 재단파들도 기가 질리는지 멀뚱한 눈으로 보기만 했다.
 한동안 술렁거리더니 찬물을 끼얹은 듯 조용해졌다. 그러기를 잠시, 여기저기서 한숨과 탄식이 터져 나왔다. 취지문과 교권 침해 사례를 읽으면서 흘리는 소리였다.
 동참 선생님들의 호위 속에 마이크를 잡았다. 손이 떨렸다. 찡 하니 이명도 울렸다.
 "새 학년이 시작되는 개학 첫날 이런 모습을 보여 죄송합니다."
 목소리는 더 떨렸다. 헛기침과 심호흡을 한 번 하고 다시 말을 이어 나갔다.
 "그러나 취지문을 읽어 보시면 아시겠지만, 더이상의 침묵은 죄악임을 알기에 우리는 일어선 것입니다. 우리의 뜻은 나눠 준 유인물, 취지문과 교권 침해 사례에 담겨 있습니다. 취지문에도 나와 있듯이 우리는 이 일을 평화적으로 해낼 것입니다. 결코 밖에 알리지 않을 것이고, 학생들에게도 절대 비밀로 할 겁니다. 학사 일정을 지연시키거나 방해하지도 않을 겁니다."

내가 이야기하는 동안 선생님 몇이 북쪽 칠판에 현수막을 붙였다.

〈교권을 침해하는 방두희 이사장은 즉각 퇴진하라〉

그와 동시에 선생님들이 가슴에 리본을 달기 시작했다. 나도 리본을 달았다. '교권 확립을 위한 이사장 퇴진 운동'.
"먼저, 선배 선생님께 드리는 글을 낭독하겠습니다.

선배 선생님들께 드리는 글
— 이사장 퇴진 운동에 부쳐

우수도 경칩도 먼 날부터 우리는 봄을 기다리곤 합니다. 봄은 우리들에게 새 희망을 안겨다 주기 때문입니다. 그러나 우수가 지나고 경칩이 코앞인데도 우리 교정에는 봄이 오질 않습니다. 봄을 가로막는 장벽이 있기 때문입니다.

이사장이란 사람이 공적인 자리에서, 그것도 자신보다 나이가 많은 선배 선생님들의 이름을 개 이름 부르듯 부르는 것을 보고 숨까지 막혀 왔었습니다. 돌아보면 하루가 일 년 같은 나날들이 쉼 없이 흐르기만 했습니다. 그 사이에 선배님의 머리카락이 하나둘 사라짐을 말없이 보아 왔고, 이마에 잔주름이 늘어 감을 가슴속으로만 아파했었습니다. 그 자신만 만하던 모습은 간데없고 우리 앞에는 초로(初老)의 아픔을 간직한 선배님이 서 있을 뿐입니다.

　이제 우리는 일어서려 합니다. 더이상의 침묵과 더이상의 비굴은 죄악임을 알기에 우리는 일어선 것입니다. 취지문에도 나와 있듯이 우리는 결코 폭력을 행사하거나 학생들에게 피해를 입히지 않을 것입니다. 평화적이고도 민주적으로 이 문제를 풀어 가고자 합니다.

　선배님, 우리가 가진 힘은 아주 미약합니다. 그러나 뭉치면 큰 힘인 줄도 알고 있습니다. 그러기에 우리는 한 사람이 아닌 우리 모두의 일로 이 일을 해 나가고자 합니다.

　우리는 선배님께 누를 끼칠까 봐 노심초사하고 있습니다. 선배님의 얼굴과 이마에 잔주름, 머리에 흰 머리, 가슴에 근심 몇 개를 더 심을까 싶어 선배님들의 얼굴을, 이마를, 머리를 가슴 아프게 바라봐야만 할 것입니다. 그러나 바른 스승의 길을 걷기 위해, 이 교정에 봄을 심어 놓기 위해 이제 나서려고 합니다. 우리를 지켜봐 주십시오. 혹 잘못된 점이 보이시면 한 바가지 질책도 해 주십시오. 선배님 곁에는 언제나 저희들이 있고, 저희 곁에는 선배님들이 계십니다.

20××년 3월 2일

이사장 퇴진 운동 동참자 일동

　이상입니다.
　다시 한번 부탁드리겠습니다. 나눠 준 유인물이 교무실 밖으로 나가선 안 됩니다. 리본도 교무실에서만 패용 가능합니다. 그리고 교사 휴게실을 운동본부로 하겠습니다. 많은 선생님들의 동참과 흥허물 없는 토의와 기탄없는 질책을 기다리겠습니다. 감사합니다."

다시 선생님들의 호위 속에 제자리로 돌아와 앉았다. 그로써 교직원 조회는 끝났다.

교무회의가 끝났으니 개학식을 해야 했다. 그러나 어느 한 사람도 움직이려는 기미를 보이지 않았다. 한숨과 침묵 속에 가만히들 앉아있었다. 금방 무슨 일이라도 쾅 터질 분위기였다. 교장·교감·행정실장도 분위기에 눌려 감히 다음 동작을 취하지 못하는 것 같았다. 침묵 속에서 몇 분이 흐르자 마침내 교장이 마이크를 잡았다. 헛기침을 크게 하며 목소리를 다듬더니 특유의 무게감 없고 출랑대는 어투로 말을 시작했다.

"선생님들의 뜻은 충분히 알았습니다. 그러나…… 이 일은 있을 수 없는 불법……."

불법이라는 말과 동시에 선생님들이 일어서며 '교장 선생님!' 고함을 쳤다. 금방이라도 달려들어 교장을 내던질 기세였다. 그중에는 어제 서명하지 않은 선생님들도 포함돼 있었다.

"잠깐만요. 선생님들, 잠깐만요."

살벌함 속에 행정실장이 마이크를 잡고 선생님들을 진정시켰다.

"예, 예, 알겠습니다. ……예, 알았으니깐 먼저 제 얘기를 잠깐만 들으시죠. 에…… 제 생각으로는 불법, 합법을 따질 일이 아닌 것 같습니다. 오늘은 새 학년이 시작되는 개학 첫날입니다. 지금 학생들은 개학식을 위해 체육관에 모여 있습니다. 여기서 시간을 끌거나 잡음이 들리면 선생님들께서 외부나 학생들에게는 절대 알리지 않겠다는 약속을 저버리게 됩니다. 그러니, 먼저 개학식을 평화적으로 마치고 난 후 다시 회의를 하는 게 어떻겠습니까? 그동안 저는 이사장님을 만나겠습니다. 어떻습니까?"
　중재안을 말해 놓고 나를 바라보았다. 나는 조용히 고개를 끄덕였다.
　"좋습니다. 제게도 유인물 한 장만 주십시오. 선생님들의 주장을 알아야 저도 중재할 것 아니겠습니까?"
　내가 고개를 끄덕이자 중앙부에 있던 선생님 한 분이 유인물을 행정실장한테 넘겼다. 그렇게 일은 시작되었다.

7

　일이 슬슬 꼬이기 시작했다. 또라이 측에서 작전을 펴고 있는 듯했다.
　동참자가 86명으로 늘어난 것은 개학식을 마친 직후였다. 선생님들의 자유의사를 존중하는 의미에서 동참 서명서를 직접 받지 않았다. 직접 받으면 좀 더 많은 인원을 동참시킬 수는 있었으나 분위기상 압력으로 작용할 수 있기 때문에 휴게실 탁자에 동참 서명서를 비치하여 누구든 서명할 수 있게 했다. 어제 24명에서 시작된 운동에 62명이 합세해 모두 86명이었다. 그러나 결코 좋아할 일이 아니었다. 그중에는 또라이 측근이 둘(조·박 선생)이나 끼어 있었기 때문이었다.
　그들이 끼어든 사실을 확인하고, 혼자 판단하기 곤란하여 집행부 회의를 소집했다. 정우형 선생과 진용현 선생, 그리고 총무인 김수용 선생이었다.
　"그놈들이 왜 껴요?"
　진 선생은 다짜고짜 눈을 부라렸다. 진 선생의 그런 반응이 나를 차분히 가라앉혔다. 거울을 보며 자신을 가라앉힌다고나 할까. 진 선생은 나의 거울이었다. 외부의 작은 충격에도 확 달아오르는 다혈질, 그런 진 선생을 곁에 두고 보니 내가 오히려 차분해지고 있었다.

"흥분해서 될 일이 아닌 것 같아. ……어떡했으면 좋겠어? 나도 선뜻 결정할 수 없어 부른 거야."

같이 흥분할 줄 알았던 내 목소리가 차분히 가라앉은 걸 보고 진 선생은 놀랐는지 흥분을 가라앉혔다.

"전체 회의에 부쳐야 할 것 같은데, 그것도 방법은 아닐 것 같고. 동참 여부를 당사자의 의사와 관계없이 심의하게 된다면 오늘 서명한 선생님들이 동요할 것이고, 또한 선생님들 간에 균열이 일어날 게 뻔하고……. 그렇게 되면 원래 의도와 정반대로 충돌이 일어날 가능성도 있고. 그렇다고 그냥 참가시켰다가 나중에 어떤 돌발 행위를 할지 걱정이고."

무거운 침묵. 예상하지 못했던 일이라 해결 방안이 떠오르지 않았다.

가장 좋은 방법은 그들을 참가시키지 않는 것이었다. 그들이 동참하게 되면 열의를 갖고 동참한 선생님들의 자유로운 의사 개진이나 적극적인 행동을 기대할 수 없었다. 그들이 곁에 있다는 자체만으로도 선생님들은 몸을 사릴 게 뻔했다. 그들이 우리들의 일거수일투족을 이사장에게 보고하기 위해 우리 속에 잠입해 있다는 사실은 삼척동자도 아는 사실이었다. 그러므로 그들이 있는 한 우리가 취할 태도가 극히 제한될 수밖에 없었다. 프락치에 의해 모든 정보가 새 나가는 마당에선 어떤 발언이나 행동도 조심스러울 수밖에 없기 때문이었다. 그러나 무엇보다 그들이 어떤 돌발 행위를 할지 걱정이었다. 외부에 의해서가 아니라 우리 내부에서의 충돌. 그렇게 되면 모든 게 끝장이었다.

사실, 오늘 아침 일을 시작하면서 걱정이 앞섰다. 거의 모든 선생님들이 오늘 일을 알고 있는 듯싶었기 때문이었다. 다른 선생님들이 다 알 정도라면 또라이가 모를 리 없었다. 알았다면 대책을 세워 놓았을 게 뻔했다. 우리와는 사고 구조가 다른 사람이라 우리가 전혀 예상치 못한 그 어떤 꼼수와 돌발책을 내놓을 것 같았다. 그런 나의 걱정은 기우가 아니었다.

교장·행정실장과 합의하에 '평소와 같은 분위기의 개학식'을 했다. 선생님들의 가슴에 달았던 리본을 다 떼고 체육관에서 정상적인 개학식을 가졌다. 새로운 담임 발표 때는 평상시와 같이 학생들에게 손을 흔들기도 했고, 손으로 키스를 날리기도 했다. 그런데, 개학식을 마치고 돌아와 보니 교무실이 엉망이었다.

북쪽 칠판에 붙여졌던 현수막이 감쪽같이 없어졌고, 선생님들 책상 위에 있던 유인물과 리본이 흔적도 없이 사라져 버렸다. 선생님들이 흥분하기 시작했다. 소리를 치고 책상을 발로 차는가 싶더니 누구든 죽여 버리겠다는 험악한 말까지 터져 나왔다.

순간, 모든 피가 머리로 쏠리는 걸 느꼈다. 교장과 행정실장이 곁에 있었다면 한 주먹 날려 버리고 싶었다. 그러나 다음 순간, 아차 싶었다. 그렇다, 이게 첫 번째 방해 공작이구나. 나는 흥분한 선생님들을 향해 고함을 쳤다.

"선생님들! 선생님들! 흥분하지 마십시오. 흥분하지 마시고 제 말 먼저 들으세요. 선생님들! 지금 흥분하면 일이 꼬입니다. 저들은…… 우리가 흥분하기를 바라고 있습니다. 우리가 흥분하기를, 일을 일으키기를 바라고 있습니다. 그렇게 되면…… 그렇게 되면, 경찰을 진입시킬 빌미를 줄지도 모릅니다. 어쩌면 그 이상의 빌미를 주거나. 그러니 제발, 제발 흥분하지 마시고 제 말을 끝까지 들으십시오."

선생님들의 흥분이 서서히 가라앉았다. 흥분이 가라앉은 게 아니라 두려운 모양이었다. 흥분으로 붉었던 얼굴이 하얗게 식어 있었다.

"저는 이런 일이 있을 줄 알고 미리 두 장의 현수막을 준비해 두었습니다. 그리고 리본과 유인물도 200개나 만들어 두었습니다. 저들이 우리를 흥분시키면 흥분시킬수록 우리는 의연해야 합니다. 휘말려서는 안 됩니다. 누가 이런 짓을 했는지 따지지 맙시다. 우리 내부에는 우리와 다른 세력이 있다는 걸 여러분들도 알고 있지 않습니까? 그러니 제발 냉정하게 대처해 주시기 바랍니다. 그러나……이 일을 그냥 넘길 수는 없습니다. 교장 선생님과 행정실장에게 엄중히 따져 같은 일이 다시는 일어나지 않도록 조치하겠습니다. 여러분, 작은 것은 잃고 큰 것을 얻어냅시다."

여기저기서 박수 소리와 '이 선생님 파이팅', '이 선생님 최고!'라는 환호성이 터져 나왔다.

"정말 현수막과 유인물 준비해 뒀어?"

선생님들의 흥분이 가라앉자 정우형 선생이 내게 와서 물었다. 나는 빙긋 웃어 주었다.

"이 사람 정말, ……이젠 아주 사기까지?"

"그나저나 현수막과 리본을 어떻게 다시 준비한다?"

"그건 나한테 준비하란 소리지?"

정 선생이 환하게 웃었다. 나는 광고사 전화번호를 쪽지에 적어 남몰래 정 선생 손에 쥐어 주었다. 그렇게 한고비를 무사히 넘겼다 싶자 또 다른 태클이 들어온 것이고.

"제 생각엔……."

진 선생이 무겁게 입을 열었다. 셋이 진 선생의 입을 주시했다.

"그냥 동참하게 놔두고 감시를 해야 할 거 같아요. 다른 방법이 없겠어요."

"감시라니? 어떻게?"

"체육 선생님들 두세 분만 붙이죠, 뭐. 필요하면 교대로 배치해도 좋고요."

"그건 이사장과의 직접적인 접촉을 막는 데는 효과적일 수 있지만, 문제는 우리들이 모인 자리에서의 일이 더 걱정이거든. 그 사람들이 있는데 어느 누구 하나 제대로 말을 하고 행동을 하려고 하겠어? 그리고 그들이 우리 의견에 사사건건 토라도 달면 그때는 우리 입장이 곤란해지잖아."

"물론 우리 일이 낱낱이 보고되겠지요. 그걸 막을 방법은 이제 없어요. 그러나 이 선생님이 걱정하듯이 그들이 나서지는 않을 겁니다."

정·김 선생도 진 선생과 같은 생각인지 진 선생의 말에 고개를 끄덕였다.

"그들이 우리 상황을 염탐하기 위해 우리 속에 들어왔다면 절대 함부로 나서지는 않을 거야. 그래야 우리 상황을 속속들이 저쪽에 보고할 수 있을 테니까 말야. 그러니 크게 염려할 필요는 없을 것 같아. 감시하고 견제할 방안이나 찾아보자고."

정우형 선생의 말에 더이상 반대할 수 없었다. 너무 소심하게 일을 처리하다 보면 큰일을 놓칠 수도 있다는 생각에 셋의 의견을 따라 받아들이는 쪽으로 방향을 잡았다.

그런데 왜 그런지 찜찜함을 떨쳐 버릴 수가 없었다. 젖은 옷을 입고 영하의 거리에 나서는 기분이었다. 그러나 발가벗고 나설 수는 없기에 젖은 옷이라도 입을 수밖에.

하루가 지나고 있었다. 그동안 진전된 것은 없었다. 그렇다고 아무런 일도 없었던 것은 아니다.

8

 밤 열 시를 기해 하루를 정리하고 선생님들은 거의 집으로 돌아갔다. 모든 선생님들이 학교에 남아 있어야 분열되지 않는다는 강경론도 있었으나, 오늘에야 알고 사전 준비를 못 한 분들도 있을 테니 오늘은 자유의사에 맡기기로 했다. 그러나 재단 측과는 절대 접촉하지 말 것과 전화 통화도 하지 말라는 당부를 잊지 않고 했다. 집으로 가는 선생님들을 배웅하고 돌아오는 길에 변호사 명식에게 전화를 했다. 고맙다고. 시키는 대로 아주 잘하고 있으니 걱정 말라고.
 남아 있는 열두어 분 선생님들과 야식으로 컵라면을 먹고 정·진·김 세 선생님과 함께 하루 상황을 정리하기 시작했다. 몇몇 선생님들이 가지고 온 라면 박스와 휴대용 돗자리가 깔리고, 침낭도 눈에 띄었다. 송풍식 석유난로에는 벌겋게 불이 달아 있고 그 옆에는 한 말짜리 석유통도 두 개나 있었다. 장기와 바둑, 텔레비전 시청 등 한가하기 그지없었다. 그러나 나는 바빴다.
 오전 11시 50분경, 학생들을 하교시킨 후 비상 교직원 회의가 열렸고 그 자리에서 이사장이 퇴진 의사를 밝혔다고 행정실장이 알려왔다. 선생님들은 못 믿겠다는 반응이었다. 그렇게 쉽게 물러설 사람이 아니라고. 퇴진 의사가 있으면 전체 교직원 앞에서 퇴진 의사를 밝히고, 일체의 학교 경영에 참가하지 않겠다는 각서를 제출하라고 요구했다. 그 각서를 공증해 주지 않는 한 운동을 멈출 수는 없다고 강경 입장을 보였다. 이에 행정실장은 다시 일어서서 중간자 입장에서 정말 어렵다, 쥐도 도망갈 구멍을 내주고 쫓는 것이라며 울음 섞인 목소리로, 무조건 퇴진만을 얘기하지 말고 대화로 풀어 가자고 했다. 결국 또라이 퇴진 의사는 선생님들을 기만하기 위한 술책이었음이 드러났다.

5분 만에 전체 회의는 끝났다. 선생님들은 다시 자기 업무를 처리하면서 하루를 보냈다. 그러나 운동본부로 사용 중인 교사 휴게실은 비워 두지 않았다. 모든 정보의 수집과 분석, 대책은 거기서 이루어졌다.

오후 세 시쯤, 또라이가 학교에 나와 중앙 현관 앞을 어슬렁거린다는 보고가 들어왔다. 즉각적으로 선생님들께 주의 사항을 전달했다.

이사장이 학교에 나왔다고 함. 중앙 현관 앞이나 이사장실 근처에 될 수 있는 한 다니지 말 것. 이사장과 맞닥트릴 수 있음. 또한 혼자서 재단 관계자나 교장·행정실장을 만나지 말 것. 다른 선생님들의 오해 소지가 있음.

문자 메시지를 날려 모든 선생님들께 알렸다. 아무리 미운 사람이지만 개인적으로 만나 인간적으로 통사정하거나 회유하면 흔들릴 수 있었다. 반대로 아직까지는 힘을 가지고 있는 만큼 협박을 해도 선생님들은 쉽게 흔들릴 수 있었다.

오후 다섯 시경, 일본에서 이사장 큰형이 왔다는 말이 들렸다. 그리고 일곱 시경, 선생님 대표와 대화의 시간을 갖고 싶다는 큰형의 제안이 접수됐다.

고민스러웠다. 그와는 얘기가 통할 것이었다. 그리고 그의 방안도 우리가 받아들일 만할 것이었다. 그러나 그의 얘기가 또라이한테 먹힐지 걱정이었다. 또라이한테 먹히지 않는 그와의 대화는 공염불에 지나지 않았다.

그렇다고 불원천리 달려온 그의 성의를 무시할 수도 없었다. 결국 그의 제안을 받아들여 교장실에서 그를 만났다.
"제 동생이긴 합니다만, 이사장의 평소 언행으로 봐서 선생님들이 지적한 사항들이 사실일 겁니다. 다시 한번 이사진을 대표해서 사과드립니다. 저의 요구는 하나뿐입니다. 내일 입학식만 오늘 같은 분위기 속에서 치러 주십사는 것입니다. 그렇게만 해 주신다면…… 내일 오후에 이사회를 열어 이사장 퇴진 문제를 논의하도록 하겠습니다. 같은 교직자로서 저를 믿어 주십시오."
일본에서 오래 살아서 혀 짧은 소리였지만 큰형은 또렷하고 깍듯하게 말했다. 자신이 죄를 짓기라도 한 듯 수도 없이 머리를 조아리며. 그 모습 속에는 돌아가신 설립자의 모습이 있었다. 가슴이 찌리리 울었.
큰형이 말을 마치자, 정·진·김 세 선생을 밖으로 불러 의견 조율을 마치고 다시 교장실로 들어갔다.
"먼저 이런 자리에서 교수님을 뵙게 된 것을 죄송스럽게 생각합니다. 저희는 지금 교수님께서 하신 말씀을 믿습니다. 그렇지만 교수님을 믿는 것과 이사장을 믿는 것은 전혀 다르다는 사실을 분명히 해 두고 싶습니다. 교수님께서 말씀하셨듯이 같은 교직자로서 교수님을 믿고 내일까지 기다리겠습니다. 그러나……"
'내일이 돼도 상황은 결코 변하지 않을 것입니다.'란 말이 목구멍을 넘어왔으나 참았다. 상황을 너무 비관적으로 보고 있다는 인상을 주지 않기 위해서가 아니라, 일본에서 황급히 날아온 그분께 예의가 아니다 싶었기 때문이었다.
"내일 저녁까지 명확한 답변을 주지 않을 때는 대표인 저희들도 어쩔 수가 없을 것입니다. 그만큼 선생님들의 자세는 강경합니다. 어쩌면 이런 결정을 내린 것에 대해서도 불만을 가질 수도 있구요."

9

　입학식을 무사히 마치고 이사회를 시작한 지도 한나절이 지났으나 아무런 소식이 없었다. 중간중간 교장과 행정실장이 내려와 이사회에서 나를 보고자 한다고 했지만 거부했다. 대표자 전원을 참석시키지 않으면 요구에 응할 수 없다고 했다. 학생 운동을 많이 해 보지는 않았지만 맨투맨 전략이 얼마나 무서운 것인가를 잘 알고 있었다. 사적인 정리(情理)에 호소하면 공적 입장을 잊기 십상이었다. 또한 말이 오도되거나 호도될 수도 있었다.

　오전 일과를 마치고 학생들을 하교시킨 후, 모든 선생님들이 휴게실에 모여 초조하게 기다렸으나 아무런 소식이 없었다.

　오후 세 시가 다 되어 이사장 사퇴, 교장 자진 사퇴했다는 말이 흘러나왔다. 또한 선생님들의 신분을 보장할 수 없다는 극도의 강경한 결정이 내려졌다는 소식도 들려왔다.

　선생님들이 긴장하기 시작했다. 그러나 나의 입장은 달랐다. 아직 공식적인 통보가 없었던 만큼 우리의 상황을 떠보기 위한 협박용 카드라 생각했다.

　"동요하지 마십시오. 신분 보장 문제 운운하는데 그렇게 되면 다음 단계의 방안이 수립되어 있습니다. 언론에 알림은 물론, 법적인 조치까지 취해질 것입니다. 제가 이 일을 하기 전에 모든 사항을 변호사와 상의했습니다. 우리의 행동은 모두 합법적입니다."

선생님들의 못 믿겠다는 표정에 변호사와의 상담 내용과 수첩에 메모해 둔 법 조항까지 자세히 알려 주었다. 물론 선생님들을 안심시키기 위한 행동이기도 했지만 재단파에 의해 보고될 것을 염두에 둔 발언이기도 했다.

아니나 다를까. 우리 상황이 보고됐는지 저녁 시간이 다 되도록 공식적인 입장은 나오지 않았다. 그 사이 이사장실에서 고함 소리가 난다, 욕을 하며 싸우는 소리가 난다는 등의 정보가 입수됐으나 모른체했다. 이미 예상했던 일이었다. 또라이가 이사진의 결정에 불복, 난리를 치고 있음이 분명했다.

"아버지가 세운 학교에서 쫓겨났다면 사람들이 어떻게 생각하겠습니까? 그러니, 이사회 정기총회가 있는 올해 말까지만 선생님들이 기다려 주십시오."

결국 행정실장이 엉뚱한 회유책을 들고 운동본부로 온 것은 저녁 아홉 시가 넘어서였다. 밥도 제대로 못 먹었는지 행정실장의 목소리에는 힘이 없었다. 안타까웠다. 비록 재단 친척으로 행정실장을 하곤 있었지만 그 누구보다 선생님들에게 인정과 존경을 받는 사람이었다. 그리고 설립자의 교육관을 충실히 지켜 나가려고 노력하는 인물이기도 했다. 그러나 그런 사적 감정은 이 일과는 무관했다.

"올해 말까지만 기다리면 선생님들을 싹 쓸어버릴 수 있다고 하데요?"

어느 선생님 입에서 날 선 말이 튀어나왔다.

"무슨 말을 그렇게 하는 거요?"

행정실장도 지지 않고 핏대를 세웠다.

"자자, 진정하세요. 그리고 우리도 말을 가려 합시다. ……행정실장님 입장도, 재단 이사진의 입장도 잘 알겠습니다. 그러나 수용할 수가 없습니다. 조금 전 어떤 선생님께서 하신 말씀이 우리들의 정서입니다. 여기서 물러서면 우리 모두가 피해자가 될 것입니다. 그러니 그렇게 전해 주십시오. 어느 한 사람의 의견이 아니라 모두의 의견임을."

"그럼, 선생님들의 신분을 보장해 주면 될 것 아닙니까?"

"그렇게 간단한 문제가 아닙니다. 우리가 언제 신분의 위협을 느껴 이일을 하는 겁니까? 정신적인 고통에서 벗어나 학교를 바로 세우겠다는 일념이 우리를 일어서게 한 것입니다. 현 이사장이 있는 한 그게 어렵다고 판단했기 때문에."

결국 행정실장은 아무런 결과도 얻지 못하고 돌아갔다. 10여 분 후, 현관이 시끄러워 확인해 보니 행정실장이 화를 내며 차를 몰고 나가더라고 했다. 이제 행정실장마저 또라이 횡포에 지친 모양이었다. 그의 퇴장은 우리에게도 결코 바람직한 일이 아니었다.

집안에 일이 있어 집에 꼭 가 봐야 하는 일곱 분 선생님을 제외하고는 여선생님들까지 모두 남았다. 여선생님들께 괜찮으니까 집에 가라고 해도 동참하겠다고 고집을 부리는 바람에 어쩔 수 없었다. 교무실에도 난로를 켰다. 책상에 엎드려 자겠다는 여선생님들을 위해서 해 줄 수 있는 일이라곤 그것뿐이었다.

명식에게 전화를 했다. 왜 이리 늦었냐고 물었으나 정신이 없었다고 하고, 오늘 상황을 간략하게 전했다.

10

학교 주변에 낯선 사람이 어슬렁거린다는 보고를 듣는 것으로 하루를 시작했다. 보고를 받는 즉시 체육 선생님 몇 분과 발 빠른 선생님 몇 분을 배치했다. 확인 결과, 정보과 형사라는 게 드러났다. 새로운 국면으로 접어들고 있음이 분명했다.

곤히 자는 선생님들을 급히 깨웠다. 상황의 심각성을 알림은 물론 다음 단계의 논의를 시작했다. 그런 후 행정실장 집으로 전화를 했다. 자고 있었던지 졸음 섞인 목소리였다.

"그럴 리가 없는데. 우리 쪽에서는 아무 데도 알리지 않았는데."

"그럼 이사장 쪽으로 확인을 해 보세요. 분명히 정보과 형사들이라고 했답니다. 만약 이사장 쪽에서 이번 일을 밖으로 알렸다면 우리도 가만히 있지 않을 겁니다. 알아보시고 전화 좀 주세요."

일방적으로 얘기하고 전화를 끊었다.

3월이라 창밖은 희뿌옇게 밝아오고 있었지만 사람들이 깨려면 아직 이른 시각이었다. 언론사에 전화해서 기자들을 부른다 하더라도 와 줄지가 의문이었다. 이 시각에 급습한다면 그야말로 꼼짝없이 당할 수밖에 없었다. 외부에 알려지지 않은 일이라 쉽게 정리해 버릴 수도 있었다. 불안했다. 두려웠다. 그러나 표정을 지을 수가 없었다. 선생님들의 동요를 막아야 했다.

급한 대로 선생님들을 학교 주변에 배치하여 경계하게 했다. 경찰이 쉽게 학교에 진입하진 않겠지만 상대가 또라이였다. 사면초가 상황이라 어떤 수를 쓸지 몰랐다. 그걸 막기 위해서 우리는 시간을 최대한 끄는 수밖에 없었다, 언론기관이 정상 가동될 때까지.

 전화를 기다리다 못해 행정실장에게 다시 전화했다. 통화 중이었다. 기다렸다. 다시 전화했다. 또 통화 중. 몇 번이나 통화를 시도했으나 번번이 통화 중이었다. 초조하게 담배를 빨고 있는데 전화벨이 울렸다. 급히 받았다.

 "전화 통화가 안 돼요. 집엔 없고 핸드폰도 안 가지고 갔고. 큰삼촌한테 전화드렸더니 밤새 싸운 모양이에요. 큰삼촌도 날 밝으면 일본으로 돌아가시겠다고 하시던데……."

 "실장님, 지금 대표자 넷밖에 없습니다. ……우리만 알고 있을 테니 어제 이사회 상황을 좀 알려 주세요. 물론 새 나가서 안 될 얘기는 빼도 좋구요. 우리가 알고 있다고 해서 반드시 나쁘게 작용하는 건 아니잖아요. 만약…… 우리가 생각지도 못한 불미스러운 일이 생기면 나도 피해를 입지만, 우리 학교, 돌아가신 설립자께도 누를 끼칠 게 아닙니까?"

 나는 '우리'라는 말에 강세를 놓으며 인간적인 정리에 호소했다. 내가 살기 위해서가 아니었다. 말 그대로 설립자와 학교의 미래를 생각하고 한 말이었다. 나는 이미 일을 시작할 때 각오하고 있었다. 그래서 변호사를 찾아갔던 것이었고.

 "다 얘기는 할 수 없고…… 이사회에서도 용퇴(勇退)를 권했지요. 그러나, 본인이 내 학굔데 왜 내가 나가냐고 덤비는 통에 어쩔 수가 없었어요. 그건 다른 이사들이나 큰삼촌도 마찬가지였고요. 그게 괴로워 어제 화를 내며 집으로 와 버린 거고요."

 "예, 잘 알겠습니다. 그러나 분명히 해 둘 것은, 만약 경찰이 학교에 진입하면 그다음은 저도 책임을 못 집니다."

"안 되지요. 안 되고말고요. 어떻게 경찰이 신성한 학교에 진입합니까? 말도 안 되는 소리지요."

"알겠습니다. 새벽에 잠 깨워서 죄송합니다."

"아뇨. 안 그래도 일어나서 학교에 가 보려고 했는데 잘됐네요. 연락 닿는 대로 확인해서 다시 전화드리겠습니다."

전화를 끊었다. 옆에서 듣고 있던 정·진·김 세 선생님이 나의 말을 기다리고 있었다.

"다 들어서 알겠지만, 또라이가 경찰서에 연락한 것 같아. 이사회에서까지 용퇴를 권했으니 마지막 발악을 하는 거겠지."

세 사람이 고개를 끄덕이자, 나는 잠깐 밖에서 보자고 했다. 그리고 강 부장을 따로 불렀다.

네 사람과 함께 운동장 스탠드에 앉았다.

"지금부터 하는 말 잘 들으십시오. 만약, 이건 만약을 가정한 말입니다. 제가 만약 경찰에 연행되면 제 책상 맨 위 서랍을 열어 보세요. 거기에 USB가 있을 겁니다. 그리고 그 파일을 열어 보면 알 수 있을 겁니다. 그리고…… 강 부장님을 모신 이유는 내가 연행되었을 때를 가정한 것입니다. 돌아가는 게 심상치 않습니다. 기분도 쎄하구요. 제가 미처 생각하지 못한 건 강 부장님이 알아서 처리 좀 해 주시구요."

모두 말이 없었다. 일을 시작할 때 이미 각오는 하고 있었지만 그게 피부에 와닿는 느낌은 영 다른가 보았다.

그러나 우려했던 일은 일어나지 않았다. 행정실장이 전화를 끊고 30분 만에 달려왔고, 경찰 진입을 제 몸으로 막겠다고 덤볐다. 서로 악수하며, 고맙다는 말을 주고받으며, 눈물까지 머금었다.

긴장 속에서 하루를 보냈다. 금방이라도 진입할 것 같던 경찰들은 조용히 꼬리를 감췄고, 학교 일과도 정상적으로 진행되었다. 이사장 큰형이 일본으로 돌아갔다는 말과 교장이 출근하지 않았다는 정보가 흘러들어왔으나 별로 개의치 않았다. 그러나 또라이에 대한 말은 한마디도 없었다. 행정실장을 통해 확인해 봤으나 자신도 행방을 모르겠단다. 그게 마음에 걸리기는 했으나 괴로워서 잠적했겠거니 생각하고 가볍게 넘겼다. 그랬는데……

선생님들과 저녁을 먹고 돌아와 보니 교무실이 시끌벅적했다. 또라이 하수인 둘(조·박 선생)이 싸우고 있었다. 그냥 말다툼 정도가 아니라 금방이라도 난투를 벌일 기세였다. 그러나 다른 선생님들은 시큰둥하게 서서 구경만 할 뿐 말리지 않았다.

짜증이 났다. 그들은 처음부터 초대받지 않은 손님들이었다. 뭣 때문이냐는 물음에 다른 선생님들도 모르겠단다. 저녁을 먹고 와 보니 티격태격하고 있더란다. 그러더니 조금 전부터, 정확히 얘기하자면 선생님들이 들어오자 소리가 높아지더란다.

"그래, 당신은 얼마나 결백한데? 결백한 사람이 어젯밤에 집에 없었어?"
박영철이 소리쳤다.
"뭐야? 너 말 다 했어? 니가 뭔데 남 뒷조사하고 다녀? 어? 니가 뭔데?"
그 소리와 함께 뭔가가 날았다. 책이었다.
"이런 씨발!"
"뭐? 씨발?"
둘이 맞붙었다. 주위에 있던 선생님들 서넛이 뜯어말렸으나 발광하는 두 사람을 제지하기엔 역부족이었다. 주먹과 발길이 오가는가 싶더니 욕설과 함께 닥치는 대로 발로 차고 던지기 시작했다.
 그 모습을 보고 있자니 피가 멈추는 듯했다.
 단순한 싸움이 아니었다.
 의도된 싸움이었다. 말려야만 할 싸움이었다.
 하여 소리를 지르려 했으나 소리를 지를 수가 없었다.
 횡하니 정신이 없었다.
 안 돼, 안 돼, 안 되애——
 내가 소리를 지르는 순간, 선생님들의 손길에서 벗어난 조영건이 책상 위에 오르더니 뭔가를 집어 던졌다. 쨍! 요란스럽게, 무슨 신호라도 되는 듯 교무실 유리가 박살 났다. 유리 깨지는 소리에 흥분한 듯 책상을 뛰어다니며 닥치는 대로 집어 던졌다. 사람에게, 유리창에, 아무 데나.
 그러자 지금껏 싸우던 박영철은 멀거니 서 있고, 다른 선생님들이 흥분해서 덤비기 시작했다. 순식간에 교무실은 아수라장이 돼 버렸다. 석유난로가 넘어져 불길이 일었다. 불을 끄려고 선생님들이 덤볐다. 그러나 조영건은 발광을 멈추지 않았다. 오히려 더 날뛰고 있었다.
 주변 책상 위에 놓여 있는 책과 책꽂이 등을 닥치는 대로 마구 던졌다.
 피가 멎는 듯했다.
 이제 아무것도 생각할 겨를이 없었다.
 발광하는 그를 누르지 못하면 모든 게 끝장이었다.
 방화 및 공공영조물 파괴는 경찰이 학교에 진입할 수 있는 빌미를 제공할 것이고, 퇴진 운동을 완전히 무력화시킬 수 있는 중대 범죄 행위였다. 특히 그들이 싸움을 하는 그곳은 이번 일에 가담하지 않은, 재단파 선생들이 밀집해 있는 공간이었다. 그들은 자신의 책과 책상, 기물이 파괴된 것을 그냥 넘어가지 않을 게 뻔했다.

"야, 새꺄! 뭐 하는 거야, 지금!"

나는 이성을 잃고 말았다. 조영건을 말리지 못하면, 그를 멈추지 못하면 모든 게 끝장이었다. 나는 조영건이 난동을 부리는 곳을 향해 무작정 달렸다. 그리고 손에 잡히는 대로 무언가를 집어 조 선생의 다리께를 후려쳤다.

퍽! 소리와 함께 책상 위에서 굴러떨어지는 조영건. 내 손에는 재단파 한 사람이 평상시 골프 연습한답시고 폼 잡고 들고 다니던 골프채가 들려 있었다.

소화기를 동원하여 간신히 불을 끄고, 조영건을 병원에 옮기려는데 두 사내가 나를 찾아왔다.

내 앞에 경찰 신분증을 제시하더니

나의 팔을 비틀었다.

쇠붙이가 차갑게 나의 손목을 옥죄었다.

체인지와 찬스는 하나인 것을

11

산적이 끌려갔다. 산적이.

교장실 유리창을 통해 산적이 경찰에 연행되는 모습을 지켜보던 나는 길게 한숨을 내뿜었다. 이제 한시름 놓게 되었다. '산적 체계(逮繫) 작전'이 성공했고, 만약 실패했다면 또라이 등쌀에 살아남지 못했을 것이었다. 안 그래도 미운털이 박혀 있는데 산적을 처치하지 못했다면? 생각만 해도 끔찍하여 진저리가 났다.

"이사장님, 됐습니다. 산적이 잡혀갔습니다."

초조하게 기다리고 있을 이사장한테 전화를 했다.

"어? 그게 정말이야? 수고했어, 수고했어. 김 교장, 역시 김 교장이야!"

"예, 감사합니다. 제가 이사장님을 도울 수 있어서 영광입니다."

"그래, 그래. 지금 학교야? 그럼 여기로 와. 기다릴 테니……."

또라이는 흥분해 있었다. 하기야 물에 빠져 허우적거리다 몸을 의탁할 만한 통나무를 잡았으니 흥분할 만도 했다.

"예, 곧 가겠습니다. 그 전에…… 병원에 들러 조 선생 상텔 좀 살펴보고요."

"어, 그래. 병원에 가서 괜찮으면 같이 데리고 와. 내가 한턱 쏠게."

"예, 알겠습니다. 최대한 빨리 가겠습니다."

"그래, 그래. 기다릴게."

전화를 끊었다. 지랄하네, 또라이 새끼! 욕이 불쑥 터져 나왔다. 자기 편할 땐 사람 취급도 안 하더니 궁지에 몰리니깐 친한 척하는 게 역겨웠다. 그러나 어쩔 수 없는 일이었다. 그가 내 목숨줄을 쥐고 있는 한 그에게 밉보여서는 안 됐다. 더럽고 치사해도 내가 살길은 그것밖에 없었다. 또라이의 눈에 나지 않는 것.

이제 슬슬 병원으로 가 봐?

자꾸만 웃음이 삐져나왔다. 앓던 이를 뽑아내고 새 이를 박게 됐고, 손 하나 안 대고 시원하게 코 푼 격이니 그럴밖에. 춤이라도 추고 싶었다.

책상 서랍을 대충 잠그고 자리에서 일어나려다 나는 다시 자리에 앉았다. 산적이 경찰차에 타기 직전 교장실을 올려다보던 눈빛이 떠올랐기 때문이었다. 두고 보자, 얼마나 가는지. 교장실을 올려다보는 그의 눈에는 이런 말들이 쓰여 있는 것 같았다. 그 눈빛이 떠오르자 또 몸서리가 일었다. 또라이를 떠올렸을 때보다 강한 떨림이었다.

산적이 이번 일을 내가 꾸민 걸 알면, 그는 절대 가만있지 않을 것이다. 나에게 직접적인 폭력이야 행사하지 못하겠지만, 난 죽은 목숨이나 다름없었다. 대놓고 나에게 저항할 것이고, 나에게는 그를 막아낼 힘이 없었다.

그만큼 산적은 두려웠다.

그러나 그런 일은 결코 없을 것이었다. 일단 산적을 옭아맸으니 어떻게든 학교로 돌아오지 못하게 하는 한편, 감옥에서 썩게 만들어야 했다. 아니, 이제부터 모든 역량을 동원하여 그렇게 만들어야 했다. 산적을 죽이지 못하면 내가 죽을 판이었다.

이런 걸 건곤일척(乾坤一擲)이라 했던가. 항우와 유방은 천하를 놓고 한판을 벌였는데 나는 겨우 교장 자리를 놓고, 그것도 또라이에게 잘 보이기 위해 평교사와 한판을 벌이고 있으니 한심스럽기까지 했다.

"걱정 마십시오. 저희들이 다 알아서 하겠습니다."

병원에 도착하여 걱정을 실어 말했더니, 조영건이 자신 있게 말했다. 그러나 조영건이나 박영철은 산적의 상대가 못 됐다. 그들은 산적과 비교할 때 모든 면에서 함량 미달이었다. 그걸 누구보다 잘 아는 그들도 산적을 두려워하고 있음이 분명했다. 그들의 어조가 점점 강해진다는 게 그 증거였다. 해병대 특수수색대 출신에다 마음만 먹으면 끝까지, 철저하게 매듭을 짓는 그를 두려워하고 있음이 분명했다.

"그깟 놈 제가 처리해 버리죠. 천하의 김종서도 수양의 철퇴 한 방에 나가떨어지지 않았습니까? 정 안 되면 뒤통수라도 따 버리죠."

특히 조영건이 과격해지고 있었다. 정면승부로는 안 될 것이란 한계 의식이 자괴감으로 바뀌고, 급기야 두려움으로 변했는지 그는 뒤통수를 쓰다듬으며 말했다. 산적이 제 뒤통수를 내리칠까 봐 두려워하고 있음이 분명했다.

"그러지 말고 이번 기회에 산적을 아주 생매장시켜 버릴까요?"

산적 뒤통수를 따 버리겠다는 말을 해 놓고 한참이나 뭔가를 골똘히 생각하던 조영건이 낮게, 그리고 심각한 목소리로 뱉어냈다. 무슨 소린가 싶어 조영건을 쳐다봤다.

"그 새끼 제자들에게 빡세게 굴어서 반감 가진 제자들이 많잖아요. 이럴 때 제자들을 한번 이용하는 거죠."

"제자들을 이용하다니?"

"아, 왜 있잖아요. 산적이 우리 둘한테 공격했던 거. 여제자와의 성추문, 성적 조작. 이거면 그 새끼도 별수 없을 거 아녜요."

"글쎄, 그 방법이 먹힐까? 학생들 체벌이나 폭력이라면 모를까 그건 좀……."

"그러니까 만들어야죠. 그 새끼한테 반감 가지고 있는 제자들을 끌어들이죠, 뭐. 제 주변에 산적한테 반감 가진 놈들이 좀 있거든요. 박 선생 주변에도 찾아보면 있을 거고."

조영건은 박영철에게 동의를 구하듯 바라봤으나 박영철은 아무 말도 하지 않은 채 심각한 얼굴로 앉아 있었다.

"글쎄…… 자충수가 되지 않을까?"

"다른 방법이 없잖습니까? 그리고 그 새끼가 우리한테 한 일을 생각하면 지금도 이가 갈립니다. 그걸 보복을 할 수 있는 절호의 기회가 왔는데 그 기획 놓칠 수는 없지 않습니까?"

그러나 나는 선뜻 마음을 정할 수 없었다. 그건 단순히 미끼로 놈을 낚는 것과는 다른 일이었다. 조작해서 놈을 매장시키려 했다가 잘못되는 날엔 우리가 당할 수 있는, 우리가 매장될 수 있는 위험한 일이었다. 그러나 또 한편으로 생각해 보니 놈을 학교에서 완전히 내쫓는 한편 그간 당한 복수를 하는 길은 그것뿐인 것도 같았다.

놈의 뒤를 캐 봐야 나올 것이 없었다. 맺고 끊음이 정확해서 길이 아니다 싶으면 절대 움직이지 않았다. 그런 데다 자기와 뜻이 다른 사람은 철저하게 멀리했지만 뜻이 맞는 사람들과는 둘도 없이 지냈다. 대인관계도 무난한 편이고 베풀 줄도 아는 놈이었다. 또한 남의 어려움을 그냥 보아 넘기지 않는 놈이기도 했다. 성질이 욱해서 제자들을 심하게 체벌하는 것 외엔 꼬투리 잡을 게 별로 없었다. 그러나 성추문이나 성적 조작으로 엮는다면……? 구미가 확 당겼다.

"좋아요. 어차피 저쪽에서 먼저 전쟁을 벌인 이상, 우리도 가만히 있을 수야 없지. 그리고 죽이지 못하면 죽을 판인데 어떻게든 이겨야지."

조영건의 뜻에 따르기로 하고, 조영건과 입을 맞춘 후 병원에서 나왔다. 다행인지 불행인지 조영건의 다리는 큰 문제가 없었다. 왼쪽 다리뼈에 금이 갔을 뿐 별다른 이상은 없다고 했다. 나는 약속 장소를 말해 주고 치료 끝나면 진단서까지 받고 거기로 오라고 했다.

또라이는 일식집에서 기다리고 있겠다고 했다. 아마 저녁도 못 먹고 기다리고 있을 것이었다. 전화라도 미리 해 줄까 싶었으나 그만뒀다. 그 새끼 똥줄이 타야 했다. 그래야 사람 중한 것도 알고 나의 진가도 알 터였다. 가다가 시간 봐서, 황급히 타전하는 척 전화하면 그만이었다. 단순 무식한 그를 다루는 일쯤이야……. 주머니에 들어 있는 동전 꺼내는 것만큼이나 쉬운 일이 아니던가. 좀 과한 리액션과 입발림, 그리고 굽신거림. 그거면 끽이었다.

느긋한 마음으로, 오랜만에 여유롭게 운전을 하는데 자꾸만 뒤통수가 가려웠다. 아니, 가렵다기보다 누군가가 뒤통수를 노려보고 있는 것 같았다. 누가 있나 싶어 자꾸 룸미러에 눈이 갔고, 뒤통수에 손이 갔다. 그러다 산적이 어디선가 노려보고 있는 것 같은 느낌에 온몸에 털이 다 곤두섰다. 내가 이 정돈데 조영건이나 박영철은 더 말할 나위가 없을 것이었다.

조영건이나 박영철은 개인적이고 이기적이어서 주위에 사람이 없었다. 거기다 기회주의적이어서 동기(同期)인 두 사람만 붙어 다녔다. 나이도 산적보다 두 살이나 아래였다. 그런 두 사람이 산적보다 일 년 일찍 우리 학교에 발을 들여놓았다. 산적이 해병대에서 군 생활을 하는 동안 군 면제를 받은 둘이 먼저 학교 선생이 된 것.

박영철은 소아마비로 다리가 약간 불편해서 병역을 면제받았지만 조영건은 아무 이상도 없는데 면제받았다. 들리는 소문에 의하면, 전문 브로커를 통해 없는 질병을 조작해 면제받았단다. 그렇게 병역을 면제받은 둘은 산적보다 일 년 먼저 우리 학교에 왔으니, 그 둘의 성정상 산적의 나이를 인정하려 들지 않을 건 너무나 당연했다. 사립학교는 나이와 상관없이 먼저 온 놈이 장땡이라는 걸 내세워 산적을 후배 취급하려 했다.

두 사람이 산적을 인정하지 않는 만큼, 산적 또한 그들을 인정하지 않았다. 그러니 그들이 견원지간이 될 건 뻔한 노릇. 옳은 것에 대해서는 자신이 손해를 보더라도 과감하게 인정하고 따르려 했지만, 옳지 않은 것에 대해서는 끝까지 버티려는 산적의 성향으로 보아 초임 때부터 부딪혔을 가능성이 높았다. 그렇게 서로 등을 진 채 한솥밥을 먹고 있는데 마침내 일이 터졌다.

박영철은 시험지 유출 사건으로, 조영건은 여제자 성추행 건으로 산적과 얽히게 된 것. 자신들과 앙숙인 산적에게 걸린 그들은 전전긍긍하지 않을 수 없었다. 산적이 직접적으로 공격하거나 일을 키우지는 않았지만 자신들의 비리를 산적이 알고 있는 이상 두려울 수밖에 없었다. 산적이 마음만 먹는다면 그들을 끝장낼 수도 있었다. 또한 그때 또라이가 방패막

이로 나서 주지 않았다면, 또라이가 산적을 억누르지 않았다면, 그들은 파면되었을지도 모르고 옥고를 치렀을지도 몰랐다. 물론, 또라이한테 충성 서약을 하고 뒷돈도 두둑이 갖다 바쳤겠지만 또라이가 아니면 해결할 수 없는 일을 해결해 줬다. 그러니 이번 일에 나서지 않을 수 없었고.

나와 또라이가 움직일 수 있는 사람은 그들 두 사람뿐이었다. 또라이와 친인척 관계에 있는 선생들이 학교에 없는 건 아니었다. 하지만 그들은 또라이와 뜻을 달리하고 있었다. 오히려 또라이 반대편이라고 봐야 했다. 그들은 설립자이신 전임 이사장의 선택을 받은 사람들로, 또라이가 이사장이 되는 걸 막았던 사람들이었다. 그러니 또라이와 그들은 한편이 될 수 없었다. 만약 그들이 또라이와 한편이라고 해도 그들을 활용할 수는 없었다. 총알받이로 그들을 적진으로 내몰았다가는 아무리 또라이가 이사장이라 해도 재단 이사들이 그냥 넘길 리가 없었다.

그들을 제외하면 또라이 편이 없었다. 신임 교감과 부장들이 몇 있었으나 그들은 믿을 수가 없었다. 그들은 표면상으로만 또라이 편일 뿐 심정은 그러지 않을 수도 있었다.

상황이 이렇다 보니 조영건과 박영철을 활용할 수밖에 없었다. 그래서 일이 터지자마자 그들을 불러 적진으로 잠입하라고 했다. 그런데 그들은 산적이 두려운지 망설였다. 말은 어떻게 산적 밑으로 들어가냐며, 그럴 바엔 산적을 없애 버리겠다고 했지만 두려워하는 게 분명했다.

"시험지 유출 사고 때, 여제자 성추행 사건 때 이사장님이 나서지 않았다면 두 선생님한테 오늘이 있었겠어요? 이럴 때 보답을 해야지요. 그게 은혜를 입은 사람이 취할 도리가 아닌가요? 혹여 이사장님이 괘씸하다고 생각하면 그 성질에 가만있겠어요?"

지난날을 들추자 둘이 멈칫했다. 또라이가 마음을 바꿔 먹는 날엔 두 사람이 온전하지 못할 것이란 공포심을 자극해 그들을 적진에 잠입시켰다. 그런데 그들은 자꾸만 미적거렸고 몸을 사리려 했다.

내가 낸 고육지책을 실행하기 위해 또라이가 그들을 불렀을 때도 그들은 망설였다. 아무리 자신들을 구해 주기는 했지만 자기들 몸을 상하면서까지 또라이에게 충성할 마음은 없었던 것이었다. 망설이는 두 사람에게 또라이는 나와 마찬가지로 옛일을 들춰냈다. 그 문제는 아직도 아이엔지 상태임을 환기시켜 두 사람을 옭아맸다. 그리고 이번 일만 무사히 정리되면 5년 내에 교감으로 승진시키겠다는 또라이의 다짐을 받고서야 겨우 승낙했다. 그리고 그들은 기대를 저버리지 않고, 고육책으로 산적을 가두는 데 성공했고.

그런데, 철창 속에 갇혀 있을 산적이 등 뒤에서 나를 노려보고 있는 착각을 하고 있으니. 그에 대한 강박관념이 얼마나 큰지를 보여 주고 있었다. 산적은 산에 있는 게 아니라 서울 한복판에 있었고, 철창에 갇혀 있지 않고 나를 따라다니고 있었다. 어쩌면 조영건과 박영철 그리고 또라이를 따라다니고 있을지도 몰랐다.

산적 못지않게 또라이 또한 걱정이었다. 이번 산적 구속 건으로 얼마간 나를 미더워하는 눈치였지만 그것도 믿을 게 못 되었다. 변덕이 죽 끓듯 하는 그가 아닌가. 또한 그는 산적 못지않게 위험한 인물이기도 했다. 아니, 산적보다 더 위험하면 위험했지 덜하진 않았다. 재단 이사장직을 내놓지 않으면 형들이고 나발이고 모두 죽여 버리겠다고 위협했고, 또 실제로 죽일 생각까지 했다는 데는 공포감이 일지 않을 수 없었다.

사실, 그가 이사장이 된 데는 그만이 할 수 있는 활극이 큰 역할을 했다.

여기저기서 주섬주섬 그 얘기를 얻어들으면서 나는 몸서리를 쳤었다.

12

　설립자(전임 이사장)의 장례를 치르고 난 후 첫 번째 화두는 당연히 학교 법인을 누가 맡느냐는 것이었다. 설립자는 워낙 재리에 밝은 분이라 당신이 살아 계실 때 대부분의 재산은 자식들에게 물려준 상태였다. 그러나 학교 운영만은 당신이 손수 하고 계셨다. 다른 것은 다 넘겨주어도 학교만큼은 당신이 직접 관리하면서 좀 더 공을 들이겠다는 생각에서. 그러니 설립자가 남겨 놓은 유산은 학교 법인 하나뿐인 셈이었다.
　설립자가 돌아가시자 모든 관심은 학교 법인을 누가 넘겨받느냐에 집중되었다. 그리고 장례를 마친 형제들이 학교 법인의 처리를 위해 한자리에 모였다.
　미국에서 살고 있는 둘째와 셋째는 거리상, 직업상, 가족 서열상 이사장직을 이어받을 형편이 아니어서 일찌감치 제외됐다. 그러나 일본에서 심리학을 전공하여 교수로 있는 첫째는 달랐다. 비록 외국이기는 했지만 동경은 거리상으로 볼 때 우리나라나 다름없었다. 거기다가 교육계에 몸담고 있어 학교 법인을 대표하기에도 안성맞춤이었다. 형제들도 이런 사정을 고려하여 큰형을 이사장으로 추대할 생각이었다. 첫째도 아버지의 교육에 대한 열의를 아는지라 학교를 맡을 생각이었고. 그러나 막내인 또라이 생각은 달랐다. 학교 경영권은 자신이 가져야만 했다. 다른 건 다 포기해도 학교 경영권을 포기할 수는 없었다.

"형들은 대학에, 석·박사까지 마쳐 떵떵거리며 살고 있지만 난 뭐요? 고등학교 간신히 마치고, 한국에서 아버지 뒤나 닦다가, 아버지 죽자 학교 일에서 손을 떼란 말요? 내가 아버지 하인이었수, 노비였수? 난 그렇게 못 하겠시다."

학교도 제대로 안 다니면서 깡패들 뒤나 쫓아다니며, 아버지 속만 썩인 건 생각하지 않고 또라이는 형들의 의견에 반기를 들었다.

"아버지가 어떻게 세운 학굔데 네가 맡겠다는 말이냐."

둘째가 또라이의 입을 막으려고 엄한 목소리로 나섰다.

"아버진 돌아가시기 직전까지도 학교 걱정뿐이었어. 당신 필생의 사업을 망치지나 않을까 해서 눈도 제대로 감지 못했단 말이다. 그런데, 고등학교도 겨우 마친 네가 학교를 맡겠다면 말이 안 되잖아. 넌 지금 맡고 있는 금고(金庫) 이사장이나 잘 꾸려 나가. 아버지의 뜻이 그거였을 거야. 그래서 돌아가시기 전에 재단 사무국장으로 있던 널 그 자리로 보낸 거야……."

둘째의 말은 그른 게 없었다. 설립자께서도 돌아가시기 전에 그런 말을 자주 했었단다. 학교는 큰아들에게 맡기고, 금고는 작은아들에게 맡기면 서로 도울 수 있어 좋을 것 같다고. 그런데 막내가 자신의 뜻을 따를지 걱정이라고. 막무가내로 형들을 겁박하면 형들도 버티기가 힘들 거라고. 그런 창립자의 예상이 현실이 된 것.

"배운 새낀 이사장 해도 되고, 못 배운 새낀 이사장 하면 안 된다는 말이네. 그럼, 어떤 새낀 박사로 교수로 의사로 떵떵거리며 살고, 어떤 새낀 못 배웠다는 이유로 돈이나 세며 살란 말요?"

또라이가 악을 썼다.

"그까짓 금고 이사장 필요 없으니, 학교 이사장 내놓으쇼."

형들은 금고 이사장을 버리고 학교 이사장을 하겠다는 게 언뜻 이해되지 않았다. 경제적인 면에서나 대사회적인 면에서 학교 이사장은 금고 이사장에 댈 게 아니었다. 그런데도 아득바득 학교 경영권을 자기에 달라는 막내를 이해할 수가 없었다. 그러나 그건 또라이를 몰라도 한참 모르는 생각이었다.

고등학교 3년 동안 세 번의 권고 전학에 다섯 번의 정학을 받고, 결국은 퇴학을 당해 검정고시—책 한 번 본 적 없는 그가 그 어려운 검정고시를 단번에 합격한 걸 보면 분명 커닝했거나 대리 시험 쳤을 거란 소문이 지배적—로 고등학교를 마친 그에게는 학교와 선생에게 맺힌 게 많았을 수밖에 없었다. 그리고 아버지 뒤를 따라다니며 학교 경영에 관여해 보니 재미가 이만저만 아니었음은 물론이고. 평생 두렵고 무섭기만 했던 선생이란 사람들이 만만해 보이는가 하면, 선생이란 사람들이 말랑말랑 알아서 굽실거리기까지 하니 그게 너무나 통쾌했고 재미있었을 것은 당연지사. 이사장이 되어서 자신이 청소년기에 겪었던 수모와 한을 풀어 보려 했던 것. 그걸 겪어 보지 않은 형들이 어떻게 알 수가 있겠는가.

또한 금고 이사장직은 상속세를 염려하여 설립자가 미리 넘겨준 자신의 몫이었다. 그러니 학교 법인만 장악하게 되면 한국에 있는 아버지 재산은 모두 자신의 것이 되는 것이었다. 그러니 어떤 바보가 학교 법인을 형들에게 주려 하겠는가. 형들은 모두 외국에 있어 어쩌다 한 번씩 한국에 들어오는 만큼 이번만 잘 버티면 모든 게 자신의 수중에 들어오는데. 더군다나 학교 주변에 뉴타운 건설 계획이 가시화되면서 땅값이 천정부지로 뛸 것이란 전망까지 나오고 있는데. 그래서 죽으면 죽었지 학교 법인을 넘겨줄 수가 없었던 것.

막내가 하도 악 받친 소리를 하며 덤비는 통에 형들은 결론을 내리지 못하고 급히 이사회를 소집했다. 생전에 아버지를 보필해 온 사람들이니만큼 바른 결론을 내려줄 거란 생각에서.

  그러나 이사회는 열리지 못했다. 또라이가 자기가 속해 있는 집단의 깡패들을 동원해 형들이 묵고 있는 자기 집 대문과 동네를 봉쇄해 버렸던 것.

  "이사회는 고사하고 개미 새끼 한 마리도 얼씬하지 못할 거요. 내 말 안 들으면 형이고 나발이고 오늘로 끝이요. 당신들 맘대로 하쇼."

  결국 자기 수하에 있는 똘마니들을 동원하여 집을 포위한 지 사흘 만에 이사장직은 또라이에게 떨어졌고 형들은 도망치듯 동생 집을 빠져나갔다.

  하루라도 빨리 한국을 뜨지 않으면 아버지와 함께 묻힐 줄 아는 동생 말은 단순한 엄포가 아니었다. 형들을 겁박하기 위해 받침대까지 해서 고이 모셔 놓았던 니뽄도[日本刀]를 꺼내서 가는가 하면, 형들을 집에 가둬놓고 폭파시켜 버리겠다고 똘마니들을 시켜서 가스통 여러 개를 집 주위에 둘러놓기까지 했다. 상황이 이러고 보니 학교 법인이야 어떻게 되든 형들 입장에선 목숨 보전이 우선이었다. 그래서 자신들이 잘못했다고, 형제간에 불행한 일은 없어야 하지 않겠냐고 통사정을 해서 동생 집에서 나가자마자 제 살길을 찾아 떠났고. 결국 학교 법인은 또라이한테 떨어졌고.

  그렇게 탈취한 이사장 자리고 보니 또라이가 학교를 제대로 경영할 리가 없었다. 학교를 사기업체 취급하는 것은 예사고 깡패 집단에서나 있을 수 있는 일을 벌이는 한편 모든 걸 제 마음대로 하려 했다.

  "김 교장, 요즘 마누라가 잘 안 해 주나? 얼굴이 영 말이 아니네."

  또라이는 이사장이 되자마자 시도 때도 없이 교장실을 제 방 드나들듯, 노크도 없이 들락거렸다. 볼일이 있어서 들르는 게 아니었다. 선생들 말마따나 심심하면 나타나서 지랄이었다. 그리고 모든 선생들한테 하듯, 나이가 열다섯 살이나 많은 나에게도 반말을 지껄였다. 김현배 교장 선생님이란 호칭까지는 바라지 않는다. 이름은 뺀다 해도 최소한 교장 선생님 내지는 교장 선생이라고 불러야 하는데도 대놓고 김 교장! 김 교장! 개 이름 부르듯 했다. 단둘이 있을 때만이 아니라 다른 사람들 앞에서도 마찬가지였다. 예의라곤 파리 좆만큼도 없었다. 그건 그렇다 치더라도, 나한테는 마누라일지 몰라도 자기한텐 사모님인데 마누라까지도 나와 한 꿰미에 꿰어 하대했다.

또한 성도착증이 있는지, 모든 말을 성과 연결시켜 얘기하곤 했다. 조금만 얼굴이 이상해도 '마누라가 잘 안 해 줘?' 하며 엄지손가락을 검지와 중지 사이에 끼워 흔들어 댔다. 그러나 싫은 내색을 할 수가 없었다. 어찌 됐든 그는 내 목숨줄을 쥐고 있는 이사장이었다.

"무슨 말씀을요? 이사장님 덕분에 밤마다 천국인데요."

나는 또라이가 선물해 준 사탕(蛇湯)을 떠올리며 비굴하게 웃는 수밖에 없었다. 비록 받자마자 버렸지만 준 사람의 성의를 생각해서 치사(致謝)해 줬다.

"그렇지? 직방이지? 난 그거 먹고 나서부터 하루에 서너 번씩도 한다니까. 여기 봐. 낮에도 뱀 대가리가 꼿꼿해서 견딜 수가 없어!"

그는 자신의 아랫도리를 툭툭 치면서 누렇게 웃었다. 정말 꼴값 떤다고 할밖에 없었다. 그러곤 쓸데없는 흰소리만 늘어놓고 돌아가기 일쑤였다.

"김 교장, 좋은 거 혼자만 먹지 말고 나도 부르고 해!"

"예! 여부가 있겠습니까? 제가 이사장님을 안 챙기면 누가 챙기겠습니까?"

'개자식, 지랄하네!' 소리가 입 밖으로 튀어나오는 걸 삼키며 나는 비굴하게 웃으며 굽실거리고.

나도 이런 내가 싫다. 그러나 살기 위해선 어쩔 수 없는 노릇이었다. 안 그랬다간 건방지다느니, 싸가지 없다느니, 누구 덕에 교장 하냐느니, 진작 잘라 버렸어야 하는데 살려 둔 게 잘못이라느니 하면서 사람을 못살게 굴게 뻔했다. 안 그래도 교장직에서 자르느니, 교장 임기를 줄이느니 하는 판국이었다. 그런 상황에서 그에게 찍히는 날엔 그야말로 끝장이었다. 임기야 제 마음대로 바꿀 수 없고, 강임이나 해임은 못 하겠지만 그 등쌀을 견뎌 내지 못할 것이었다.

교장인 나한테도 이 정돈데 다른 선생들에게 하는 건 안 봐도 DVD 아니겠는가. 더하면 더했지 결코 덜하지는 않을 건 자명한 일. 그래서 선생들도 또라이를 길에 싸지른 개똥 보듯 피했다. 똥이 무서워서 피하냐, 더러워서 피하지. 그와 마주치지 않으려고 피해 다니다 어쩌다 마주치고 나서는 꼭 이런 말로 자신의 더러운 심경을 표현하곤 했다. 그렇게 모든 선생들이 자신을 피하자 나에게라도 폼 잡기 위해 시도 때도 없이 교장실을 찾는지 모를 일이었다. 나의 비굴함과 굴욕을 보며 자신의 체모와 위상을 세우려는 건지도 모르고.

사실, 또라이는 나의 위신을 추락시킴으로써 자신의 위상을 부각시키기 위해 교장실을 들락거린다고 볼 수 있었다. 그러니 그런 위인의 속마음을 알고 있는 내가 참는 수밖에, 그의 비위를 맞추며 알랑거릴 수밖에 없었다. 아니꼽고 더럽고 매치럽고 치사해도 살아남기 위해선, 내 자리를 굳건히 보존하기 위해선 선택의 여지가 없었다.

그런데 기회가 왔다. 산적이 또라이를 걸고넘어졌으니 또라이가 기댈 곳은 없었다. 조·박 선생은 또라이한테 은혜를 입어 목숨을 보존한 적이 있어 또라이 편에 설 수밖에 없었지만 나는 달랐다. 나는 또라이에게서 어떤 은혜도 입은 것이 없었다.

설립자인 전임 이사장님이야 우리 형의 은혜에 보답하기 위해 두메산골에 박혀 있는 나를 번듯한 서울 소재 고등학교의 교감으로 발탁해 줬다. 그러나 그 일은 또라이와 아무런 관련이 없었다. 오히려 또라이는 대놓고 나를 거부했었다. 나를 촌놈 취급하는 것도 모자라 교감 대우도 해 주지 않았다. 산적과의 일이 불거졌을 때도 또라이는 나를 옹호해 주기는커녕 오히려 설립자에게 나의 사퇴를 주장했다고 했다. 그 결과 나는 치욕스럽게 평교사로 강임되어 도서관지기를 할 수밖에 없었고, 장학관 시험에 매달릴 수밖에 없었다.

평교사로 강임되어 도서관지기로 쫓겨 갈 때의 심정은 생각조차 하기 싫다. 하루하루를 수치와 치욕으로 도배했고, 사는 게 사는 게 아니었다. 혼자만 같았어도 당장 때려치우고 고향에 돌아가고 싶었다. 그러나 고등학교와 대학에 다니는 아이들 때문에 그럴 수도 없었다. 내 새끼들한테까지 나의 무능을 보이고 싶지 않았고, 나의 전철을 밟게 할 순 없었고, 나처럼 세상을 두려워하면서 두꺼운 자기 껍질 속에 숨어 살게 할 수는 없었다. 남의 눈치나 보면서 비굴하게 살게 할 수 없었다. 그래서 이를 악물고 버티고 또 버텼다. 그리고 결국, 이사장의 눈에 띄어 다시 교감으로 복권되는 정도가 아니라 한 단계 뛰어올라 바로 교장으로 앉게 되었다.

애초 내가 도서관지기를 지원한 이유는 장학관 시험을 준비하기 위해서였다.

형 덕이긴 했지만, 서울에 와서 교감을 해 보니 두메산골에서 평교사를 할 때는 상상조차 할 수 없었던 포부와 야망이 생겼다. 스무 명 남짓의 선생과 백여 명의 학생을 관리하는 시골 학교의 교감이 소대장이라면, 백 명 넘는 교사와 2,000여 명의 학생, 그 몇 배가 되는 학부모를 거느리는 서울 시내 인문계 고등학교 교감은 연대장이었다. 그런 생활을 하다 보니 시각이 변하지 않을 수 없었다. 권력의 맛을 본 사람은 결국 그 권력에 취해 죽어 간다는 말이 헛소리가 아님을 실감하게 됐다.

그런 권력의 맛을 본 후 그 권좌에서 쫓겨났으니 권력을 되찾고 싶은 욕심이 일지 않을 수 없었다. 그러나 이 학교에서는 그게 불가능할 것 같았기에 다른 공립학교로 옮겨 볼 생각이었다. 형이 서울시교육청 국장을 거쳐 부교육감까지 했으니, 형의 힘도 얼마간 작용할 것이라 생각했다. 형이야 비록 정년퇴임을 했지만 형을 아는 사람들이 시교육청에 아직도 많이 남아 있으니 그들의 힘을 빌릴 생각이었다.

그래서 별도의 공간인 도서관에 처박혀 장학관 시험 준비를 시작했다. 교감에서 쫓겨나긴 했지만 원로교사 타이틀은 가지고 있어 수업은 다른 선생들에 비해 덜 맡을 수 있었다. 그렇지만 업무까지 안 맡을 수는 없어서 도서관지기를 자원해서 꿰찼다.

처음에는 안 된다고 거부하던 교감·교장·또라이마저 조용히 한 곳에 박혀 죽은 듯이 살겠다는 나의 뜻을 받아들여 선심 쓰듯 자진 귀양[流配]을 허락해 주었다. 사서 담당 교사가 따로 있어서 난 따로 할 일이 없었고, 사서 교사나 관리하면 그만이었다. 수업은 멀티미디어실에서 시청각 기자재를 활용하여 학생들에게 그림과 동영상이나 보여 주며 시간을 때울 생각이었다. 교감 자리에서 쫓겨난 놈이 학생들의 진로나 성적, 생활지도에 신경 쓸 필요가 없으니까. 과목도 마침 대학 진학과 관련이 적은 사회라 교과협의회 때 사회과 선생들을 구워삶고 억눌러서 1학년 공통사회를

9시간 맡기로 했다.

교실에는 가지도 않고 탱자탱자 도서관에 처박힌 채, 학생들을 멀티미디어실로 불러 비디오나 교육 방송을 보여 주면서 여유를 부리고 있는데 느닷없이 교육청으로부터 전화가 왔다.

학부모의 글이 시교육청 홈페이지에 떴단다. 내 수업이 학생들의 창의성을 길러 주는 한편, 교육부에서 추진하고 있는 교육 방송과의 연계 교육과 아주 잘 맞아떨어진다는 칭찬의 글을 학부모가 게재했다는 것.

전화를 끊고 교육청 홈페이지에 들어가 보니 야단도 아니었다. 이름을 밝히지 않은 한 학부모가 내 수업을 '선진적 수업'이라고 명명한 다음 그 효과와 의의를 적어 놓았는데, 칭찬과 지지를 보내는 댓글만도 수백 건에 이르고 있었다. 나도 모르는 새에 유명 인사가 되어 있었던 것.

거기에 힘을 얻은 나는 더욱 장학관 시험에 매달렸다. 교육청에서 나의 이름을 알고 있을 때 어떻게든 장학관 시험에 붙고 싶었다. 체인지(change)와 찬스(chance)는 한 글자만 다른, 같은 것이라 했다. 그러니 위기는 곧 기회가 아니던가. 나는 변화의 시기를 기회로 삼기 위해 장학관 공채 시험공부에 박차를 가했다. 수업 준비가 필요 없는 비디오 수업, 멀티미디어 수업은 수업 부담으로부터 나를 해방시켜 줬기에 따로 수업에 신경 쓸 필요도 없었다.

그렇게 나를 위해 모든 걸 투자하고 있을 즈음, 교육청에서 내 수업을 참관하는 한편 멀티미디어실 확충뿐만 아니라 학교 도서관 재정비를 위해 3억이 넘는 돈을 지원하겠다고 했다. 아닌 밤중에 홍두깨가 아니라 한낮에 돈벼락을 맞은 격이었다.

"당사자의 뜻을 존중해서 모든 시설 및 정비는 김현배 선생님 계획에 따르기로 했고, 모든 책임 또한 김현배 선생님께 맡기겠습니다. 그러니 김현배 선생님께서는 최선을 다해 주시기 바랍니다. 이번 일은 S고등학교의 영광이기도 하지만 우리 교육청의 영광이기도 합니다."

 장학관은 침이 마르게 칭찬한 후, 모든 책임을 내게 일임한다는 뜻을 분명히 했다. 그리고 내가 제출한 마스터플랜을 그대로 수용하겠다는 뜻도 밝혔고.

 장학관이 돌아간 후 설립자가 나를 따로 불렀다.

 "선생님의 혜안을 알아보지 못해서 죄송합니다. 이 일만 제대로 마치면 그에 대한 보답을 분명히 하겠습니다. 그러니 학교를 위해 최선을 다해 주시기 바랍니다."

 설립자는 나의 손까지 쓰다듬으면서 연신 죄송합니다란 말을 했다.

 "아닙니다. 제가 모자라서 그런 것이지…… 이제 그런 말씀 하지 마십시오. 듣기 민망합니다."

 그새 병이 깊어졌는지 설립자의 얼굴은 말이 아니었다. 그러나 선생님에 대한 깍듯한 태도나 존경심은 변함이 없었다. 그런 설립자의 태도에 나는 기왕 인심 쓰는 거 조금 더 쓰기로 했다.

 "그리고 무엇보다 건강하십시오. 이사장님이 건강하셔야 우리 학교도 발전하고 대한민국의 교육도 굳건해지지 않겠습니까?"

 "아, 예. 고맙습니다. 선생님만 믿겠습니다."

 그 일을 기화로 해서 나는 이사장과 자주 만나서 도서관 정비에 대한 일에서부터 학교 상황, 선생님들의 동태 등에 대한 의견을 교환했다. 이사장은 그때마다 버섯이다, 홍삼이다, 꿀이다, 굴비다, 과일이다 등등을 차에 실어 주었다. 몇 번이나 사양하고 거부했지만 늙은이의 정성을 물리지 말라며 한사코 차에 실어 주었다. 이런 모습을 곁에서 지켜보는 또라이가 나를 그냥 둘 리 없었다.
 "소 뒷발로 쥐 잡았는데, 우리 아버지가 너무 황송하게 대하지?"
 어느 날 이사장이 떠난 후 또라이는 나의 공적을 짓밟아 뭉개기 시작했다. 그 말엔 아무리 발버둥 쳐 봐야 내가 있는 한 년 끝이란 뜻이 담겨 있었다. 그러나 나는 속으로 웃었다. 네놈이 아무리 설쳐 봐도 난 이사장님의 마음을 잡아 복권하고야 말걸. 내가 어떤 놈인데…… 하고.
 "형님 잘 둔 덕에, 김민배 국장 덕으로 낙하산을 타고 내렸는데 이젠 그 힘이 떨어지니까 학부모들이 도와준다? 참 하늘도 무심하지. 어떻게 이런 일을……. 전생에 나라라도 구했나? 아니면 형님, 김민배 국장이 아직도 사람들을 움직이고 있는 거야?"
 또라이는 아예 대놓고 나를 깔아뭉개려 했다. 그렇지만 나는 속으로 콧방귀를 뀌었다.
 그런데 김민배 국장이 아직도 사람들을 움직이고 있느냐는 말엔 화가 치밀어 올랐다. 형에 대한 거부감이 되살아났기 때문이었다.
 어려서부터 나는 형의 그늘에 있었다. 부모님은 형을 신주 모시듯 했지만 나에게는 어떤 기대나 관심을 보이지 않았다. 어디서 주워 온 아이 취급했다. 먹는 것, 입는 것, 심지어는 책이나 학용품들까지도 형이 먹다, 입다, 쓰다 남긴 것이었다. 새것이란 내게 금기였으며 넘볼 수 없는 사치였다.
 상황이 이렇고 보니 나는 껍질 속에 잔뜩 웅크린 달팽이가 되어 갔다. 그 껍질도 단단하질 않아 자주 부서졌다. 그럴수록 나는 더 단단히 껍질을 만들기 시작했고, 껍질 속에서 안정을 보장받게 되자 드디어 나는 안심할 수 있었다.

그 평안함이라니. 나는 세상과 멀어졌고, 세상은 나와는 아무런 상관도 없었다. 형이 고시에 떨어져 집안이 초상집 분위기였을 때도, 형이 고시에 합격하여 축제 분위기였을 때도, 누나들이 시집을 갈 때도, 시집에서 쫓겨나 집으로 돌아왔을 때도 나는 아무 관계가 없는 사람이었다.

"저 새낀 사람 새끼가 아녀."

아버지의 입에서 시작된 이 말이 모두가 즐겨하는 레퍼토리가 됐지만 나는 모른체했다. 나에게 직접적인 피해를 주지 않는 한, 세상이 뭐라 하든 신경 쓰지 않았다.

그런 나의 습성은 군대서도 마찬가지였다. 그런 나를 고문관을 넘어 문제 사병 취급했다. 나눌 줄도 모르고 전우애란 눈 씻고 찾아도 찾을 수가 없다고, 피가 흐르는 인간이 아니라 목각 병정이라고. 그러나 나는 상관없었다. 껍질 속에 숨은 나는 안전했기 때문이었다. 그 껍질이 파괴되지 않는 한 나는 안전할 것이며 시간이 갈수록 그 껍질은 더욱 단단해질 것이었기에.

그렇게 지긋지긋한 군 생활을 마치고 고시에 몇 번의 고배를 마신 내가 사회에 첫발을 디딘 곳은 교직이었다.

행정학과에 다니면서 교직을 이수한 건 제자들을 키우겠다는 생각에서가 아니었다. 인재 육성이라니, 난 남을 키우는 일엔 전혀 관심이 없었다. 면허증을 따는 게 택시나 버스 운전을 하기 위한 게 아니듯이 언젠가 쓸모가 있지 않을까 하여 교사자격증을 따 놓은 것이었다. 고시에 떨어져서 갈 데 없을 때는 교직도 괜찮겠다 싶었기 때문이었다. 나 자신을 보호할 수 있고 상사들·동료들의 간섭이나 부당한 대우로부터 비교적 자유로울 수 있는 직업이 교사란 생각에서.

대학을 졸업하고서도 고시에 번번이 떨어져서 더이상 부모님께 기댈 염치가 없어 전전긍긍하고 있는데 형에게서 전화가 왔다.

"너 교직 받았으니까 선생이나 해라. 마침 사회 선생이 모자라서 공채 한다니까 원서 내 봐. 나머진 내가 알아서 할 테니까."

서울시교육청에 근무하고 있었지만 형의 힘은 컸다. 고시 준비한답시고 준비도 제대로 못 했는데 단번에 합격했다. 하기야 그땐 국립대학 교육과만 졸업하면 자동 발령을 내줄 정도로 교사 수급이 어려운 때였지만 형의 힘이 없었다면 불가능한 일이었다.

시험에 합격하자 희망 근무지를 써내라 했다. 나는 산간 지역을 지원했다. 남들이 선호하는 도시가 아니라 남들이 기피하는 시골로. 시골에 틀어박혀 고시 준비를 더 해 보고 싶었다. 형처럼 고시에 합격하여 형의 그림자에서 벗어나는 한편 나의 존재를 알리고 싶었다. 또한 도시란 곳, 사람이 많은 곳은 내가 살 곳이 아니었다. 도시에선 나를 안전하게 보호할 수 없었다. 그래서 형이 말리는 걸 못 들은 체하고 시골로 들어가 버렸다.

그러나 시골 학교라 해서 껍질 속의 나를 온전히 보호할 수 있는 건 아니었다. 도시 학교보다는 덜했을지 모르지만 학생·학부모를 상대해야 했고, 동료 교사들과 부대껴야 했다. 학생들이야 사랑을 빙자한 무관심으로 방치하면 그만이었지만 동료 교사와는 늘 갈등의 연속이었다. 그들은 나의 부모이기도 했고, 형님이기도 했고, 누님이기도 했다. 껍질 속에 웅크리고 있는 나를 자꾸 건드렸다. 그 등쌀을 견디다 못해 학교 때려치우고 다른 일이나 할까 갈등하고 있는데, 이 학교 설립자가 날 찾아왔다.

나중에 안 사실이지만, 서울시교육청에 시설국장으로 재직하고 있던 형이 이 학교를 개교할 때 도움을 줬던 모양이었다. 설립자의 교육관이

나 개교 이념, 사람을 대하는 태도가 남다르다 생각하여 자신이 도울 수 있는 일을 성심성의껏 도와줬던 모양. 그런 은혜를 입은 설립자는 형에게 보답하려 했으나 형이 번번이 사양하는 통에 실현하지 못하다 시골구석에 박혀 있는 나를 이 학교 교감으로 모셔 가고자 찾아왔던 것. 그런데 형이 가지 말라고 했다.

"나와 별 인연이 있는 것도 아니고, 서울이 어떤 덴데? 가지 말아라."

추석에 부모님을 찾아갔더니 먼저 와 있던 형이 말했다. 설립자가 형에게 당신의 뜻을 알리자 형은 나를 막으려 했다. 그러나 형의 말을 듣는 순간 확 거부감이 일었다. 형은 아직도 나를 자기 그늘에서 꾸벅꾸벅 졸고 있는 병아리쯤으로 생각하고 있음이 분명했기 때문이었다. 그렇지 않고서야 어떻게 나의 의사는 들어 보지도 않고 일방적으로 가지 말라는 말을 할 수 있단 말인가.

"왜? 형 얼굴에 똥칠이라도 할까 봐?"

"그게 아니라 넌 도시를 싫어하잖아. 그래서 시골로만 도는 거 아냐?"

"그래서? 그래서 난 서울로 가면 안 되는 거야? 서울은 형 같은 사람만 가야 하는 거야? 걱정 마, 서울 가도 형 도움 안 받을 테니깐. 난 태생부터가 형 도움관 거리가 먼 사람이니깐."

그간 형 밑에서 억눌렸던 감정이 터지면서 반드시 서울로 가서 보란 듯이 복수하겠다고 다짐을 했다. 그래서 설립자에게 형과의 돈독한 우애를 과장하는 한편, 감언이설로 현혹했다. 그게 형에 대한 보복이었고 나를 세우는 길이라 믿고 있었으니까.

그렇게 형에 대한 반발로 서울로 올라왔으나 곳곳에 생각지도 않은 복병이 도사리고 있었다. 또라이와 산적이 대표적인 복병이었다. 또라이야 설립자의 아들이고 일자무식이라 비위만 맞춰 주면 그만이었지만 산적은 이만저만 눈에 거슬리는 게 아니었다. 평교사 주제에 감히 교감인 내가 하는 말에 토를 달려 했고, 내가 하는 일을 비판하려 했다.

"교감 선생님, 그건 다시 생각해 봐야 할 것 같습니다. 학생들의 반발을 불러일으킬 수 있습니다."

학생부 교내생활지도 담당이면 교내생활지도나 제대로 할 것이지 학생부 경험이 많다는 이유로 내 앞에서 뻐기는 꼴이라니. 그냥 넘어갈 수가 없었다.

"이 선생, 내가 시키는 대로 하세요. 어디 평교사가 교감 말에 이렇다 저렇다 토를 다는 겁니까?"

"알겠습니다만, 우리가 판단을 잘못 내리면 학생들의 불편이 너무 크고, 그렇게 되면 결국 다시 바꿔야 하는 번거로움이 발생할 수 있습니다."

"아니, 이 선생! 당신이 교감이야? 시키는 대로 하면 될 거 아냐."

"예, 시키는 대로 하겠습니다. 그러나 반드시 학생들과 학부모의 반발에 부딪칠 겁니다."

그렇게 산적을 눌러놓는 데는 성공했지만, 결과는 산적의 예상대로 전개되기 일쑤였다. 일을 시행하자마자 학생들과 학부모의 항의 및 반발에 직면하곤 했다. 그럴 때마다 산적의 판단력을 놀라워하면서도 산적이 학생들과 학부모를 선동하고 있는지도 모른다는 생각이 들었다. 그렇지 않고서야 일이 산적이 얘기한 그대로 전개될 수가 없었다.

한두 번도 아니고 빈번히 그런 일을 겪게 되자 산적은 눈엣가시였다. 그렇다고 산적을 대놓고 핍박할 수도 없었다. 산적은 교장뿐만 아니라 설립자의 신임을 얻고 있었다. 또한 학생부에 없어서는 안 될 인물이기도 했다. 학생 사안이 있을 때마다 산적은 구원투수로 등장해서 문제를 해결하곤 했다. 학생 문제뿐만 아니라 교사 문제에도 발 벗고 나섰고, 그만 들었다 하면 난제가 풀리곤 했다.

특히 학교에서 악역을 혼자 감당하고 있어서 산적은 많은 선생님들로부터 긍정적 평가를 받고 있었다. 자신이 감당해야 할 궂은일을 산적이 도맡아서 해 주는데 선생들이 산적을 싫어할 리 없었다. 속으로야 어떤지 몰라도 밖으로는 산적을 치켜세웠다. 자신이 올라가야 할 나무 꼭대기에, 위험을 무릅쓰고 산적이 대신 올라가 주는 데야 선생들이 싫어할 이유가 없었다. 인간이란 원래 제 손가락에 박힌 가시에는 호들갑을 떨면서도 남의 심장에 박힌 못쯤은 대수롭지 않게 여기는 동물이 아니던가. 특히 알량하고 좀스러운 선생들은 그런 성향이 더욱 강했으니 산적은 바로 선생들의 그런 이기심을 충족시켜 주는 헛똑똑이였다.

그러나 모든 선생들이 산적을 좋게 보는 건 아니었다. 한쪽이 좋아하면 한쪽으로부터는 비난을 받게 되는 게 세상사 아닌가. 특히 산적같이 피아 구별이 명확한 사람에게는 그만큼 적도 많은 법이었다. 특히 조영건과 박영철은 산적이라면 치를 떨었다. 그래서 나는 처음부터 두 사람을 내 사람으로 만들기 위해 공을 들여왔다. 산적에 대항하는 한편, 내가 꼭 필요할 때 써먹을 수 있는 희생양을 준비해 둬야 했기 때문이었다. 더군다나 그들과 나는 선생들 사이에서 왕따로 통하고 있어서 그 누구보다 연대가 필요한 사람이기도 했다.

산적이라는 실재적인 적에게 대항하면서 우리는 끈끈한 연대감을 갖게 되었다. 그러다 보니 흔히들 말하듯 아삼육이 되어 갔다. 선후배나 형제처럼 흉허물 없이 지내게 되었다. 그랬는데, 교장 임기를 얼마 안 남겨 둔 시점에 다른 사람도 아닌 산적이 또라이를 걸고넘어졌고, 또라이가 궁지에 몰렸고, 조·박 두 선생이 얼마간 숨통을 열어 놓았으니 내 교장 임기를 연장할 수 있는 절호의 기회가 온 것이었다.

그 기회를 놓칠 수가 없었다. 어떻게든 또라이를 구워삶아 또 하나의 단단한 껍질을 마련해야 했다. 또한 이 기회에 산적, 앓던 이를 뽑아내야 했다. 내가 이번 위기를 그냥 넘길 수 없는, 이번 일에 적극적으로 나서는 이유였다. 망설이고 두려워하는 조영건과 박영철을 어떻게든 설득해서 적극적인 동참을 유도한 이유도 바로 그 때문이었고.

손 안 들이고 코 풀기.

또라이나 조·박 선생이 잘못된다 해도 나는 아무런 피해나 타격을 입지 않을 것이었다. 내가 직접 지시한 일도 강요한 일도 아닌, 또라이의 지시에 의해 자신들이 한 행동이니깐 나와는 아무런 관련이 없었다. 아이디어는 내가 냈지만 지시한 사람은 분명 또라이였다. 나는 또라이가 지시하는 자리에 합석만 했을 뿐 어떤 지시나 강요도 하지 않았다. 나는 '산적 체계 작전'과는 아무런 관련도 없었다.

강남대로에 들어서기 전에 차를 길옆에 세웠다. 또라이한테 전화를 해줘야 했다. 지금쯤 똥줄이 타다 못해 똥독이 장기를 침탈하고 있을 것이었다.

"이사장님, 조영건 선생 괜찮은 것 같습니다. 다리뼈에 금이 갔는데 큰 문제는 없을 듯하고요. 그러나 만약을 위해 기브쓰를 꼭 하라고 했고, 목발도 꼭 짚고 다니라고 했습니다. 물론, 진단서도 최대한 받아내라고 했고요. 이제 병원에서 출발하니까 시간이 좀 걸릴 것 같습니다. 잠시만 더 기다리시면 총알같이 날아가겠습니다."

또라이에게 상황을 전하고 전화를 끊었다. 천천히 드라이브를 즐기듯 가서 빨리 오느라 난리 친 얘기를 과장스레 떠벌이면 또라이는 흡족해할 것이었다. 당신을 기다리게 하지 않기 위해 목숨을 걸고 날아왔다는 소리를 해서 무식한 그를 농락하는 건 일도 아니니깐.

세상은 이런 맛에 사는 게 아닌가.

선생? 그 쫌팽이들 말야?

13

일단 한고비는 넘겼다.

쫄배의 얕삽한 계략을 좆밥—내가 조영건과 박영철을 줄여 부르는 이름—이 제대로 연기해 준 덕이었다. 과연 먹힐까 싶었는데 생각보다 쉽게 산적이 걸려들었다.

산적 새끼를 일단 잡아 놓았으니 죄는 차차 만들어 덮어씌우면 되고, 산적을 빼면 그 나머지는 모래알이나 다름없으니 별로 신경 쓸 게 없었다.

산적만큼 치밀한 놈도, 강단을 가진 놈도 없었다.

김수용이나 강형민이는 겁 한 번 주면 꼬리 내릴 것이고, 정우형이나 진용현이도 물이나 모래지 시멘트는 아니었다. 물이나 모래는 뭉칠 수도 없거니와 뭉쳐 봐야 바람과 햇빛이면 힘을 쓰지 못한다.

지금껏 그래 왔듯이 약자는 바람으로, 강자는 햇빛으로 흩어 놓으면 그만이었다.

선생이란 놈들은 자존심이 강한 척하고
정의를 추구하는 척하지만
알고 보면 쫌팽이들이다.
강한 척하는 놈들에겐 조금만 겁을 주면 금방 온순해지고,
정의로운 척하는 놈들에겐 약간의 이익을 주면 곧 태도를 바꾼다.
겁보에다 단돈 만 원에도 벌벌 떠는 쫌팽이들이었다.
아버지 밑에서, 재단 사무국장 10여 년의 경험을 통해 나는 선생들의 속성을 너무나 잘 알고 있었다.

"이사장님, 이제 한시름 놓으셨으니 한 잔 쭈욱 하십시오."

쫄배가 나의 눈치를 살피며 공손히, 비굴할 정도로 공손히 술잔 가득 술을 따른다.

"모든 게 김 교장 공이오."

"무슨 말씀이십니까? 제가 당연히 해야 할 일을 했을 뿐인데요."

"아무튼 수고가 많았어요. 급박한 상황에서 김 교장이 그런 끝내주는 생각을 해내고 조 선생하고 박 선생한테 일을 맡기지 않았으면 어쩔 뻔했어. 그래서 관리자는 머리가 있어야 되는 거야. 머리가 있어야. 아무튼 모든 게 김 교장 덕이오."

"예, 감사합니다."

영락없는 쥐새끼다. 자신의 이익을 위해서라면 못 할 게 없는, 양심도 자존심도 없는.

산적 제거 계획은 그의 머리에서 나왔다. 머릿속에 온갖 술수들만 가득한, 자신의 이익을 위해서라면 언제든 칼을 거꾸로 들 수 있는 위인이었다. 이제 더 통박 굴리기 전에, 임기가 끝나는 올해를 마지막으로 잘라 버

려야 할 인간이었다. 집안에 쥐새끼가 있다는 건 결코 이로울 게 없었다. 식량이나 축내고 병균이나 옮기고 집기들이며 대들보나 갉아대지 아무 짝에도 쓸모없는 존재가 아닌가. 옛날 새마을운동과 함께 했다던, 쥐잡기 운동, 그걸 한자로 뭐라 했더라, 쥐를 때려잡는 거니깐 때쥐작전인가, 아무튼 수단과 방법 가리지 말고 때려잡아야 했다. 그것도 모르고 어떻게든 나에게 잘 보이려고 발버둥을 치는 꼴은 차마 민망할 정도였다.

"김 교장, 올해 몇이죠?"

"저요? 예순하납니다."

"그럼, 정년이 2년 남았네?"

"아니죠, 우리 나이니 3년 남았죠."

"그런가? 그럼, 어떡한다? 교장은 임기를 연장해도 2년밖에 연장이 안 되는데, ……이번 기회에 정관을 고쳐?"

"예? 아이고, 이사장님, 고맙습니다. 정년, 그날까지 목숨 바쳐 끝까지 이사장님을 보필하겠습니다. 고맙습니다."

"내가 고마울 게 있나? 김 교장이 워낙 일을 잘하니까 그렇지."

"무슨 말씀을요? 이사장님 같은 분이 계시니까 제가 신명을 다해 교장직을 수행하죠. 저야 이사장님이 안 계시면 물 없는 물고기죠."

열다섯 살이나 아래인 나에게 하는 꼬락서니하고는. 손을 비벼 대며 갖은 아양을 다 떤다. 얼굴에 침이라도 뱉어 버리고 싶었다. 내가 이사장 되기 전이었으니 가능했지 내가 진작 이사장 자리에 있었다면 그는 교장 꿈도 못 꿀 종자였다. 쥐새끼 같은 그가 교장 자리에 앉은 것은 '소 뒷발로 쥐잡기'와 전임 교장 흠집 내기 아니, 노환으로 판단력이 갑자기 흐려진 아버지에게 아부한 덕이었다.

학생 놈들이든 선생들이든 그를 '쫄배'라 불렀다. 쫄장부의 '쫄' 자와 그의 이름 현배의 '배' 자를 따서 붙인 별명. 말하자면, '쫄장부 현배'의 줄임말이었다. 그러나 나한테 별명을 붙이라고 했으면 쫄배가 아니라 '쥐배'라고 붙였을 것이다. 재단 사무국장을 하면서 내가 본 그는, 쥐 상판에 하는 짓도 완전 쥐새끼였다. 키에 걸맞게 잘뿐더러 쫀쫀하고 술수만 가득했다. 내가 선생들을 만만히 보기 시작한 것도 따지고 보면 다 쫄배 때문이라 할 수 있었다. 만만하고 자존심이나 양심이란 없는 그를 다뤄 보니 선생이란 놈들에 대한 생각이 바뀌었다. 약간 겁을 주거나 얼마간 이익을 주면 알아서 기었고, 조금만 잘해 주면 몸을 벌렁 뒤집어 배때기를 보이는 강아지처럼 굴었다. 그런 모습을 가장 많이 보여 준 사람이 쫄배임은 말할 필요도 없고. 아무튼 그런 쫄배가 교장 자리를 넘보기 시작한 것은 '소뒷발로 쥐잡기'로 유명세를 타면서부터였고, 본색을 드러낸 것은 도서관 증축 때였다.

학생들과 동료 선생들의 불신임으로 교감 자리에서 물러선 그는 도서관에 처박혔다. 보통 사람 같으면 쪽팔려서라도 스스로 알아서 학교를 그만뒀을 것이었다. 그런데 그는 달랐다. 능력이라곤 아부할 줄밖에 모르는 그가 우리 학교를 그만두면 갈 곳이 없었다. 학교가 아니면 어디 발붙일 곳도 없는 위인이었으니까. 그나마 서로 돕고 감싸 주는 풍조가 있는 학교니까 그런 위인이 견디지, 다른 곳 같으면 벌써 잘려도 수십 번은 잘렸을 것이고, 아예 직장에 발도 못 붙였을 것이었다.

165cm가 될락 말락 한 키에 쫀쫀하기는 두 번째 가라면 서러울 정도고, 오로지 자기밖에 모르는 철저한 개인주의자에다 눈치 하나로 먹고사는 기회주의자였다. 생긴 것 그대로 쥐새끼였다. 그런 그가 우리 학교 교감

으로 온 것은 오로지 그의 친형 김민배 국장 덕이었다.

  학교 설립을 위해 교육청을 드나들면서 좆같은 새끼들을 많이도 만났다. 좆도 아닌 것들이 하나같이 거들먹거리기 좋아하고 딱딱하게, 사무적으로 굴었다. 그런 중에도 사람다운 사람이 있었으니 바로 시설국장 김민배였다.

  김민배 국장은 교육청의 다른 직원들과는 달리 고등학교를 세워 인재를 길러내고 싶다는 아버지의 뜻을 높이 평가하는 한편, 적극적인 지원을 아끼지 않았다. 물론 나는 그런 아버지를 이해할 수 없었고 이해하려고도 하지 않았다. 그 많은 돈을 쏟아부으며 학교를 세우려는 아버지를 막고 싶었다. 돈만 있으면 못 할 게 없는 세상에서 학교를 세우는 일은 장땡을 잡은 놈이 삼팔따라지한테 돈을 갖다 바치는 것과 진배없었다. 그러나 아버지는 끝내 학교를 세우려 했고, 고등학교 설립 인가를 받기 위해 좆도 아닌 교육청 관계자들한테 굽실거리는 일도 마다하지 않았다.

  그런 여러 가지 어려움 속에서도 학교를 설립할 수 있었던 것은 김민배 국장의 공이라 해도 과언이 아니었다. 그는 자기 학교라도 신설하는 것처럼 나서 주었고 모든 일을 자기 일처럼 해 주었다. 학교 설립에 대한 절차, 관계자와의 자리 주선, 부지 선정 및 공사 진행, 개교 일자, 신입생 유치 계획 및 홍보까지 세심하게 신경을 써 주었다. 사립학교로서는 받기 힘든 각종 지원 혜택도 받게 해 주었다.

  그런 그의 은혜에 보답하기 위해 아버지는 여러 가지 제안을 했으나 그는 모두 사양했다. 투철한 교육 철학을 지닌 분을 만날 수 있었다는 것만으로도, 자기 힘으로 훌륭한 학교를 설립할 수 있게 도움을 줄 수 있었다는 것만으로도 보람을 느낀다며 한사코 사양했다. 내가 봐도, 지금 세상에 저런 사람이 있을까 싶을 정도였다.

 개교 후, 아버지는 어떻게든 그의 은혜에 보답하기 위해 다양한 방법을 찾기 시작했다. 그러다 몇 년 만에 충청도 두메산골에서 평교사로 근무하는 그의 동생 쫄배를 찾아냈고, 그를 교감으로 발탁하려 했다. 김민배 국장은 그러면 안 된다고, 자기 동생이지만 그런 그릇이 못 된다고 몇 번이나 말렸다. 그러나 아버지는 뜻을 굽히지 않았고 촌놈 김현배를 교감 자리에 앉혔다. 그러나 그의 교감직은 그리 길지 못했다.

 그는 다른 사람들과 융화할 수 없는 인물이었다. 오로지 자신의 편의와 이익을 좇는 그를 따르는 사람이 없었고, 그럴수록 그는 선생들을 억누르려 했다. 교감 신분을 이용하여 선생들의 일거수일투족을 감시하면서 꼬투리를 잡는 한편, 상대의 약점을 잡아 굴복시키려 했다. 그러니 그의 곁에는 좆밥처럼 기회주의자나, 해바라기 근성을 가진 선생들 외에는 없었다. 교감이 된 지 한 학기도 지나기 전에 '쫄배'라며 별명이 나돌기 시작하더니 왕따가 되어 갔다. 그럴수록 그는 다른 선생들 흠집 내기를 감행했고, 아버지에게는 온갖 아부를 다했다. 일이 그쯤 되자 아버지도 쫄배를 달리 생각하고 있었다. 말은 안 했지만 김민배 국장의 말을 듣지 않은 것을 후회하고 있는 듯했다.

 그럴 때쯤 그가 제 무덤을 파는 일이 터졌다. 그 일을 산적이 일으킨 하극상이라며 모든 책임을 산적에게 떠넘기고 있지만, 그를 교감 자리에서 끌어내린 것은 바로 그 자신이었다.

 산적과 쫄배는 상극인 사람들이었다. 가치관이나 속성, 삶의 방식이 다른 두 사람은 화합할 수 없었고 사사건건 부딪쳤다. 그러나 언제나 쫄배의 승리였다. 교직 경력으로 보나 직책으로 보나 산적과 쫄배는 상대가 되질 않았다. 쫄배는 교감이란 직책 뒤에 자신을 숨기고 산적의 일거수일투족을 감시하는 한편, 일이 있을 때마다 불러 쥐 잡듯 잡으며 산적을 흠집 냈다. 그리고 가끔은 턱도 없는 이유로 그를 몰아붙이기도 했다. 그때마다 산적은 아니꼽고 더럽지만 내가 참는다는 태도로 분을 참아냈다. 뒤에서는 쫄배라고 부르며 욕을 하고 매도하곤 했지만 대놓고 반항하지는 않았다. 고분고분하지도 않았지만 관리자에 대한 예우는 갖추었다. 그러던 그들이 직접적으로 충돌한 것은 교내 도난 사건 직후였다. 나도 나중에 보고받은 얘기라 정확하지는 않지만 얘기는 이랬다.

학기 초, 체육 시간에 1학년 한 교실이 털렸다. 체육 시간이라 교복을 교실에 벗어 놓고 갔는데 잠금장치를 부수고 도둑이 침입한 것. 학기 초라 각종 공과금과 교재대(敎材貸)까지 가지고 다닐 때라 도난 액수가 생각보다 컸다. 학생부가 나서서 그 시간대의 유동 인원을 체크해 봤으나 이렇다 할 단서를 찾을 수가 없었다.

다음 날이 되자 물품을 잃어버린 학부모로부터 항의 전화가 이어졌고, 급기야 교장이 나서서 긴급 전체 조회까지 열어 학생들에게 호소했으나 소용없었다. 학생부를 중심으로 범인을 잡는다고 수업마저 정상적으로 할 수가 없을 지경이 되었다.

일이 그쯤 되자 3학년 학생들의 불만이 고조되기 시작했고, 다음 날엔 3학년 학부모들의 거센 항의가 이어졌다. 3학년 학생들에게 공부시킬 생각은 안 하고 3학년 학생들을 들볶는다고.

문제 해결을 위해 교장 주재로 교장실에서 긴급회의가 열렸다. 교감, 학생부장, 학년부장, 학생부 교내생활 지도교사, 담임이 모인 자리였다. 학생부장이 전교생을 대상으로 범인을 색출하는 것은 어렵다는 말을 끝내기 무섭게 쫄배가 나섰다.

"학생부장님, 경찰에 신고합시다."

"예에?"

"이제 더이상 방법이 없지 않습니까? 교장 선생님이 나서서 호소해도 나오지 않는 놈들이니, 경찰을 투입해서라도 검거해야 할 거 아닙니까?"

그 말이 끝나기 무섭게 뒤쪽에 조용히 앉아 있던 산적이 나섰다.

"교감 선생님, 지금 무슨 말씀을 하시는 겁니까? 전교생을 도둑놈으로 만들 생각입니까? 경찰이 투입되면, 경찰이 범인은 잡아 줍니까? 아니면, 경찰이 투입되면 범인이 무서워서 자수라도 할 것 같습니까?"

"이 선생! 여기가 어디라고 평교사가 나서는 거요? 그리고 안 할 말로, 교내생활지도를 잘못한 이 선생에게 전적인 책임 있는 거 모르세요?"

"뭐라구요?"

"왜? 내가 말을 잘못했습니까? 이 선생이 제대로 했어 봐요, 이런 일이 일어나나."

"좋습니다. 모두 제 잘못이니까 제가 처리하죠."

"어디서 입을 함부로 놀리는 거요? 당신이 어떻게 처리해요?"

"하면 될 거 아닙니까?"

"그래, 어디 해 봐요! 범인을 찾아내라고!"

금방이라도 맞붙을 듯이 덤비는 두 사람을 막은 사람은 교장이었다.

"이 선생, 그만해요. 그리고 교감 선생님도 그만 진정하세요."

교장이 두 사람을 말리고 난 후 대책을 상의하려는데 산적이 벌떡 일어서며 말했다.

"교장 선생님! 죄송합니다만, 제게 전권을 주십시오."

모두 무슨 말인지 몰라 어리둥절해 있는데 산적이 말을 이었다.

"교장 선생님께서 제게 전권을 주시면 24시간 내에 잃어버린 돈을 찾아내겠습니다."

"그게 무슨 말입니까? 알아들을 수 있게 차근차근 얘기해 보세요."

"예, 지금 우리는 범인을 잡으려고만 하고 있습니다. 그러나 제 생각으로는 범인을 잡는 일보다 잃어버린 돈을 찾는 게 급선무라고 생각합니다."

"그래서요?"

"교장 선생님의 전권을 주시면, 제가 돈을 찾아내겠습니다."

"어떻게요?"

"예, 구체적인 방법까지는 말씀드릴 순 없지만, 마지막 방법을 써 볼까 합니다."

"그럼, 전권이란 게 정확하게 뭘 말하는 겁니까?"

"훔쳐 간 학생이 누구인지 비밀에 부쳐 주시고, 그 학생에 대한 모든 처리를 제가 할 수 있게 해 주십시오."

"그건 안 됩니다. 어떻게 교장의 권한을 일개 평교사한테 넘겨준단 말입니까?"

쫄배가 촉새처럼 나섰다. 그러나 교장은 교감의 말에 어떤 반응도 보이지 않은 채 학생부장에게 물었다.

"학생부장님 생각은 어떻습니까?"

학생부장도 쉬이 결정을 내리지 못하고 '글쎄요?'라는 애매한 대답을 남긴 채 입을 다물어 버렸다.

결국, 결정은 교장이 내리기로 하고 긴급회의는 끝났다. 그리고 한 시간 후쯤, 산적이 3학년 교실을 돌기 시작하더니 5교시와 6교시 때는 1학년과

2학년 전학생을 체육관에 집합시켜 약속했는데 그 약속이라는 것은 생각보다 단순했다.

"이번 일에 대해 내가 교장 선생님으로부터 모든 권한을 위임받았다. 즉, 범인 색출에서부터 처리까지 모든 권한을 위임받은 것이다. 그런 만큼 나의 명예가 걸려 있고, 나의 목숨이 달려 있기도 하다. 그렇지만 나는 범인을 잡으려는 것이 아니다. 1학년 학생들이 잃어버린 돈을 되찾으려는 것일 뿐이다. 오늘 내가 숙직을 할 테니 내일 아침 여덟 시까지 직접 가져오든지, 숙직실에 갖다 놓아라. 그러면 더이상 묻지도 따지지도 않겠다. 모든 사실을 철저하게 비밀에 부치겠다는 말이다. 그러나 내일 여덟 시까지 돈을 돌려놓지 않을 시는 나의 명예를 걸고, 모든 수단과 방법을 동원해서라도 꼭 잡아내고야 말겠다. 그러니 나를 믿고 내일 아침 여덟 시까지 현명한 결정을 내리기 바란다. 난 성질이 더러운 만큼, 약속도 꼭 지킨다. 어둠 속에서 떨지 말고 나를 믿고 떳떳하게 행동하기 바란다."

그리고 다음 날 아침, 산적은 교장과 약속한 대로 돈 전액을 잃어버린 학생들에게 돌려주었다.

최대의 난제를 풀어냄으로써 산적은 학생들에게나 선생들에게 일약 스타가 되었다. 모두는 아니지만, 학생들은 그를 믿고 따름과 동시에 존경을 표시했고, 선생들은 산적의 배포와 지략에 박수를 보냈다. 그러나 쫄배는 예외였다. 그런 산적이 부러웠는지 두려웠는지 범인을 밝히라고 산적을 압박하기 시작했다.

일주일 가까이 산적을 압박해도 꿈적 않자 그는 악수(惡手)를 두기 시작했다. 학생회장을 비롯하여 학생회 간부들을 개인적으로 만나고 다니면서 이번 일을 성토하기 시작한 것. 이번 일을 범인도 밝히지 않은 채 유야무야 그냥 넘긴다면 그 학생이 또 어떤 짓을 할지 모르고, 다른 비슷한 사건이 터졌을 때 처벌할 근거가 없다고 학생들을 선동하고 다녔다. 또한 이번 일을 처리하면서 산적이 저지른 월권행위를 성토하며 다녔다. 그가 생각할 때, 학생들이 산적을 두려워하고 그에게 불만을 가지고 있는 만큼 조금만 들쑤셔 놓기만 하면 산적에 대한 거부 반응이 활화산처럼 터질 줄 알았던 모양이었다.

그러나 그가 간과한 것이 있었다. 산적은 학생들에게 두려움의 대상이기도 했지만, 믿고 따를 만한 사람이라 생각하고 있음을 몰랐던 것. 겉으로 드러내는 학생들의 태도만 봤을 뿐 속은 보지 못한 것. 한마디로 자기 마음같이만 생각했던 것.

참다못한 학생회장과 학생회 간부들이 교장을 찾아가면서 일은 커져 갔다. 학생회 이름으로 교감의 학생회실 출입 중지를 요청하는 한편, 더 이상 산적에 대한 비난과 중상모략을 중지시켜 달라고 건의했던 것. 건의를 받은 교장이 쫄배를 불러 상황을 알리며 주의를 주자, 쫄배는 그 즉시 수업을 받는 학생회장을 불러 버릇없다느니 시건방지다느니 온갖 욕설을 퍼부었다. 그것도 복도에서 그런 일을 벌였으니 학생회장네 반 학생뿐만 아니라 같은 층에 있는 3학년 학생들 대다수가 그 사실을 알게 되었다.

학생회장이 쫄배한테 당한 일을 성토하기 위해 학생회 간부들이 모인 것은 그날 밤 저녁 시간이었다. 저녁도 거른 채 그들은 쫄배의 부당함을 결의문 형식으로 작성하여 다음 날 교장에게 전달했다.

교장이 다시 쫄배를 불러 그 사실을 알리자 쫄배가 펄쩍펄쩍 뛰었다. 자기는 산적을 비난하거나 음해한 적이 없다고, 자기를 모함하기 위해 산적이 아이들을 사주한 것이라고, 학생들과 대질시켜 달라고. 그러곤 그길로

3층으로 올라가서 자율학습 중인 학생회장을 불러내 싸대기를 갈기며 온갖 욕설을 다 퍼부어 댔다. 교감으로서, 선생으로서 도저히 할 수 없는, 선생들이 나중에 두고두고 되씹듯 '경솔의 극치'였다. 그 일로 쫄배는 '경솔 세계 챔피언'으로 등극했고.

 일은 천파만파로 커졌다. 3학년 학생들이 들고 일어선 것. 이틀 새에 같은 일이 두 번씩이나 일어나자 학생들이 흥분한 것.

 3학년 학생들이 수업을 거부하고 체육관에 모여 교감의 공식적인 사과를 요구했다. 사상 초유의 일이라 학생부에서도 학생회 간부들을 만나 설득해 보려 했으나 학생들은 자신들의 입장을 굽히지 않았다. 오히려 그 과정에서 그동안 쫄배가 학생회장 및 학생회 간부들에게 했던 산적 흠집 내기와 매도 행위가 낱낱이 드러나게 되었다.

 그쯤 되자 학생부장이 학생부 모든 선생에게 이번 일에 개입하지 말 것을 지시했다. 괜히 나서서 해결하려다가 모든 책임을 뒤집어쓸 수 있으니 교감이 직접 해결하게 내버리라고. 학생부장이 산적 편을 들어 쫄배에게 등을 돌려 버린 것. 이에 학생부 선생을 비롯하여 거의 모든 선생들이 손을 포갠 채 뒤로 물러서 버렸다. 교장이 나서 선생들을 설득해 봤으나 선생들은 '죄송합니다.'란 말만 할 뿐이었다. 쫄배 측근인 해바라기들만 몸을 숨긴 채 사태의 추이를 살피느라 분주할 뿐 누구 하나 쫄배를 위해 나서는 사람이 없었다.

 3학년 학생들이 체육관에 모인 지 세 시간 만에 교장이 이사장인 아버지께 보고했고, 사건의 전말을 들은 아버지는 쫄배 처리에 관한 모든 권한을 교장한테 일임함으로써 사실상 쫄배를 교감 자리에서 내려 앉혔다. 학생들은 쫄배를 학교에서 내쫓을 것을 강력히 주장했으나 교장이 겨우

겨우 학생들을 설득해서 그나마 평교사의 자리라도 보존해 주었던 것이었다. 그런데도 쫄배는 아직까지도 산적과 교장, 선생들이 합작해서 자신을 교감 자리에서 내쫓았다고 이를 갈고 있었다.

그런 위인인 만큼 어떤 일을 함께 도모할 인간이 못 됐다. 이번 일이 터졌을 때도 나는 철저히 쫄배를 배제시키려고 했었다. 그를 곁에 둔다는 자체가 선생들을 더 자극할 것 같아서, 당연히 그와 의논해야 함에도 그를 부르지 않았다. 그런데 그가 제 발로 나를 찾아왔다.

"이사장님, 큰일 났습니다. 산적, 아니 이정훈 선생이 쿠데타를 일으켰습니다."

전날 산적이 시내 모 커피숍에서 나를 몰아낼 작당 모의를 했다는 정보에 따라 평소 친분이 있는 정보과장과 만나 대책을 다 세워 두었다. 그의 코치에 따라 어떻게든 꼬투리를 잡아 산적 새끼를 아예 없앨 궁리를 하고 있자니 쫄배가 헐레벌떡 이사장실로 뛰어든 것.

"구테타라니? 무슨 말이야?"

나는 모르는 척, 깜짝 놀라는 표정을 지으며 쫄배를 바라봤다.

"산적이 글쎄, 겁대가리도 없이 이사장님 퇴진 운동을 벌이고 있다니까요."

"무슨 얘긴데? 차근차근 얘기해 봐."

"예. 지금 교무실에서, 교무회의 시간에, 이사장 퇴진 운동을……."

"그건 알고 있으니까 어떻게 하고 있냐고?"

"예? 알고 계시다고요?"

"그래. 어제부터 이미 알고 있었으니깐 어떻게 하고 있는지나 말해 보라고."

"그, 그게, 교무실에 현수막을 내걸고, 유인물을 나눠 주고, 리본까지 패용해서 이사장님을 추방, 아니 퇴진시키겠다고 소란을 피우고 있습니다."

"선생들끼리만?"

"예. 선생들만 하고 있습니다."

"그걸 갖고 웬 호들갑은? 그까짓 거 전체 조회 시간에 없애 버리면 될 걸."

"예?"

"아, 김 교장이 누굴 시켜서 쥐도 새도 모르게 없애 버리면 될 거 아냐. 현수막은 떼다 어디 던져 버리고……."

"아, 예. 그러면 되겠군요. 알겠습니다. 그리하겠습니다."

황급히 이사장실을 나서는 쫄배를 보며 나는 한마디를 덧붙였다.

"선생끼리 교무실에서만 하는 일은 범법 행위가 아니니깐 김 교장이 어떻게든 방해해 버리고, 어떻게든 산적 그 새낄 잡아야 해. 그 새끼만 없어지면 끝이니깐, 그 새끼만 잡으라고."

"예. 알겠습니다."

그렇게 이사장실을 나선 그는 그날 밤까지 쥐구멍 드나들듯 이사장실을 들락거렸다. 그러나 그가 가지고 온 정보는 아무짝에도 쓸모없는, 이미 행정실장을 통해 다 들은 것들이었다. 그러나 쫄배는 이 기회에 나에게 눈도장을 찍으려는 듯 분주히도 들락거렸다. 정말, 쥐새끼 제 구멍 드나들듯 하였다. 무서워서 멀리 나가지는 못하고, 가만히 있으려니 좀이 쑤셔 못 견디는 쥐새끼처럼 분주하게 들락거리기만 했다. '아, 여기가 당신 사무실이요? 좀 그만 들락거리라고!' 생각 같아선 이렇게 소리 지르고 싶었지만 비상 상황에서 그마저 등을 돌려 버리면 안 될 것 같아 그의 얘기에 귀를 기울이는 척했다. 그랬는데 그의 입에서 생각지도 못한 기가 찬 묘책이 튀어나왔다.

"더이상 방법이 없습니다. 고육지책을 쓰는 수밖에."

일본에서 온 큰형과 한바탕을 한 후 이사장실에 앉아 조니워커 30년산으로 속을 달래고 있자니 그가 또 이사장실로 들어와서는 불쑥 이런 말을 던졌다.

"고육지책이라니?"

"조영건 선생과 박영철 선생을 활용해서 내부 분열을 시켜야 하겠습니다."

"뭐? 조영건이와 박영철이 그쪽에 가담했어?"

"가담한 게 아니라 제가 만약을 대비해서 거기 잠입해 있으라고 했습니다. 그들의 정보도 알 겸 필요할 땐 쓸 겸 해서요."

"그래? 그럼 그들을 이용한 고육지책이란 게 뭔데?"

"예, 두 사람을 싸우게 해서 학교 기물을 파손하게 하는 것입니다. 공공 기물 파손은 제가 신고만 하면 경찰이 진입할 수 있습니다."

"경찰이 진입하면?"

"예?"

"경찰이 진입하면 산적 새끼가 가만있을 거 같아? 옳다거니 하고 언론사다 교육단체다 다 알려서 쌩지랄을 할 텐데. 그나마 소리가 밖으로 안 나가니깐 다행이지 소리가 나가는 순간 끝이란 말이야. 뭔 생각이 있는 거야, 없는 거야?"

"생각해 보니 그렇네요. 그럼 어떡한다?"

쫄배가 쥐구멍에 처박힌 채 고민을 거듭하는 꼴로 한참을 앉아 있더니 기발한 묘책을 내놓았다.

"이러면 어떨까요?"

"뭐 좋은 수라도 있어?"

"폭행요."

"폭행이라니? 누굴 때린단 말인데?"

"아니, 때리는 게 아니고 맞는 거죠. 조 선생하고 박 선생이 싸우는 척하며 기물을 파손하면 산적이 달려들어 어떻게든 말릴 테니깐 그때 싸움을 붙이는 거죠. 싸움이 붙으면 산적이 맞을 리 없고, 우리 쪽이 맞게 되면 바로 폭행죄로 고발을 하면 산적을 처리할 수 있지 않을까요?"

생각해 보니 맞는 말인 것도 같았다. 자기가 주동하는 데모대에서 싸움이 붙으면 그 성질에 가만히 있지 않을 것이고, 제대로 싸움을 걸기만 하면 욱하는 성질에 분명 폭행할 것이었다. 그렇게만 된다면 바로 경찰에 신고하고, 신고를 받는 즉시 미리 배치해 뒀던 경찰이 폭행죄로 산적을 연행해 버린다면 일은 쉽게 정리될 수도 있었다.

"그거 괜찮은 방법 같네. 산적 새끼가 다른 곳에 알릴 시간도 없이 연행해 버린다면 다른 데 알려지지도 않고, 산적도 가둘 수 있으니 일석이조네. 좋아. 그렇게 해 보자고."

결국 쫄배의 술책이 통해 산적이 연행되었으니 쫄배의 술수가 적중한 셈이었다. 그로써 쫄배는 자신을 교감에서 내쫓은 산적한테 보복할 수 있었고, 나는 나대로 산적을 가두게 됐으니 정말 돌 하나로 새 두 마리를 다 잡았다고 할 수 있었다.

쫄배가 이렇게 산적을 못 잡아먹어서 으르렁거리는 만큼이나 산적에게 적대감을 가진 사람들이 또 있었으니 바로 좆밥이었다. 그들도 쫄배와 다를 바 없었고, 한술 더 떠서 그들은 자신이 잘못을 저질러 놓고 그걸 마치 산적이 자신을 죽이기 위해 조작한 것처럼 산적에게 떠넘기고 있었다. 세 사람이 하는 짓이 어찌나 닮은지 한배에서 난 형제라 해도 될 정도였다.

한 놈은 여제자 성추행으로, 한 놈은 시험 문제 유출로 나를 찾아와 손이 발이 되도록 빌었었는데 그 일을 주선한 사람도 다름 아닌 쫄배였다. 그러니 두 사람이 쫄배와 내 말을 듣지 않을 수 없는 입장이었다. 그래서 이번 일에 나선 것이지 그런 과정이 없었다면 어림도 없는 일이었다.

14

쫄배와 술잔을 기울이고 있자니 이번 일의 일등 공신, 다리에 깁스를 한 조영건과 그를 부축하여 박영철이 들어왔다.
"어서들 와요. 수고했어요."
쫄배가 먼저 일어서서 호들갑을 떨더니 나보다도 먼저 악수한다, 치하한다, 어깨를 두드린다, 경망스럽게 웃는다, 가관이었다. 자기가 마치 좌장인 듯 한껏 똥폼을 잡았다. 생각 같아선 아구창이라도 돌려 버리고 싶었다.
"김 교장, 당신이 꼭 이사장 같네?"
내가 차갑게 뱉었다. 그 말에 쫄배는 금세 본래의 비굴한 낯빛으로 바뀠다.
"아 참, 내 정신 좀 봐. 자자, 두 사람 이사장님께 인사드리지."
두 사람이 인사를 하자 나는 자리를 권하고 준비해 둔 봉투를 건넸다. 괜찮다고, 우리가 할 일을 했을 뿐이라고, 이런 것 바라서 한 일이 아니라고 극구 사양했지만 두 사람을 생각하는 나의 마음이니 작지만 받아 두라고 했다. 이번 일이 마무리되면 쫄배와 함께 어떻게든 처리해야 할 인간

말종들이었지만 일이 끝날 때까지는 두 사람을 이용하는 수밖에 없었다. 이미 선생들에게는 프락치로 낙인이 찍혔으니까 다시 선생들 편으로 돌아가지도 못하겠지만, 산적 새끼를 완전히 제거하고 그 잔당들을 처리하기 위해서는 그 둘이 필요했다. 그래서 돈까지 두둑하게 넣었다. 삼백만 원씩이나 받아 처먹고 딴소리하기는 어려울 것이었다.

"그래, 조 선생 다리는 괜찮아?"

조영건에게 은근하게 물었다.

"아, 예, 괜찮습니다. 다리뼈에 금이 조금 갔다는데, 학교 옆 병원에서는 4주 진단을 내리길래 잘 아는 의원으로 가서 6주 진단을 받아 놨습니다."

그는 시키지도 않은 일까지 다 알아서 처리했음을 자랑삼아 늘어놓았다. 역시 쫌팽이, 협잡꾼 그대로였다.

"아무튼 두 사람이 이번 일의 일등 공신이야. 그 은혠 앞으로 차차 갚아 가기로 하고…… 산적이 경찰서에 연행되기는 했지만 경찰도 오래 잡아 두진 못할 거야. 방화를 막기 위해 어쩔 수 없이 했다고 한다면 오히려 조 선생이 불리해질 수 있는데, 그에 대한 대비도 해 둬야 하지 않겠어?"

나는 쫄배를 향해 물었다. 쫄배는 기다렸다는 듯이 늘어놓기 시작했다.

"제 생각으론 빼도 박도 못할 의혹을 제기해야 할 것 같습니다. 왜 그런 말 있지 않습니까? 선생이 해서는 안 되는 세 가지, 제자랑 붙어먹기, 성적 조작하기, 뇌물 받아먹기. 그중에서 두 가지만 뒤집어씌우죠. 뇌물 수수는 좀 약할 뿐만 아니라 증거 찾기도 쉽지 않은 만큼, 성적 조작과 여제자 성추행으로 몰면 되지 않겠습니까?"

"그건……? 우리 두 선생님과 관련된 일 아냐?"

나는 꺼림칙했다. 다른 일도 아니고 좆밥이 저질렀던 일을 산적에게 뒤집어씌웠다간 어떤 반격을 당할지 알 수 없었다. 산적이 아니라 다른 선생들이 반발할 수도 있고, 전교조 쪽으로 진정이라도 한다면 오히려 우리가 당할 수도 있었다.

그러나 아주 끝내주는 작전이긴 했다. 안 그래도 이번 일만 끝나면 쫄배 일당을 쓸어버릴 생각이었다. 왜 조조가 그랬다지 않는가. 토끼 사냥을 마치면 사냥개를 삶아 먹었다고. 그걸 뭐라고 하더라? 토끼 사냥이니깐 토사에다, 개니깐 견, 삶는 거니깐 숙, 토사견숙이라고 하지 않았던가? 이상한데? 토사견숙이 아닌 것 같은데⋯⋯. 에이 씨팔, 배웠다는 새끼들은 꼭 어려운 한자나 영어로 써서 사람을 헷갈리게 하고 쪽팔리게 한다니깐. 아무튼, 잘만 된다면 산적뿐 아니라 좆밥에 쫄배까지 네 사람을 한꺼번에 쓸어버릴 수 있는 계략이 아닌가. 이런 걸 손 안 쓰고 코 푼다고 했던가?

그러나 드러내 놓고 찬성할 수는 없었다. 두 사람이 앞에 앉아 있으니 두 사람을 걱정하는 척해야 했다. 그래야 두 사람이 자신들을 믿어 주는 나를 위해 불구덩이 속이라도 뛰어들 것 아닌가. 왜 그런 말이 있지 않은가. 여자는 자길 사랑하는 남자를 위해 가랭일 벌리고, 남자는 자길 믿고 인정해 주는 사람을 위해 목숨을 내놓는다고.

"아무래도 두 사람이 다칠 것 같은데? 다른 방법을 찾는 게 낫지 않을까? 위험 부담이 너무 큰 거 같애."

"아닙니다, 이사장님. 산적이 죄도 없는 사람을 죄인으로 몰아서 괴롭혔으니 이젠 자기가 그 일 때문에 당해 봐야죠. 그래야 당하는 마음을 알지 않겠습니까? 그리고 그런 일이 아니곤 산적을 잡기 어렵습니다. 이 기회에 아주 골로 보내 버려야 합니다."

"글쎄⋯⋯ 난 아무래도⋯⋯."

"걱정 마십시오, 이사장님. 이번 기회에 산적을 이사장님과 저, 그리고 이 두 선생님 눈에서 완전히 제거하겠습니다."

쫄배는 아주 각오를 굳힌 모양이었다. 만약 이 일을 하지 못하게 한다면, 이번에 산적을 죽이지 못하면 분해서 살 수 없을 사람처럼 덤볐다.

"그럼, 의혹 제기만으로는 안 되고, 구체적인 증인이나 증거를 만들어야 그 새낄 완전히 보내지. 의혹만 제기했다가 우리가 당하는 수가 있어."

"예, 걱정 마십시오. 안 그래도 이미 준비하고 있습니다."

"준비하고 있다니?"

"두 선생님과 친한 제자들 중에 산적한테 불만을 가졌던 졸업생 몇을 알아보고 있습니다. 그들을 증인으로 내세우면 문제없을 겁니다. 그리고 가정 형편이 어려운 재학생 중에 산적 선생한테 불만을 가진 친구들도 물색하고 있고요. 그들만 잘 조정하고 감춰 버리면 어렵지 않을 겁니다."

"그러면 뭘 해? 이슈화가 돼야지, 이슈화가? 여론몰일 해서 산적 새낄 완전히 생매장시켜 버려야지."

"그러면 학교 이미지가 좀······."

"지금 학교가 문제야? 내가 죽게 생겼는데?"

"알겠습니다. 물론 이사장님이 먼저죠. 먼저고말고요. 제가 어떻게든 해결하겠습니다."

"그래, 어디를 이용할 건데?"

"예?"

"아, 신문이냐 방송이냐 이 말이지."

"예, 그건 이사장님께서 좀······. 우리야 그쪽을 잘 모르지만 이사장님께서는 그 방면뿐만 아니라 다방면에 발이 넓으시니깐 그것만 좀······?"

"참, 그렇구만. 그건 내 전공이었지. 산적 새끼 정도야 두세 군데만 찔러도 끽!이지 뭐. 알았어. 그건 내가 처리하기로 하고 구체적으로 어떻게 할 건데?"

"우선, 가까운 제자들 성적을 조작했다는 의혹을 제기해서 여론몰이를 하는 겁니다. 그렇게 되면 학교야 좀 시끄럽겠지만, 관심을 다른 데로 돌리는 효과가 있고, 만에 하나 산적 선생이 걸려들면 금상첨화구요. 또 다른 방안은 조 선생과 가까운 제자들을 동원해서 성추행당했다고 제보 하거나 고발하게 하는 겁니다. 성적 조작에 대한 문제가 덮일 때쯤 터트린다면 효과가 클 것입니다."

"그렇게 뜸을 들여서야 언제 쇼불 봐? 둘을 동시에 터트러서 아주 골로 보내 버려야지."

"그럴까요? 그러시다면 동시에 터트려 버리죠 뭐. 조 선생, 가능하지?"

"예, 둘 다 준비해 놓겠습니다."

"그래, 조 선생이 그렇게 해 준다면 믿지. 자, 이제 마음을 놓아도 되겠구만."

"예, 그래서 마음 푹 놓고 술이나 한잔하십사고 한 것입니다."

"역시 김 교장이야. 난 그런 줄도 모르고 괜한 걱정 했구만. 자, 어서 술이나 마시자고. 어이, 여기 준비 안 됐어?"

나는 미리 주문해 둔 최고급 회를 불렀다.

"수술한 후에나 다친 후에는 회가 최고라니까 조 선생 많이 먹어. 다치지 않았으면 오늘 아가씨 끼고 한번 놀았을 텐데……. 그건 다음에 하기로 하고 우선 회나 먹자고. 오늘만 날도 아니고, 앞으로 자주 봐야 할 테니깐."

"예, 알겠습니다. 이러지 않으셔도 되는데요."

"무슨 소리야. 지금 이건 시작에 불과해. 앞으로 두고 봐. 내가 어떤 사람인지 똑똑히 알게 되고 내 라인에 선다는 게 어떤 건지 잘 알게 될 테니깐. 난 의리 빼면 시체인 사람이거든."

"그럼요, 그럼요. 이사장님처럼 남자답고 의리 있는 분이 또 어딨겠습니까? 그러니까 저희들이 목숨을 바쳐 충성하는 거 아니겠습니까?"

또 촉새가 나서서 알랑방귀를 뀐다.

"아무튼 우리 김 교장은 남의 비위를 맞추는 데는 아주 타고났다니깐. 허허!"

야, 이 쥐새꺄, 아가리 좀 닥치고 있어! 목구멍을 타고 넘어오는 욕지기를 참기 위해 나는 술을 입에 털어 넣었다.

이로써 산적을 골로 보내는 일은 정리되었다. 지가 아무리 머리를 잘 쓴다 해도, 해병대 출신으로 강단 있고 의리 있다 해도, 인간적인 면 때문에 신뢰하는 선생들이며 따르는 제자들이 많다 해도 빠져나갈 구멍이 없을 것이었다. 다른 일도 아니고 여제자 성추행에 성적 조작이면 그야말로 끝장이었다.

사실 여부를 떠나 여론이 의혹만 제기해도 그는 버틸 수가 없을 것이다. 마누라가 가만히 있지 않을 것이고, 가정이 박살 날 것이다. 성추행 의혹이 언론에 보도되기 무섭게 교육청과 경찰이 나설 것이고, 학부모들 또한 가만히 있지 않을 것이다. 죄의 유무를 떠나 그는 교수대에 오를 수밖에 없을 것이고.

교수대에 오른 다음은 생각할 필요가 없다. 하늘이 도와서 산 채 교수대를 내려온다 해도 그에게는 죽음만도 못한 삶이 기다리고 있을 테니까. 여론 재판이란 그런 것이니까. 한 사람을 죄인으로 만들어 골로 보내는 데는 그리 오랜 시간이 필요치 않으니까. 그러기 위해선 여러 곳에 동시에 의혹을 제기해야 한다. 집중 공격하여 그 새끼를 인간쓰레기로 만들어 버려야 한다.

나는 내 힘이 미칠 수 있는 언론기관을 생각하기 시작했다. 그러나 생각나지 않았다. 놈들 앞이라 힘 있는 사람들은 다 아는 척했지만, 사실 별로 아는 사람이 없었다. 어디서 주워들은 얘기를 내가 겪은 일인 것처럼 뻥을 쳤던 거지 얼굴도 모르고 있었다. 그런 그들에게 이번 일을 부탁할 수는 없었다.

그래서 생각한 것이, 광고를 내는 셈 치고 돈을 들여 무가지(無價紙)나 인터넷 신문에 흘리는 것이었다. 물론 얼마간 돈이야 들겠지만, 산적 그 새끼만 처리할 수 있다면 그깟 푼돈쯤이야. 주인을 무는 똥개를 때려잡는 데 무슨 짓인들 못 하겠는가.

산적 그 새낀 그야말로 주인을 무는 똥개가 아닌가.

그러나 한편 아쉽기도 했다.

병신 같은 새끼, 그러게 진작 내 편에 섰으면 좀 좋아? 지가 나한테만 왔으면 이런 일이 왜 일어나며 왜 끌려가? 넝쿨째 굴러든 복을 지가 찬 거지. 그놈만 나한테 있다면 쫄빼나 좆밥 새끼 백 명을 준다 해도 바꾸지 않을 것이다. 일당백이란 그 새낄 두고 하는 말일지도 몰랐다. 그러기에 더더욱 살려 두어서는 안 될 새끼였다. 내 편이 아닌 놈이 능력이 있으면, 내 앞길에 걸림돌이 될 수 있으면 어떻게든 없애야 했다. 그것만이 내가 사는 길이었고, 내가 살 수 있는 길이었다.

이런 생각을 하고 있자니 나도 몰래 웃음이 삐져나왔다.

산적, 안됐지만 넌 이제 죽었어.

눈에는 눈, 이에는 이

15

 당분간 출근을 하지 않아도 된다는 게 이렇게 홀가분할 줄 몰랐다.
 부담임이 신출내기라 반 학생들이 다소 걱정스럽긴 했으나 오히려 신출내기라 안심되기도 했다.
 학생 관리 문제보다 학부모 관리 문제가 더 신경 쓰였으니까. 학부모들이 뭘 가져다준다고 해도 담임인 내 몫을 챙기지 않을 것이고, 학부모들로부터 돈을 뜯어내는 방법도 모를 것이라 오히려 다행스럽기까지 했다. 학기 초라 학부모 방문이 빈번할 때고, 찬조금이며 떡값 등 가장 많은 돈이 들어올 때다. 그러나 또라이한테서 삼백만 원이나 받았으니 학부모들이 주는 돈은 양보(?)하기로 했다. 학부모들이 가장 많이 오는 3월 말 학부모총회 때쯤 출근해서 받으면 되니까.
 더군다나 올해는 하필 산적과 같은 학년이어서 부담이 이만저만 아니었는데, 산적이 경찰에 끌려갔으니 앓던 이 빠진 듯 시원했다. 최대의 난

적 산적을 처리했으니 그 정도는 양보해도 되겠다 싶었다.

　차를 몰고 다녀도 괜찮을 정도로 큰 부상은 아니었지만, 누가 볼까 봐 택시를 타고 다녔다. 그건 쫄배의 당부이기도 했다. 학교든 경찰서든 어디를 다닐 때는 꼭 목발을 짚고 다니고 택시를 타고 다니라는. 그 정도는 나도 이미 계산하고 있었는데, 역시 쫄배는 촉새 기질을 단단히 타고난 인간임에 틀림없었다.

　박영철 선생이 대리운전 불렀으니 자기 차로 집까지 바래다주겠다는 걸 사양하고 택시를 탔다. 혼자 생각해야 할 일도 있었고, 또라이한테서 받은 돈을 아내 몰래 처리해야 했다. 나한테 돈이 있다는 사실을 아는 순간, 아내는 바로 압수할 게 뻔했다.

　"돈 가지고 다니면서 또 어느 년 뒤꽁무니에다 쑤셔 박을려고."

　아내는 분명히 이런 말로 내 기를 죽이며 돈을 강탈해 갈 것이 뻔했다. 씨팔, 내가 이런 지긋지긋한 삶을 살아야 하는 이유도 다 산적 그 새끼 때문이었다.

　어려서부터 난 여자들에게 인기가 많았다. 역시 상판과 허우대는 좋고 볼 일인지 여자들이 날 가만히 놔두질 않았다.

　고등학교 때도 여학생들이 졸졸 따라다녔고, 대학생 때도 여자들이 나이트 같이 가자고 갖은 애교를 다 떨기도 했다. 총각 때도 여자들이 줄을 섰었다. 친구 동생, 동생 친구, 동네 아가씨들, 심지어는 하숙집 아줌마, 동네 과일가게 아줌마, 세탁소 여주인까지 나에게 친절을 베풀며 추파를 보내곤 했다. 그녀들의 눈엔 미끈하고 튼실한, 어떤 여자라도 하룻밤만 보내고 나면 잊지 못하는 내 가운뎃다리가 보이는지, 끈끈이보다 찐득찐득한 눈길을 보내곤 했다. 그건 교직에 들어서서도 마찬가지였다. 만나는 여교사들마다 호감을 표시했고, 몇몇은 아예 하룻밤 자자면 언제든지 들어줄 의향이 있는 사람처럼 굴었다.
 그건 여제자들도 마찬가지였다. 수업 시간에 눈을 맞추지 못하면 아예 따라와서 자신을 확인시키기도 했고, 교무실 청소나 볼일 보러 왔다는 핑계를 대고 내 책상 주변에서 얼쩡거리기도 했다. 그러다 보니 자연스럽게 여학생들과 친해질 수밖에 없었고, 특히 예쁘장하게 생긴 애들을 불러서 이야기도 하고, 학교 밖에서 만나기도 했다. 다른 선생들이 눈치를 주어도 무시했다. 병신 새끼 지랄하고 있네. 능력이 없으면 뭐 잡고 반성이나 할 일이지, 왜 남의 일에 참견하고 지랄이야. 나는 오히려 그런 눈총들을 떳떳하게 되받아쳤다. 그러나 꼬리가 길면 밟힌다고 했던가. 그런데 그게 하필 산적과 얽힐 줄은 꿈에도 몰랐다.
 평소 가까이 지냈던 애들이 나를 학생부에 성추행했다고 신고한 것이었다. 그것도 다른 사람이 아닌 산적에게. 그년들은 나에게 별의별 애교를 떨며 달라붙어 단물만 다 빨아먹은 년들이었다. 다른 꽃에서 따온 꿀을 그년들한테 다 나눠주었더니, 갑자기 다른 년을 만나고 다닌다고 시기해서 성추행으로 신고한 것이었다.
 그러나 그 문제는 곧 정리되었다. 물론, 쫄배와 또라이의 적극적인 도움으로 산적과 교장에게 압력을 가했고, 학부모를 만나 돈으로 입막음을 해서 유야무야 덮었다. 그러나 쫄배와 또라이의 압력에 굴복한 산적이 더 깊은 뿌리를 캐는 줄은 상상도 못 했다.
 학생들로부터 성추행 신고를 받은 산적은 즉각 학생부장한테 보고했다. 학생부장도 사안의 중대성을 인식하여 조사하기 전에 교장을 만나 보기로 하고 교장을 찾아갔는데, 그 자리에 교감인 쫄배가 있었던 모양이었다. 교내 체육대회 문제를 협의하기 위해 교장실에 앉아 있을 때였다고 한다.

"교장 선생님, 성추행 사안이 신고됐습니다."

"예? 누가?"

교장이 깜짝 놀라며 물었다. 안 그래도 직장 내 성추행 문제가 이슈로 떠오르고 있는 시점에 학교에서 그런 문제가 발생했다는 건 골치 아픈 일이 아닐 수 없었다.

"학생이 아니라 선생입니다."

"선생님이라고요?"

"예. 여학생 여러 명이 조영건 선생한테 성추행을 당했다고 신고해 왔습니다."

"누구요? 조영건 선생?"

쫄배가 놀라 물었다고 했다. 안 그래도 자기가 나를 불러 주의를 당부했었기에 놀라지 않을 수 없었다고 했다.

"예. 두 분도 이미 알고 계시겠지만 조영건 선생은 평상시에도 여학생들과 도를 넘는 행동을 자주 하곤 해서……."

"김 부장, 지금 무슨 얘길 하는 겁니까?"

쫄배가 저지하고 나섰다. 학생부장의 얘기는 진작 터질 일이었는데 지금까지 터지지 않았다는 게 이상할 정도였다는 투였다고 한다. 그러니 쫄배가 막을 수밖에.

"예? 무슨?"

"아무리 그런 일이 있더라도 같은 선생님끼리 덮어 줘야 할 것 아닙니까? 어디 교장 선생님 앞에서 그런……."

"아뇨. 교감 선생님, 잠깐만 계십시오. 다 들어 봐야 대책을 세울 거 아닙니까? 학생부장님, 계속하세요."

"예. 아무튼 이정훈 선생이 조금 전에 여학생들로부터 신고받았고, 조사 전에 교장 선생님과 상의해야 할 것 같아서 바로 찾아왔습니다."

"잘하셨네요. 그런데 누가 신고를 받았다고요?"

"예, 교내생활 담당 이정훈 선생입니다."

"왜 하필······."

"예?"

"아, 아닙니다."

쫄배는 입을 다물고 말았다고 했다. 왜 하필 산적인가 싶었고, 한시라도 빨리 나한테 알려 수습 방안을 찾아야지 안 그러면 일이 커질 것 같아 아무 말도 할 수 없었다고.

"좋습니다. 학생부에 접수되었다니 상대가 누가 됐건 철저하게 조사해야지요."

"예, 알겠습니다."

학생부장이 교장실을 나가자 쫄배는 교장의 의중을 은근히 떠보았다고 했다.

"교장 선생님, 선생님과 관련된 문제는 학생부가 아니라 상담부나 교무부에서 조사해야 하지 않겠습니까?"

"예? 그건 무슨 말씀이세요. 피해자가 학생인데 학생부에서 조사해야 맞는 거 아닌가요?"

"예, 알겠습니다."

어떻게든 상담부나 교무부로 옮겨서 조사하게 하고 싶었는데 교장이

완강하게 나오는 통에 더이상 할 말이 없었다고 했다. 그러나 소득이 전혀 없었던 것은 아니었다. 교장은 학생부장과 산적을 신임하고 있을 뿐만 아니라 나에 대해서는 부정적 견해를 가지고 있음을 알게 됐으니까.

교장실에서 나온 쫄배가 즉각 나를 상담실로 불렀다.

"조 선생, 학생부에서 성추행 건으로 조 선생을 조사하고 있네. 아니, 여학생들이 학생부에 와서 성추행당했다고 신골 해서 학생부에서 조사하고 있네."

"예? 아니, 어떤 년이 날 신고해요?"

"그건 나도 잘 모르겠네. 정말 그 여학생들과 무슨 일이 있었나?"

"무슨 말씀이세요? 일은 무슨 일이요. 전 결백합니다."

"그래, 난 조 선생을 믿네만, 만약 일이 꼬이면 경찰까지 개입하게 될 거네."

"예? 경찰요?"

"모르나? 요즘 직장 내 성추행도 문제가 되는데, 교사가 여학생을 성추행했다는 사실이 알려지면 전국적인 이슈가 될 걸세."

"그럼 어떡해요? 아이 씨발, 왜 하필 산적이······."

"학생들이 산적을 찾아갔던 모양이야. 다른 사람 같으면 나라도 나서 보겠는데 산적이라서 원······."

"교감 선생님, 한 번만 도와주십시오. 한 번만 도와주시면 절대 은혜 잊지 않겠습니다."

"글쎄······ 교장도 산적을 신임하는 것 같고, 내가 산적을 직접 다루기는 더 힘들고······. 아무튼 방법을 찾아보세."

쫄배의 이야기를 듣는 중에 나는 또라이를 생각했다. 늘 성적인 이야기를 입에 담고 사는 사람이니까 이런 문제에 대해서는 관대할지도 모른다는 생각을 했던 것이다. 그리고 산적과 교장의 입을 막는 방법은 그것밖에 없어 보였다. 또한 이런 위기 상황에서 또라이와 가까워지는 것도 결코 손해날 일이 아니었다. 또라이이긴 하지만 이사장을 대신하여 모든 인사권을 행사하고 있었고, 재단의 실세인 사무국장과 가까워진다는 건 결코 무익한 일은 아닐 것 같았다. 물론 앞으로 많은 수모를 감당해야 하고 똥개처럼 끌려다니겠지만 다른 방법이 없었다. 학교 내에서 막지 못하고 밖으로 나간다면 정말 톱뉴스가 될 것이었다.

또라이에 대한 나의 판단은 정확했다.

"뭐 있어서는 안 될 일이지만 학교의 위신도 생각해야 하니 내가 나서 보지 뭐. 근데 담당이 누구야?"

"예, 그게…… 이정훈 선생입니다."

"뭐? 이정훈이?"

상대가 산적임을 알자 또라이가 난색을 표했다. 괜히 잘못 나섰다간 자신도 한 묶음으로 매도당할 수 있다는 생각을 하는 모양이었다. 그런 낌새를 챈 나는 즉시 또라이에게 무릎을 꿇었다.

"국장님, 한 번만 살려 주십시오. 제 목숨을 바쳐 충성을 다하겠습니다."

이 문제 해결의 열쇠를 쥔 사람은 결국 재단 사무국장밖에 없다고 귀에 딱지가 앉게 얘기했던 쫄배의 말이 떠올라 즉각 충성 맹세를 했다. 그리고 나의, 쫄배의 예측은 적중했다. 머뭇거리던 또라이가 거들먹거리며 천천히 이야기했다.

"내가 나서 보기는 하겠지만, 산적이 내 얘길 들어주지 않으면 나도 어쩔 수 없어. 잘못 압력을 행사했다간…… 산적이 그것까지 물고 늘어지면 골치 아프니깐. 만약을 대비해서 돈도 좀 준비해 두고……."

"돈요?"

"그래, 돈. 산적 입을 막는다 해도 학부모를 만나서 어떻게든 쇼부를 쳐야 할 거 아냐? 그때 무엇이 힘을 쓸 것 같아? 돈이야, 결국 돈이 해결사라고."

또라이는 오른쪽 손가락을 동그라미 모양으로 만들며 돈을 준비하라고 했다. 그 말은 자기한테도 돈을 달라는 요구나 다름없었다. 세상엔 공짜가 없다는 뜻을 분명히 하고 있었다. 돈을 마련할 게 까마득했으나 나는 곧 대답을 했다. 또라이가 나서지 않는다면 일은 걷잡을 수 없이 커질 수도 있었기 때문이었다.

"알겠습니다, 국장님. 살려만 주십시오."

"그래, 그러면 내가 산적을 만나 보지. 아참, 돈이 없으면 우선 우리 금고에서 대출을 받든지……."

"예, 알겠습니다. 고맙습니다, 국장님."

그렇게 또라이의 압력으로 문제는 일단락되었다. 그러나 또라이가 직접 산적을 만난 것은 아니고, 교장한테 학교 위신을 생각해야 하니깐 신중하게 접근해야 할 것이라고 했던 모양이었다. 아니, 그 성질과 언행으로 봐서 그렇게 둘러말했다기보다 '학교 쪽팔리니까 산적 선생한테 그만 덮으라고 하세요.'라고 말했을 가능성이 높았다.

아무튼 또라이가 교장을 만나고 나온 후 교장은 즉시 산적을 교장실로 불러들였다. 내 문제 때문에 오랫동안 이야기를 나누는 모양이었다. 나는 복도 끝에서 온 신경을 곤두세우고 교장실을 지켜보며 사태의 추이를 파악하느라 피가 다 마를 지경이었다. 한참 만에 교장실을 나온 산적이 한숨을 푹 쉬더니 밖으로 나갔다. 분을 삭이려고 담배라도 피우러 가는 모양이었다.

"학교의 위신도 있고, 이정훈 선생님도 동료 교사를 보호하겠다는 뜻을 가지고 있으니 학생부 조사는 당분간 접기로 했습니다. 그러니 나머지 일은 선생님이 직접 알아서 처리해야 할 것입니다. 학생들과 학부모 문제가 남아 있다는 말입니다. 무슨 말인지 알겠습니까?"

교장은 언짢은 목소리로, 훈계조로 자신의 감정을 드러내고 있었다. 또라이 압력에 굴복하고 이렇게 처리할 수밖에 없는 게 수치스럽고 굴욕스러운 모양이었다.

"예, 알겠습니다. 학교에 피해가 가지 않도록 알아서 조치하겠습니다. ……고맙습니다, 교장 선생님."

"나한테 고마워할 게 아니라 이정훈 선생님께 고마워하세요. 나도 이 선생님이 이 정도까지 물러설 줄은 몰랐습니다. 어쩌면 이 선생님은 지금쯤 교직에 환멸을 느끼고 사직서를 쓸까 말까를 고민하고 있을지도 모르고요."

산적은 또라이에게 굴복해서 이번 일을 유야무야 덮을 바엔 차라리 사표를 쓰고 말겠다고 교장한테 말했던 것 같았다. 그런 걸 교장이 겨우겨우 달랬던 모양이었다.

결국 학생들을 만나 잘못을 시인하는 한편, 다시 관심과 애정을 갖고 살펴 줄 테니 한 번만 봐달라고 통사정을 했다. 냉랭한 얼굴로 눈도 마주치지 않으려는 년들을 상대로 온갖 아양과 애교를 떨고, 감언이설로 년들을 달래는 건 간과 쓸개를 다 내놓지 않고는 불가능한 일이었다. 이 일만 끝나 봐라, 아주 아작을 내 버릴 테니까. 속으로 이를 갈면서도 겨우겨우 년들을 달랬다.

그런 후, 학부모를 찾아가 무릎을 꿇고 사정하는 한편, 또라이 금고에서 대출을 받은 돈으로 입막음을 했다. 물론, 또라이가 코치하는 대로 흔적을 남기지 않는 방법으로 말이다. 그 방법이란 전액 현금으로 지불하고, 만약을 대비하여 민·형사상 모든 책임을 묻지 않음은 물론 이후 이 사안에 대해서 어떤 이의를 제기하거나 외부에 발설하지 않는다는 각서를 받은 것이었다.

학부모를 만나는 자리엔 다행히 아버지들은 오지 않고 엄마들만 와서 그나마 쉬웠지, 아버지가 왔더라면 해결되지 않았을지도 몰랐다. 어쩌면 그녀들은 남편이 알면 일이 커질까 봐, 집안이 시끄러워질까 봐, 모든 책임을 자신들이 뒤집어쓰기 싫어서 쉬쉬하며 알리지 않았을지도 모를 일이었다. 그게 나한텐 천만다행이었다.

엄마들과 만나는 자리에서 해결하지 못하면 끝장이란 생각에, 자존심이고 뭐고 다 던져 놓고 약속 장소에 도착하자마자 무릎을 꿇었다.

"죽을죄 졌습니다. 한 번만 용서해 주십시오."

내가 그렇게 나오자 노기로 푸르딩딩했던 얼굴빛이 조금 바뀌는 듯싶었다.

"왜 이렇게 멀쩡하고 잘생긴 선생님이 그런 불미스러운 일을 하세요? 이해가 안 되네요, 정말!"

한 엄마의 이 말이 모든 엄마들의 말을 대변하고 있었다. 엄마들도 여자라 나를 보는 순간 얼마간 마음이 녹았던 게 분명했다. 그렇지 않고서야 그렇게 쉽게 마음을 돌릴 수 없는 일이었다.

그렇게 온갖 수모와 치욕을 다 당하고, 돈까지 써 가면서 겨우 덮었는데 산적은 끈질기게 뿌리를 캐고 있었던 것이었다.

16

"당신 제자 중에 현미란 애가 있어요?"

토요일이라 학교에서 일찍 돌아오니 아내가 밑도 끝도 없이 현미를 물었다. 깜짝 놀랐다. 그러나 침착해야 했다. 벌써 몇 년 전에 졸업한 여제자인데다 시집도 가서 잘살고 있다는 말까지 들었으니 별일 아닐 것이었다.

"글쎄? 잘 생각이 안 나는데?"

나는 시치미를 뗐다. 무슨 일이 있는지는 몰라도 섣불리 대답했다간 낭패 보기 십상이었다. 여자란 늘 속마음을 숨긴 채, 아무렇지도 않은 척 말을 하는 동물이니까. 오죽해야 마누라가 하는 말 중에 가장 무서운 말이 '당신, 나한테 할 말 없어?'겠는가. 그래서 생각하는 척하며 잘 모르겠다고 애매하게 대답했다.

"근데, 당신을 만나고 싶다고 전화를 해서는, 당신 핸드폰 번호까지 물어보던데?"

"그래? 전화 안 왔던데?"

나는 핸드폰을 꺼내 열어 봤다. 번호를 모르는 몇 통의 부재중 전화가 있었다. 나는 짐작은 하면서도 잘 모르겠다는 듯이 대답했다.

"이건가? 놔둬. 지가 필요하면 다시 전화하겠지."

나는 아무렇지도 않은 척 안방으로 들어가 옷을 갈아입으며 생각했다. 그녀한테서 전화가 왔다면 안 좋은 일이 분명했다. 그렇지 않고서야 집으로까지 전화를 할 리가 없었다. 옛날 전화번호로 전화해도 안 되자 집으로 전화한 게 틀림없었다. 나는 초조해서 입이 다 말랐으나 아내에게 들킬까 봐 평상심을 가장하며 거실로 나왔다.

"나 잠깐 문방구에 갔다 올게. 펜 몇 개 사 와야겠어."

"펜 많잖아. 애들 방에 뒹구는 게 펜인데 무슨 펜을 다시 사? 대충 아무거나 써. 그리고 당신, 샤프나 쓰지 펜은 잘 쓰지도 않잖아?"

"어, 펜 쓸 일이 좀 있어. 가 보고 맘에 드는 게 있으면 사 올려구."

"그럼 가는 길에 음식물 쓰레기 좀 버려 줘."

"알았어. 일루 줘."

나는 아내가 주는 음식물 쓰레기를 들고 나섰다.

먼저 음식물 쓰레기를 버리고 현미 년과 통화할 생각이었지만 궁금해서 견딜 수가 없어, 엘리베이터에서 내리자마자 부재중 전화를 찾아 통화 버튼을 눌렀다. 몇 번 신호가 가는가 싶더니 불쑥 현미의 목소리가 튀어나왔다.

"여보세요?"

"예, 조영건이란 사람인데 누구시죠?"

목소리로 짐작하면서도 나는 일부러 시치미를 뗐다.

"선생님, 저예요, 현미. 잠깐만요, 밖으로 나갈게요."

문이 여닫히는 소리가 들리고, 바쁜 걸음 소리 후에 숨찬 목소리로 다시 '여보세요.' 하고 불렀다.

"어, 무슨 일이야?"

"아뇨, 물어볼 게 좀 있어서요."

"뭔데?"

"혹시 선생님, 나랑 있었던 일 얘기하고 다니세요?"

"그게 무슨 소리야? 내가 왜?"

"아니, 아니면 됐고요. 이상한 소리가 들리길래……."

"이상한 소리라니? 무슨 소리?"

"아니, 미숙이 아시죠? 저랑 친했던………."

"글쎄? 정확히는 기억나지 않지만 대충 생각이 날 것 같네. 근데 걔가 왜?"

"글쎄 그 기집애가 이상한 소릴 하잖아요?"

"무슨?"

"선생님이 가까운 여제자들을 성추행했다던데, 너도 그 선생님이랑 가까웠는데 그런 일 없었냐고 뜬금없이 묻잖아요?"

"그래서 뭐랬어?"

"미쳤냐고, 날 뭘로 보고 그딴 소리 하냐고 소릴 질렀죠."

"그랬더니?"

"기집애가 글쎄 화를 내면서 아니면 그만이지 왜 소릴 지르냐고 야단을 떨잖아요. 글쎄, 선생님이 여제자를 성추행해서 고발당했는데, 졸업생 중에 그런 제자가 있으면 찾는다고. 재학 시절에 말하지 못했던 게 있으면 이제라도 좀 알려 달라고 그런다고."

"누가?"

"모르겠어요. ……누군지는 모르지만 그 학교 선생님 아니겠어요?"

"혹시 산적 아냐?"

"모르겠어요. 으음……? 아니, 산적 샘은 아닌 것 같았어요. 산적 샘이었으면 산적한테서 연락 왔었다고 먼저 말했겠죠. 산적 샘이야 우리들의 얘깃거리니까요."

"그래? 일단 알았으니까, 니가 좀 알아봐서 연락해 줘. 안 그래도 얼마 전에 안 좋은 일이 있었거든."

"선생님, 설마 아직도 그 버릇 못 고쳤어요?"

"무슨 버릇?"

"예쁜 여자애들 손대는 버릇, 아직도예요? 미숙이 그 기집애가 물을 때 가슴이 철렁했다구요. 이제…… 나잇값 좀 하세요. 그래 놓고 단맛 다 빨아먹으면 미련 없이 버리는 그런 짓 좀 그만하시라고요. 챙피하지도 않으세요. 자식만 한 애들한테?"

"너 지금 무슨 말 하는 거야?"

"왜? 제 말이 잘못됐어요?"

"야, 강현미! 너 말 함부로 할래?"

"함부로? 그래, 니가 인간이니? 그래 놓고도 무사할 줄 알았니? 난 니 생각만 하면 아직도 치가 떨려. 남편한테 미안해서 잠도 같이 못 자겠다고."

"이런 씨팔!"

"뭐라고? 인간답지 못한 놈. 설마, 설마 했는데, 옛일을 들춰내서 뭘 어쩌려고 그러는가 하는 마음에 전화했는데 아직도 그 버릇 개 못 줬단 말이지. 넌 결국 죗값을 치르게 될 거야. 나도 절대 가만히 안 있을 거고."

전화가 끊겼다. 다시 전화했으나 받지 않았고, 끊었다가 다시 하니 전화기가 꺼져 있어 전화를 받을 수 없다는 멘트가 흘러나왔.

산적 이 개새끼!

산적이 옆에 있다면 아작을 내 버리고 싶었다. 아니, 잘근잘근 씹어 먹어도 분이 안 풀릴 것 같았다. 또라이한테 수모를 당했으면 됐지, 재학생들과 학부모한테 무릎을 꿇었으면 됐지, 졸업한 제자한테까지 치욕을 당하게 하는 새끼를 가만둘 수가 없었다.

화가 끝까지 난 나는 학교로 전화를 했다. 그러나 신호만 갈 뿐 전화를 받지 않았다. 어딜 간 거야, 대체. 근무자가 가만히 앉아서 전화나 받지 도대체 어딜 간 거야? 화가 난 나는 제정신이 아니었다. 일직 선생이 누군지 몰라도 그 새끼마저 때려죽이고 싶었다.

"아이 씨발, 대체 뭔 지랄하길래 전활 안 받는 거야?"

화가 끝까지 난 나는 소리소리 질렀다. 그렇게 한참 동안 안절부절못하고 몇 차례나 전화를 한 끝에 겨우 전화가 연결됐다. 그리고 격앙된 내 목소리에 놀라는 신임 선생에게 산적 전화번호를 알아내서 바로 전화를 했다.

"여보세요?"

"산적! 야, 이 개새꺄!"

"여보세요? 누구? 조영건이?"

"그래, 나다. 야, 씨발놈아. 니가 인간이야?"

"인간? 네 입에서 그런 소리가 나와? 그러지 말고 잠깐 기다려."

"야, 이 새꺄! 기다리긴 뭘 기다려?"

송화기에 대고 소리를 지르고 있자니 사람들 소리와 문 여닫는 소리가 들리고, 버튼을 누르는 소리가 들리더니 말했다.

"됐다. 이제 말해."

"야, 니가 인간이야? 니가 뭔데, 넌 얼마나 깨끗하다고 졸업생들까지 들쑤시고 다니는 거야?"

"무슨 말이야? 말을 하려면 앞뒤 갈라서 제대로 해. 그리고 내가 뭘 했다고 이 야단이야?"

"야, 이 치사한 새꺄! 니가 졸업생들한테 내 뒤 캐고 다녔지? 왜? 니한텐 안 주고 나한테만 주니까 배지 꼴리데?"

"뭔 소리 하는 거야?"

"야, 씨발놈아, 그럼 나처럼 우량종으로 태어나든지. ……왜 좆같이 생겨 가지고 남 노는 뒤나 밟고 다니는 거야."

"……?"

"현미 만지고 주물렀다, 왜? 어쩔래? 너하고 가장 친했던 혜영이도 다 빨고 훑었다, 왜? 꼽냐? 나한텐 주고 니한테만 안 주니까 미치겠데? 그럼 지금이라도 니 먹어라. 좆같은, 치사한, 병신 새꺄!"

"아주 이제야 본색을 드러내는구만."

"그래, 새꺄! 어쩔래? 졸업생들 뒤 캐서 날 잡아볼라고? 어림없다, 새꺄! 너 같은 새낀 쥐도 새도 모르게 없앨 수 있어, 인마."

"아이고, 무서워라. 그렇게 힘 있는 줄은 몰랐네. 그래서 군대도 안 갔다 왔구나?"

"그래, 개새꺄! 해병대 갔다 온 게 자랑인 줄 알아? 병신 새꺄?! 그렇다고 누가 먹어주데? 너 같은 새낀 백 번 죽었다 깨나도 날 못 따라와."

"어이구, 그러셔? 그래서 예쁜 여제자 사타구니랑 유방이랑 만지는 것도 모자라 빨기까지 했어? 그것도 한두 명도 아니고 대여섯 명씩이나?"

"그래, 새꺄! 왜, 예쁜 애들 못 만져 봐서 미치겠냐? 너 같은 새낀 백 번 죽었다 깨나도 그런 애들이랑 못 어울릴 거다, 새꺄. 그러니깐 헛짓 그만하고 니 마누라 냄비나 제대로 닦아 줘, 좆같은 새꺄!"

"그래, 고맙다. 내 마누란 내가 알아서 할 테니 어린 여제자들 건들지 말고 니 마누라한테나 잘해 줘. 니 인생이 불쌍해서 눈감아 준 게 아니라, 니 마누라와 니 새끼들 불쌍해서 모른체한 거니깐 더이상 개소리 말고 전화 끊어."

"야, 새꺄, 아직 남았어, 더 들어. 니가 눈감아 줬다고? 씨팔 새꺄, 입은 삐뚤어져도 말은 바로 해. 또라이한테 눌려서 찍소리도 못 한 새끼가 뭐?

모른체해?"

"그래, 난 또라이한테 눌려서 찍소리도 못 했다. 그러는 너는, 선생인 나한텐 자존심 상하고 사무국장인 또라이한텐 자존심 안 상하데? 그래서 거기 가서 무릎 꿇은 거야? 그래, 잘 해 봐라!"

"왜? 약 오르냐? 그래, 널 누르기 위해서라도 거기 붙겠다, 왜? 거기 못 붙으니깐 내 뒤나 캐고 다니냐? 혹시 또라이가 봐 줄까 싶어서?"

"야, 치사하고 더러운 소리 그만하고 전화 끊어! 너 같은 놈하고 더 얘기해 봤자 입만 아프지……."

"그래, 좆같은 새꺄. 니가 아무리 캐 봐라. 내가 눈이라도 깜짝하나. 너 같은 새낀 평생 살아도 날 못 따라와. 그러니까 냉수 먹고 정신 차려, 새꺄!"

악을 쓰다 정신을 차려 보니 사람들이 모여 있었고, 아내가 나를 뚫어져라 쳐다보고 있었다.

아차, 음식물 쓰레기 버린다고 내려왔는데. 아파트란 생각도 못 했는데. 토요일이라 주민들이 집에 있을 거란 생각도 못 하고 소릴 질렀는데. 이것저것 생각할 겨를도 없이 온갖 쌍욕에 섞어 비밀을 다 말해 버렸는데. 나는 아내를 바로 바라볼 수도 없었고, 모여든 사람들을 향해 고개를 들 수도 없었다.

모든 게 그걸로 끝이었다. 아내가 어디서부터 들었는지 알 수가 없었고 사람들이 어디서부터 들었는지 알 수가 없었다. 한마디로 산적한테 화가 나서 발가벗은 채 아파트를 뛰어다닌 셈이었다. 덜렁거리는 물건을 드러낸 채 아주 자랑까지 하고 다닌 셈이었다.

아내는 바로 올라가서 짐을 싸고 친정으로 가 버렸다. 기가 찬지 말 한마디도 하지 않았다. 아니, 부끄럽고 수치스러운지 눈도 마주치지 않았다. 나는 아내를 말릴 자신이 없었다. 그보다 아파트 사람들에게 나의 비밀을 다 발설해 버렸으니 그걸 어떻게 해야 할지를 먼저 생각해야 했다. 그러나 아무것도 생각할 수가 없었다. 15층에서 뛰어내리든지 산적 새끼네 집에 뛰어들어 함께 자폭이라도 해 버리고 싶었다. 모든 게 산적 그 새끼 때문이었다.

그 후 내가 겪은 일은 다시 생각하기도 싫다. 아내와 일 년 넘게 별거를 해야 했고, 무슨 벌레 보듯 하는 처가 식구의 멸시를 감당해야 했다. 한계를 넘어선 스트레스로 정신과 치료까지 받아야 했다. 장인·장모와 부모님의 도움으로, 아이들을 미끼로 겨우겨우 아내를 집에 데려오기는 했지만 그 후로도 몇 달간 각방을 써야 했다.

아파트를 헐값에 팔고 이사까지 해야 했다. 술 담배도 안 하면서, 돈벌레처럼 내외가 맞벌이하면서, 알뜰살뜰 모아 장만한 집을 헐값에 팔고 나서니 꼭 죽어서 무덤으로 가는 기분이었다. 온갖 정성을 다 들여 꾸며 놓고 가꿔 놓은 아파트를 남의 손에 넘기고 이사를 하려니 지금까지의 삶을 강탈당한 것 같았다.

그러나 정작 큰 문제는 그게 아니었다. 집에서의 일이야 어떻게든 해결이 되겠지만, 홧김에 산적한테 다 털어놔 버렸으니 산적의 행동 여하에 따라 내 목숨이 결정될 상황이 되어 버렸다. 잘못하다간 감방에 가야 함은 물론, 신문 및 방송 지상에 톱을 장식할 수도 있었다. 그래서 산적을 감히 만날 용기도 마주칠 자신도 없었다. 하여 산적과 다른 학년을 맡기 위해 학년말엔 산적이 몇 학년을 담당할 건지 신경을 써야 했다. 그런 노력으로 학년이 달라서, 다른 학년 교무실을 쓰고 있어서, 교직원 회의 때만 피하면 직접적으로 부딪칠 일은 없었으나 긴장을 풀 수는 없었다. 산적과 만나지 않기 위해 피해 다녀야 했고, 긴장 속에서 학교생활을 할 수밖에 없었다.

아무튼 토요일 오후에 그런 일이 있었으니까. 산적 성질에 그다음 주 월요일 아침에 나를 찾아와서 지랄 발광을 했어야 했다. 그런데 아무 일도 없었다는 듯이 조용히 있는 게 아닌가. 그게 더 불안했다. 나 몰래 졸업생들의 뒤를 캐고 다녔듯이 또 다른 흉계를 꾸미고 있을지 모를 일이었다. 그게 더 불안했다. 그렇다고 상대가 아무 내색도 않는데 내가 먼저 가서 풍구질을 할 필요는 없었다. 세상에서 제일 어리석은 놈이 섶을 지고 불에 뛰어드는 놈 아닌가. 지금 산적은 표현은 않고 있지만 용암이 부글부글 끓는 화산일 게 뻔했다. 온갖 욕설에 자존심을 긁는 얘길 다 해 버렸으니 그 새끼가 가만히 있을 리 없었다.

17

바늘방석에 앉아 하루하루를 보내고 있자니 쫄배가 2학년 교무실로 날 찾아왔다.

"산적하고 무슨 일 있었어?"

"왜요? 아무 일 없었는데요."

"그래? 산적이 조 선생을 피하는 것 같아서 말야. 그래서 난 무슨 일이 있나 싶어서……"

"산적이 날 피해요? ……지가 한 짓이 있으니깐 미안해서 그렇겠죠."

난 쫄배한테 차마 사실대로 말할 수가 없어 산적을 매도하는 것으로 나를 감출 수밖에 없었다.

"그래? 그 건 때문에 미안해서 그런가? 요즘 산적이 조 선생만 보면 슬슬 피하는 것 같거든. 뭔가 두려워하는 눈치였어. 그래서 난 조 선생하고 다투기라도 했나 해서."

"아뇨. 그딴 놈하고 상종할 필요가 뭐 있어요? 지가 한 짓이 있으니깐 내가 보복이라도 할까 봐 피하고 있겠죠."

나는 켕기는 마음을 달래며 모든 화살을 산적에게 돌렸다. 촉새에다 경솔의 극치이긴 했지만 쫄배는 누구보다 눈치 하나는 빠른 사람이었다. 그런 그의 눈에 산적이 날 피하고 있는 것처럼 보인다면 그 판단을 믿을 만했다.

그런데 왜 산적이 날 피하는지 알 수가 없었다. 자기가 당했으니 나한테 퍼부어도 한참을 퍼부었을 텐데, 정반대로 날 피하고 있으니 그 속을 짐작할 수가 없었다. 그렇게 되자 하루하루가 가시방석이었다. 차라리 산적이 나한테 화를 내며 소리라도 질렀으면 싶었다. 아니, 화풀이가 될 만큼 실컷 두들겨 패도 상관없었다. 그렇게 해서 제 분을 풀게 되면 산적은 없었던 일로 덮을 것이었다. 다른 건 몰라도 산적은 그런 화끈한 면은 있으니까. 그런데 산적은 아무 일도 없었던 것처럼, 아예 상종하기도 싫은 사람처럼 나를 피하고 다녔다. 나중에는 내가 가서 빌고 싶기까지 했다. 내가 잘못했으니 한 번만 봐달라고 애걸이라도 하고 싶었다. 무섭고 두려워서 살 수가 없었다. 그러다 나는 정신과 치료까지 받게 되었다.

"그 선생님과 화해하십시오."

의사가 나의 이야기를 다 듣고 난 후 이 말로 입을 열었다.

"그분이 의도하고 있건 않건 간에 선생님은 정신적 긴장 상태에 너무 노출되어 정신이 피폐해진 것입니다. 그 선생님의 평상시와는 전혀 다른 행동이 선생님의 초긴장 상태를 유지케 함으로써 선생님을 철저히 파괴하고 있습니다. 그러니 그 이유가 어찌 됐든 그 선생님과 대화를 통해 풀어 버리세요. 그렇지 않으면 이 병을 치료할 수가 없습니다. 아내와의 문제보다 제가 보기엔 그 문제가 우선 해결되어야 할 것 같습니다."

그러나 나는 대답할 수가 없었다. 다른 사람이라면 몰라도 산적과는 그러고 싶질 않았다. 아니, 그 새끼가 아예 이 세상에서 없어져 버렸으면 싶었다. 똥이나 벌레를 싫어하는 그런 마음은 아니었다. 산적과 비교할 수 없는 나의 무능과 두려움에 떠는 내가 미워서 견딜 수가 없었다.

그는 학교에 오자마자 나의 자리를 위협하고 허물기 시작했다. 그 첫째가 학교의 위계질서를 무시하고 나를 후배 취급하는 것이었다. 사립학교란 발령 일자를 기준으로 그 순서가 정해지는 것인데도 그는 그걸 무시하려 했다. 나이를 기준으로 모든 순서를 정하려 했다. 자기보다 나이가 많은 선배 교사에게는 깍듯이 대하면서도 나와 박 선생을 후배 대하듯 했다. 호칭도 다른 선생들한테는 꼬박꼬박 선생님이라고 부르면서 나와 박 선생한테는 그냥 조 선생, 박 선생이라고 불렀다.

"사립학교의 위계를 몰라도 한참을 모르는구만."

어느 날 회식 자리에서 내가 기분 나쁜 투로 얘기하자 새끼가 단 한마디로 나를 깔아뭉갰다.

"남 군대 가서 뺑이칠 때 선생 했으면 됐지, 나이를 무시하고 선배 대접 받으려고? 그러면 군댈 갔다 오든가?"

"뭐? 이 새끼가 진짜?"

내가 소리치며 일어서려고 하자 새끼가 내 손목을 획 비틀며 주저앉히더니 씹어뱉듯 또박또박 말했다.

"너만큼 성질 없는 놈이 있는 줄 알아? 까불다가 정말 혼난다."

내가 손을 뿌리치고 주먹을 날리자 그는 잽싸게 피하더니 뻗은 팔을 당수(唐手)로 사정없이 내리쳤다. 악! 소리와 함께 팔을 빼려 하자 어느 순간 그의 팔꿈치가 내 명치를 갈겼다. 너무나 순간적으로 일어난 일이라 나는 숨도 제대로 쉬지 못하고 앞으로 꼬꾸라졌다.

"주먹 함부로 날리다 병신 된 사람 많다."

그 새낀 낮게 이 말을 하더니 아무 일도 없었다는 듯이 하던 얘기를 계속했다. 그때의 쪽팔림이라니. 쥐구멍에라도 숨고 싶었다.

숨이 얼마간 골라졌다 싶자 이번엔 일어서서 다른 데로 가는 척하다가 그에게 덤벼들었다. 그러자 그는 앉은 자세에서 발을 들어 내 턱을 사정없이 걷어찼다. 꺽! 소리와 함께 뒤로 나가떨어진 건 말할 필요가 없었다. 그러더니 또 아무 일도 없었다는 듯이 웃으면서 다른 선생들과 술을 마셨다.

그의 민첩한 행동을 보면서 나는 질리지 않을 수 없었다. 무력으로는 그를 당할 재간이 없었다. 그게 이만저만 스트레스가 아니었다. 다른 건 다 지더라도 그것만큼은 지고 싶지 않았는데 두 번 다 무참하게 무너지자 미칠 것만 같았다. 신체적인 조건은 나에게 못 미쳐도 한참 못 미치는 그 새끼한테 당한 걸 생각하니 분해서 견딜 수가 없었다. 언젠가 반드시 보복하고야 말겠다는 복수심은 영원히 지워지지 않을 수치심과 함께 내 가슴 깊이 자리 잡게 되었다.

둘째는 학교의 모든 관심을 자신에게 집중시켜 버렸다. 오자마자 학생들의 군기를 잡기 시작하더니 한 달도 안 돼서 학생들을 장악해 버렸고, 다른 선생들이 포기한 놈들까지 '고분고분 순한 양(羊)'으로 만들어 버렸다. 그 비결이 뭔가 싶어 관찰해 보니, 학교에서 난다 긴다 하는 놈, 덩치가 크고 힘깨나 쓸 만한 놈 몇을 아주 아작을 내는 것이었다. 그것도 학생들이 많은 앞에서. 그걸 본 다른 애들은 자신이 당한 것보다 더 큰 위협을 느끼는지 고분고분 굴었다. 정말 손가락 하나로 아이들을 다뤘다.

그런가 하면 아이들과 어울려 놀 때는 친구처럼 한데 뒹굴었고, 심지어는 학생들과 어울려 단체로 발가벗은 채 샤워를 하는가 하면 서로 등을 밀어 주기도 하고 물장난 치기도 하면서 심리적인 벽을 허물어 버렸다. 죽을 둥 살 둥 내가 2년 동안 쌓아 놓은 명성을 그 새낀 단 몇 달 만에 빼앗아 가 버렸다. 군대 갔다 오지 않은 자격지심으로 학생들에게 가장 무서운 선생님, 학교의 군기반장으로 남고 싶었는데 그 새낀 그것마저 내게서 뺏어 가 버렸다. 그러니 미워할 수밖에.

또한 선생들과의 유대감도 좋아서 임용받은 지 얼마 안 됐는데도 모든 선생들과 친하게 지내고 있었다. 특히 내가 접근하기 어려워하는 선생님들과 너무나 쉽게, 너무나 친하게 지냈다. 그러다 보니 나와 박 선생만 외톨이가 되어 갔다. 그러다 쫄배가 우리와 한패로 어울리기 시작했지만 쫄배는 쫄배일 뿐 그 이상도 그 이하도 아니었다. 쫀쫀의 대명사가 바로 쫄배가 아닌가. 쫄배는 학교에 어려움이 있을 때 써먹기 위해 들어 둔 보험과 같은 존재였지 힘이 되지는 않았다. 쫄배와 박 선생까지 다 합친다 해도 산적에게 대항하기에는 역부족이었다.

이런 이유로 해서 나는 처음부터 산적과는 공존할 수 없었다. 그 새낀 그걸 알고 있는지 모르고 있는지 모르지만, 나는, 그와, 영원히, 화합할 수 없을 것이란 사실을 처음부터 알고 있었다.

그러나 의사한테 차마 이 얘기까진 할 수 없어서, 좀 더 시간을 가지고 생각해 보겠다고 하고 상담을 마쳤다. 의사의 말을 듣고 보니 정말 나의 모든 정신적인 스트레스 근원은 산적이었다. 그 새끼만, 제발 그 새끼만 없어졌으면 다른 소원이 없을 정도였다. 그런 그를 내가 용납한다는 건 있을 수 없는 일이었다. 그래서 나는 그 새끼를 죽이는 일이라면 물불 가리지 않고 덤벼 왔다.

이번 일에 내가 뛰어든 이유도 산적을 죽이기 위해서였다. 성추행 건 때문에 또라이한테 신세를 지긴 했지만 그간 또라이한테 당한 수모와 치욕을 생각하면 모른체해야 당연했다. 쫄배를 위해서는 더더욱 나설 필요가 없었다. 쥐새끼 같은 그를 위해서라면 새끼손가락 하나 까딱하기 싫었다. 산적을 죽일 수 있는 일이었기에 내가 다칠 줄 알면서도 뛰어든 것이었다. 부나방이 죽을 줄 알면서도 불 속으로 뛰어드는 심리랄까? 그랬는데 쫄배가 산적 없앨 방법을 고민하며 내게 물었다. 난 두말없이 여제자 성추행을 조작하자고 했다. 산적이 날 못살게 굴었던, 나를 철저히 파괴했던 그대로 보복해 주고 싶었다. 그런 일이 있는지 없는지는 문제가 아니었다. 잘못하다간 내가 다칠 수 있다는 생각도 할 수가 없었다. 오로지 산적에게 같은 방법으로 보복해야겠다는 생각뿐이었다.

또라이·쫄배가 시켜서 한 일이라면 나는 책임을 면하게 되니 그야말로 손 안 대고 코 풀기였다.

눈에는 눈, 이에는 이라고 하지 않았던가. 내가 당한 그대로 그 새끼한테 되갚아 주고 싶었다.

또한 그 방법만이 그 새끼를 내 곁에서 없애는, 그 새끼로부터 해방될 수 있는 유일한 방법이란 생각에 나도 모르게 웃음이 터져 나왔다.

산적 개새끼, 넌 이제 죽었어.

오월동주(吳越同舟)라더니

18

"당신 요즘 어딜 그렇게 다녀?"

자고 있는 줄 알았던 아내가 눈을 뜨며 물었다.

"으응, 좀 만날 사람이 있어서……."

"만날 사람 누구?"

"왜? 그것까지 보고해야 해?"

"그건 아니지만. ……요즘 당신네 학교 뒤숭숭하잖아."

"그게 나하고 뭔 상관인데?"

"왜 상관없어? 당신 직장이잖아."

"직장? 그래, 그러고 보니 정말 내 직장이네."

나는 윗도리를 벗어 걸며 한숨을 쉬었다. 아내 말마따나 내 직장 일이었다. 남의 일도 아니고 다른 사람의 일도 아닌, 내 직장의 일이었고 내 직장 동료의 일이었다.

"당신, 또 조영건 선생이랑 어울려 다니는 건 아니지? 그랬다간 봐, 내가 가만히 안 있을 거야."

"왜 그래, 또?"

"제발 그 선생하고 어울려 다니지 말라고. 당신은 눈도 없고 귀도 없어? 그런 사람하고 어울려 봐야 득 될 게 없어. 그러니 이제 더이상 제발 끌려다니지 말라고."

"알았어. 누가 끌려다닌다고 그래."

계속해 봐야 서로의 감정이나 상하지 아내의 말마따나 득 될 게 없었다. 나는 세수할 생각으로 화장실로 향했다. 그런 나의 등 뒤에서 아내가 애원조로 다시 말했다.

"부탁이야. 제발, 이제 그 선생님 좀 그만 만나. 당신 원래 그런 사람 아니잖아."

나는 아내의 말이 무슨 뜻인지를 잘 알고 있었다. 아내는 그 일이 있을 때도 같은 말을 했었다. 제발 부탁이니 조 선생님과 그만 좀 만나라고.

시험지 유출 사고도 조 선생의 부탁에 의해 시작됐다.

하루는 조 선생이 할 말이 있으니 퇴근 후에 잠깐 보자고 했다. 종종 만나서 소주도 마시고, 당구도 치고, 노래방도 다니고 하는 동기이자 친구였으므로 별생각 않고 약속 장소로 나갔다. 조 선생은 홀이 아닌 외진 구석방에 자리를 잡고 앉아 있었다.

"무슨 작당 모의하려고 외진 데 자릴 잡았어?"

농담을 하며 들어서자 조 선생은 깜짝 놀라는 표정을 보이더니 은근한 목소리로 한 학생을 좀 도와달라고 했다.

"모의고산 좀 나오는데 내신이 너무 안 좋아. 지금 상태라면 명문대 가기는 글렀고……. 박 선생이 좀 도와줘야겠어."

"뭘?"

"시험 때 그 집에 가서 애 좀 봐 줘! 그리고 이건……."

조 선생이 봉투를 내밀었다.

"그 애 엄마가 주는 거야. 그 정돈 쓸 만해. 열의도 있고. 그러니 박 선생이 좀 도와줘."

두께를 보니 이백만 원 정도였다. 헌 돈이라면 백만 원이겠지만 새 돈이라면 이백만 원이 맞을 것 같았다.

나는 망설일 수밖에 없었다. 현직 교사가 따로 학생을 가르치는 건 불법일 뿐 아니라 조 선생네 반 학생이라면 내가 담당하는 학생일 것이었다. 그런 애를 따로 가르친다는 건 단순 과외가 아니라 시험 문제를 알려 주는 일이나 다름없었다. 그러나 돈을 보는 순간, 흔들리기 시작했다. 안 그래도 주식 투자로 빚을 지고 있어 어디서 대출이라도 좀 받을까 생각하고 있었는데, 이백만 원이라면 우선 급한 불을 끌 수 있을 것 같았다.

"정말 뒤탈 없을 곳이야?"

조 선생을 믿고는 있었지만 아니, 믿는다기보다는 철저한 위장·은폐술은 타의 추종을 불허하는 사람이라 안심은 됐지만, 이백만 원을 줄 때는 그만큼의 반대급부를 요구하는 것이라 선뜻 받을 수가 없었다.

"괜찮다뿐이야? 성적이 오르면 그에 맞게 더 생각해 줄 거야."

돈이 궁한 판이어서 나는 봉투를 받았다. 그리고 중간고사 때 며칠간 그 집을 드나들며 수학을 가르쳐 줬다. 과외만, 과외만 시켰는지 개념은 좀 알고 있었으나 직접 문제를 풀어 본 경험이 많지 않아서 불필요한 시간을 소모하는 형이었다. 나는 시험 기간 동안 그것을 잡아 주었다. 그러자 성적이 올랐다.

"선생님, 정말 감사합니다. 이 은혤 어떻게 갚아야 할지······."

엄마가 좀 보재서 나갔더니 코가 땅에 닿을 정도로 고마워했다. 그리고 이번에도 지난번만큼이나 두툼한 봉투를 내밀었다.

"아뇨. 이러지 않아도 됩니다. 조 선생한테서 이미······."

"무슨 말씀이세요, 선생님. 전 너무 고마워서 어떻게 해야 할지 몰라 고민하다가 그냥 인사치례만 하는 건데요. 그러니 부담 갖지 마세요. 그리고 우리 애가 선생님께 무척 기대는 것 같아요. 그러니 이 기회에 선생님께서 우리 아이를 좀 더 가르쳐 주면 안 될까요? 사례는 제가 섭섭지 않게······."

"아, 아닙니다. 그게 아니라 너무 과한 것 같아서······."

"아이고, 선생님도 참. 억만금을 준들 선생님 같은 분을 만날 수나 있나요."

그 엄마는 내가 승낙하지 않으면 물러서지 않을 사람 같았다. 그 정도가 아니라 너 죽고 나 죽자로 덤빌 것 같은 불안감까지 엄습할 정도로 매달렸다.

그렇게 시작된 불법 과외는 결국 성적 올리기로 이어졌다. 기말고사까지는 그럭저럭 성적을 유지하더니, 무슨 일이 있었는지 2학기 중간고사 성적이 엉망이었다.

"이 점수론 3등급도 힘들겠지?"

"아마 그럴걸."

"야, 그럼 큰일 났다야. 그 엄만 박 선생만 바라보고 있는 눈치던데······."

"그럼 어째? 그렇다고 답안지를 바꿀 수도 없는 노릇이고."

"그래! 그 방법이 있었구나!"

"······?"

"정답을 방금 박 선생이 말했잖아."

"뭐? 답안지?"

"그래!"

"건 안 돼. 큰일 날려고……."

"갑자기 왜 그래? 지금까지 잘해 왔잖아. 그리고 앞으로도 그렇게 하면 되고. 과외는 과외대로 성적은 성적대로, 어때?"

"안 돼. 그럼 나 이제 손 뗄래."

"야, 박영철! 너, 나한테 이러기야? 동기 좋다는 게 뭐야. 안 할 말로 우린 이미 한배를 타고 있잖아. 그런데 너만 배에서 내려 버리면 난 어떡하란 말야."

"너 정말?"

"기왕 시작한 거 끝을 봐야지."

조 선생은 지난번보다도 더 두툼한 봉투를 내 주머니에 찔러 주었다.

그 후, 조 선생은 중간에서 챙기는 돈이 많았던지 학생들을 자꾸만 늘려갔다. 평소에도 돈에 대해서는 인색함을 넘어 너무 집착한다 싶었지만 갈수록 광적이었다. 그의 돈 욕심은 끝이 없었다. 하긴 중간에서 다리만 놓아주고 돈을 두둑이 챙기는 그의 입장에선 어려울 것이 없었다. 그러나 나는 거의 죽을 지경이었다.

시험 때가 되면 학교 수업보다 돼지 사육(불법 아르바이트) 때문에 녹초가 되곤 했다. 학교 수업을 마치고 저녁 일곱 시부터 새벽 한 시까지 강행군하다 보니 몸도 말이 아니었다.

그러나 정작 날 피곤하게 하는 건 그게 아니었다. 성적이 떨어져 카드를 바꿔치기하지 않기 위해서는 시험 문제를 미리 유출시키는 방법밖에 없었다. 그래서 다른 사람들보다 먼저 출제를 해야 했고, 공동 출제다 보니 다른 선생의 문제까지 파악해야 했다. 그러나 그게 그리 쉬운 일이 아니었다. 시험 때가 되면 스트레스 때문에 잠도 제대로 이룰 수가 없었다. 공동 출제자가 자기가 편집해서 제출할 테니 문제를 넘겨달라고 하는 날엔 산통이 깨질 수밖에 없었다. 그래서 선배에겐 후배인 내가 검토하고 편집해서 결재받을 테니 좀 빨리 문제를 넘겨달라고 했고, 후배들에겐 내가 직접 문제를 검토해 볼 테니 일찍 넘겨달라고 했다. 자신이 해야 할 일을 내가 대신 하겠다고 하는데 그걸 마다할 사람이 어딨겠는가. 모두들 제출 날짜보다 사나흘 먼저 내게 보내 주곤 해서 별문제 없이 시험 문제를 아이들에게 가르쳐 줄 수 있었다.

그런데 일이 꼬이기 시작한 것은 공동 출제자인 한 선생이 문제를 넘겨주질 않은 데서부터 시작됐다. 제출 마감일이 하루 앞으로 다가왔는데 한 선생이 문제를 보내 주지 않는 것이었다. 그러더니 저녁이 되어서야 날 찾아와서 말했다.

"박 선생, 집에 일이 좀 있어서 나 아직 출제 못 했어. 그러니 박 선생이 낸 문제를 줘. 내가 편집해서 내일 제출할 테니."

순간, 나는 당황했다. 내가 낸 문제만 알고 한 선생의 문제를 모른다면 애들 성적은 상위권을 기대할 수가 없었다. 그래서 나는 아무렇지도 않은 듯 한 선생을 달랬다.

"내일까지만 저한테 넘겨주세요. 제가 따로 결재받을게요. 핀잔을 들어도 제가 듣고 욕을 먹어도 제가 먹을 테니 그건 걱정 말고 천천히 하세요."

그는 아주 흡족한 얼굴로 '정말 그래 주겠어?'라고 묻더니 곧 태도를 바꿔 '에이, 아냐.' 했다.

"아뇨. 괜찮아요, 내일까지만 넘겨주세요. 제가 할게요."

나의 요청에 한참 동안 생각하더니 그는 자기가 당해야 할 일을 나한테 떠넘기는 게 마음에 걸렸던지 무겁게 말했다.

"으음……, 아냐. 내가 할 테니 그냥 넘겨줘."

결국 어쩔 수 없었다. 그렇게 나오는데 그에게 내가 더이상 강요한다면 의심할 게 뻔했기 때문이었다.

그날 밤, 잠을 이룰 수가 없었다. 출제를 다 하면 도장을 받기 위해서 나를 찾아오긴 하겠지만, 그의 문제를 자세히 살필 수가 없을 것 같아서였다. 그리고 문제를 살핀다 해도 숫자 하나만 바꿔 버려도 완전 다른 문제가 되는 게 수학 문제다 보니 이만저만 고민스럽지 않았다.

다음 날 그의 행동을 주시하며 도장 받으러 오기만을 기다렸으나 끝내 나타나지 않았다. 그리고 제출 마감 시간인 6교시를 넘겼는데도 그에게서 아무런 연락이 없었다.

"선생님, 출제 다 못 했어요?"

참다못해 내가 그를 찾아가 물었다.

"응? 무슨 얘기야? 벌써 제출했어."

"예? 그럼 제 도장은?"

"아아, 아까 3교시에 박 선생 자리에 가 보니 없어서 학년부장한테 박 선생 어디 갔느냐고 물었더니 수업 갔다고 그러더라고. 왜 그러냐고 묻기에 출제지에 도장 받으려고 그런다고 했더니 학년부장이 박 선생 서랍에서 도장을 찾아내서 찍어 주더라고. 그래서 제시간에 제출했지."

"예에……."

속이 빠짝 탔다. 일이 터진 것이었다. 어떤 문제를 어떻게 출제했는지 몰라서는 아이들에게 족집게 과외를 할 수가 없었다. 제아무리 제갈공명이라 해도 날[日氣]이 도와주지 않으면 그 어떤 전략도 쓸모없는 게 아닌가. 나는 궁리에 궁리 끝에 고사계 김 선생을 찾아갔다.

"시험지 이미 결재 다 받아서 금고에 담아 버렸는데요."

김 선생은 왜 그러냐는 듯 나를 빤히 쳐다봤다.

"아니, 시험 문제가 잘못된 것 같아서……."

"그럼, 교무부장님께 여쭈어보세요. 제 마음대로 금고를 열 수 없거든요."

그러는데 마침 산적이 김 선생을 찾아왔다. 같은 국어과 선생이라 뭘 의논하러 온 것 같아서, 됐다고 해서 자리를 피해 버렸다.

퇴근 시간이 되어, 과외 하러 갈 시간이 됐는데 미칠 것만 같았다. 우선 내가 출제한 문제를 가르쳐 주고 다음에 가르쳐 줘도 되겠지만 여러 명이 다 보니 시험 날까지 빈 날이 하루도 없었다. 하는 수 없이 퇴근하려는 고사계 김 선생한테 다시 갔다.

"아무래도 문제가 있는 것 같아서 다시 왔습니다. 문제 좀 볼 수 없을까요? 나중에 괜히 시끄러울 것 같거든요."

"교무부장님이 마침 출장 가서 저한텐 열쇠가 없는데요. 저한테 바깥 열쇠만 있지 안쪽 열쇤 교무부장님이 가지고 계시거든요. 아니면 교감 선생님한테 말씀드려 보든지요."

난감했다. 교감한테 말해 봐야 씨도 안 먹힐 게 분명했다. 그렇다고 시험 문제를 모른 채 과외를 할 수도 없는 노릇이었다.

나는 하는 수 없이 공동 출제자인 한 선생을 찾아갔으나 퇴근을 했는지 자리에 없었다. 혹시 한 선생이 검토 문제지를 뽑아 두지 않았을까 싶어 한 선생의 책상 서랍을 열려고 했으나 서랍이 굳게 잠겨 있었다. 이걸 어쩐다? 한참 생각을 해도 결론이 나지 않았다. 책상 서랍을 뜯자면 금방 뜯을 수 있지만, 서랍 속에 검토지가 없다면 낭패였다. 그렇게 되면 결실도 없이 남의 책상 서랍을 뜯은 사람이 되어 버린다. 특히 시험 때라 모두 보안에 신경을 쓰고 있어서 문제가 커질 수 있었다. 그렇다고 마냥 기다릴 수만도 없는 입장이어서 애가 탔다.

그러다, 혹시? 하는 생각에 필통을 뒤져 보았다. 선생님들은 보통 거기나 책꽂이 뒤쪽에 열쇠를 놔두곤 하니까. 역시! 서랍 열쇠는 필통에 펜들과 함께 꽂혀 있었다.

나는 조심스레 서랍을 열었다. 그리고 바쁜 손으로 서랍들을 뒤지기 시작했다. 역시나! 맨 아래 서랍에 검토지가 들어 있었다. 나는 주변에 누가 없는지 살핀 후에 시험지를 들고 복사기 앞으로 빠른 걸음으로 걸어갔다. 열 장씩 삼십 장을 복사했다. 그리고 복사한 검토지를 내 가방에 담은 후, 원본을 다시 제자리에 넣고 서랍 문을 잠그려는데 불쑥 한 목소리가 들렸다.

"선생님, 지금 뭐 하세요?"

돌아보니 고사계 김 선생이었다.

"왜 남의 책상 서랍을 뒤지고 그러세요? 그리고 시험지는 왜 복사했어요?"

"내가 언제?"

"좀 전에 시험지 한 삼십여 장 복사했잖아요?"

"무슨 소릴 하는 거야. 지금?"

"그럼 아니란 말이에요? 지금 한 선생님 서랍 속에 담은 게 시험 문제 맞잖아요."

바로 그때였다.

"김 선생, 빨리 안 나오고 뭐 해?"

산적 목소리였다. 그러더니 성큼성큼 다가와서는 재차 물었다.

"김 선생, 왜 그래?"

"이 선생님, 글쎄 박 선생님이······."

산적이 나를 노려보았다. 다른 자리도 아니고 한 선생 책상 앞이고, 김 선생은 그새 바들바들 떨면서 울고 있었다.

"박 선생, 뭐 한 거야? 무슨 짓을 했길래 김 선생이 이러는 거냐구?"

할 말이 없었다. 그한테 거짓말은 통할 리 없었다. 그의 속성상 거짓말을 하는 순간, 그는 지구 끝까지라도 쫓아오면서 밝혀내려 할 게 뻔했다. 그래서 나는 일체의 말을 삼갔다. 침묵이 금이란 말은 이럴 때를 두고 하는 말이었다.

"당신 거기서 자는 거야? 빨리 안 나오고 뭐 해?"

화장실에 선 채 그날을 생각하며 몸을 떨고 있으려니 아내가 불렀다. 화장실에 너무 오래 있었던 모양.

"어? 아냐. 곧 나갈게."

나는 머리를 흔들어 생각의 찌꺼기를 떨어냈다. 일이 매듭지어지기 전까지 아내에게 들켜선 안 될 일이 아닌가.

"당신, 이 선생님, 아니 우리 선배님한테 잘하고 있지?"

잠자리에 눕자 아내가 뭔가 이상하다 싶은지 산적의 안부를 물었다. 아내는 아직까지 산적이 경찰에 잡혀간 것도, 이번 데모를 주동한 것도 모르고 있었다. 학교에 일이 있는 줄은 알고 있었지만 그 주동자가 산적이고, 나와 조 선생은 반대편에서 산적 죽이기를 하고 있다는 사실을 전혀 모르고 있었다.

"잘 있겠지."

"무슨 대답이 그래? 당신 살려 준 은인한테?"

"은인? 원수가 아니고?"

"당신 지금 무슨 소리 하는 거야? 벌써 잊었어?"

아내가 내 가슴을 누르면서 일어나 앉았다.

"아냐. 요즘 그냥 그래."

"또 뭔 일이 있지? 안 그래도 요즘 꿈자리가 뒤숭숭한 게 영 안 좋더니……."

"무슨 일은 무슨 일? 빨리 자자. 나 내일부터 바빠."

"당신이 뭐가 바쁜데? 혹시 당신도 데모에 참여한 거야?"

"데모는 무슨? 학기 초라 할 일이 많다고……."

"그래? 그럼 다행이고."

아내는 다시 눕더니 내 가슴에 머리를 기댄 채 잠이 들었다.

아내 곁에만 있으면 이상스레 산적에 대한 감정이 중화되곤 했다. 아내가 존경하는 선배라서가 아니었다. 아내 말마따나 은인이었기 때문도 아니었다. 나와는 다른, 상반된 길을 가고 있긴 했지만 아내뿐만 아니라 후배들에게 존경받을 만한 선배였기 때문이었다. 그런 만큼 아내 앞에 있으면 나도 존경해야 할 선배로 여겨졌다. 그냥 직장 동료가 아닌 선배처럼 느껴졌다.

그가 아내의 선배라는 사실을 안 건 그가 우리 학교에 발령을 받은 직후였다. 교직원 조회 시간에 소개된 그의 약력을 듣는 순간 그가 아내―그때는 애인이었지만―의 선배란 사실을 알았다.

"어머, 그 선배가 자기네 학교에 근무한단 말이지."

아내는 내 말이 끝나기 무섭게 공중전화 박스로 가서 전화를 걸었다. 아주 잘 아는 사이인지 전화번호까지 다 외고 있었다. 그러고는 한참 만에 돌아와서 자랑을 늘어놓기 시작했다.

"그 선배 아주 대단한 사람이야. 공부도 공부지만 자기 철학과 인생관이 뚜렷한 사람이지. 그래서 내가 많이 좋아했는데, 차였어. 아니지, 차인 것도 아니지. 나 혼자 짝사랑했다 포기한 거지. 날 동생이나 후배로만 대하지 그 이상의 감정을 갖질 않더라고."

"그만해라. 듣는 사람 기분 나빠질려 하니까."

"어머, 미안. 내가 너무 기뻐서……. 아무튼 그 선배하고 잘 지내. 안 그러면 나하고 만날 생각 마."

"이건 무슨 경우야? 그래, 애인보다 선배가 더 중요하단 말이야?"

"그건 아니지만 아무튼 잘 지내. 그래야 내 마음도 편하지."

아내는 그 후로도 종종 산적의 안부를 묻기도 했고, 자기 안부를 전해 달라고도 했다. 그러나 나는 건성으로 듣고 대답만 했다. 산적과 척을 지고 반목하고 있음은 말하지도 티 내지도 않았다. 그랬는데 시험지 건이 터지자 상황은 전혀 달라졌다.

19

산적은 김 선생의 말을 듣자마자 내 책상으로 달려가 가방을 압수해 버렸다.

"이 속에 시험지가 들어 있다면 중요한 증거품이니깐 내일까지 내가 보관하지. 그리고 오늘 이 시간 이후 김 선생과 나한테 어떤 전화도 하지 마. 괜히 서로 감정 상할 필요 없잖아. 가지, 김 선생! 아 참, 한 가지 부탁이 더 있어. 이 사실은 우리 셋만 아는 비밀이니까 밖으로 새 나가면 모두 당신 책임이야. 우리는 결코 이 일을 말하지 않을 테니까. 김 선생도 알았지?"

그러더니 김 선생을 데리고 나갔다. 차갑고도 냉정하게. 텅 빈 교무실에 혼자 남게 되자 내가 무슨 짓을 했고, 누구한테 발각됐으며, 어떻게 처리해야 할지 생각이 나지 않았다. 가슴이 뛰다 못해 부서져 버릴 것 같으면서 속이 바짝 탔고, 어디든 숨고 싶다는, 도망치고 싶다는, 죽고 싶다는 생각뿐이었다.

한참 동안 한 선생 의자에 앉은 채 생각을 곱씹다 나는 조 선생에게 전화를 했다. 아무래도 오늘 과외를 못 할 것 같다는 통보를 해 달라고 부탁하기 위해서. 그런데 조 선생이 하도 집요하게 묻는 통에 사실을 말해 버렸다.

"야, 쫄배 만나야겠다. 다른 방법이 없어. 쫄배를 통해서 또라이를 만나는 수밖에."

나는 거부했다. 산적이 분명히 말했었다. 밖으로 흘리지 말라고, 밖으로 흘리면 절대 가만히 안 있겠다고. 내가 먼저 어떤 행동을 한다면 산적은 절대 가만있지 않을 것이었다. 그가 칼자루를 쥐고 있으니 섣불리 움직였다간 그의 날카로운 칼날에 남아나지 않을 것이었다. 그것이 쫄배가 됐든 또라이가 됐든. 그는 그걸 위해 내 가방을 압수하고 테이프로 밀봉한 후 자기 사물함에 놓고 잠그지 않았는가. 그 누구도 손대지 못하게. 그 누구도 증거 앞에서 자유롭지 못하게.

다음 날, 뜬눈으로 밤을 보내고 출근하니 산적이 나를 기다리고 있었다. 물론, 김 선생도 함께.

"아무리 생각해 봐도 그냥 넘길 수는 없는 일이라 관리자에게 보고해야겠어."

상담실로 자리를 옮겨 커피를 권하더니 그가 무겁게 입을 열었다.

"김 선생도 어떡하냐고, 어떻게 되느냐고 계속 묻지만 그건 나도 잘 모르겠고…… 분명한 것은 그냥 덮어 둘 수는 없다는 사실이야. 그러니 마음 단단히 먹고…… 우릴 원망하지 말았으면 좋겠어. 우린 박 선생을 죽이려는 게 아니라 우리, 특히 김 선생이 다치지 않기 위해 보고하는 거야. 그렇게 알고 이해해 줬으면 좋겠어."

할 말이 없었다. 둘이 어제 엄청 고민하고 갈등했음을 느낄 수 있었다. 술이 안 깬 산적의 붉은 얼굴이며, 말할 때마다 풍겨 오는 숙취, 졸린 듯한 눈이 그걸 말해 주고 있었다. 산적이 그런 모습을 보인 적은 거의 없었다.

한마디도 못 하고 상담실에서 나오자 현배 교장이 나를 찾고 있었다. 조 선생에게 그만큼 신신당부했는데 벌써 교장한테 말한 모양이었다.

"시험지 유출이라니? 어떻게 된 일이야?"

교장은 다짜고짜 물었다. 조 선생에게서 들었지만 도저히 믿을 수가 없다는 눈치였다. 나는 대충의 사연을 말했다. 물론 조 선생, 학부모와 연결고리는 건드리지 않으면서 어제 일만 얘기했다. 시험 문제를 검토하기 위해 한 선생의 서랍 속에 있는 문제지를 복사하다 김 선생과 이 선생에게 들켰다고. 나는 조금 전에 만난 김·이 두 선생의 태도로 보아 덮어 주려고 한다는 느낌을 믿고 사건을 최대한 축소해 얘기했다. 긁어 부스럼 만들지 않는 게 상책이라 생각하고.

"그렇다면 큰일도 아니구만. 담당 선생이 시험지를 복사해서 검토하는 게 뭐가 문제야? 물론 남의 서랍을 열어 복사한 건 잘못이지만 시험지가 유출된 것도 아니고. 됐어. 내가 알아서 할 테니 조용히 있어. 괜히 소리

내 봐야 좋을 게 없으니까."

교장을 만나고 나서 바로 교실로 들어갔다. 일이 어떻게 되든 반 아이들을 팽개칠 수는 없어서 아침 자율학습 감독을 들어갔던 것.

그런데…… 잠시 후 교장이 직접 교실로 날 찾아왔다. 산적과 김민정 선생, 두 사람이 교장을 찾아가 신고를 했던 모양이었다.

"어떻게 된 일이야? 두 선생 말을 들어 보니 박 선생 얘기하고 전혀 다르잖아."

교장은 신고한 두 사람의 말을 못 믿겠다는 표정이었다. 다른 사람이라면 몰라도 내가 그런 일을 하리라곤 믿지 않는다는 신뢰 어린 목소리였다. 나는 그런 교장의 목소리에 얼마간 마음의 안정을 찾을 수 있었다. 그래서 일을 최대한 빨리 매듭지을 생각으로 머뭇거리는데 교장이 혼잣소리를 했다.

"산적이…… 뭔가 저의가 있는데?"

"말씀드리기 뭣합니다만, 이 선생이 저와 조영건 선생을 달가워하지 않는다는 건 알고 계시지 않습니까? 몇 년 전 조 선생 건만 해도, 아무것도 아닌 일을 침소봉대하여 조 선생을 곤경에 빠트리지 않았습니까?"

상대한테 위기는 나에게는 곧 기회가 아니던가. 교장의 마음만 잡으면 이 정도는 해결될 수 있을 것이라 믿었다. 시험지가 유출된 것도 아니고, 시험을 이미 치른 것도 아닌 만큼 큰 문제가 없을 것 같았다. 정 안 되면 새로 출제해서 시험을 치르면 그만이었다. 교장도 자신의 책임 소재가 있는 만큼 문제를 키우지는 않을 것이었다. 그에 대해서는 조 선생이 이미 다 얘기했을 것이었다.

학교 사회는 문제가 있을 때 그 문제의 원인이나 본질을 파악하는 데는 소홀한 사회다. 일의 근원을 파헤치기보다 조용히 덮는 걸 선호했다. 특히 사립학교는 학교 이미지를 제일 먼저 생각하는 만큼 조용히 처리하고, 조용히 덮는 걸 최고로 여길 정도였다.

조 선생 문제만 해도 그렇다. 성 문제에 대해서 모든 매스컴이 눈독을 들이고 있는 상황에서 조금만이라도 밖으로 새 나갔다면 톱뉴스가 됐을 것이었다. 그러나 소리 없이, 흔적 없이, 깨끗하게 덮이지 않았던가. 그뿐이 아니다. 학교에서 일어나는 일들은 대부분 쉬쉬하고, 특히 선생과 관련된 일들은 동료애를 발휘해서 일단 덮자는 주의였다. 그런 사정을 누구보다 잘 아는 사람이 바로 교장인데 이런 문제를 키울 리가 없었다. 밖으로 새 나간다면 자신도 관리 책임에서 결코 자유롭지 못할 것이고. 어젯밤 한잠도 못 자면서 생각에 생각을 거듭하면서도 그런 생각도 못 했던 내가 한스럽기까지 했다. 문제 해결의 초점은 해결 과정에 있었는데 그걸 간과하고 있었던 것이었다.

"알았으니 나가 보지. 내가 적절한 조칠 취할 테니……."

일은 생각보다 훨씬 쉽게 정리되고 있었다. 물론, 김 선생과 이 선생이 나의 입장을 이해하여 눈감아 주기만 한다면 말이다.

교장실을 나선 나는 김 선생과 이 선생을 찾아 나섰다. 빨리 그들을 만나 자비를 구하는 수밖에 없었다. 그러나 두 사람은 보이지 않았다. 수업 들어갔나 싶어 쉬는 시간까지 기다려 보아도 그들은 모습을 드러내지 않았다.

20

 3교시가 시작되고 거의 모든 선생님들이 수업에 들어간 직후였다. 김 선생이 퉁퉁 부은 얼굴로 교무실에 들어오더니 자기 책상에 엎드려 울기 시작했다. 뒤따라 이 선생, 아니 산적이 들어오더니 나를 향해 소리를 쳤다.
 "박영철! 네가 인간이야? 인간의 탈을 쓰고 어떻게……."
 "어디서 소리를 지르는 거요? 여기가 시장 바닥인 줄 알아요?"
 교장이 뒤따라 들어오면서 산적에게 호통을 쳤다.
 순간, 나는 직감했다. 쫄배가 일을 키웠다는 것을. 일은 커질 대로 커져 걷잡을 수 없는 지경에 이르렀다는 것을. 산적에게 낙인찍혀 다시는 인간 대접을 못 받을 것이란 것을.
 "좋습니다, 좋아요. 나와 김 선생이 박 선생을 음해하고 모함했다면, 그렇지 않다는 사실을, 그 증거를 보여 드리지요."
 산적은 자기 사물함을 열어 내 가방을 꺼냈다.
 "이게 뭔 줄 아십니까? 바로 저기 앉아서 우리를 바보 취급하는 박 선생 가방입니다."
 그사이 복도가 소란스러워지고 무슨 일인가 싶어 선생들이 하나둘씩 교무실로 들어오고 있었다.
 "이 속에는 어제 복사한 시험지 약 30매 정도가 있을 겁니다. 증거 인멸을 우려해서 제가 압수해 둔 물건입니다. 그리고 저는, 저는…… 이 일을 원만히 처리해 보려고 김 선생님을 달래고 달랬습니다. 왜냐? 이 문제가 불거지면 한 사람이…… 다치기 때문이고, 학교의 위신이 추락함은 물론, 우리 학교 선생님 모두가 의심을 받게 되기 때문입니다. 그래서……."

오월동주(吳越同舟)라더니   **171**

산적이 숨을 골랐다. 그사이 선생님들이 더 모여들었다. 1층에서부터 교장과 산적이 다투었는지 3층 선생들을 제외한 거의 모두 모인 것 같았다.

"그래서 저는 양심과 도리에 어긋난 줄 알면서도 덮으려 했습니다. 왜냐? 아무리 미워도 박 선생은, 박 선생은…… 저의…… 동료이기 때문입니다. 그런데 무고라고요? 국어과 선후배가 작당해서 자기 적을 죽이려 한다고요?

엊저녁 6시경, 바로 박영철 선생이 같은 과 한영범 선생님의 서랍을, 한 선생님이 감춰 둔 열쇠로 열어, 각 페이지당 약 10매씩, 30매 정도를 복사했습니다. 아무도 없는 데서, 몰래. 그러다 고사계 김민정 선생에게 발각되었고, 김민정 선생과 약속이 있던 저는 교무실에 왔다가 그 사실을 인지하고, 증거물로 이 가방을 압수하여 보관했던 것입니다. 그런데 교장 선생님은 저와 김민정 선생이 박영철 선생을 모함하고 음해한다고, 저희들의 말은 들으려고도 하지 않고, 부당하게 시말서까지 요구하고 있습니다. 교장 선생님, 자, 이제 한영범 선생님을 불러 확인해 보시죠. 여기에 뭐가 들어 있는지, 여기에 과연 한 선생님이 출제한 수학 문제가 있는지 없는지?"

나는 얼을 놓은 채 앉아서 들을 수밖에 없었다. 내가 너무 쉽게 생각한 것은 아닌지, 모든 걸 내 마음같이 여긴 것은 아닌지, 교장 쫄배의 경솔함을 너무 간과한 것은 아닌지, 산적을 너무 쉽게 생각한 것은 아닌지를 생각하고 있었다.

"무슨 얘기야? 내 시험지가 유출됐다니?"

헐레벌떡 한 선생이 교무실로 뛰어들면서 소리를 질렀다. 산적이 기다렸다는 듯이 가방을 한 선생에게 넘겼다.

"한 선생님, 선생님이 직접 열어 보시죠. 다행히 다른 선생님들도 많이 계시니 증인이 되겠네요. 그 가방은 어제저녁 제가 박영철 선생한테서 압수하여 보관하고 있던 가방입니다. 혹시나 하는 마음에 밀봉까지 해 두었으니 원상태를 유지하고 있을 것입니다. 열어 보시죠."

한 선생이 어리둥절 서 있다가 산적이 어서 열어 보라고 재촉하자, 급하게 테이프를 떼어 가방을 열었다. 그리고 잘 접혀지지도 않은 시험지를 꺼냈다.

"뭐야, 이건? …… 이, 이, 이게 어떻게 여기?"

한 선생이 나를 노려봤다. 한 선생의 눈빛과 마주치는 순간, 나는 눈을 내리깔고 말았다. 이제 모든 것이 분명하게 드러나는 순간이었다.

"한 선생님의 시험지가 맞습니까?"

산적이 느긋하게, 그러나 분명히 대답하라고 재촉했다.

"말이라고? 어떻게 된 거야, 대체……."

산적이 이제 쐐기를 박을 일만 남았다. 그러나 산적은 조용히 나를 건너다보기만 할 뿐 말이 없었다. 나한테 자초지종을 얘기하라는 것인지, 넌 이제 죽었다고 약을 올리는 것인지, 교장한테 이래도 내가 모함하는 것이냐고 묻고 있는 것인지 아무런 말도 하지 않았다. 그 침묵을 참지 못하겠다는 듯 한 선생이 화난 목소리로 내게 물었다.

"이럴려고 지금까지 시험 문젤 편집한 거야? 이렇게, 이렇게, 시험지를 유출하기 위해?"

시험지를 흔드는지 종이 퍼덕이는 소리가 들렸고, 한 선생이 내게 물었으나 나는 고개를 들지 않았다. 어제 일뿐 아니라 몇 년 전의 일부터 밝혀야 할 의무가 내게 주어지는 순간이었다.

"자, 이제 어서들 수업 들어가세요."

교장이 한숨을 푹 쉬더니 모여 있던 선생들에게 소리치는 모양이었다. 그러나 누구 하나 움직이지 않는 눈치였다.

"왜 수업들 안 들어가세요? 학생들 저렇게 방치할 거예요?"

교장이 목소리를 높였지만 마찬가지였다. 웅성거리기만 할 뿐 누구 하나 움직이는 낌새가 없었다.

"어서 수업들……"

"수업하면 뭣 해요? 시험지 유출해서 성적 올려 주면 그만인데."

누군가가 교장의 말을 가로막으며 대들었다. 그러자 교장은 한마디도 못 하고 입을 닫고 있는 듯싶었고.

21

시험지 유출 사건은 새로운 국면을 맞고 있었다. 한 선생을 비롯한 수학과에서 들고 일어선 것이었다. 처음 있는 일은 아닐 거다. 벌써 3년 전부터 시험지를 편집해서 제출했으니 그때부터 조사해 봐야 하고, 누구한테 넘겨줬으며 넘겨주려 했는지도 밝혀야 한다는 말이 수학과에서 터져 나왔다고 했다.

"정말 너무하는 거 아냐? 같은 과 선생들이 덮어 주진 못할망정 까발리면 어쩌겠다는 거야?"

조 선생이 수학과 선생들을 싸잡아 비난하며 소식을 전해 줬다. 그리고 산적을 철천지원수로 규정했다. 자신과 나를 죽인 사람은 다름 아닌 산적이라고 이를 바득바득 갈았다. 그러나 내 생각은 달랐다. 산적은 이번 일을 덮으려 했던 게 분명했다. 그렇지 않고서야 아침에 나를 불러 놓고 그런 말을 할 리가 없었다. 그런데도 조 선생은 산적 새끼가 지능적으로 나를 죽이려고 치밀하게 계획을 세웠을 게 틀림없다고 흥분했다.

"여기서 시간을 놓치면 안 되니깐 또라이를 만나자. 만나서 통사정을 해 보자. 이젠 그 방법밖에 없어."

조 선생은 이사장을 만나 보자고 했다. 그러나 내 생각은 달랐다. 이사장을 만나기에 앞서 산적 선생을 만나야 할 것 같았다. 모든 열쇠는 그가 쥐고 있었다. 같은 과 후배인 김 선생을 누르는 것도, 흥분한 한 선생을 설득하는 것도, 복사기 겸 프린터를 국과수에 넘겨서 진상을 알아보자고 덤비는 일부 선생들을 막는 것도 모두 그의 몫인 것 같았다. 엉킨 실타래를 풀 수 있는 건 그밖에 없는 것 같았다. 그래서 나는 조 선생의 말에 동의하지 않고 잠자코 있었던 것이었다.

"이사장님께서 좀 보자시네."

교장이 찾아와 이사장님이란 말을 하는 순간, 숨이 막히는 줄 알았다. 어떻게 벌써 이사장이 알았으며, 이사장이 직접 나서는 이유를 알 수 없었다.

"또 산적이라며?"

이사장실에 들어서자마자 이사장이 교장한테 물었다.

"예, 그렇게 됐습니다."

"그 새낀 뭐 하는 새낀데…… 안 끼는 데가 없어?"

"그러게 말입니다."

교장이나 이사장도 상대가 산적이라는 게 부담스러웠는지 한동안 말이 없었다.

"사표 써야지 별수 있어?"

이사장의 한마디에 교장과 내가 동시에 예에?! 하고 소리를 질렀다.

"아니, 방법이 없잖아, 방법이……."

이사장도 난처한지, 아니 귀찮은지 담배만 뻑뻑 빨았다.

"잘못해서 밖에 알려지면 끝장이라고. 박 선생도, 교장도, 학교도……. 그러니 내 입장에선 사표를 받아 놓고 기다리는 수밖에……. 보름간 의사 번복 기간이 있으니깐 일단 시간을 벌어 보자고. 자기 동료가 사표를 써서 나가는데 선생들도 더이상의 처벌을 요구하진 못하겠지. 안 그래?"

또라이는 생각보다 고단수였다. 일단 급한 불을 꺼 놓고 선생님들의 동태와 정서를 살피면서 일을 해결해 나가자는 뜻 외에, 사표를 받아 놓고 내가 하는 걸 보겠다는 얘기였다. 내가 어떻게 하느냐에 따라 받아 놓은 사표를 처리할 수도 있고, 반려할 수도 있다는 말이었다. 충성 맹세를 하고 그 충성심을 증명할 수 있는 모든 방법을 다 써 보라는 언질이기도 했다. 그러나 다른 방법이 없었다. 또라이가 손을 떼는 순간 나는 끝장이었다. 어쩔 수 없었다. 더럽고 치사해도 일단 살아 놓고 봐야 했다.

나는 이사장이 요구하는 대로 사표를 써 놓고 학교를 나와 버렸다. 학교에 더 있단간 선생들의 눈총에 몸이 남아나질 않을 것 같았다. 선생들의 눈총이 내 몸 곳곳을 뚫어 버릴 것만 같았다. '어떻게 사람의 탈을 쓰고 그런 짓을 할 수 있단 말야?' 선생들은 그런 말들을 숨긴 채 나를 뚫어지게 쳐다보곤 했는데 그 눈총에 온몸이 다 뚫리는 것 같았다.

학교에서 나오자마자 아내한테 전화를 했다. 당신 선배한테 전화 좀 해 보라고, 가능하면 좀 만나 보라고. 아내는 무슨 일이냐고 물었지만, 선배하고 통화하면 알게 될 거라고만 말하고 끊어 버렸다. 비겁하지만 아내를 동원해서라도 일이 커지는 걸 막고 싶었다. 이제 모든 해결의 열쇠는 산적이 쥐고 있다 해도 과언이 아니었고, 산적을 막을 사람은 내 주위에 단한 사람밖에 없었다. 끔찍이도 산적을 존경하는 후배, 내 아내.

나의 판단은 정확했다. 아내가 어떤 말을 했는지, 아내의 말을 어떻게 받아들였는지는 모르지만 산적의 행동은 몰라보게 달라졌다고 했다.

"내 일이 터졌을 땐 금방이라도 날 잡아먹을 듯이 달려들더니, 이번은 웬일인지 조용히 처박혀 있어."

조 선생이 전한 이 말에 산적의 행동이 보이는 듯했다. 사표까지 쓰고 나간 사람을 들먹일 필요가 없지 않느냐고 조용히 동료들을 설득하지는 않는다 해도 자기가 직접 나서서 문제를 들쑤시진 않는 듯했다. 그 모든 것은 아내의 힘이었다. 그는, 나를 누구보다 미워했지만 후배인 아내를 누구보다 아끼는 선배가 아닌가.

이런저런 인연으로 해서 그는 결코 나와 멀다고 할 수는 없는 사이였다. 그러나 그는 철저하게 나와 거리를 두려고 했다. 조 선생과 얽힌 관계를 알면서도 그것에 대해서는 일언반구도 없었고, 처음처럼 아무렇지도 않은 듯 대했다. 그 철저한 거리두기는 어찌 보면 백안시 내지는 무관심처럼 보이기도 했다. 그러나 나는 별 상관이 없었다. 처음부터 그는 나나 조 선생을 달가워하지 않았고, 우리 또한 그를 눈엣가시처럼 여기고 있어서 결코 가까워질 수 없는 사이였으니까. 있는 듯 없는 듯 서로가 일정한 거리를 유지하면서 자기 영역 안에서 제 삶을 살면 그만이었다. 다만, 집에 들어가서는 아내에게서 자기가 가장 존경하고 따르는 선배임을, 급할 때 찾아가 의논하고 일을 맡길 수 있는 선배임을 되풀이해서 들으며 그렇게 먼 사이가 아님을 되새기는 정도가 고작이었다.
 이번 일(이사장 퇴출 운동)이 터졌을 때도 나는 그 어떤 편에도 가담하지 않으려 했다. 어느 편에 가담하든 마음이 편치 않을 것 같았기 때문이었다. 그러나 또라이는 달랐다. 선생님들과 매사에 반목하고 부딪치는 그에게 사람이 있을 리 없었다. 사정이 그렇다 보니 또라이는 자신이 도와준 적이 있는 우리 둘을 불러서, 자기가 도와준 사람들이 자기를 도와주지 않으면 가만히 있지 않겠다고 엄포를 놓았다. 그리고 교장의 머리에서 나왔을 듯싶은, 우리가 해야 할 일을 구체적으로 지시하기도 했다. 그것은 산적을 학교에서 내쫓는 정도가 아니라 산적을 완전히 파멸시키려는 무서운 음모였다.
 "난 아무래도 자신이 없어. 어떻게 그런 일을 한단 말이야."
 이사장실을 나오자 나는 조 선생에게 볼멘소리를 했다. 그러나 조 선생은 달랐다. 이 기회에 우리가 당한 것을 되갚자는 것이었다. 산적을 골로 보낼 수 있는 최고의 기회인데 그 기회를 어떻게 놓치냐고 했다. 그렇게 되면 앓던 이 빼냄은 물론 내년에는 부장, 5년 내에 교감 자리를 보장해 준다고 하지 않았냐고. 그런 그의 적극적 의지 때문에 그 계획이 성공하여 산적을 가두는 데 성공했다.
 그런데 산적에게 하지도 않은, 우리가 했던 일을 뒤집어씌우고 여론몰이를 한다면 너무 잔인하고 몰염치한 일이 아닐까 하는 생각이 들었다. 아니, 그런 일로 산적을 잡겠다는 발상 자체가 산적을 너무 쉽게 보는 처사로 보였다.
 내가 본 산적은, 아내에게서 들은 산적은, 그리 만만하거나 녹록한 사람이 아니었다. 무서울 정도로 치밀하고 은밀하면서도 한번 시작한 일은 어떻게든 끝장을 보는 인물이었다. 내가 산적을 너무 쉽게 생각했다가 당했듯이 지금 벌이고자 하는 일은 당장은 산적에게 타격을 줄지는 모르지만 나중엔 핵폭탄이 되어 되돌아올 수도 있었다. 산적은 아직도 우리가 한 일을 기억하고 있고, 어떤 형식으로든 기록·보관하고 있을 가능성이 높았다.

  선생들은 거의 잊고 있던 이사장 교권 침해 사례를 하나도 빠짐없이 열거하는가 하면, 구체적인 날짜까지 세세히 거론하는 것은 기억력만으로는 불가능한 일이었다. 구체적인 기록이 없다면 도저히 그런 자료가 나올 수 없었다. 그럴 정도로 치밀한 사람이라면 조 선생과 나의 일도 어떤 형태로든 기록·보관하고 있을 게 뻔했다. 지금은 밑바닥 깊숙이 감추고 있지만 어느 순간 수면 위로 끌어올릴 수 있었다. 그걸 좌시했다가는 결국 당할 수밖에 없을 것이고. 어쩌면 나와 조 선생, 교장과 이사장을 상대로 마지막 전쟁을 벌일 수도 있었다. 조 선생은 그걸 생각지도 않고 감정적으로 이 일을 처리하고 있었다. 그리고 교장도 자신의 영달만을 위해 길게 내다보고 있지 않았다. 그는 경솔 국가대표가 아닌가.

"당신 안 자?"

깍지 낀 손을 뒷머리에 두른 채 생각에 잠겨 있는데 아내가 눈을 뜨며 물었다.

"으응, 잠이 안 오네."

"당신 정말 무슨 일 있어?"

"아냐. 일은……? 다만 당신 선배가 좀 걱정이야."

"우리 선배가 왜? 혹시……? 정훈 선배가 이번 일 주동한 거야? 그런 거야?"

"응, 그래서 말야, 실은 당신 선배 경찰에 잡혀갔거든. 조 선생 폭행으로…… 어제."

"뭐라구? 그걸 왜 이제야 말하는 거야?"

"상황을 좀 지켜봤지. 크게 다친 건 아니라서 곧 나올 줄 알았지."

"또 조 선생인가 보리 선생인가 하고 뭘 꾸미고 다니는 거야? 아직도?"

잠이 다 달아난 말짱한 목소리로 따지는 통에 아무 말도 할 수 없었다.

아니, 이제 더이상 아내에게 거짓말을 할 수가 없었다.

더이상 양심을 팔 수 없었다.

아니, 산적을 팔아서 내가 편한 만큼

아내는 불행해질 것이고

우리 부부는 그만큼 멀어질 수밖에 없고.

이제 다른 방법이 없었다.

고단하고 힘들지라도

곧장 가는 수밖에 없었다.

저 들에 푸르른 솔잎을 보라

22

내 머리는 너를 잊은 지 오래
내 발길도 너를 잊은 지 너무도 오래
오직 한 가닥 타는 가슴속 목마름의 기억이
네 이름을 남몰래 쓴다.
타는 목마름으로 타는 목마름으로
민주주의여 만세
살아오는 저 푸른 자유의 추억
되살아나는 끌려가던 벗들의 피 묻은 얼굴
떨리는 손 떨리는 가슴
치 떨리는 노여움이 신새벽에 남몰래 쓴다.
타는 목마름으로 타는 목마름으로
민주주의여 만세

(내 머리는 너를 잊은 지 오래, 내 발길도 너를 잊은 지 오래, 그러나 민주주의, 아직도 우리는 너를 기다린다. 아직도 우리는 너를 기다린다.)
타는 목마름으로 타는 목마름으로
민주주의여 만세
타는 목마름으로 타는 목마름으로
민주주의여 만세

안치환 씨의 쉰, 금방이라도 터져 버릴 것 같은 목소리가 가슴을 적신다. 그러나 아이들은 별로 가슴에 닿지 않는 모양이었다. 조용히 듣는 아이들보다 건성으로 듣는 아이들, 그냥 시간만 때우는 아이들, 짜증스러운 빛을 띠는 애들도 더러 있었다.
 나도 그랬었다. 그분의 서러움에 겨운 듯한, 가슴이 저리는지 울먹이는 목소리를 건성으로 들었었다. 정지용의 〈향수〉에도 그랬었다. 수업은 안 하고 한 시간 동안 그 노래를 가르칠 때 나는 그분의 마음을 알 수 없었다. 입시에 도움 안 되는 일만 한다고 짜증까지 냈었다. 그랬는데 이제 나는 그 노래들의 의미를 알아 버렸고, 그분의 마음을 이해할 수 있게 됐고, 그분을 그리워하고 있었다. 그분이 좋아했던 가수와 노래를 좋아하고, 그분과 닮은, 목소리가 헷갈릴 정도로 닮은 정태춘의 노래를 좋아하게 됐다.
 "원시(原詩)를 조금 바꾸기는 했지만 원시의 느낌만은 충분히 살리고 있죠? 특히 타는 듯한 목소리가 시의 분위기를 잘 살리고 있는 것 같습니다. 노래의 분위기를 살려 다시 한번 읽어 보면서 김지하의 시 〈타는 목마름으로〉를 정리합시다."
 시를 정리하고 교실을 나섰다. 시 한 편을 잘게 부수는 정도가 아니라 가루를 만들어서 흩어 버리는 일을 시의 이해라고 생각하는 일에 부정적인 생각을 가지게 된 것도 그분의 가르침 덕이었다. 시는 분석보다 전체적인 상황과 감정을 파악하는 것이 먼저고, 그렇게 할 때 비로소 시에 접근할 수 있고, 시를 가슴에 품음으로써 오롯이 자기화할 수 있다는 생각도 그분에게서 배운 것이었다. 그러나 아이들은 아직 잘 모르리라. 그 시가 갖는 의미를, 시대적 아픔을, 타는 목마름으로 절규하는 이유를, 뒤늦게 이제야 그걸 알고 가슴 아파하는 나의 마음을.

산적(山賊).

그분을 생각하면, 누구나 그분의 이름보다 별명을 먼저 떠올릴 것이다. 그분의 성함은 깍듯한 자리에서나 통용되는, 그분과 전혀 상관없는 것처럼 낯선 것이어서, 우리는 농담처럼 장난처럼 자랑처럼 산적으로 불렀다. 그분도 산적이라는 별명을 불러도 별로 개의치 않았다. 짜식들아, 내가 없을 때 불러. 듣는 산적 기분 나쁘잖아. 그러곤 돌아서서 씨익, 특유의 웃음. 그분의 평상시 엄하고 무서운 모습을 생각할 때 상상조차 할 수 없이 애교스럽게(?) 넘어갔다. 하기야 얼굴 전체를 덮는 수염과 학생들을 공포에 떨게 하는 우렁찬 목소리, 해병대 출신답게 날랜 몸놀림과 거친 언행은 산적이란 단어 외에 달리 표현할 길이 없었다.

백 미터 앞에서 피해라.

그분은 우리가 피해야 할 첫 번째 인물이었다.

지각생·복장 단속에서부터 청소 지도, 문제아 전담 지도 등 그분은 우리 학교의 군기반장이었다. 아니, 악역 담당이었다. 그러니 백 미터 앞에서는 피해야 할 사람이었지만, 십 미터 앞에서는 가까이 다가설 수 있는, 다가가야 할 사람이었다.

까망이, 연탄, 하양이, 뚱(땡이), 때밀이, 노가리, 장닭, 공자(공부도 못하면서 자리만 잡는 아이), 백설공주(백만 인이 설설 기는 공포의 주둥아리), 고목(나무), 매미, 앵앵이, 필리핀 미녀, 인간 수면제, 똥파리, 파리 사냥꾼, 백 미터 미인, 날으는 원도 하마, 항공모함, 노상자(노상 자는 아이)……. 그리고 나의 별명, 코딱지를 파다 그분한테 걸려 붙여진 '코딱지'까지.

그분이 가까운 애들에게 선물(?)한 별명은 헤아릴 수 없었다. 그리고 그런 별명을 붙인 애들에게 유난히 관심과 애정을 갖곤 했다. 어이, 코딱지 요즘 힘든 것 같애. …… 아니긴 뭐가 아냐. 등에 다 쓰여 있는데. 힘내. 앞서가는 나를 쫓아와서 어깨를 꽉 잡아 주거나 탁 치는 그분의 손에는 늘 애정이 담겨 있었다. 물론 손끝이 매워 아프기는 했지만.

"사람의 참모습은 뒷모습으로 알 수 있지. 사람의 뒷모습은 앞모습과는 달리 꾸밀 수가 없거든. 그래서 난 항상 등 뒤에서 남 보기를 좋아하지."

정작 당신은 늘 외로운 뒷모습의 소유자이면서도 제자들의 등 뒤에서 말없이 지켜보고 안타까워하고, 가슴 아파하는 사람. 그래서 힘들 때, 가슴 아플 때, 외로울 때면 그분이 떠오르곤 했다. 강한 모습 뒤에 숨겨 놓은 부드러움과 따뜻함, 늘 외롭고 무거워 보이는 뒷모습이.

"혜란아, 산적, 아니 산적 선생님, 아니…… 아무튼 선생님 구속되셨대."

같은 교직에 있는 동창 은미가 전화로, 그분의 성함이 잘 떠오르지 않는지 한참을 헤매더니 뱉어낸 말은 충격 그 자체였다. 느닷없이 날아든 소식은 가난하지만 안락한 나의 일상을 뒤흔들어 놓기에 충분했다.

은미가 가르쳐 준 대로 인터넷 신문을 열어 보니, 여제자 성추행, 성적 조작으로 구속되었다고 적혀 있었다. 기사를 읽어 보니 흑막이 있는 것 같았다. 그분의 성격상 있을 수 없는 내용의 기사였다.

　여기저기 전화로 알아봤지만 아직 모르고 있거나, 신문 기사 외엔 아는 사람이 없었다. 하는 수 없이 학교로 전화를 했더니 정우형 선생님이 받았다. 역시 내가 생각했던 대로 흑막이, 조작이, 중상모략이 있었다.

　"졸업생들이 이 선생을, 이번 일을 어떻게 생각할지 모르지만…… 졸업생들도 이번 일과 이 선생 일에 관심을 가져 줬으면 좋겠어."

　정우형 선생님은 그분에 대한 제자들의 좋지 않은 인상을 걱정하는지 한참을 머뭇거리더니 어렵게 말을 맺었다. 졸업생들이 나서는 게 그분께 득보다는 실이 많지 않을까 걱정하는 모양이었다.

　전화를 끊고 몇 군데 전화를 했다. 동창 '산사모(산적을 사랑하는 모임)' 회원들에게 상황을 알려야 했다.

　산사모.

　원래는 '산적을 사람답게 만드는 모임'에서 '산적의 사람다움에 반한 모임'을 거쳐 '산적을 사랑하는 모임'으로 그 뜻이 바뀐 모임은 내가 고등학교 1학년 때 결성되었다. 지금 ㅅ대를 나와 대기업체 연구소에 있는 형신이—산적 샘이 붙여 준 별명은 '백 미터 미인'. 산적 샘을 사모해 결혼식장까지 찾아가 울었었다—가 주동자였다.

　"우리 산적을 사람답게 만들어 보지 않을래?"

　1학년 유월이었을 것이다. 국어 수업을 마치고 그분이 교실을 나가자 그분에게 맺힌 게 많았을 그녀가 내게 물었다. 느닷없는 입질이라 멍해 있는데,

　"포기할까 했는데 우리 동기—그분과 우리는 띠동갑이었지만 같은 해 학교에 들어왔다는 이유만으로 불량스럽게도 그렇게 불렀다. 심지어는

입학 동기란 말을 쓰면서 아주 동창으로 여기는 애들도 있었고—라, 우리가 잘 키우면 사람다워지지 않겠어? 안 그래?"

그녀는 '잘 키우면'이란 단어를 뱉어 놓고 자신이 생각해도 우스운지 키득댔다.

"글쎄, 우리가 잘 키운다고 개 버릇 남 줄까?"

나도 키득댔다. 왠지 재미있을 것 같았다. '잘 키운 방위 하나, 열 해병 안 부럽다'란 말로 해병대 출신인 그분을 깔보던 우리는, '잘 키운 산적(山賊) 하나, 열 의적(義賊) 안 부럽다'란 슬로건을 만들며 웃었다.

그리고 그날로 쪽지 건네기를 통해 7명의 여학생 회원을 확보했다. 물론 공식적인 명칭은 '산사모', '산적을 사람답게 만드는 모임'이었다. 그리고 국어 시간이 시작되기 전에 우리는 산사모표(標) 공식 커피와 음료수를 제조하기 시작했다. 자판기 커피를 뽑아다 커피잔에 '산사모표 커피'라 써 놓기도 했고, 음료수나 유제품(乳製品)을 사다 제품명과 제조회사를 수정액으로 지워 제품명에는 '산사모'란 글자를 덧붙였고, 제조회사에는 '(주)산사모'라고 썼다. 가끔은 빵을 사다가 같은 방법으로 제품명과 제조회사를 바꾸기도 했다. 그리고 국어 시간이 시작되기 직전 그것을 교탁에 놓았다.

"이거 어떤 정신 빠진 놈이야? 죽을라고 환장을 했구만. 아주 독사하고 키쓰를 해라, 키쓰를······."

그분의 첫 반응은 피식 웃는 것이었다. 그러곤 어이가 없는 중에도 재미있고 기발하다고 생각했는지 특유의 어조로 '독사하고 키쓰'를 언급했다. 그 '독사하고 키쓰'는 기분이 좋았을 때나 아이들의 어리광을 눈감아 줄 때 쓰는 그분만의 고유 상표였다. 그렇게 시작된 우리의 활동은 그분을 바꿔 놓기 시작했다. 그해 여름 어느 비 오는 날이었다.

"에이, 수업하기 싫다. 이런 날 수업하라는 게 말이나 돼?"

예—! 아이들이 일제히 울리는 합창 소리. 피식 웃으며 '독사하고 키쓰하고 있네'라며 교탁에 놓인 커피잔을 들고 창가로 가더니, 비 참 거룩하게 내린다며 넋 놓고 창밖을 바라보았다. 그러곤 혼잣소리처럼 낮게 말했다.

"참 오랜만에 내 감정을 솔직히 드러내 보인다. 이상하게 난 내 감정을 드러내는 게 서툴러. 우리 어머니가 그랬었지."

그윽한 눈으로 비를 바라보는 그분의 눈은 벌써 비를 닮아 있었다.

"우리 어머닌 말야, 당신 감정 표현을 할 줄 모르셨어. 그냥 좋으면 좋다, 고마우면 고맙다 그래야 되는데 꼭 반대로 표현하시곤 했지. 그걸 닮았는지, 나도 그러거든. 남들처럼, 고마우면 고맙다, 착하면 착하다, 좋으면 좋다, 그러면 될 걸 꼭 반대로 얘기하거든. 이건 감정 표현의 인색함을 넘어 감정 표현의 모순이거든. 이 커피만 해도 그래. 고마움을 표현해야겠는데 어떻게 표현을 해야 할지 알 수가 없어. 그래서 결국 '쓰잘데없는 짓'으로 매도해서 커피 갖다 놓은 애들한테 미움이나 사고."

그날 이후 우리는 차츰 그분을 이해하기 시작했다. 그분의 강인함 뒤에 숨겨진 약함을, 사사건건 잔소리하고 매를 드는 행위 속에 감춰진 우리에 대한 관심을, 냉정함으로 위장한 따뜻한 마음을. 그리고 우리의 '산사모'의 뜻도 '산적의 사람다움에 반한 모임'에서 '산적을 사랑하는 모임'으로 바뀌었다. 그리고 그건 우리뿐만 아니라 다른 반에서도, 남학생들도 마찬가지였다.

1학기가 지나자 50여 명의 '산사모' 회원이 생길 정도였다. 그리고 '산사모' 초대 회장은 당연히 나였다. 최초 발의자 형신이는 나를 회장에 밀어 놓고 공부에 매진하는가 했지만, 다음 해에 회장직을 맡아서 1학년에 '산사모'를 조직하는 한편, 후배들까지 돌봐야 했다. 그 고소한 깨맛이라니……. 지금 생각해도 고소하기만 하다.

우리 동창들뿐만 아니라 '산사모'는 선후배 간의 유대가 끈끈해서 졸업 후에도 가끔 모임을 가졌다. 산적 선생님을 초청했지만 죽으라고 스텝들 밟는다며 일언지하에 거절당했고, '대신 사진이나 몇 장 보내. 얼굴들이나 좀 보게.'로 끝이었다. 그런데 오늘은 그런 자리가 아닌 만큼 동창들만 모이기로 했다.

남녀 '산사모' 십여 명이 신촌의 커피숍에 모였으나 별다른 결론을 내지 못했다. 재단과 선생님들에 대한 성토. 그러나 무의미한 것. 그렇다고 우리가 함부로 나설 수 있는 일도 아니고. 좀 더 기다려 보자, 남은 선생님들이 움직이겠지. 일단 지켜보고 우리가 할 일이 있으면 그때 하자. 면회라도 한 번 가야겠는데 직장에 묶여 있는 사람들이라 그것도 쉽지 않았다. 비교적 출퇴근이 자유로운 몇이 대표로 면회를 하기로 하고 헤어졌다. 구속되지 않은 우리가 가고 싶은 식당으로, 호프집으로 다니며 친분을 쌓은 후.

나 이제 가노라. 저 거친 광야에
서러움 모두 버리고 나 이제 가노라.

집으로 돌아오는데 갑자기 선생님이 불렀던 〈아침이슬〉이 떠올랐다. 구치소에선 부를 수 없어 속으로 부르는 노래가 내게 전해졌는지 그 소리는 너무나 생생하면서도 또렷했다. 그와 동시에 그날이 떠올랐다.

"미안하다. 약한 모습 보여서……."

교생 실습 마지막 날, 반주로 저녁을 먹고 노래방에 갔을 때였다. 술이 거나해진 그분이 〈아침이슬〉을 사무치게 불렀었다. 그분께 직접 듣지는 않았지만 선생님들로부터 알음알음 들은 게 있어 나는 알고 있었다. 빚보증으로 고통받고 있다는 사실도, 재단 인사에게 부당하게 당한 일로 심적 고통을 받고 있다는 사실도, 학생·학부모와의 마찰도. 그러나 아무 말도 할 수 없었다.

"야, 분위기 너무 축축하다. 우리 신나게 놀아 볼까?"

내가 위로의 말을 건네기도 전에 그분은 곧 평상시 목소리와 행동으로 나를 제압해 버렸다. 탬버린을 흔들며, 나와서 춤추라고 가만히 눈물로 앉아 있는 나를 끌어내 끝내 춤추게 했다.

한바탕의 노래와 춤이 끝나고 자리에 앉았을 때, 훅 땀내가 풍겼다. 젖은 마음을 땀으로 말리는, 덥수룩한 수염으로 그 땀을 방출하는 그 모습이 선인장을 떠오르게 했다. 사막 한가운데서 혼자 가슴 태우면서도 꿋꿋하게 서 있는 선인장…….

그래서 유난히 힘들고 아팠던 그다음 해 스승의 날 선생님을 생각하면서 선인장 화분을 선물했다. 선생님을 보면서 내가 힘을 냈듯이, 선생님은 자신과 닮은 선인장을 보면서 힘내시라고. 선인장 화분을 보내 놓고 나는 힘들고 아팠던 성장통의 터널을 빠져나올 수 있었고, 하여 그날부터 나는 선인장과 산적 선생님을 하나의 이미지로 인식하고 있었고, 그리고 그건 오늘도 변함없고.

생각난 김에 꽃집에 들러 선인장을 찾았다. 그러나 없었다. 관상용으로 찾는 사람이 없는지 주인은 '없는데요.'란 말을 너무 쉽게 했다. '다른 건 안 되나요?' 했으나 들은 체도 않고 꽃집을 나서 버렸다.

몇 군데를 더 다녔으나 내가 찾는 선인장은 없었다. 앙증스러운, 두 종류의 선인장을 접붙여 놓은 선인장 화분은 몇 개 있었다. 그러나 내가 찾는 것은 아니었다. 황량한 모래바람 속에 홀로 선 채, 외로움과 슬픔을 가시로 찌르며 꼿꼿이 자신을 세우는 듯한 인상의 선인장은 없었다.

은근히 오기가 생겼다. 처음에는 단순히 선인장을 보고 싶었다. 어글더글 어그러진 형상, 공격용도 방어용도 아닌, 자신을 세우기 위해 칼날을 품고 사는 선인장을. 그 모습을 보면 얼마간 위안이 될 것 같았다. 아직도 선인장에는 가시가 있음을 확인하고 싶었다. 그 선인장 가시를 보면 내 가슴에도 가시가 돋아날 것 같았다.

그러나 이 도시에는 선인장이 없었다.

선인장이 필요 없었다.

아름답지도, 향기롭지도 않다는 이유로.

그럴수록 나는 선인장을 찾아 헤맸다.

어느 구석에서 처박힌 채 목말라 죽어가는 선인장.

그 선인장을 찾아내 물을 주고 싶었다.

그러지 않고는 잠이 오지 않을 것 같았다.

그러나 결국, 이 도시에는 선인장이 없었다.

이 도시에는 선인장이 살 수 없었고,

선인장이 필요 없었다.

나는 선인장을 볼 수 없음에, 구할 수 없음에 속이 상했다. 선인장을 볼 수 없고 구할 수 없다는 사실이 자꾸만 어떤 암시인 것만 같아 속이 끓었다. 결국 인터넷을 뒤져 성남에 있는 선인장 전문 전시장을 찾아냈고, 선인장 화분 하나를 주문해 놓고서야 마음의 안정을 찾을 수 있었다.

선인장 화분을 주문한 나는 바로 후배들에게 문자를 날리기 시작했다. 1·2년 후배들은 학생 때 회장을 했던 형신이가 하기로 하고 난 그 후의 후배들을 맡았다.

밤늦게, 느닷없이 미안. 산적 샘 구속. 대책 마련 차 산사모 긴급 소집. 18일(금) 오후 7시 신촌 띠모아. 참석 가능자 답 바람. — 5회 송혜란

50여 명에게 문자를 날리고 조금 있자니 문자로, 통화로, 전화기에 불이 났다. 답장에, 통화에 정신을 차리지 못할 지경이었다. 한 시간여를 시달리다 다시 문자를 날렸다.

9일 자 인터넷 신문 ○○데일리 참조. 자세한 얘긴 모임 당일에 들을 수 있음. 참석 여부만 문자로 통보 바람. — 또 송혜란

두 번째 문자에 30여 명이 참석 의사를 밝혔다. 역시 시간이 지나도 산적 선생님은 우리들 가슴 한복판에 앉아 있었고, '산사모'는 치기 어린 모임이 아니었음이 증명되는 순간이었다.

* * *

'산사모' 긴급 모임은 산적 선생님의 긴급구속 이유와 현 상황을 알리는 일에서부터 시작되었다. 면회를 가 보기로 한 애들이 조사 중이라 면회가 되지 않는다는 답변만 듣고 돌아왔다는 얘기와 함께 무언가 석연치 않다는

말로 매듭지었고, 학교에 전화해도 선생님들이 꺼려한다는 말도 전했다.
"저도 학교에 전화했더니 선생님들이 피한다는 느낌을 받았습니다. 그런 중에 산적 선생님과 가까운 정우형 선생님과 통화했는데 졸업생들이 관심을 가져 주길 당부하셨습니다. 물론, 정우형 선생님은 졸업생들의 개입이 산적 선생님께 부정적인 영향을 미치지 않을까를 걱정하는 눈치셨습니다. 그러나 산적 선생님을 누구보다 잘 안다고 자부하는 우리들이 아닙니까? 다른 거라면 몰라도 여제자 성추행, 성적 조작은 그분의 성격상 있을 수 없는 일이고 산적 선생님은, 우리가 알고 있는 산적은 그런 분이 아니기 때문에 오늘까지 우리 가슴에 남아 있다고 생각합니다. 따라서 비대위를 구성해서 이 문제를 보다 심도 있게 조사하고, 우리가 도울 수 있는 건 도와야 하지 않을까 생각합니다."

나의 말에 박수가 터져 나왔고 자연스레 내가 비대위원장을 맡게 됐다. 그리고 각 기수별로 비대위원 한 명씩을 선임해서 본격적인 활동을 하기로 했다.

먼저, 각 기수별로 동창들에게 상황을 전파하여 동참자를 규합한다.

둘째, 비대위에서 정확한 상황을 파악하여 각 기수에게 전달, 졸업생들에게 정확한 상황을 전파한다.

셋째, 우리가 짐작하고 있듯이 재단과 일부 선생님들의 모함임이 밝혀질 땐 그에 대해 강력히 대응한다.

넷째, 법조계에 있는 동창들에게 알려 산적 선생님의 현 상황을 파악하게 하고 필요하면 그들이 도울 수 있게 한다.

다섯째, 이번 성추행을 제기한 재학생을 파악하여 면담하고, 그 실체를 파악한다.

이런 일련의 행동 방향을 정한 후 각자 성의껏 활동 자금을 내고 헤어졌다. 다음엔 산적 선생님과 '산사모' 선후배가 한자리에 모여, 웃으며 술잔을 기울이자는 희망 사항을 얘기하며.

23

산사모뿐만 아니라 학생 때 말썽깨나 피웠던 동문들까지 가세하면서 모임은 탄력을 받기 시작했다. 후배 '산사모' 회원들을 주축으로 선후배가 같이 모이기도 했다. '산사모'는 현재까지 후배들에게 이어지고 있었다.

그분 때문에 헤어졌던 동창들이며, 모르는 선후배들이 만났다. 그리고 매일 새롭게 나타나는 얼굴들을 통해 그분의 무용담(?)을 들었다. 그러면서 나는 자꾸 12년 후의 나를 그려 보곤 했다. 이제 내가 그분을 만났던 나이가 됐다. 12년 후에는 내가 다시 그분의 지금 나이쯤 된다. 그때 나는 과연 어떤 모습을 하고 있을까? 나에게도 이런 제자들이 있을까? 고개를 저었다. 그런 일은 없을 것 같았다. 그러면서 그분에게 부러움과 질투심을 느꼈다. 그분은 외로운 사람이었지만 결코 외롭지 않은 행복한 사람이었다.

모이는 동문(同門)들의 입에서 쏟아져 나오는 그분과의 일화는 너무 숱했다. 이야기를 듣노라면 사제지간이 아니라 친구 사이, 부자(父子)·부녀(父女) 사이에서나 있음직한 사연들도 있었다. 아니, 소설에서나 있음직한 일들이 쏟아져 나왔다. 그중에서도 가장 감명 깊은 이야기는 2년 후배의 입을 통해서 나왔다.

"우리 목숨을 우리가 맘대로 할 권리는 없다는 말씀을 자주 하시곤 했잖아요. 우리가 할 수 있는 일은 언제, 어디서나 포기하지 않고 꿋꿋이 사는 것뿐이라고요. 힘들 때는 시장에 가서 힘차게 살아가는 사람들을 보며 위안과 힘을 얻고, 죽고 싶을 때는 응급실에 가서 피투성이인 채 살려 달라고 몸부림치는 사람들을 보며 삶의 의욕을 되찾으라고요. 그래 놓고도 정말 죽고 싶으면 죽기 전에 당신을 찾아오라고. 찾아오면 가장 손쉬운 방법을 알려 주겠다고요. 그 말을 믿고 정말 전 산적 샘을 찾아갔었어요."

보이는 것과 다르게 감수성이 풍부한지, 가끔은 솟아오르는 감정을 누르기 위해 말을 멈추기도 했지만 그는 조용하면서도 차분히 이야기를 풀어냈다.

* * *

엄마와 아빠의 싸움이 길어지자 진수는 집에 들어가기가 싫었다. 밤늦게까지 독서실에 있다가 잠만 자고 나오거나, 아예 친구 집에서 자기도 했다. 불규칙한 생활로 성적도 급격히 떨어져 인서울도 힘들 지경에 이르렀다.

그날은 무슨 일인지 집밥이 먹고 싶어 저녁 시간에 맞춰 집에 갔는데 엄마 아빠가 또 대판 했는지 집이 난장판이었고, 동생들은 무서워서 자기 방에 박혀 있는지 보이지 않았다.

"정말 지긋지긋하다, 이놈의 집구석."

짜증과 화가 동시에 치솟아 올랐다. 해도 해도 너무한다는 생각에 자신도 몰래 소리치고 말았고.

"뭐야? 머리에 피도 안 마른 새끼가……."

아빠가 달려오더니 그의 뺨을 사정없이 갈겼다. 마치 엄마를 때리다 지쳐 새로운 스파링 파트너를 기다렸던 복싱 선수처럼, 그가 오기만을 잔뜩 기다렸던 사람처럼.

뺨을 맞는 순간, 휘청했다. 감정이 잔뜩 실린 손에 화가 머리끝까지 치솟아 그도 소리를 질렀다.

"아이 진짜!"

"진짜? ……진짜 뭐? 어쩔래?"

"엄마와 내가 동네북이야?"

진수는 손에 들고 있던 가방을 내동댕이쳤다. 아빠의 얼굴이 험악하게 일그러지는 모습을 본 엄마가 달려와 아빠와 진수 사이를 가로막으며 말했다.

"너 왜 이러니? 왜 이래!"

"이런 개새끼가……."

엄마가 막아선 틈을 비집고 아빠의 손이 다시 날아들었다. 그는 그 손을 잡고 확 비틀어 버렸다. 순간, 중심을 잃은 아빠가 비틀대더니 손에 잡히는 대로 집어 던지기 시작했다. 그도 지지 않고 잡히는 대로 집어 던졌다. 그러는 사이, 엄마는 아빠와 그가 던진 물건에 맞아 피를 흘리고 있었다. 그 모습을 보자 퍼뜩 정신이 들었다. 계속 집에 있다간 살인 사건이라도 날 것 같아 두려웠다.

"좆같은 집구석 다시 들어오나 봐라."

소리를 지르고 그는 집을 뛰쳐나오고 말았다.

그러나 집을 나오자 갈 곳이 없었다. 독서실도 친구네 집도 아무 데도 가고 싶지 않았다. 감정을 추스르지 않고서는 어디도 갈 수가 없었다.

목표도 없이 휘청휘청 걷다 그는 약국에 들어가 알코올과 나프탈렌, 명반 등을 샀다. 야영 갈 때 가져갈 것이라고 하자 약사는 그 외에도 필요한 약을 좀 더 챙겨 주었다. 그런 다음, 구멍가게에서 어렵게 소주까지 샀다.

어디로 가야 하는지, 어디로 갈 것인지 생각도 없이 걷다 보니 한강 둔치였다. 날이 추워선지 사람들의 모습은 거의 보이지 않았다. 그는 불빛이 없는 곳에 앉아 술을 마셨다. 술을 잔뜩 마신 후 약을 한입에 털어 넣으면 큰 고통 없이 죽을 수 있을 것 같았다.

그렇게 술을 마시고 있었는데 불현듯 산적 선생이 수업 시간에 했던 말이 떠올랐다.

"죽는 것도 꽤 어렵지, 어렵다마다. 목을 매면 숨이 끊어지는 순간까지 얼마나 고통스럽겠어? 목은 또 얼마나 아프고. 물에 빠져도 마찬가지지. 죽을 때까지 고통스럽긴 목을 매는 것과 별반 다르지 않겠지. 그중에서 약을 먹는 게 아마 제일 고통스러울걸. 아무리 독한 약이라 해도 온몸에 퍼져 죽을 때까지는 고통이 이만저만 아닐 테니까."

하라는 수업은 안 하고 쓸데없는 얘기로 수업을 때운다 생각했었다. 그런데 지금 생각해 보니 그게 아니었다. 산적 선생은 제자들 중 자살을 생각하는 제자가 있을지도 모른다는 생각에서 자살에 따른 고통을 시시콜콜 늘어놓았던 것이었다. 자살만큼 괴로운 것도 없다고. 그래 놓고 이런 말로 얘기를 정리했던 것 같다.

"죽을 용기면, 죽을 각오면 난 살겠다. 죽을 각오로 사는데 어떤 상황에선들 못 살겠어. 죽어 버리면 끝인데…… 정말, 완전히 끝인데……. 끝까지 한번 버티어 보는 거지. 그게 살아 있는 자의 도리가 아니겠어?"

쓰게 소주를 마시며 소주보다 쓴 생각들을 삼켰다. 그러다 죽기 전에 산적을 만나 보고 싶다는 생각에 이르렀고. 자기가 죽을 생각을 했다면, 죽을 마음을 먹었다면, 백번도 더 죽었을 거라고 말했던 산적 선생을 만나 보고 죽어도 죽어야 할 것 같았다. 그리고 산적 선생이라면 정말 쉽게 죽는 방법을 가르쳐 줄지도 모른다는 생각도. 그는 학교 숙직실로 전화해 산적네 주소를 알아내고 약을 든 채 산적 선생네 집으로 찾아갔다.

그러나 산적 선생네 집 앞에 도착해서 시계를 보니 자정에 가까운 시각이라 용기가 나지 않았다. 정상적으로 직장 생활 하는 사람이, 그것도 아침 일곱 시 반까지 출근하는 인문계 고등학교 선생이 깨어 있을 시각이 아니었다. 그러나 죽는 마당에 이것저것 따질 게 없었다. 죽기 전에 단 한 번 위로라도, 미친 새끼 지랄한다고 욕이라도 듣고 싶었다. 아니, 죽을 정도로 두들겨 패 주면 살아갈 힘이 생길 것 같았다.

떨리는, 누르기를 거부하는 손으로 초인종을 눌렀다. 기척이 없었다. 두어 번을 더 눌렀다. 마찬가지. 결국 포기하고 돌아서려는데 산적 선생의 목소리가 들렸다.

"짜식아, 문 열리면 빨리 들어오지 않고 뭐 해! 추운데 내가 꼭 나와야겠어?"

자던 얼굴로, 하품을 하면서 문을 열고 나오는 게 아닌가. 밤늦게 자신을 찾아온 이유를 대충 짐작을 하고 있는지 그의 손에 들린 비닐봉지를 힐끗 보더니, '그건 괴로울 텐데.'라는 혼잣말 끝에 들어오라고 했다.

"더 쉬운 방법 알려 줄 테니까 빨리 들어와. 그건 거기 놔두고."

그는 현관 앞을 손으로 가리키고는 먼저 들어가서 불을 켰다. 그는 산적 선생이 시키는 대로, 들고 있던 약봉지를 현관 앞에 놓아두고 거실로 들어섰다.

"어, 거기 앉아라. 뭐 마실래? 맥주? 양주? 소주?"

거실에 앉으라더니 주방 쪽으로 가면서 물었다. 술을 제법 마셔서 정신이 몽롱하고 속이 울렁거렸으나 술을 더 마시고 싶었다. 아니, 산적 선생이 주는 술을 마셔 보고 죽더라도 죽고 싶었다.

"아무거나 괜찮습니다."

"짜식아, 죽을 놈이 아무거나가 뭐야? 당당하게 마시고 싶은 거 마시고 죽더라도 죽어야지. 이제 마시면 마지막인데……."

"누가 죽어요?"

산적 선생이 달그락거리면서 뭔가를 찾고 있는 듯싶었는데 만삭의 사모님이 문을 열고 나왔다. 죽음이라는 단어가 아무래도 섬뜩해서 나온 모양이었다.

"어? 아냐, 아무것도. 들어가 자! 난 아무래도 저놈하고 술 한잔해야겠어."

"고등학생한테 무슨 술이에요? 차나 한 잔 주지."

"괜찮아, 내가 알아서 할 테니깐 당신은 들어가."

"알았어요. 너무 많이 마시지 말아요. 아침 일찍 출근해야 할 사람이……."

"어, 알았어. 근데 안주할 거 없나? 건어물이라도?"

"거기 냉동실 안에 봐요. 오징어포 있을 거예요."

"어, 그래."

사모님이 들어간 후 산적 선생이 술과 안주를 가지고 왔다. 병맥주 두 병에 양주 한 병, 그리고 오징어포와 땅콩 약간.

거실에 술상을 차려 놓고 말없이 맥주와 양주를 섞어 따르더니 잔을 들면서 마시자! 했다. 그는 따라 주는 대로 말없이 술을 받아 마셨다. 술을 마셔 보지 않아서 주량이 어느 정도인진 자세히 모르지만 산적 선생 앞에 선 취할 것 같지 않았다. 그러나 한 잔을 마시자 취기가 돌면서 머리가 어지럽기 시작했다. 추웠던 몸이 다 녹기도 전에 속이 화끈거리면서 정신이 혼미해져 갔다.

"선생님, 제가 왜 찾아왔는지 안 물어보세요?"

"물어서 뭐 해? 좀 있으면 죽을 건데. 그런 놈 말 들어 봐야 무슨 소용 있어? 괜히 짐만 되지. 어떻게든 살아 보겠다면 또 모를까?"

죽을 거면 아무 말도 하지 말고 깨끗이 죽고, 살 거면 얘기하라는 말에 할 말이 없었다. 죽을 마음으로, 죽기 전에 마지막으로 산적 선생을 만나보려고 찾아오지 않았는가. 그런데 죽을 거면 말하지 말라고 하자 그는 할 말이 없었다.

그가 아무 말도 하지 않자 산적 선생은 말없이 술만 마셨다. 그렇게 한참을 앉아 있었다. 산적 선생은 그가 말을 할 때까지 그렇게 앉아 있을 것 같았다. 기다려 줄 테니깐, 천천히 말해. 시간 많잖아. 산적 선생은 이런 마음으로 그의 말을 기다리는 듯했다.

"저, 사실은, 오늘 집 나왔어요. 아빠하고 한바탕했거든요."

"그래서?"

"예?"

"그래서 어쨌다는 거야. 살다 보면 아빠하고 한바탕할 수도 있고, 아빠한테 죽도록 맞을 수도 있지, 그까짓 일에 죽을 생각 했어?"

"아니, 그게 아니고……."

"됐어, 인마. 넌 죽을 생각이 없었어. 죽을 놈이 날 뭣 하러 찾아왔겠어. 나를 찾아올 땐 벌써 '선생님, 저 좀 살려 주세요. 처음엔 죽으려고 했는데 죽지 못하겠어요. 그러니 제발 한 번만 살려 주세요. 다음부턴 절대 죽을 생각 안 할게요.'란 생각으로 온 거 아냐?"

"그게 아니라……."

"그럼? 나한테 죽을 거 알려 놓고…… 내가 제자 죽는 걸 방치했다고 날 감옥에 처넣을라고?"

"아, 아닙니다. 그런 게 아니라……."

"그럼 뭐야, 대체?"

"사실은, 사실은 저도 잘 모르겠습니다. 그냥 선생님 말씀이 떠올랐고, 그래서 선생님을 한번 뵙고 싶었습니다. 그것뿐입니다."

"그럼 됐어. 이제 날 봤으니 나가서 약을 먹어. 내가 너 죽는 모양을 똑똑히 구경해 줄 테니깐."

"예에?"

"왜? 죽을 생각이라며? 그새 맘이 바뀌었어? 그럼 내가 가져다 입에 넣어 주지."

그러더니 현관 앞에 두었던 비닐봉지를 가지고 들어와서는 하나하나 꺼내기 시작했다.

"뭐, 제대로 죽을 약은 하나도 없구만. 결국 약을 먹는다 해도 죽지도 못하겠네. 고통스럽기만 하고, 결국 고통을 견디다 못해 소리칠 거고, 그러면 사람들이 달려와서 구해 주겠구만. 겨우 이 정도로 죽을 수 있을 줄 알았어? 이건 내가 보관했다가 쓰고, 진짜 죽는 방법을 내가 알려 줄게."

그러더니 약봉지를 들고 부엌 쪽으로 가서 어딘가에 넣어 두고 빈손으로 돌아왔다.

"사람이 꼭 목숨을 끊어야 죽는 건 줄 알아? 넌 이미 죽었어. 목숨은 붙어 있지만 죽을 생각을 했다는 자체가 이미 죽은 거란 말이야. 그런데 이 시각에 나를 찾아왔다는 자체가 다시 살고 싶다는 증거지. 제발 다시 살 수 있게 도와 달라는 신호지. 내 말이 틀려?"

"아뇨. 맞습니다."

그는 맞다고 대답할 수밖에 없었다. 사실 거기로 가는 동안 자신이 왜 산적 선생을 찾아가고 있는지 몇 번이나 자문해 보았다. 죽기 전에 자기를 찾아오라던 산적 선생을 만나 보고 싶었다. 그러나 마음 한구석에는 산적 선생을 만나면 해결책이 나올지도 모른다는 생각이 들기도 했다. 뭐랄까? 산적 선생한테 죽도록 얻어터지고 나면 살아갈 힘이 생길 것 같다고나 할까? 그런 마음으로 찾아왔는데, 산적 선생을 보는 순간 그런 생각마저도 할 수가 없었다. 오로지 살려 달라고, 산적 선생에게 문제 좀 해결해 달라고 부탁하고 싶었다.

"그래. 죽으려고 했던 이유가 뭔데? 그걸 알아야 죽이든지 돕든지 하지."

그의 눈을 들여다보는 산적 선생의 눈은 형광등 불빛을 받아 하얗게 빛나고 있었다. 그 눈빛은 어둠 속에서 빛나는 한 줄기 빛처럼 그의 가슴을 뛰게 했다. 아니, 그 빛을 향해 달려가면 새로운 삶이 있을 것 같았다. 결국, 그는 집안 사정과 부모님과의 얘기를 다 털어놓았다.

"그래, 내가 도와줄 게 뭔데?"

그의 얘기를 다 듣고 나더니 불쑥 물었다.

"예?"

그는 묻는 이유를 몰라 되물었다.

"짜식아, 날 찾아올 땐 도와 달라고, SOS 신호 보낸 거 아냐? 그러니깐 내가 도와줄 게 뭐냐고?"

"그게 아니라……."

"그럼 됐어. 오늘부터 일이 정리될 때까지 우리 집에 있어. 나하고 같이 지내면서 아빨 때려죽일 방법을 찾아보자고. 그래 놓고 죽어야 여한이 없지 않겠어?"

얘기 중간에 진수 곁으로 다가와 그의 어깨를 꽉 잡으며 말을 이었다.

"한번 살아 봐. 죽을 각오로 사는데 뭔들 못 하겠어. 이제부턴 나도 한편이니까 혼자보단 낫지 않겠어? 산적과 한편이면 힘이 나잖아, 안 그래?"

그 말에 그는 고개를 끄덕이며 눈물을 흘릴 수밖에 없었다. 아니, 선생님 앞에서 울 수밖에 없었다. 꺼이꺼이 통곡할 수밖에.

"그래, 실컷 울어. 울어야 힘이 나지. 눈물 흘린 만큼, 그 자리에 살 용기를 채워. 그게 눈물의 힘이야."

조용히 앉아서 그의 울음과 눈물을 지켜보던 산적 선생은 그의 감정이 어느 정도 정리됐다 싶자 안방으로 들어갔다. 그러고는 이부자리를 들고 나왔다. 자, 내일 학교 가야 하니까 눈 좀 붙이자. 산적 선생은 그를 바라보며 빨리 일어나라고 재촉했다. 그는 산적 선생이 이끄는 대로 서재로 가서 누웠다.

다음 날 아침, 눈을 떠 보니 산적 선생과 나란히 한 이불에 누워 있었다. 그런 자신을 보자 와, 미칠 것 같았다. 취했을 때는 상상도 못 한 부끄러움과 무서움이 몰려들었다. 그는 산적 선생이 일어나기 전에 도망칠 생각으로, 몸을 일으켰다. 그리고 마악 방을 나서려는데, 뒤에서 산적 선생의 목소리가 들렸다.

"갈 데도 없는 놈이 아침 새벽에 어딜 가? 가도 아침은 먹고 가야지. 그냥 가면 다신 우리 집에 못 온다."

그 말을 듣는 순간 그는, 그 자리에 돌이 되어 서 있을 수밖에 없었다.
시키는 대로 사모님이 끓여 준 해장국을 얻어먹고 산적 선생과 함께 학교까지 갔다. 그리고 그날부터 보름 남짓 산적 선생과 함께 살았다. 엄마 아빠가 찾아와서 난리 칠 때까진 절대 집에 들어가지 말라는 산적 선생의 당부도 있었지만, 집에 들어가기도 두려워서 시키는 대로 했다. 옷가지며 책들은 동생들과 연락하며 부모님이 없는 시간에 집에 가서 가지고 왔다. 동생들이 어디 가냐고 물었지만 금방 돌아올 테니 걱정하지 말라고 말해 놓고.
그리고 보름 만에 부모님이 함께 선생님 댁으로 그를 데리러 왔다. 아빠의 얼굴도 보기 싫어 그는 고개를 숙여 버렸다. 아빠의 자식이라는 게 부끄러웠다. 그랬는데, 산적 선생이 소리를 질렀다.
"자식새끼가 자기하고 다퉈서 집을 나갔으면, 죽었는지 살았는지 찾아봐야지 손 포개고 있는 사람이 어딨어요? 집 나가 열흘이 넘었는데 찾아보지도 않는 사람이 무슨 부모닙까? 낳기만 하면 부모닙까? 알뜰살뜰 보살펴도 시원찮은 판에 부부 싸움이나 해대고 말이야."
대놓고 그 앞에서 소리를 질렀다. 그는 민망하고 부모님께 죄스러워 고개를 들 수가 없었다. 아빠에 대한 거부감보다 죄송함이 밀려들었고, 산적 선생이 야속했고, 그의 부모한테 너무한다는 생각이 들었다. 부모 앞에서 공치사하는 것 같아 거부반응까지 일었다. 그래서 그는 엄마 아빠를 따라 집으로 들어갔다.
나중에, 한참 지난 후에 엄마한테서 들은 얘기지만, 산적 선생님이 그 앞에서 보인 행동은 모두 의도된, 엄마·아빠와 짠 일이라 했다. 그래야 그가 마음 놓고 집으로 돌아간다고, 자기 때문에 부모가 모욕을 당하는 모습을 봐야 부모에 대한 미안함을 느껴 부모한테 마음을 붙이지 그렇지 않으면 다시 집을 나갈지도 모른다며 엄마 아빠를 설득했단다.

그가 산적 선생님 댁에 머무르는 보름 동안, 산적 선생님은 그의 집에 다니면서 부모와 많은 얘기를 했단다. 처음엔 그의 편을 들다 아빠와 다투기까지 했고. 그러다 결국 산적 선생님한테 설득당한 그의 아빠는 산적 선생님의 결정에 따르기로 했고.

아빠는 그때 산적 선생님과 술을 같이 마시며 많은 걸 배우고 느꼈다고 했다. 나이는 아빠보다 한참 아래였지만 생각과 세상을 보는 눈만큼은 아빠보다 한참 윗길이었고, 아버지 없이 자라서 그런지 아버지의 소중함과 역할 등을 뼈저리게 느끼고 있었다고. 당신이 받지 못했던, 아버지의 소중함은 늘 가슴에 남아 평생 잊지 못할 그 무엇이 됐다는 얘길 하면서 눈물까지 흘리더라고. 아빠는 그런 선생님의 모습을 보면서 아버지의 도리를 깨달았고, 산적 선생님의 그에 대한 애정을 느꼈고. 산적 선생님이 하는 그에 대한 긍정적인 평가는 그 누구에게서도 들어 보지 못한 것이라 그를 다시 보게 했고. 그런 얘기들을 듣고 있자니 아빠는, 엄마한테나 그한테나 너무했다는 생각을 갖게 됐고. 그렇게 만나다 보니 어느새 가까워져서 마음을 터놓게 되고, 그때쯤 그를 데려가라고 하더라고.

"그날 산적 선생님을 찾아가지 않았다면, 지금의 저는 존재하지 않았겠죠? 전 그날 산적 선생님한테 목숨을 빚졌죠. 그러니 이제 제가 산적 선생님을 살리기 위해 나서는 건 당연한 일 아닌가요?"

그는 눈에 눈물을 그득 담은 채 떨리는 목소리로 말을 맺었다. 그의 말 중에 눈물을 흘리는 사람, 한숨을 토하는 사람, 천장을 바라보며 눈을 끔뻑이는 사람⋯⋯. 가지가지였다. 산적 선생님에 대한 그리움만은 모두가 하나의 빛으로 타오르고 있는 듯했다.

"전, 고3 때 산적 선생님한테 '도주 자금(?)'을 받은 적이 있습니다."

미움이 폭발력을 가지고 있듯이 그리움도, 자랑도 폭발력을 가지는 것일까. 조용히 앉아서 선배들의 이야기를 듣고 있던 앳되어 보이는 후배가 손을 들고 일어서더니 '도주 자금'이라 말하곤 피식 웃었다. 한 번도 본 적 없는 후배였는데, 범생 포스인 그에게도 나름대로의 사연이 있었던지 상기된 얼굴로 말문을 열었다.

"'산사모'가 아닌, 처음 보는 후밴 거 같은데, 먼저 자기소개부터 하지?"

조카나 제자같이 여겨져 반말로 받은 후, 그에게 기회를 줬다.

"예, 저는 재작년에 졸업한 김민규라고 합니다. 저는 '산사모'는 아닙니다. 산적 선생님이 제 3학년 때 담임이셨으니 전 산적 졸개인 셈이죠. 근데, 제가 이 자리에 참석하게 된 것은 오늘부로 '산사모'에 가입하려고요. 저는 '산사모'란 단체가 있는 것도 몰랐습니다. 3학년 때 담임으로 만났기 때문이기도 하지만, 산적 선생님이 무섭기만 했지 인간적으로 관심을 갖기 시작한 건 '도주 자금(?)'을 받은 후부터이기 때문입니다. 거짓말 같겠지만, 정말로, 그분께 도주 자금 이십만 원을 받은 적이 있습니다.

5월 모의고사 성적표가 나온 직후였는데, 지금 생각해 보면 아무 일도 아닌데, 저는 그때 성적 때문에 엄청 고민하고 있었습니다. 부모님께 말씀드릴 수 없을 정도로 성적이 떨어져서 모의고사 성적표를 두 번씩이나 감출 정도였습니다. 그런데 5월 모의고사 성적도 이만저만 아니었습니다."

24

고민에 고민을 거듭하던 끝에 민규는 학교에서 자율학습 시간에 도망을 쳤다. 담임인 산적한테 들통나겠지만, 부모님께 죄스럽고 부끄러워서 무작정 뛰쳐나갔다. 그런데 산적한테서 전화가 왔다. 그날 산적이 자율학습 감독이 아닌 것을 알고 튀었는데, 곧바로 전화가 온 것.

"야, 뻘규! 너 죽고 싶어 환장했어?"

산적은 '뻘쭘한 민규'란 아이들 사이에서 부르는 그의 별명을 부르며, 거두절미하고 겁부터 줬다.

"다른 놈이라면 선처를 고민이라도 해 보겠지만 넌 안 돼. 왜냐? 넌 우리 반에서 잘나가는 놈이니깐."

"선생님, 전 잘나가는 놈이 아니에요. 3학년 들어 성적도 엄청 떨어졌잖아요. 그런데 어떻게 제가 잘나가는 놈이에요?"

"이런 병신 같은 새끼. 지금 잘나가다가 나중에 떨어지는 것보다는 지금 떨어졌다가 막판에 올라가는 놈이 낫지. 먼저 뛴다고 먼저 닿으란 법 있어? 그리고 높이 뛰어오르려면 낮게 쪼그리거나 엎드리는 거지, 아직까지 그것도 몰랐어?"

"아무리 그래도 전 연속으로 세 번이나 떨어졌잖아요. 어떻게 오른단 말이에요."

"맞아. 연속 세 번이나 떨어졌어. 아직도 한 번 더 남았을걸? 다음 달엔 재수생까지 모의고사를 보니깐 더 떨어지겠지. 그런데 그게 끝이잖아? 그게 바닥이니깐, 완전 바닥을 쳤으니깐. 그다음엔 오르는 일만 남았잖아, 병신 새꺄! 그걸 못 참아서 자율시간에 도망을 쳐? 그것도 돈 한 푼 없이?"

"저, 돈 있어요."

"얼마나? 얼마나 있어?"

"한 삼만 원 정도……."

"그럼 내일쯤이면 돌아오겠네? 아무리 아껴 쓴다고 해도 하룻밤 자고 두 끼 정도 먹으면 바닥이 날 테니깐. 그다음엔? 돌아올 거야? 그렇게 빨리? 아니면? 도둑질할 거야? 그러다가 잡히면? 네 인생은 종 치는 건데?"

"……?"

산적의 얘기를 듣고 있자니 자신의 생각이 너무 짧았다는 생각이 들었다. 최소한 십만 원 정도는 있어야 할 것 같았다. 그래봤자 삼 일 버티기도 힘들겠지만, 그걸 생각지도 않고 뛰쳐나온 자신이 한심했다.

"너 현금인출카드나 뭐 돈 뽑을 만한 거 있어?"

"아뇨. 왜요?"

"이 새꺄, 왜요는 일본 담요고……. 아무튼 돈을 받을 수 있는 뭔가가 있어야 할 거 아냐, 그래야 내가 돈을 부쳐 주든지 하지."

"예?"

"왜? 내가 널 잡으러 갈 줄 알았어? 천만에 말씀 만만에 콩떡이다, 인마. 너 같은 놈은 고생을 좀 해 봐야 정신 차릴 놈이야. 그러니 이 기회에 실컷 고생해 봐라. 그래야 아, 세상이 만만한 곳이 아니구나 알지. 근데 돈 없으면 결국 사고 칠 거 아냐? 할 거라곤 도둑질밖에 더 있어? 그것도 안 해 본 짓이라 했다간 백 프로 걸릴 테고. 왜, 내 말이 틀려?"

"아뇨."

"그니깐 내가 돈 부쳐 준다면 받을 카드나 뭐가 있냐고?"

"없어요."

"그럼 새꺄, 지금 어딨는지 말해! 내가 돈 가지고 갈 테니깐."
"예에?"
"왜? 내가 널 체포라도 할까 봐? 걱정 마. 난 네놈이 고생하는 꼴을 꼭 보고야 말테니깐. 어디야?"

그는 망설이지 않을 수 없었다. 산적의 성질로 봐서 그를 잡기 위해 그물을 치는 것 같지는 않았다. 만약 그럴 마음이었으면 집에 연락해서, 부모님께 부탁해서 그의 핸드폰 위치만 추적해도 금방 그의 위치를 파악할 수 있고, 당장 잡으러 올 수 있었다. 그런 방법을 쓰지 않고 전화 통화를 시도한다는 것은 그를 얼마간 믿고 있다는 뜻이었다. 그러나 산적의 말을 액면 그대로 받아들일 수만도 없었다. 돈을 준다고 해 놓고 개 끌듯 끌고 가 버리면 그야말로 쪽팔리는 일이었다.

"근데…… 선생님, 진짜 오실 거예요? 직접?"
"그럼, 누구 친구라도 보낼까? 가까운 친구 누구 있어? 아 참, 짱구 있구나. 너하고 맨날 같은 자리에 앉으니깐 짱굴 보낼까? 근데, 그러면 너 토낀 거 남들한테 자랑하는 꼴인데? 어때? 내가 직접 가, 누굴 보내?"

그는 망설이지 않을 수 없었다. 산적 말이 그른 게 없었다. 산적이야 담임이라 당연히 알게 될 일이었지만, 다른 애들한테까지 알려진다면 정말 쪽팔려서 학교에 돌아갈 수 없을 것 같았다. 그렇다고 담임을, 그것도 산적을 자신이 있는 데로 오라고 하는 건 있을 수 없는 일인 것 같았다.

"아뇨. 제가 갈게요. 제가 학교 앞으로 가서 전화드릴 테니깐 그때 주세요."
"알았어. 나도 지금 학교로 출발하지. 한 몇 분쯤 걸리겠어?"
"30분 정도면 갈 수 있을 것 같아요."
"알았어. 30분 후에 정문 앞에서 만나."

"예."

전화를 끊어 놓고 생각하자니 자신이 무슨 짓을 하고 있는 건가 싶었다. 그리고 산적은 도대체 무슨 마음으로 자신에게 전화해서 가출 자금을 주겠다는 것인지 알 수도, 이해할 수도 없었다. 어떻게 선생님이, 가출하겠다는 제자한테, 그것도 자기 반 아이한테 가출 자금을 주겠다는 생각을 할 수 있단 말인가. 소설에나 나올 일이고, 아홉 시 뉴스에나 나올 일이었다.

그러나 산적이라면 약속을 지킬 것 같았다. 다른 건 몰라도 자신이 한 약속은 끝까지 지키려고 한다는 건 우리 학교 학생이라면 누구나 다 알고 있지 않은가. 얼마나 해야 산적한테 허락받는 게 염라대왕한테 받는 것보다 어렵다는 말이 있겠는가. 계포일낙(季布一諾)이 아니라 산적일낙(山賊一諾)이 아닌가.

그는 산적을 믿고 학교 정문으로 갔다. 교복을 입고 가방을 등에 멘 채. 학교에 도착해 보니 정말, 산적이 기다리고 있었다.

"어이, 뻴규. 생각보다 빨리 왔네? 근데 너 가출하는 새끼가 교복에 가방까지 지고 있었어? 이런 병신 새끼. 그러니 뻴규라 하지. 가방은 이리 주고, 옷도 다른 거로 갈아입어. 뭐 티 같은 것도 없어?"

"바람막이가 사물함에 있는데요."

"그럼 사물함에 가서 가져와. 아니면 친한 친구 거라도 빌려 오든지. 난 여기 있을 테니깐."

"예."

그는 산적이 시키는 대로 했다. 그를 잡을 것 같지는 않았다. 그의 말대로, 나가서 고생이나 실컷 해 보라는 심산인지 오히려 도피를 부추기고 있었다.
 그는 바람막이를 입고 다시 정문 앞으로 갔다. 그러자 봉투를 내밀었다.
 "이십만 원 담았다. 가서 견딜 만큼 견뎌 보고, 아니다 싶으면 빨리 돌아오고. 그 돈은 십년 동안 나누어서 상환할 수 있다. 단, 일 년에 백 프로의 이자가 붙는 돈이니깐 그리 알고."
 그는 기어드는 목소리로 대답을 하고 산적과 헤어졌다. 가방은 자기 차에 보관해 둘 테니 돌아오는 즉시 가져가라며 가방까지 맡아 주었다.
 그러나 그의 가출은 길지 못했다. 부모님이나 산적의 성화 때문이 아니었다. 부모님께는 산적이 어떻게 둘러댔는지 전화 한 통 없었다. 아마도 거짓말을 한 모양이었다. 그런데도 그가 돌아온 것은 불안감 때문이었다. 고3이 학교를 떠나 하루를 보낸다는 것이 얼마나 큰 불안감을 동반한 고통인지, 휴일이 아닌 평일에 학교에 있지 않고 거리를 방황하는 게 얼마나 사람들 눈에 띄는 일인지, 뛰쳐나가고 싶던 일상이 얼마나 소중한 위안인지, 만 하루도 지나기 전에 깨닫게 되었다.
 그가 갈 곳은 어디에도 없었다. PC방이나 오락실 같은 곳을 생각해 보기도 했지만 그런 곳엔 가기 싫었다. 그가 고민하고 갈등하는 이유는 성적 때문이었지, 자신의 삶으로부터 도망치기 위해서는 아니었으니까. 그가 갈 곳은 학교뿐이었다.
 결국 학교에서 그의 갈등과 고민을 해결해야 한다는 생각에 하루 만에 학교로 돌아갔다. 자유 속의 불안을 하루 동안 몸소 체험한 끝에.
 산적 선생님께 받은 돈이 고스란히 남아 돈을 돌려주려 했으나 선생님은 받지, 아니 받아 주질 않았다.
 "일 년에 백 프로씩 이자 붙는 돈이니깐 학교 졸업해서 네가 돈을 벌면 그때 갚아. 월급도 적은데 이자놀이나 좀 하게. 그건 그렇고, 가출이야 내가 허락한 사항이라 벌할 수 없지만, 자율학습은 네 멋대로 튄 거니깐 그 벌은 받아야지. 안 그래? 엎드려!"

엉덩이 석 대를 때리고 난 후, 산적 선생님은 씨익 웃으며 가 버렸다. 아무 일도 없었다는 듯. 그는 얼얼한 엉덩이를 반쯤 든 채 앉아 자율학습을 했다. 그러나 엉덩이가 아프지는 않았다. 아픔보다 가슴속에 밀물져 오는 위로가 더 컸기 때문이었다.

하루 동안의 가출에서 돌아온 얼마 후, 그는 우연히 출석부를 보게 되었다. 그런데 무슨 이유에선지 산적은 그날의 결석을 사고결이 아닌 기타결로 표시해 놓고 있었다. 혹시 표시를 잘못했나 싶었다. 그러나 그게 아닌 것 같았다. 교과 선생님들이 체크라도 할까 '기타결'이라 써 놓은 산적 글씨가 있었으니까. 양심에 찔렸으나 모른체했다. 산적이 어떤 의도를 가지고 있는 것 같았으니까. 그리고 졸업할 때쯤 산적한테 물었다.

"선생님, 그날 결석한 거요, 왜 사고결이 아닌 기타결로 처리했어요?"

"이런 병신 새끼. 야, 현장학습, 삶의 체험 현장에 갔다 왔는데 왜 그게 사고결이야? 당연히 기타결이지. 담임이 허락해서 내보낸 현장학습도 사고결이야? 정신 차려, 새꺄!"

산적은, 산적 선생님은, 아니 담임 선생님께서는 그의 등짝을 얼얼하게 스매싱했다.

그 외에도 그분과 관련된 얘기는 무한정 쏟아져 나왔다. 남학생반 전체와 벌거벗고 목욕한 얘기, 고3 때 매일 아침 다른 애들보다 30분이나 일찍 학교에 나와서 운동장을 열 바퀴씩이나 뛰었던 얘기, 방학 때 해병대 캠

프에 같이 입소해서 고생한 얘기, 반끼리 소풍 간다고 해 놓고 하루 종일 80km를 걷게 했던 얘기, 남학생 때문에 잠 못 자는 여학생을 위해 그 남학생을 집으로 불러 만나게 해 준 얘기, 경제 사정이 어려운 애에게 용돈을 몰래 주었던 얘기, 담배 피우다 걸려서 담배 한 갑(20개비)을 한입에 물고 피웠던 얘기, 생리통으로 고생하는 반 학생을 위해 쑥물 찜질 및 목욕이 효과가 있으니 해 보라고 하여 생리통을 완화하게 해 준 얘기, 급체해서 다 죽어가는 제자를 손수 치료해 준 얘기, 못에 발이 찔린 제자를 위해 입으로 발바닥을 빨아 준 얘기, 수업 시간에 성교육해 준 얘기, 남자와 여자의 속성과 심리를 알려 주는 한편 이성 꼬시는 법을 알려 줬던 얘기…….

  초임이었던 우리 때도 있었던 일이지만
  세월이 흐르고 연세가 들었는데도
  한결같은 그분은
  우리의 선생님이자
  우리 시대 기인(奇人)이기도 했다.
  그런 사람으로부터 가르침을 받은 우리는
  행복한 사람들이고.

25

  산적 선생님이 구속됐다는 소식을 듣는 순간, 나는 나도 모르게 고개를 끄덕이고 말았다. 체벌 때문에 일이 터졌구나 싶었기 때문이었다.
  우리 때와는 달리, 꽃으로도 때리지 못하게 하는 시대고 교권이 땅에 떨어진 시대가 아닌가. 그런데도 산적 선생님이 옛 방식을 고집하고 있다면 얼마든지 일어날 수 있는 일이었다. 그런 생각으로 인터넷 신문을 열어 보니 그게 아니었다. 전혀 다른 문제를 들먹이고 있었다. 성적 조작에 여제자 성추행이라니. 뭔가 야로가 있는 것 같았고, 냄새가 나는 것 같았다. 나는 급히 고등학교 때부터 절친 동수에게 전화를 걸었다.

"야, 산적이 성적을 조작했고 여제잘 성추행했다고? 조영건이면 모를까, 산적이? 뭔가 냄새가 나는 거 같지 않아?"

"어, 너도 그리 생각하냐? 나도 믿기지 않아서 너한테 전화하려던 참인데."

"체벌 문제라면 모를까 이건 아닌데……."

"그래서 산사모에선 산적이 이사장 퇴진 운동을 벌이자 이사장이 산적을 막기 위해 무고한 거라던데……. 아무래도 그게 맞지 싶어."

"야, 산사몬 아니지만 우리도 가만있어선 안 되는 거 아냐?"

"그러게. 아무래도 그래야겠지? 이 기회에 빚도 좀 갚고."

"야, 산사몬지 걔네들 모이는 곳 좀 알아봐. 이건 아무래도 아닌 것 같애."

"어, 알았어. 알아보고 연락 줄게."

통화를 마치고 인터넷을 좀 더 검색해 보니 뭔가 흑막이 있는 것 같았다. 산사모의 주장대로 이사장이 꾸민 냄새가 났다.

산적.

나뿐만 아니라 우리 학교 출신 중 고교 시절을 떠올리면 가장 먼저 떠오르는 사람일 것이었다. 산적 선생은 백 미터 앞에서 피해야 할 사람으로 악명을 떨쳤었고, 우리와 가장 많이 부대꼈던 사람이었다. 학생과 교내생활 담당으로 산적 선생한테 안 걸렸던 놈이 없고, 안 맞은 놈이 없었으니까. 다른 선생들은 신경도 안 쓰거나 모른체하고 넘어가는 일을 산적 선생은 용납하지 않았었다. 지각, 땡땡이, 복장, 수업 시간 졸음, 심지어는 수업 시간에 집중하지 않는다고……. 남들은 신경도 안 쓰는 걸 사사건건 물고 늘어졌었다. 그런데, 이제야 말이지만…… 난 산적 선생을 그 누구보다 좋아했었고 따랐었고, 산적 선생 때문에 졸업했다. 정말 산적 선생이 아니었으면 오늘의 내가 없었을 것이었다. 그건 동수나 호정이, 기석이, 정진이도 마찬가지고. 고등학교 때부터 나와 친했던 놈들은 대부분 산적 선생 때문에 졸업했다고 볼 수 있었다. 그중에서도 ㅈ고 애들과 패싸움을 했을 때 우린 잘릴 줄만 알았다. 근데, 산적, 아니 산적 선생이 우릴 살려 줬다.

패싸움 현장에서 경찰서로 끌려간 우리는 결국 교내생활지도 담당인 산적 선생 손에 이끌려 경찰서에서 나왔다.

경찰서에서 나오는 순간 까마득했다. 보통의 경우라면 경찰서를 나서면 해방감을 느끼겠지만, 우리 앞엔 넘어야 할 산이 따로 있었다. 산적이었다.

"저 새끼들은 사회에서 격리시켜야 할 새끼들이니까, 아예 구속시켜 버리세요. 세상이 무서운 걸 알아야 정신 차릴 새끼들이라니깐요."

경찰서에 잡혀가 조사받고 있자니 산적이 나타나 소리를 질렀다. 그 소리에 조사실에 앉았던 사람들이 일제히 산적을 바라다봤다. 그러나 그는 그 정도쯤은 아무것도 아니라는 듯 한술 더 떠서 소리를 높였다.

"학교에서도 짤라 버릴 테니 아예 경찰에서 알아서 조치해 버리세요. 저런 새끼들이 우리 학교 다닌다는 게, 저런 새끼들을 가르치는 선생이라는 게 창피해서 못 살겠어요."

그러더니 우리 곁으로 다가와 뒤통수를 사정없이 갈겼다.
"아주 조폭으로 나서라, 나서. 두 놈을 병신 만들어 놨으니 잘됐다, 이 기회에 아예 감옥에 갔다가 조폭으로 나서라, 나서."
그쯤 되자 조사하던 형사가 나서서 산적을 말리기 시작했다.
"선생님, 이러시면 안 됩니다. 마음은 알겠지만 참으세요. 우리가 조사한 후 돌려보내겠습니다. 그때……."
형사의 말을 자르며 산적이 소리쳤다.
"돌려보내긴 어디로 돌려보내요. 아예 재판도 거치지 말고 소년원으로 처넣으라니까요. 안 그러면 애들 죽습니다, 죽어요. 나한테 맞아 죽는다고요. 그러니 소년원에 처넣는 게 얘네들 살리는 길이라니까요. 얘네들한테 물어보세요. 내 말이 사실인가 아닌가."
그러더니 또 닥치는 대로 머리통을 때린다, 발로 걷어찬다, 야단도 아니었다. 그러자 결국 경찰이 나서서 말리며 말했다.
"예, 예. 알겠으니깐 선생님이 애들 데리고 가세요. 선생님 말마따나 선생님께 맡기는 게 소년원에 보내는 것보다 더 힘들 거 같네요. 여기 싸인하시고 데려가세요. 그리고…… 아무리 제자들이지만 여기서 이러면 안 됩니다. 우리가 법에 걸려요, 우리가."
산적의 폭행을 보다 못한 형사가 우리를 풀어 주었다. 물론 상대와 합의 및 검찰 출두는 산적이 책임지고 매듭짓기로 하고. 그리고 산적 차를 타고 학교로 돌아왔다.
"야, 씨팔, 튀자!"
고문실—그때 우리는 선도실을 그렇게 불렀다—에 가 있으라며 산적이 교무실로 가 버리자 동수가 침을 찍! 뱉으며 말했다.

저 들에 푸르른 솔잎을 보라 **215**

고문실에서 산적과 마주한다는 건, 정말 산적 말마따나 쓰레기차 피하려다 똥차에 치이는 격이었다.

"고문실로 갔다간 산적한테 맞아 죽을 게 뻔하잖아. 차라리 여기서 튀는 게 낫지 않겠어?"

나는 녀석의 얼굴을 쳐다봤다. 녀석의 얼굴은 허옇게 공포에 질려 있었다.

"그래. 씨팔, 튀자!"

동수에 이어 호정이 나를 비롯한 셋을 보며 동의를 구했다. 순간, 모두의 눈이 흔들렸다. 그 눈을 보고 있자니 나도 덜컥 겁이 났다. 경찰서에서도 그 정돈데 경찰이 없는 고문실에 들어가면 산적이 어떻게 나올지 뻔했기 때문이었다. 그러나 여기서 도망치면 세상 끝까지 산적이 뒤따라올 것 같은 두려움이 엄습했다.

"씨팔, 우리가 튀면 산적이 가만있겠냐? 이 세상 끝까지, 아니 지옥까지라도 쫓아올걸."

내가 풀죽은 목소리로 뱉자 한 녀석이 하긴! 했고, 나머지 놈들도 내 말이 맞다 싶은지 '에이 씨팔!' 소리로 동의했다.

"그래, 씨팔! 죽기 아니면 까무러치기다. 설마 우릴 다 죽이기야 하겠어?"

도살장으로 끌려가는 소의 심정으로 고문실로 갔다. 그리고 잠시 후 산적이 들어왔다. 아, 씨팔, 이젠 끝났구나 싶었다. 일은 터졌고, 고문실에 들어간 이상 모든 게 끝장이었다. 산적한테 걸리는 순간 거짓말하거나 머리를 쓰는 건 포기해야 했다. 어찌나 집요하고 끈덕진지, 얼마나 통박을 잘 굴리는지 거짓말이 통하질 않았다. 괜히 통박 굴렸다간 다른 일까지 불거지곤 했었다. 그래서 학교의 굵직한 사건이나 난제는 산적이 도맡아 처리하곤 했다. 산적이 그들 일을 맡았다는 건 학교에서도 이번 일을 그만큼 크게 인식하고 있다는 방증이기도 했다.

고문실은 외따로 떨어져 있는 체육관 지하에 있는, 몇 년 전까지만 해도 음악실로 사용했다던 곳이라 방음마저 잘되어 있는 공간으로 학교에서 논다는 놈이나 주먹깨나 쓰는 놈들의 무덤이었다. 따라서 그곳으로 가자는 것은 죽을 각오를 하라는 뜻이었다.

"야, 먼저 맞고 시작해야지? 엎드려!"

산적은 우리를 힐끗 쳐다보더니 싸늘한 목소리로 말하며 방음 처리 된 육중한 선도실 문을 잠갔다. 그러더니 한쪽 구석에 세워진 몽둥이를 들고 왔다.

"일단 한 대씩 맞고 시작해야지."

산적은 매질부터 시작했다. 한 대를 맞았을 뿐인데 다리뼈가 부러지는 것 같았다.

"이제부터 내가 하는 말 잘 들어. 너희들은 교칙에 의해 다 퇴학이야. 그렇지만…… 남자답게 사실대로 불면 내가 생각해 보겠다. 나도 힘은 없지만 내 힘이 닿는 데까지 선처하겠다. 그 대신, 거짓말을 하거나 머리를 굴렸다가는 여기가 너희들 무덤인 줄 알아. 자, 지금부터 각자 떨어져서 사건 경위를 육하원칙에 의거해서 정확히 적어. 다시 한번 말하지만 거짓말을 하거나 머리를 굴릴 생각 하지 마!"

어안이 벙벙한 그들 앞에 그가 내민 것은 A4 용지와 볼펜이었다. 서로 떨어져서 패싸움의 원인과 상황을 적으라는 것이었다. 공포에 질린 그들은 사실대로 적지 않을 수 없었다. 육하원칙에 의해 적으라고 했지만 생각나는 대로, 솔직하게, 차례차례 적었다.

"이 새끼 경위서를 쓰라니깐 뭘 쓴 거야. 넌 육하원칙이 뭔지 몰라? 누구한테서 국어 배웠어? 나한테 배웠으면 똑바로 써야 할 거 아냐."

산적은 다섯 명의 경위서를 읽어 가면서 별의별 말을 다 했다. 아주 죽을라고 환장들을 했구만! 어쭈, 그래도 남자라고 여자 동창을 도우셨다? 이 새낀 아주 죽을라고 스텝을 밟았구만……. 그런 소리들을 하면서 경위서를 다 읽더니 씨익 웃었다.

"좋아, 다섯 명이 일치하는 걸로 봐서 거짓은 아닌 거 같고…… 입 맞춘 건 아니지? 정말 아니지? 좋아, 쓰는 김에 반성문도 써."

그러곤 A4 용지를 또 한 장씩 나눠주었다. 우리는 산적의 의도를 몰라 망설였다.

"새끼들, 겁먹지 마. 막상 알고 보니 별거 아니네. 동창이, 여학생이 놀림을 당하는데 피하거나 모른체하면 그게 남자야? 남자란 모름지기 의리에 죽고 사는 거지, 안 그래? 잘했어. 그런데 방법이 잘못됐어. 내 말뜻 알겠어? 어쭈, 이 짜식들 덜 맞았나? 목소리가 그것밖에 안 돼? 그래, 남자가 그 정도는 돼야지. 남자 새끼들이 죽을 때 죽더라도 떳떳하게 죽어야 할 거 아냐!"

산적은 우리가 쓴 경위서를 들고 밖으로 나가 버렸다. 나가기 전에 서로 의논하며 반성문을 쓰라는 건지, 기석의 머리를 한 대 쥐어박으며 '내가 감동할 수 있게 멋지게 잘 써!' 했다.

우리는 죽을힘을 다해 그야말로 멋지게, 정말 모범적으로 학교생활 하고 학교를 빛내겠다는 허튼소리를 산적이 준 A4 용지 앞뒤에 꽉꽉 채웠다. 물론 우리 중 공부깨나 하고 글솜씨가 있었던 기석의 반성문을 표본으로 하여 말을 바꾸면서 쓰기도 했지만 중간중간 산적이 들어와서 머리통을 쥐어박으며 코치하는 대로, 불러 주는 대로 바꿔 쓰기를 거듭한 끝에. 그러곤 그것으로 끝이었다.

한 시간쯤 지난 후 산적이 다시 고문실에 돌아왔다. 혼자가 아니라 학생부장과 함께였다.

"다들 썼어? 다 썼으면 가져와."

산적은 우리가 쓴 반성문 앞뒤를 넘겨 보더니 학생부장한테 넘겼다.

"경찰서 일도 원만하게 처리됐고, 나한테 맞을 만큼 맞기도 했으니깐 부장님이 좀 나서 주시죠. 저놈들은 제가 책임지겠습니다."

산적의 말에 학생부장이 난처하다는 듯 말했다.

"난 지난번 일도 있고 해서 좀 그래. 이 선생이 직접 얘기해 보지 그래?"

"그래도 되겠습니까?"

"오히려 그러는 편이 나을 것 같아."

"예, 알겠습니다. 부장님 뜻이 그러시다면 제가 나서 보죠."

말을 마친 산적은 우리가 쓴 반성문을 가지고 곧 고문실을 나섰다. 그러자 뒤에 남아 있던 학생부장이 우리를 보고 소리를 질렀다.

"너희들 지금 이 선생님이 어디 간 줄 알아? 너희들 살리겠다고 교장 선생님과 담판 지으러 갔어. 그게 무슨 뜻인 줄 알아? 만약 이후에 너희들이 다시 문제를 일으키면 자기가 책임지겠다고, 옷을 벗겠다고 사정하러 갔단 말이다. 이 새끼들, 다음에 또 사고 쳤다간 내가 가만두지 않겠어! 알겠어?"

"옛!"

"운도 좋은 놈들이지. ……이 선생이 올 때까지 조용히 기다리고 있어!"

"옛!"

학생부장이 나가고도 한 시간 넘게 산적은 나타나지 않았다. 점심시간이 다 돼서야 지친 얼굴로 고문실 문을 열었다. 우리는 산적이 나타날 때까지 무릎을 꿇고 고개를 푹 숙이고 있었다.

"뭐야, 이 새끼들. 누가 무릎 꿇고 있으라 했어. 빨리 안 일어나!"

"잘못했습니다."

"뭐어? 잘못? 빨리 안 일어나?"

산적은 우리를 걷어차며 빨리 일어나라고 소리쳤다.

"남자는 쉽게 무릎 꿇는 게 아니야. 그리고 너희들은 무릎 꿇을 일을 하지도 않았어. 다만 다른 학교 학생들과, 그것도 등교 버스 안에서 패싸움을 한 건 용서할 수 없어. 교칙에 의해 퇴학시켜야 하지만, 학생부장님과 교장 선생님이 선처해 주셔서 너희들은 내일부터 일주일간 교내봉사다. 나한테 걸린 이상 죽을 각오 해. 알겠어?"

"옛!"

그 후 우리는 일주일 동안 산적, 아니 산적 선생님한테 시달려야 했다. 아침 일찍 등교하여 운동장을 돌기도 했고, 운동장 한가운데서 매를 맞기도 했고, 교련복 차림으로 운동장을 기기도 했다. 그러나 힘들지 않았다. 산적이 왜 운동장에서 그들을 때리고 굴리고 돌리는지를 누구보다 잘 알고 있었기 때문이었다. 그것은 일종의, 학생들과 선생님들에게 보여 주기 위한 쇼에 지나지 않았다. 그렇게 우리를 굴리고 난 후 산적 선생은 수업이 있다는 핑계로 우리를 고문실에 보내 쉬게 해 주었기 때문이었다. 한 시간 구르기에 이은 세 시간의 휴식. 그것이 우리가 받은 징계의 전부였다.

그 후에도 우린 엄청 맞았다. 담배 때문에, 지각 때문에, 수업 땡땡이쳤다가……. 그러나 매가 아프지 않았다. 그날 우린 산적의 마음을 알아 버렸으니까. 또 가끔은 우리 대신 우리 신발이 맞아 줬으니까. 산적 선생은 우리가 걸렸을 때마다 혼을 내고 몽둥이를 휘두르긴 했지만 인격까지 무시하진 않았으니까. 아이, 이 새끼들 아직도 정신 못 차려서. 아, 뭘 해도 할 놈들이 나쁜 습관을 못 버려서 이 지랄이니. 그것도 참 병이다. 엎드려. 한 대씩 맞고 빨리 꺼져. 공부들도 좀 하고.

참, 우리 대신 신발이 맞은 일은 그 누구도 경험하지 못한 일일 것이다.

자율학습 시간에 떠들거나 졸다가 걸리거나 땡땡이치다가 걸렸을 때 복도에서 매타작을 당했는데 진짜 매는 신발이 맞고 우리는 죽는소리만 냈었다.

"다른 새끼들도 졸려 죽는 눈치니깐, 최대한 죽는소리를 질러. 만약, 소리 제대로 내지 않았다간 진짜 죽는다."

어느 날 자율학습 시간에 졸다가 걸렸는데 복도로 나를 불러낸 산적 선생이 한 말이었다. 그러더니 신고 있던 슬리퍼를 벗으라는 것이었다. 무슨 소린가 싶어 신발을 벗으니 바닥에 놓인 신발을 탁! 내리쳤다. 그래 놓고는 '신음소리 안 내? 진짜로 맞고 싶어?' 하며 나를 노려보는 게 아닌가. 그제서야 무슨 뜻인지 깨달은 나는 산적 선생이 신발을 내려칠 때마다 최대한, 최고로 고통스러운 소리로 마음껏 소리를 지르며 웃었었다.

그런 사연으로 엮인 산적 선생님을 어찌 잊겠는가. 비록 졸업 후에는 찾아가 뵙지도 못했고, 전화 연락도 못 드렸지만 잊지 않고 있었다. 그런데 이제 우리가 나서야 할 때, 빚을 갚아야 할 때인 것 같았다.

* * *

산사모 모임에 참석해 상황을 파악해 보니 생각했던 것보다 훨씬 심각하게 돌아가고 있었다.

산사모 초대회장 혜란의 얘기를 들어 보니 산적 선생뿐만 아니라 그 가족마저도 위험에 처해 있는 것 같았다. 혜란이를 만나 본 나는 바로 동수에게 전화해 삼락패에 알렸다.

"야, 산사모 모임에 나와 들어 보니 보통 심각한 게 아냐. 아무래도 우리가 움직여서, 산적네 가족을 보호해야 할 것 같아."

"어? 가족은 왜?"

"아무래도 산적네 가족을 건드릴 거 같아. 그런 일이 없으면 다행이지만 상황이 만만칠 않아."

"그 정도야? 그 정도까지 심각해?"

"응. 그러니까 지금 좀 보자. 여기서 우리 거기까지 갈려면 한 시간쯤 걸리니깐 한 시간 후에 그 밤늦게까지 하는 카페에서."

"알았어. 늦었지만 전부 소집해 볼게."

전화를 끊고 생각해 보니 참 묘하다 싶었다. 그냥 동수하고 둘이 처리해도 될 문제였지만 산적 선생님 일이니 모두가 함께 해야 할 것 같은 생각이 들어 고등학교 때 친구들을 소집하는 게. 그만큼 산적 선생님은 우리 삼락패와 불가분의 관계에 있었다.

사실 나는 동수와는 졸업 후에도 연락하며 지내고 있었지만, 다른 놈들과는 거의 연락이 끊긴 상태였다. 고등학교 졸업 이후 뭐가 그리들 바쁜지 연락을 않고 지내고 있었다. 고등학교 때 놀 만큼 놀아 봤으니 신물이 났다기보다 그랬던 게 부끄럽고 남들보다 빨리 정신을 차렸고 사회를 알았다고도 볼 수 있었다. 그래서 부끄러운 과거사를 알고 있는 녀석들과 자연히 멀어질 수밖에 없었고.

고등학교 때 삐딱선을 탈 뻔했던 우리는 산적 선생의 진돗개 정신에 고등학교를 무사히 졸업했고 대학 진학도 했다. 머리가 있었던 기석이는 명문대에, 나머지 떨거지들은 나름대로 수도권 대학에. 그리고 언제 그랬었냐는 듯 지금은 평범한 사회 일원으로 잘 지내고 있었고. 다만 동수는 대학에 합격했으나 가정 형편상 입학하지 못했고, 그게 한이 됐던지 돈을 벌겠다고 나서 '질척거리는 곳'에 발을 담그고 있었다. '질척거리는 곳'이란 동수가 일하고 있는 수산시장을 말한다. 늘 젖은 바닥을 밟아야 하고, 손이 마를 날 없고, 마른 돈이 아니라 젖은 돈을 만진다는 뜻으로 자신의 삶을 비하하곤 하지만 경제적으론 동수가 가장 안정되어 있었다. 그리고 수산시장에서 장사를 하다 친구들과도 연락하며 지내고 있었고, 고등학교 때 좀 놀았던 선후배와도 얼마간 관계를 맺고 있는 것 같았다. 그런저런 이유로 동수에게 제일 먼저 전화했던 것이고. 그리고 이 일로 우리 삼락패는 다시 뭉칠지도, 고등학교 시절을 떠올리며 끈끈하게 이어질지도 모르고. 서로 뿔뿔이 흩어져 각기 삶을 살고 있지만 고등학교 시절의 추억을 공유하고 있고, 산적 선생님과 묶인 끈이 있는 만큼 그럴 가능성이 농후했다.

차를 몰고 가며 나는 이번 일의 내막을 짚어 보기 시작했다.

이사장이나 교장은 잘 모르지만, 조영건과 박영철은 알고 있었다. 3학년 때 배운 적도 있었고. 두 사람은 그런 짓을 할 것 같지 않았다. 그런데 자신들이 저질렀던 여제자 성추행과 시험지 유출 사고를 산적 선생님한테 뒤집어씌우고 있다는 말을 듣는 순간 털이란 털은 다 곤두섰다. 막가자는구나 싶었기 때문이었다. 궁지에 몰린 그들이, 특히 깡패 똘마니로 건들거렸던 적이 있는 이사장이 뒤에 버티고 있다면 그럴 가능성이 충분했기 때문이었다. 가족들을 인질로 삼는 것만큼 치사하고 야비한 짓은 없지만 그만큼 확실한 효과를 내는 것도 없지 않은가. 가족들이 위험에 처해 있음을 안다면 산적 선생님도 입을 닫을 수밖에 없고, 어쩔 수 없이 타협할 수밖에 없을 테니까.

그러니 이번 일은 단순히 이사장 퇴진에서 끝내서는 안 될 것 같았다. 산적 선생님한테 뒤집어씌우려 했던 조영건과 박영철까지 쓸어내야 할 것이었다. 그래야 산적 선생님이 당당하게 복귀할 수 있을 것이고, 그래야 산적 선생님이 우리 같은 놈들을 바른길로 인도할 수 있을 것이고, 그래야 학교다운 학교가 될 것이었다.

산적 선생님 사모님과 두 딸을 떠올려 봤다. 10여 년 전 산적 선생님께 잘못을 빌러 찾아갔을 때 중재해 주시고 식사까지 챙겨 주시던 사모님. 그리고 오빠라 부르며 놀다 가라고 떼를 부리던 아기들. 그런 모습을 흐뭇한 미소로 바라보던 산적 선생님을 떠올리니 손발이 떨리고 눈까풀마저 바르르 떨렸다. 산적 선생님은 못 지켰지만 그 가족만큼은 나 아니, 우리 삼락패가 지켜 드려야 할 것 같았다.

밤이 깊어 도로는 한산하고 제한 속도를 초과하며 달리는데도 더딘 것만 같았다.

감옥으로부터의 사색

26

자유와 민주에는 피 냄새가 난다고 했던가?
요즘처럼 이 말을 절실하고 절절하게 가슴으로 몸으로 느꼈던 적이 없었던 것 같다. 해병대에서 육체적 고통과 정신적 한계를 절감하며 시를 이해했다면 요즘엔 자유와 민주에 대한 금언들이 가슴 아프게 파고든다. 그래서 아는 만큼 보이고 경험한 만큼 느낀다고 했는지.
감옥으로부터의 자유.
이 모순되고 역설적인 말이
얼마나 황홀한 고통에서부터 나온 말인지,
얼마나 현실적인 언어였는지를 이해했다.
처음엔 영어(囹圄)의 공간이 답답해서 미칠 것만 같았다. 신체를 구속하는 것이 얼마나 큰 형벌인지를 새삼 느낄 수 있었다. 군 생활 할 때 느꼈던 것과는 비교도 안 될 정도였다. 까마득히 잊고 있었던, 밖에 있을 때는 아무렇지도 않던 사소한 일들이 너무나 큰 의미를 가지고 있었다. 가고 싶은 곳에 마음대로 갈 수 있는 자유가 얼마나 소중한 것인지를 다시금 생각하게 했다. 마음만 먹으면 가고 싶은 데를 갈 수 있었으니까. 그런데 구치소에 갇히자 그게 아무렇지도 않은 게 아님을 깨닫게 되었다. 더군다나 밖에서 온갖 모함으로 나를 짓밟는데도 적극적으로 대응할 수 없었기에 그 자유에 대한 열망은 커질 수밖에 없었다.

가진 것에 대해서는 너무나 당연히 여기고, 못 가진 것과 빼앗긴 것에 대해서는 타는 갈증을 느끼게 되었다. 이런 사고들은 일상에 묻혀 있었으나 한 번도 다듬지 못한 것들이기에 영어의 생활은 나를 다듬는 계기가 되었다. 또한 자유에 대해서 많은 생각을 할 수 있었다. 자유란 너무나 당연하고 흔한 것이어서 그 소중함을 몰랐는데 막상 자유를 잃고 보니 그 소중함을 알게 되었다. 소극적인 자유가 억눌렸을 때 비로소 적극적인 자유를 갈망한다는 사실도 새삼 깨닫게 되었다.

소극적 자유와 적극적 자유.

소극적 자유는 자연인에게 주어지는 너무나 당연한 자유였다. 모든 존재에게 부여되는 하나의 권리. 세상에 존재하면서 자신의 의지대로 오가고, 보고, 듣고, 말하고, 자고, 숨 쉬고……. 이런 원초적인 자유는 누구에게나 주어져 있기에 소중함을 자각하지 못했던 것이었다. 그런데 그 자유가 억압되자 그것에 대한 갈망은 그 어떤 것보다 강해질 수밖에 없었다. 소극적 자유는 그 어떤 것보다 강렬하고 강력한 추진력과 추동력을 지닌 에너지로, 뺏기거나 억눌렸을 때 폭발하는 에너지 응집체였다. 그런데 매 순간 자유롭게 에너지를 소모해 왔고 활용해 왔기 때문에 깨닫지 못했었는데 그것이 쌓이기 시작하자 터질 듯했다. 그냥 두면 끝내는 터져 버리는 그 무엇이었다.

　소극적 자유를 빼앗겼을 때 비로소 느끼는 그 무엇, 그것이 바로 적극적 자유를 끌어올리고 있었다. 가슴에서 폭발하려는 소극적 자유를 되찾고자 적극적으로 요구하고 투쟁하는 자유가 바로 적극적인 자유였다. 그 자유는 소극적인 자유를 얻기 위해서 시작되지만 보다 고차원적인 것까지 확장·상승함으로써 마침내 인간이란 무엇인가, 존재란 무엇인가란 철학적인 영역까지 확장시키는 것이었다.

　독립운동가나 김대중 대통령 같은 민주투사들이 감옥에서 많은 것을 배우고, 사색하고, 감옥이 아니면 계획할 수 없는 많은 것을 계획했다는 말이 빈말이 아니었다. 감옥은, 생각하는 자에게 감옥이 아니면 느낄 수 없고 깨달을 수 없고 얻을 수 없는 많은 것을 주고 있었다. 인간을 인간으로 만드는 자양분 공급처가 바로 감옥이었다. 그래서 감옥에 갔다 오지 않은 사람은 자유나 철학을 논하지 말라는 말까지 있는 게 아닌가 싶었다. 일부 철학자들이나 학자들이 일부러 감옥을 만들어 놓고, 그 안에 자신을 가둠으로써 사색과 학문에 몰입하는 것도 그런 이유 때문은 아닐까 하는 생각까지 하게 됐다.

　소극적 자유는 누구나 '누리는 자유', '누릴 수 있는 자유'라면, 적극적 자유는 무엇을 '얻으려는 자유', '얻기 위해 투쟁하는 자유'였다. 그리고 보면 또라이 일당은 나를 가둠으로써, 소극적 자유를 억압함으로써, 적극적인 자유로 비상하게 하는 기회와 에너지를 준 셈이었다. 나에 대한 중상모략도 모자라 조·박과 자신들의 죄를 나에게 뒤집어씌움으로써 나에게 무한의 에너지를 공급하고 있었다. 가만히 있으면 사그라질지도 모르는 불을 들쑤심으로써, 신선한 공기를 계속 공급함으로써, 더욱 강렬하게 타오르게 부채질하는 정도가 아니라 풀무질하고 있었다. 경찰서에서 조사를 받을 때부터 그랬다. 그들은 나를 억압함으로써 나를 자극했다.

경찰은 이미 내가 긴급 체포될 만큼의 죄를 짓지 않았음을 누구보다 잘 알고 있었다. 도주의 위험성이나 증거 인멸의 우려가 없었고, 고등학교 교사란 보장된 신분의 나를 구치소에 가둘 이유가 없었다. 그러나 그들도 그들 마음대로 나를 처리할 수 없는 듯했다. 윗선이 개입하고 있고 그 배후에는 또라이를 비롯한 협잡꾼들이 있는 게 분명해 보였다. 이미 짜여진, 또라이 일당이 짠 시나리오대로 나를 엮으려 했다.

"이 선생님, 우리 쉽게 쉽게 합시다."

처음부터 조사가 아니라 회유였다. 조사실도 일반적인 조사실이 아니라 지하 취조실이었다. 과거 군사정권 시절에 많은 운동가들과 학생들, 진보적인 성향을 가진 이들을 억압하고 고문하고 죄를 뒤집어씌웠던 바로 그곳이었다.

단순 폭행 피의자를 그곳으로 끌고 간다는 자체가 다른 저의를 가지고 있음을 드러내는 일이었다. 겁을 주려는 것이었다. 그러나 그 정도는 나도 알고 있었다. 먼저 공포 분위기를 조성해서 상대방의 기를 꺾은 후 자신들의 뜻대로 밀어붙이려는 것이었다. 그게 통하지 않을 때는 폭력을 쓰거나 고문을 하거나, 회유로 자신들의 목적을 달성하려고. 그건 이미 내가 군사 정부 때 당해 본 일이었고, 내가 문제 학생들을 다룰 때 쓰는 수법이기도 했다.

본격적으로 학생 운동을 해 보지는 않았지만, 군사 정부 시절에 지하 취조실에 잡혀간 적이 있었다.

6·29 선언 직전의 1987년 6월이었다. 민정당 중앙당사 앞에서 경찰의

최루탄에 맞서 투석전을 벌이고 있었다. 데모하는 쪽이나 경찰 쪽이나 물러설 수 없는 막다른 상황에 다다르고 있었다.

민정당사가 화염병의 공격을 받아 불길에 휩싸이기 시작했다. 군중들을 향하여 물대포를 쏘던 소방차가 동원됐지만 역부족이었던지 불길은 쉽게 잡히지 않는 눈치였다. 그 모습을 지켜보던 군중들이 흥분하기 시작했다. 금방이라도 경찰 저지선을 향해 돌격할 것 같았다. 불길은 피보다도 더 군중들을 흥분시키고 있었다. 군중들은 죽을 것을 뻔히 알면서도 불을 향해 돌진하는 부나비였다. 그걸 읽었는지 경찰도 순간 주춤하며 물러섰다. 그러나 더이상 물러설 곳은 없었다. 뒤로 더 물러섰다가는 불길에 휩싸일 수밖에 없었다. 순간, 그들의 얼굴에, 눈에, 몸에 살의가 피어올랐다. 그것은 더이상 물러설 곳이 없는 자의 마지막 눈빛이자 몸짓이었다. 그 눈빛과 몸짓을 본 순간 나는 여학생들을 뒤로 물리라고 소리쳤다. 제대한 지 얼마 안 된 터라 그 눈빛이 무얼 의미하는지 잘 알고 있었다.

잠시 후, 아니나 다를까 지금까지 방어만 하던 전경과 의경들이 군중을 향해 닥치는 대로 곤봉을 휘두르고 최루탄을 공중이 아닌 군중을 향해 직격으로 발포하기 시작했다. 그리고 경찰 뒤쪽에서 돌을 던지기 시작했다. 경찰들이 조금 전까지 가졌던 생각, 군중들은 자신의 동료요, 친구요, 선후배요, 부모라는 생각을 잊은 것. 이제 군중들은 자신들의 적일 뿐이라는 광기로 바뀐 것. 군중들을 막던 경찰들의 광기에 합세해 특공대가 투입되어 닥치는 대로 사람들을 때려잡기 시작했다.

대열이 흩어지고 사람들이 도망치기 시작했다. 그러나 눈이 뒤집힌 경찰들은 무자비하게 사람들을 공격했다. 학생들 틈에서 도망치던 나도 경찰이 휘두른 곤봉에 맞아 쓰러졌다. 그리고 닭장차에 실려 경찰서로 끌려

갔다. 왼쪽 어깨와 목 부분을 맞았는지 목과 어깨를 움직이지 못할 정도였다. 고통을 호소했으나 경찰들은 들은 체도 않고 나를 경찰서 지하로 바로 끌고 갔다.

"너 여기가 어딘 줄 알아? 너 같은 빨갱이 새끼들 쥐도 새도 모르게 없애는 곳이야. 그러니 묻는 대로 답해, 알았어?!"

건장한 사내가 백열전등 아래서 선글라스를 낀 채 소리쳤다.

"야, 빨갱이 새끼! 너 이름이 뭐야?"

"빨갱이? 웃기고 있네."

나는 코웃음을 쳤다. 군대서 제대한 지 몇 개월 지나지 않은 때라 해병대 기질이 남아 있었고, 군대서 배운 게 있다면 깡다구와 죽음을 불사하는 기백이었다. 그리고 이런 자리에서 물러서면 더 어려워진다는 걸 누구보다 잘 알고 있었다. 죽을 거면 차라리 빨리 죽는 게 낫다는 것도.

"뭐? 이 새끼가!"

주먹으로 치려 했다. 그러자 나는 눈 하나 끔쩍하지 않고 놈을 똑바로 쳐다보며 씹어 삼켰다.

"건드리기만 해 봐! 차라리 죽여 버리면 모를까, 나를 건드려서 여기서 내보내는 순간 넌 죽는다. 나도 해병 수색대에서 뼈를 갈았던 놈이야!"

"뭐라고? 이 새끼가 정말 죽을라고 환장을 했나?"

"그래, 차라리 죽여라! 아무리 썬그라스로 눈을 가렸지만 난 다 기억한다. 기억하는 한 살려 두지 않겠다."

"하, 참, 뭐 이런 새끼가 다 있어? 그래, 내 얼굴 기억하면 어쩔래?"

"해병대 명예를 걸고 널 죽이겠다. 지옥까지라도 쫓아가서."

"뭐어? 나 참, 어이가 없네!"

이 말과 함께 한참을 나를 노려보더니 마침내 자신에게 묻듯 툭 던졌다.
"그런 놈이 왜 데모했어?"
"그걸 몰라서 묻냐? 그건 너도 잘 알고 있을 거 아냐!"
"뭘? 내가 뭘? 난 아무것도 몰라. 위에서 시키면 시키는 대로 할 뿐이야. 난 사람이 아니야, 시키면 시키는 대로 하는 기계일 뿐이라고. 그건 너도 수색대 생활을 해 봤으니깐 잘 알 거 아냐."
"……."
나는 아무 말도 하지 않았다. 그는 갈등하고 있을 게 분명했다. 자신의 입장에 대한 회의와 두려움 때문일 것이었다. 어쩌면 그도 해병대 출신이거나 특수부대 출신인지도 모르고. 자신이 이 상황이라면 어떻게 했을지, 만약 입장이 바뀐다면 자신은 어떤 생각을 하고 어떤 행동을 할 것인지를 누구보다 잘 알고 있기 때문에 갈등하고 있는 게 분명했다.
"씨팔! 더러워서 못 해 먹겠네. 에이, 독종 새끼!"
그러더니 철문을 열고 나가 버렸다. 그리고 한참 후, 여기저기서 퍼져 나오는 고함, 악쓰는 소리, 매 맞는 소리, 신음을 들으며 두려움에 떨고 있으려니 놈이 다시 들어왔다.
"다시 조사를 시작하겠다. 묻는 말에 정확히 대답해."
그의 목소리는 한결 가라앉아 있었고, 아까와는 사뭇 다른 태도로 나를 대했다. 그리고 담배를 권하기까지 했다.
"나도 이런 일 하면서 많이 겪어 봤는데 너 같은 독종은 처음이다. 이제 내가 묻는 말에 빨리, 바로 대답해. 이름은?"
이렇게 시작된 문답은 불과 5분 만에 끝났다. 나의 대답 끝에 '정말이지? 거짓일 땐 가만두지 않는다.'는 말로 못미더워하기도 했고, 교외 시위는 처음이란 말엔 놀라는 눈치이기도 했다.
"들어 보니 단순 가담자네. 정말 해병 수색대 출신이야? 병? 하사?"
"병 출신입니다."

나도 모르는 새에 언제부턴가 존댓말을 쓰고 있었다. 아니, 그가 다시 조사를 재개했을 때부터 나는 존댓말을 했었을 것이다. 인간이란 두려운 존재에 대해서는 죽음을 불사하며 저항하거나 살기 위해서 비굴하게 목숨을 구걸하기도 하지만, 자기를 보호하거나 인정해 주는 존재에 대해서는 순순히 따르거나 제 마음을 열기도 하지 않는가. 그건 사람뿐만 아니라 개나 다른 동물의 경우도 마찬가지가 아닌가.

"다신 이런 데서 만나지 말자."

그는 조사를 마치고 나가며 이런 말을 했다. 그리고 잠시 후 나는 매 한 대 안 맞고 취조실을 나설 수 있었다. 그러나 같이 끌려갔던 대부분의 학생들은 매타작은 물론 쌍욕에 고문까지 당했다고 했다. 매 한 대 안 맞고 멀쩡히 나온 나는 프락치로 오해를 받기까지 했고.

그 경험에서 나는, 문제 학생들을 다룰 때 유용하게 활용할 수 있는 방법을 배웠다. 문제 학생들이 학생부에 잡혀 올 때는 대부분 막다른 골목이란 사실을 누구보다 잘 알고 있기 때문에 끝까지 버티려 했다. 아예 할 대로 하라는 식이거나 자신은 아무런 잘못도 없다는 태도를 취하곤 했다. 그런 그들을 일반적인 방법으로 다루려면 속이 뒤집힐 뿐만 아니라 폭력을 행사해서 다른 문제를 야기할 수 있었다. 그래서 기선 제압이 우선이었다.

몽둥이나 야구 배트를 끌고 조사실로 가는 것으로 상대의 기를 꺾는다. 그리고 문을 최대한 거칠게 여닫고, 발에 걸리는 의자 하나 정도는 걷어

차서 넘어트린다. 넘어지는 소리가 클수록 효과는 커진다. 책상 위에 어질러진 물품을 소리 나게 정리하거나, 그걸 잡아 던지며 최대한의 공포 분위기를 조성할 수도 있다. 화가 머리끝까지 났음을 보여 주기도 하고. 그런 후, 최대한 시간을 끌어 상대가 겁에 질리게 한 후, 느릿느릿 조사를 시작한다. 그리고 조사할 때는 강약을 번갈아 가면서 구사한다. 공포와 동정심을 자극하여 사실대로 인정하게 하거나 자신의 잘못을 시인하게 한다.

강함에는 두 가지, 즉 저항 또는 굴복의 자세를 취할 수 있다. 그래서 저항할 때는 부드럽게, 인간적으로, 나도 이해한다는 입장에 서서 구슬린다. 작은 아량과 관용에도 쉽게 마음을 움직일 수 있는 게 막다른 골목에 처한 사람이 보이는 보편의 정서가 아니던가. 그리고 마침내 시인하거나 인정, 굴복하면 최대한 자존심과 자존감을 살려 주면서 조사를 마친다. 내가 도와줄 수 있는 것은 최대한 도와주고. 나는 그 수법을 자주 써 왔었다. 그런 내가, 그런 수법을 누구보다 잘 알고 있는 내가 경찰의 그런 수법에 당할 리 없었다.

"지금 이 선생님한테 폭행을 당한 선생님이 전치 6주의 중상을 입었어요. 그런 상황에서 그쪽에서 합의해 주지 않으면 우리도 어쩔 수 없어요. ……이사장 퇴진 운동을 종결지으면 거기서도 합의는 물론, 처벌불원서까지 제출해 주겠다니 여기서 매듭지읍시다. 나도 힘들다고요. 이 선생님도 애들이 있을 게 아닙니까? 사흘 동안 잠 한잠 못 자고, 애들 얼굴 한 번 못 보고 이게 뭡니까? 그러니 우리 쉽게 쉽게 갑시다."

경찰은 아예 사정조로 나왔다. 어쩌면 그의 말대로 사흘 동안 한잠도 못 잤을지도 몰랐다. 그러나 문제는 그게 아니었다. 여기서 그들이 요구하는 대로 사인하거나 지장을 찍는 순간 모든 게 끝이었다. 당장은 편할지 몰라도 또라이의 학정에 시달려야 하고 쫄배의 능욕과 찐득거림에 분노하며 다퉈야 하고, 조·박을 비롯한 주구들에게 분노하면서 살아야 했다. 그건 살아도 살아 있는 게 아니었다. 그걸 알기에 이번 일을 일으킨 것이 아닌가. 아니, 그 무엇보다도 무릎 꿇고 살기보다 서서 죽길 원한다는 구호를 입에 달고 사는 내가 아닌가.

"일체의 회유와 요구에 응하지 않겠습니다. 법적으로 문제가 된다면 달게 받을 테니 있는 그대로만 처리해 주세요. 피해자가 합의를 안 해 줘서 형사상 처벌을 받게 되더라도 달게 받을 테니 이제 그만하시고 댁으로 들어가서서 푹 쉬시지요."

나는 은근 걱정스럽기도 했지만 명식이가 가르쳐 준 대로 또박또박 대답했다.

경찰에서는 다른 어떤 얘기도 하기 싫었다. 이미 경찰은 또라이의 사주를 받고 있는 게 분명해 보였다. 그런 그들에게 굴복하여 인정을 한다는 건 이번 운동 자체를 부정하고, 또라이의 입장만을 강화시켜 줄 뿐이었다. 조사에 응하든 변호사를 선임하든 검찰로 송치된 후에 할 생각이었다.

경찰이 소리를 지르고 욕을 하고 겁을 줬으나 나는 아무 반응도 보이지 않고 가만히 있었다. 괜히 말대꾸를 잘못하거나 섣부르게 행동했다간 공무집행방해죄가 성립된다는 사실을 변호사인 명식에게서 들어 이미 알고 있었기 때문이었다. 그들이 별의별 욕과 치욕스러운 말을 해도 일절 반응을 보이지 않았다. 그러자 경찰들도 나에 대해 두려움을 느꼈는지 더이상의 자극은 하지 않았다.

결국, 나는 폭행죄로 검찰에 송치되었다.

27

구치소에 수감되자 아내가 득달같이 달려와서 합의하라고, 그들이 원하는 대로 해 주라고 성화를 부렸으나 못 들은 체했다. 나의 구속이 이사장 퇴진 운동의 기폭제가 되기를 바랐다. 정우형, 진용현, 김수용, 강형민 선생이 버티고 있는 한, 내가 짜 놓은 시나리오대로만 움직인다면 더 큰 힘을 발휘할 수도 있었다.

그러나 그것은 나의 너무 안일한

낙관에 지나지 않았다.

쫄배와 조·박의 머리에서 나왔음직한 악성 루머가 언론에 보도되기 시작했다는 소식과 함께 검찰에 불려가 성추행 관련 조사를 새로 받았다.

"고발자가 있다면 그 사람과 대질시켜 주십시오. 그러면 진위가 가려질 게 아닙니까?"

아무 혐의가 없는 나는 당당하게 검사에게 따졌다. 검사는 고발자의 진술 내용을 바탕으로 구체적인 날짜와 시간, 장소까지 주워섬겼으나 나는 아무것도 기억할 수가 없었다. 그들이 조작한 일을 내가 무슨 수로 기억을 해낸단 말인가? 지어낸 일이 아니라 실제 있었던 일이라 할지라도 벌써 5년이나 지난 일을 명확하게 기억한다는 게 어디 쉬운가. 고발자가 누군지도 모르는 상황에서 자백만을 강요하는 검사에게 더이상 할 말이 없었다.

"이 선생님, 그렇게 말씀하지 마세요. 선생님은 지금 성추행 피의자로 조사를 받고 있는 것입니다. 그런 피의자한테 고발자를 대질시킬 수는 없습니다. 성범죄의 경우는 신고자의 신변 안전을 위해 대질심문은 물론,

이름까지도 공개하지 않는 게 원칙입니다."

"아니, 그런 법이 어딨습니까? 고발자가 누군지도 모르는데, 어떻게 그런 일이 있었는지 없었는지를 기억합니까? 만약 고발자가 나를 모함하기 위해서 꾸며낸 얘기라면 그땐 어떡하시겠습니까?"

"선생님께서 결백하다면 무고죄로 고발할 수 있습니다. 그 문제는 선생님이 알아서 판단하시고, 저희는 지금 접수된 고발 건을 가지고 선생님이 그런 일을 했는지 안 했는지를 확인하려는 겁니다. 그러니 생각나는 대로 답변해 주세요. 만약, 선생님께서 정확한 답변을 못 하시거나, 그에 대한 반증을 제시하지 못할 때는 성추행에 대한 혐의도 추가됩니다. 그러니 차분히 생각해 보세요."

"참 우습네요. 조작된 일에 대해서 뭘, 어떻게 기억해 내란 겁니까? 제자를 폭행했다면 얼마간 인정하겠습니다. 성질이 더럽다 보니 내가 기억하지 못하는 일을 했을 수 있다고 인정하겠습니다. 그렇지만 성 문제에 대해서는 결백합니다. 고발자의 이름을 알려 주고 대질시키기 전까지 저는 어떤 조사에도 응하지 않겠습니다. 그것이 제게 불리하게 작용하고, 부당하게 벌을 받는다고 해도."

"그러지 마시고 변호사를 선임하셔서 고발자와 접촉해 보는 것도 하나의 방법이긴 합니다만."

"아니, 싫습니다. 그런 문제로 변호사를 선임한다는 자체가 저의 죄를 인정하는 건데, 그런 일은 결코 하지 않겠습니다."

나는 당당하게 조사를 거부했다. 그리고 검사가 문답 형태로 적은 심문 조서에 사인을 해 줬다. 모든 진술을 거부하고, 변호사 선임까지 거부한다는 내용이었다. 내가 그렇게 한 이유는, 이 조작의 배후에는 조영건이

도사리고 있다고 판단했기 때문이었다. 그가 아니라면 이런 추악한 수법으로 나를 옭아매려 하지 않을 것이었다.

그러나 그가 모르는 사실이 하나 있었다. 자신이 저질렀던 추악한 범죄 행위를 나에게 덮어씌우려고 하고 있지만 그 행위로 말미암아 자신의 죄가 온 천하에 알려지리란 것. 자기처럼 교활하고 더러운 놈을 상대할 때는 나도 주도면밀해짐을 모르고 날뛰고 있었다. 성질이 급하고 다혈질이긴 했지만 어떤 점에서는 여자보다도 꼼꼼하고, 그 누구보다도 치밀하고 주도면밀한 나를 몰라도 한참 모르는 망발이었다. 학생들을 조사할 때, 계속 부정으로 일관하거나 계속 말을 바꾸는 제자들을 조사할 땐 녹음기까지 동원한다는 사실을 모르고 하는 망발이었다.

성추행 조사를 받기 전까지만 해도 나는 아내에게 말해서 명식을 부를 생각이었다. 시작 단계에서 그가 수집해 놓으라는 증거를 거의 수집해 놓은 상태라, 그것들만으로도 일은 해결될 수 있었으므로 굳이 재판까지 갈 필요는 없어 보였다. 또라이를 이사장 자리에서 끌어내리는 데는 문제가 없을 테니까. 그래서 아내에게 조금만 기다리라고, 곧 해결될 테니 걱정 말라고 했었다. 그런데 그들이 왜곡·조작·날조한 성추행과 성적 조작 건을 터트렸고, 그에 대한 조사를 받기 시작하자 화가 치밀어 올랐다. 그냥 두어서는 안 될 것 같았다.

자신들이 저질렀던 추악한 일들을 나한테 뒤집어씌워 나를 몰아내려는 조·박, 그리고 그걸 너무나 잘 알고 있는 또라이와 쫄배가 그들 뒤에 있었다. 그들은 단순히 나를 학교에서 몰아내려는 정도가 아니라 나를 생매장시키려 하고 있었다. 그들의 그런 비인간적이고도 잔악한 행위를 묵과할 수가 없었다. 이 기회에 또라이, 쫄배, 조·박을 함께 처리하지 않으면 안 될 것 같았다. 그들의 뻔뻔함과 추악함을 세상에 널리 알려 다시는 교직이나 학교에 얼씬거리지 못하게 하고, 나한테 하려고 했던 그대로 돌려주지 않고서는 분이 풀리지 않을 것 같았다.

그러기 위해서는 그들이 좀 더 활개 치며 악수를 둘 시간을 줘야 했다. 그래서 아내한테 선인장을 좀 돌봐 달라고, 선인장이 말라 죽지 않게 해 달라고 부탁했던 것이었다.

그런데 아내는 내 의도를 잘못 파악했는지 내가 저지른 일이니깐 처리도 직접 하라고, 선인장 문제뿐만 아니라 이번 일까지 들먹이자 화가 치밀었다.

내가 시간을 끄는 이유를 모르는 아내 입장에선 당연한 반응일지 모르지만 서운했다. 내 분신처럼 애지중지하는 선인장이 아닌가. 아내도 그 정도는 알고 있지 않은가. 그런데 그걸 거부한다는 건 나를, 이번 일을 못 견뎌 한다는 뜻이었다. 더이상 당신 일에 관여하기 싫으니, 일을 저지른 당신이 알아서 하라는 뜻이나 다름없었다.

그러나 면회를 마치고 돌아와 가만히 생각해 보니, 아내가 선인장에 대해 거부 반응을 보인 것은 나에 대한 반감의 표시가 아니라, 다른 뜻을 담고 있는지도 모른다는 생각이 들었다. 도저히 이길 공산이 없다는 생각으로 자포자기한 줄 알고 나를 자극했는지도 모른다는 생각. 평상시 성미로 봐서 말해 봐도 소용없으리란 걸 알고, 나를 자극함으로써 일으켜 세우려고 하는지 모른다는 생각. 또한 말은 안 했지만 이번 일로 아내가 고통스러운 나날을 보내고 있음을 나에게 알린 것이란 생각. 제발 포기하지 말고 보란 듯이 일어서라고, 당당하고 떳떳하게 살라는 주문의 메시지였는지도 몰랐다.

그런 아내의 마음이 전해지자 더욱더 그들을 용서할 수가 없었다. 들리는 말에 의하면 아이들까지 창피해서 학교에 나가지 않고 집에 틀어박혀 있다고 했다. 나뿐만 아니라 내 아내, 내 아이들까지 파괴하고 있는 그들을 용서할 수가 없었다. 그런 그들을 어떻게든 법의 심판을 받게 함은 물론 얼굴 들고 다니지 못하게 응징해야 했다.

그런 결심이 서자 말을 아끼고, 대응을 자제했다. 내가 아무런 대책도 없이 당하고 있다는 인상을 줄수록 그들은 더 악랄한 방법으로 나를 죽이려 할 것이고, 그렇게 악수를 두게 해야 일망타진할 수 있을 것이었다. 그들의 추잡함과 교활함과 뻔뻔함을 세상에 알려야 했고, 그들이 이전투구하는 모습을 세상에 보여 줘야 했다.

평소 그들의 성향이나 태도로 볼 때, 그들은 결코 한마음으로 어떤 일을 해 나갈 만한 인물들이 아니었다. 철저한 개인주의와 이기주의로 무장한 기회주의자들인 그들은 지금 동상이몽하고 있을 게 분명했다. 그런 그들인 만큼 자신이 죽겠다 싶으면 살기 위해, 살아남기 위해 책임을 전가하며 물어뜯을 게 분명했다. 그 이전투구를 재판장, 방청객과 언론사까지 모인 재판정에서 똑똑히 보여 줘야 했다. 그러기 위해서는 기다려야 했다. 기다릴수록 그들의 치부는 더욱 선명해지고 도드라질 것이고, 그날을 위해서는 숨죽인 채 참고 기다려야 했다.

그렇게 얼마간 마음을 정리하고 있을 즈음, 제자들이 날 찾아왔다.

"야, 너희들이 웬일이냐? 내가 구속된 모습이 궁금해서 왔냐?"

나는 농담으로 제자들을 맞았다. 제자들에게만큼은 당당하게 보이고 싶었다. 녀석들은 언론 보도 내용이 사실인지를 확인하기 위해 왔을 가능성이 높으니까. 그걸 알기에 아예 처음부터 당당하려고 했다.

"선생님, 밖의 공기가 심상치 않습니다."

무겁게, 먼저 입을 연 녀석은 학생회장을 지냈던 김준석이었다.

"그래? 얼마큼이냐?"

"뭐, 꼭 집어서 말씀드릴 순 없지만 선생님에 대한 비난 여론이 비등하고 있습니다. 이사장이 조작했다는 사실을 아는 사람은 몇 안 됩니다. 저희들도 정우형 선생님을 통해서야 겨우 알았지 다른 사람들은 거의 모르고 있는 실정입니다."

"그래? 그럼 너희들은 어쩔 생각으로 날 찾아왔냐?"

"글쎄요, 저희들도 뚜렷한 대책이 있는 건 아닙니다. 다만, 바깥 상황을 선생님께 알리고, 선생님을 위해서 뭔가를 해야 하지 않을까 하는 생각에 찾아왔습니다."

"고마운 일이네. 근데 너희들한테 한 가지만 묻자. 너희들은 날 믿냐?"

"그런 질문이 어딨습니까? 저희들이야 당연히······."

"그럼 됐다. 난 그걸로 족해. 너희들마저 날 믿어 주지 않으면 어쩌나 그게 걱정이었지, 너희들이 날 믿어 준다면 난 아무 걱정 없어. 너희들이 날 믿는 이상 너희들을 실망시키지 않을게. 그러니 내 걱정 마라. 혜란아, 내가 누구냐? 사막에서도 굳게 뿌리를 내리는 선인장 아니냐, 그렇지? 넌 아직도 날 사막의 선인장으로 여기고 있지?"

나는 혜란이를 바라보며 물었다. 그녀는 눈에 가득 눈물을 담고 있었다. 그런 그녀를 위해서라도 나는 의연한 모습을 보여야 했다. 다른 사람이라면 몰라도 나를 믿고 따르는 그들 앞에서 약한 모습을 보일 수 없었다. 그런데 그런 나의 모습이 그들에게는 약한 모습을 보이지 않으려고 안간힘을 쓰는 것처럼 비쳤는지 모두들 눈물을 흘리고 있었다.

"빈말이 아냐. 난, 정말 난 아무렇지도 않다니깐. 그러니 정말, 정말 아무 걱정 마. 이 정도에 쓰러질 나였으면 지금까지 버티지도 못했을 거야. 시련 지수란 게 있잖아. 이보다 더한 시련도 버티어 왔는데 이까짓 거 못 버티겠어? 그리고 나에게 다 생각이 있으니까 조금만 믿고 기다려 줘."
 나는 그들을 위로하기 위해서도 아니고 나를 위로하기 위해서도 아니라 정말 자신이 있었다. 그것을 그들에게 전달하고 싶었다. 그들 앞에서 의연한 모습을 보여 그들이 나를 믿어 줘야 일을 마무리 지을 힘을 얻을 수 있을 것 같았다.
 그러나 그런 나의 모습이 그들에게 잘못 전달됐는지 제자들의 면회가 잦아지기 시작했다. 나의 자신감을 나의 마지막 몸부림 내지는 발악으로 이해했던 모양이었다. 하기야 내가 준비해 놓은 마지막 카드를 보지 않은 그들은 내가 측은하고 안쓰러웠을 것이었다. 선생으로서 제자들에게 나약한 모습을 보이기 싫어 의연한 모습을 보이려는 반대 행동으로 받아들일 수밖에 없었을 테니까.
 성적 조작 건에 대한 소식도 들려왔다. 검찰이 법원으로부터 압수수색 영장을 발부받아, 서류고에 보관 중인 나와 관계된 시험지와 답안지, 성적 보관 CD까지 압수해 갔다는 소식을 정 선생한테서 들었다. 그러나 나는 웃었다. 털어서 먼지 안 나올 사람은 없겠지만, 약간의 실수는 있을지 몰라도 법적으로 문제 될 일은 하나도 없었다. 내게 그런 구린 구석이 있었다면 박영철을 그렇게 할 수가 없었을 것이었다.
 "박영철의 솜씨구만. 여제자 성추행이 조영건의 솜씨라면 이건 분명 박영철이 솜씰 거야. 그러나 걱정 마. 정 선생, 내가 누구야? 사막에서도 굳건히 뿌리내리는 선인장 아냐?"

심각하게 굳어 있는 정 선생에게 나는 웃음까지 지어 보였다.

"뭐 대비해 둔 거라도 있어?"

"응, 있어."

"그게 뭔데?"

"응? 좀만 있어 봐. 정 선생도 다 알게 될 거고, 알고 나면 정 선생도 이해하게 될 거야."

"정말 자신 있는 거야?"

"그래. 그러니 괜히 주눅 들지 말고 밖에서 일 똑바로 하라고. 난 여기 있으니깐 시간도 많고, 생각도 잘 정리되고, 여러 계책들이 샘솟아. 역시 난 국립호텔 체질인가 봐. 아예 여기 눌러앉아서 글이나 쓸까?"

"이 사람아, 농담이라도 그런 소리 하지 마. 자네 없으니 난 지금 죽을 맛이야. 일만 터트려 놓고 국립호텔에 들어앉아서 호의호식하면 최전방에서 목숨 걸고 싸우는 난 뭐야? 똥은 자기가 싸 놓고 자기가 싼 더러운 똥을 나한테 치우라면 난 뭐냐고? 이거 서로 자릴 바꿔야 하는 거 아냐?"

내가 여유만만 자신을 보이자 정 선생도 얼마간 안심이 되는지 농담을 던졌다.

"그래, 그렇게 농담하면서 이번 일을 해 나가자고. 이번 기회에 또라이든, 쫄배든, 조영건이든, 박영철이든, 그쪽에 빌붙어 단물이라도 빨아 보려는 기회주의자들도 가려내고. 어? 나 한번 믿어 봐."

"이 사람아, 믿고 안 믿고가 어딨어? 안 믿었으면? 내가 자넬 만나러 예까지 찾아왔겠어?"

"그래, 멍청한 정우형이니깐 여기까지 찾아왔지. 똑똑한 다른 사람들은 코빼기도 안 보이는데."

"그래, 내가 바보 멍충이인 거 이제야 알았냐? 그럼, 난 이 선생만 믿고 가."

"그래, 잘 가. 걱정하지 말고 기다려. 내가 이번 일을 작품으로 만들어 보일 테니깐. 죽은 제갈량이 살아 있는 사마중달을 두려움에 떨게 하고, 앉은뱅이 손자가 다리 성한 방연을 잡듯이, 감옥에 있는 산적이 밖에 있는 또라이 일당들을 멋들어지게 잡아 줄 테니깐."

"그래, 기대할게. 그놈들 일망타진하는 모습 말야."

"오케이. 잘 가!"

나는 여유 있게 정 선생에게 손까지 흔들어 주었다. 그래야 할 것 같았다. 그의 말마따나 똥은 내가 싸 놓고 치우는 건 그에게 떠넘긴 꼴이니 그에게 힘을 실어 주어야 할 것 같았다.

생각 같아선 정 선생에게 내 계획을 알려주고 싶었다. 내가 없는 적진에서 고군분투하는 그에게 힘을 주고 싶었다. 그러면 그도 용기백배로 일을 해 나갈 수 있을 것이었다.

그러나 참았다. 맛있는 음식일수록 뒤에 먹는 게 좋다는 생각 때문이 아니었다. 또라이 일당들을 일거에 쓸어버리기 위해선 좀 더 기다려야 했다. 구멍에서 머리를 내밀고 어느 쪽에 붙을까를 고민하는 기회주의자들도 이 기회에 정리하기 위해선 더 기다려야 했다. 이번 기회가 아니면 다시 기회가 없을 것 같았다. 학교다운 학교를 만들어 참제자를 키우고 돌아가신 설립자의 뜻을 받들고 싶었다. 아니, 어디에 가서든 내가 근무하는 학교를 떳떳이 이야기할 수 있게, 떳떳하고 당당한 학교 선생으로 남고 싶었다. 그러기 위해서는 최대한 곪을 수 있게 시간을 줘야 했다. 고갱이까지 완전히 제거하기 위해서는 칭칭거리는 통증과 살이 찢어지는 아픔을 참고 견뎌야 하지 않는가.

28

검찰에 출두하여 성적 조작에 대해서는 혐의가 없다는 통보를 받았다. 그와 함께 이 문제를 제기한 사람에 대해 무고죄로 고발할 수 있다는 안내까지 받았다.

"괜찮습니다. 누가 한 짓인지 저도 짐작은 하고 있으니까요. 나중에 하나씩 처리하죠 뭐."

나의 여유에 검사는 이해할 수 없다는 표정을 지었다. 그럴 수밖에. 그는 나의 계획을 모르고 있으니 이해가 안 될 수밖에.

이런저런 일들을 감옥 안에서 겪으면서 나는 내가 나갈 방향을 정리하고, 구체적인 계획까지 세워 갔다. 미리 준비해 둔 것들도 있었고, 감옥에 들어와서 새롭게 정리해야 할 것도 많았다. 새롭게 계획하고 결정하고 결단할 내용들도 많았다. 상대의 발악을 생각하지 않고 단순하고 안일하게 일을 시작한 것을 깨달았다. 땀을 흘릴 각오는 얼마간 되어 있었지만, 피를 흘릴 생각은 하지 않았음도 깨달았다.

구치소에 들어오고 나서야 피의 자유를 생각하게 됐다. 땀 냄새가 나는 자유가 나를 위해 뭔가를 준다면, 피 냄새가 나는 자유는 보다 근원적인 그 무엇을 줄 것 같았다. 밟힐수록 강해지는 잡초이고 싶었다. 또라이 일당이 밟으면 밟을수록 더 강인한 생명력으로 살아 오르고 싶었.

이런 각오와 다짐을 하고 있을 때쯤 후배 숙경이 면회를 왔다. 그러나 나는 거부했다. 그녀를 만난다면 내 의지가 흔들릴 것 같았기 때문이었다. 혼자 다듬고 다짐한 계획들이 그녀를 만나는 순간 와르르 무너질 것 같았다. 그녀가 박영철 아내이기 때문이 아니라, 그녀는 말없이 나를 움직이는 힘을 가지고 있었다. 내가 그녀에게 남자로서 관심을 주지 않은 것도 그 때문이었다. 그녀는 아무 말 없이, 분위기로, 표정으로 나를 통제하고 조정했다. 그녀 곁에 있으면 내 의지대로 되질 않았다. 그래서 그녀가 나를 좋아하는 줄 뻔히 알면서도 모른체했고, 그녀를 좋아하면서도 밀어냈다. 그녀가 내게 다가올수록 멀리 도망쳤다.

시험지 유출 사고가 났을 때도 그녀는 나를 찾아왔었다. 만나고 싶지 않다고 했지만 그녀는 학교 앞에서 내가 퇴근할 때까지 기다리고 있었다.

"뭐야? 전화할 때부터 기다렸던 거야?"

교문 앞에 서 있는 그녀를 보고 놀란 나는 소리를 질렀다. 그러나 그녀는 대답조차 하지 않았다. 쓴 미소만 지었다.

"차는?"

나의 물음에 대답도 하지 않고 그녀는 자기 차라도 타듯 내 차 조수석에 앉았다.

"숙경아, 미안하지만 이건 아닌 것 같다. 아무리 내 후배지만 이러면……."

그러나 나는 말을 이을 수가 없었다. 그녀의 눈에서 눈물 한 방울이 툭 떨어졌기 때문이었다. 그 눈물 한 방울에 나는 무너지고 말았다. 그 어떤 말보다도 더 큰 말을 하고 있었다. 남편에게서 전화 받았을 때의 충격, 시험지 유출을 목격한 사람이 나란 사실을 알았을 때의 기막힘, 나를 만나려고 일곱 시간 이상을 교문 앞에서 기다리며 느꼈을 창피함과 초조함, 선배인 나에 대한 실망감. 이런 모든 것들을 눈물 한 방울로 표현하고 있었다. 그리고 남편을 살려 달라는, 한 번만 용서해 달라는 강한 기원도 그 한 방울의 눈물 속에 다 담겨 있었다.

그 눈물을 보는 순간 부르르 손이 떨렸다. 박영철 그놈이 곁에 있다면 죽을 만큼 패 주고 싶었다. 이런 여자에게 눈물을 흘리게 하는 그놈을, 이런 여자를 사지로 내몰아 놓고 어디론가 숨어 버린 그놈을 용서할 수 없었다. 최소한 남자라면 자기가 나를 기다렸어야 했다. 살려 달라고 애걸을 하건, 욕을 하건, 사생결단을 내겠다고 덤벼들건. 그런 용기와 패기도 없이 그런 어마어마한 일을 저지른 걸 이해할 수 없었다.

하기야 그는 큰 잘못이 없을지 모른다. 조영건의 꾐에 빠져 그런 일을 저질렀을 가능성이 높았다. 그는 그런 사고를 칠 인간도 못 됐다. 소아마비로 자란 그는 그 누구보다 세상과 사람에 대한 두려움이 많을 것이었다. 남들처럼 세상과 부딪히기보다 세상을 피하며 살아왔을 것이다. 그런 그가 동료의 유혹에 빠져 그런 일을 저질렀으니 도망가지 않고서는 배길 수 없었을 것이다. 그래서 나의 후배인, 나를 사랑했던 여자인 자기 아내를 보내 내게 용서해 달라고, 한 번만 봐달라고 통사정을 하고 있는 것이고. 남자로서는 부끄럽고 한심스러운 일이지만, 세상을 두려워하는 그로서는 있을 수 있는 일이라고 이해하고 나자 그녀의 눈물은 더 무겁게 느껴졌다. 우리 대학 5월의 여왕이었던 그녀가 많은 남자들을 다 뿌리치고 그와 결혼한 것도 알고 보면 그의 저는 다리 때문이었는지도 모른다. 그녀는 그런 여자였다.

나는 더이상 아무 말도 못 하고 차를 몰았다. 그리고 가까운 커피 전문점에 가서 커피 한 잔을 마시고 헤어졌다. 10여 분 동안 우리가 나눈 말은 없었다. 그냥 조용히 얼굴을 바라보다 말없이 헤어졌다. 그리고 나는 그 일에서 슬그머니 물러나 버렸다. 일이 터진 이상 어떻게든 정리될 것이고, 그 일은 내가 하지 않아도 누군가는 정리할 일이었기 때문에 뒤로 물러나 버린 것이었다.

그런 그녀가 면회를 신청하자 당연히 거부할 수밖에 없었다. 그녀를 만난다는 것 자체가 이번 일을 그르치는 일이었기 때문이었고, 나의 신념을 포기해야 할지도 모르는 일이었기 때문이었다. 그러나 그녀는 끈질겼다. 2주 동안 하루도 빠짐없이 면회를 신청하는 것이었다. 그것도 다른 사람이 먼저 면회해 버릴까 봐, 직원들도 출근하기 전부터 기다렸다가 하는지 늘 제일 먼저 면회를 신청하곤 했다.

결국 그녀의 끈질김에 진 나는 면회실로 나갔다. 무슨 말이든 해야 그녀가 포기할 것 같았다. 이번만큼은 지난번처럼 유야무야 덮을 수 없는 상황임을 그녀도 잘 알고 있을 것이었다. 그런 상황을 그녀에게 전해야 했다.

"선배님, 죄송해요."

면회실에 나가자마자 그녀는 이 한마디를 하고 입을 다물어 버렸다. 그에 따라 나의 입도 닫혀 버렸다. 지난번처럼 눈물을 흘릴까 봐 걱정했으나 눈물도 흘리지 않았다. 눈물을 흘리는 순간 내가 약해짐을 알았는지 그녀는 입을 굳게 다물고 나를 쳐다보기만 했다.

예뻤던 얼굴이 많이 상해 있었다. 잠을 제대로 못 잤는지 얼굴도 푸석거려 보였다. 그런 그녀에게 잔인스러울지 몰라도 나는 미리 준비해 두었던 말을 흘렸다.

"미안하지만, 이제 다시 오지 마. 네 얼굴 보기가 괴로워서⋯⋯."

"선배님, 전 이제 어쩌면 좋아요?"

마치 내가 무슨 말인가 하기를 기다렸다는 듯이 나의 말을 가로채며 그녀가 물었다.

"⋯⋯?"

그녀의 의도를 알 수 없어 그녀를 쳐다보자 그녀가 말을 이었다.

"안 그래도, 이제 다시 오지 않으려고요. 선배님을 힘들게 하는 것 같아서요. 그때, 선배님을 찾아가는 게 아니었는데……. 그때 그 사람을 포기했어야 했는데, 제가 너무 어리석었어요."

그녀는 혼잣말을 하듯, 한 마디씩 음미하듯, 나직이 말을 이어 갔다. 그 말을 듣고 있노라니 심장이 찢어지는 것 같았다. 이제 그를 포기하겠다는 말인지, 이미 포기했다는 뜻인지, 포기할 수밖에 없지 않으냐는 얘긴지 정확하지는 않았지만 나 때문에 괴로워하고 있음을 충분히 알 수 있었다. 그런 그녀에게 더이상 나의 결심을 얘기한다는 것은 너무 잔인한 일이었다. 그래서 나도 입을 다문 채 앉아 있었다.

그녀가 주섬주섬 일어서더니 슬픈 눈으로 나를 바라보면서 슬픈 목소리로 말했다.

"선배님, 건강하세요. 그리고 꼭 이기세요. 그런데, 그런데…… 전 이제 어디로 가죠?"

그녀는 이 말을 남기고 면회실을 나가 버렸다. 울음이 터질 것 같아 더이상 있을 수 없는 사람처럼 황급히 몸을 감춰 버렸다.

그녀를 보내 놓고 아무런 일도 할 수 없었다. 그녀와 내가 공존할 수 없다는 사실이 슬펐고, 상반된 입장에서 서로 다른 길을 갈 수밖에 없음이 아팠다. 나를 이렇게 가슴 아프게 하는 사람을 아프게 하는 박영철 그 인간을 도저히 용서할 수 없었다. 지난번에는 어떻게든 용서하려 했으나 이번에는 결코 용서할 수가 없었다. 은혜를 원수로 갚는 그를 용서할 수 없는 게 아니라, 저렇게 착한 내 후배를 괴롭히는 박영철이란 인간을 용서할 수가 없었다.

면회실에서 내 방으로 돌아오는데 또라이 일당이 어디엔가 모여 킬킬

대고 있을 것만 같아 치가 떨렸다.

지가 별수 있어? 감옥에 가둬 버리니 옴짝달싹 못 하는구만. 이 기회에 산적 그 새낄 아예 골로 보내 버리자고.

이런 소리가 들리는 듯했다. 그 소리에 나는 피식 웃고 말았다. 제발 그러기만을 바라고 있지 않은가. 그런 안심과 방심 속에 자기들을 옭아맬 악수를 계속 만들게 하고, 그 악수를 통해 그들을 일망타진해야 했다.

그러기 위해선 정 선생이나 제자들,

심지어는 아내에게까지도 입을 다물 수밖에 없었다.

그들을 못 믿어서가 아니라 믿기 때문에.

그들은 마침내 나를 이해해 줄 것이기에.

지금은 떠나야 할 때

29

"교장 선생님, 어떻게 된 일입니까? 성추행은 뭐고, 성적 조작은 뭡니까? 지금 어쩌려고 이런 일을 벌이는 겁니까?"

이 선생이 긴급 체포되고 며칠 지나지도 않았는데 엉뚱한, 정말 엉뚱하다고 할 수밖에 없는 기사가 인터넷 신문에 뜨기 시작했다. 처음엔 인터넷 신문에 가십처럼 잠시 언급되는가 싶더니, 그게 예광탄이라도 되는 듯 모든 언론사들이 이 선생을 향해 총격을 가하기 시작했다. 총격 정도가 아니라 무차별 폭격을 감행하고 있었다. 뒤에서 사주하거나 조정하지 않고선 있을 수 없는 일이었다. 나는 그 진원지가 교장이라고 단정 짓고 교장실을 찾아가 따졌다.

"제가 무슨 힘이 있습니까? 다 그분의 뜻이니 따를 수밖에······."

예상대로 교장은 간단히, 너무나 손쉽게 모든 책임을 이사장한테 떠넘겼다. 물론 이사장 의지가 없었다면 있을 수 없는 일임은 나도 잘 알고 있다. 그러나 교장이 최소한의 책임이라도 질 줄 알았는데 모든 책임을 이사장에게 전가하는 태도에 불뚝 성질이 솟았다.

"이사장님 뜻이라고요? 교장 선생님이 건의하신 건 아니구요?"

"제가 무슨 힘이 있습니까? 무슨 힘이 있어서…… 아시다시피 저는……."

"이사장님의 명을 충실히 받들 뿐이란 말씀이시겠죠? 교장 선생님의 뜻은 추호도 없단 말씀이죠?"

"실장님도 아시다시피…… 전, 전 단지 이사장님의 뜻을……."

"알겠습니다. 그렇다면 제가 이사장님을 만나 보겠습니다. 어떻게 이런 일을 획책한단 말입니까? 이건 누워서 침 뱉기 정도가 아니라 잠자는 호랑이 코털을 뽑은 격이라고요. 이제 이 일을 어떻게 감당할려고……."

더이상 얘기해 봐야 입만 아플 게 뻔했다. 발뺌에 능수능란한 고수가 아닌가. 그래서 선생들이나 학생들이 하나같이 쫄배라고 능멸하고 있지 않은가. 그의 평소 행태로 봐서 이사장 앞에서는 알아서 기었을 게 뻔했다. 이 일을 직접 획책하고 이사장에게 건의함은 물론, 자신의 공로임을 과시하기 위해 알랑방귀를 뀌었을 것이었다. 파리처럼 손까지 삭삭 비벼대며 굽실거리며 아부했을 것이었다. 그런데도 내 앞에선 결코 그런 적이 없다고, 자기가 무슨 힘이 있냐며 책임 회피로 일관하고 있었다. 그런 인물이기에 이 문제가 불거진다고 해도 그는 보신을 위해 철저히 모르쇠로 일관할 것이었다. 이번 일이 그의 작품이고 직접 획책했다 해도 끝까지 발뺌하며 빠져나갈 게 뻔했다.

카멜레온.

그래, 그는 애초부터 자신의 색을 갖지 않은, 주위 상황에 맞게 자신의 색을 바꾸다 보니 본연의 색을 갖지 못한 변종 카멜레온일지도 몰랐다.

특수하게 진화한 돌연변이 카멜레온.

　행정실로 돌아와 이사장한테 전화를 걸었으나 받지 않았다. 이런 일은 교장 단독으로 처리할 수는 없는 일이었다. 그렇다고 이사장이 이런 일을 꾸몄을 리도 없었다. 교장이나 교장 측근에서 나온 방안을 이사장이 용인했거나 묵인했을 가능성이 컸다. 그러니 더이상 일이 커지지 않게 막아야 했다. 이미 본령에서 벗어나 이전투구 양상을 보이고 있었지만, 더이상 방치했다간 이사장뿐만 아니라 학교 자체가 끝장나고 말 것이었다. 그래서 교장을 찾아갔는데 교장이 그리 나오니, 깨어지는 한 있더라도 이사장과 직접 담판을 짓는 수밖에 없을 것 같았다.

　몇 번이나 더 통화를 시도했으나 받지 않았다. 하는 수 없이 숙모님께 전화하니 어젯밤 집에 들어오지도 않았다고 했다. 아무 말 없이 나가선 아직까지 아무런 소식이 없다고. 이사장 들어오면 전화 좀 넣어 달라고 부탁해 놓고 전화를 끊는 수밖에 없었다. 그러나 이사장이 들어왔다는 전화는 끝내 오지 않았다. 집에 들어가지 않았다면 어떤 연락이라도 있었을 텐데도 아무런 연락이 없었다.

　퇴근하자마자 이사장 집을 찾아갔으나 숙모는 '아직도 안 들어오셨어요.'라고 대답만 하며 문도 열어 주지 않았다.

　"지금 이사장님을 만나서 이 일을 처리하지 않으면 큰 사달이 벌어져요. 숙모님이 설득해서 어떻게든 이사장님 좀 만나게 해 주세요."

　인터폰에 대고 사정조로 말했으나 숙모는 머뭇거리기만 할 뿐 끝내 문을 열어 주지 않았다.

　"숙모님, 지금 삼촌이 여기서 멈추지 않으면 큰일 납니다. 그러니 삼촌 좀 만나게 해 주세요. 한시가 급합니다. 여기서 멈춰야 한다구요."

이사장이 곁에서 듣고 있을 것 같아 애걸복걸했으나 숙모는 자기는 잘 모르는 일이니 삼촌을 만나서 직접 얘기하라는 말만 되풀이하며 문을 열어 주지 않았다. 하는 수 없이, 이사장님을 어떻게든 설득해서 저 좀 만나게 해 달라는 부탁만 남기고 발길을 돌려야 했다.

돌아가는 발길은 무거웠다. 이제 이사장이 상대해야 할 사람은 산적 선생이 아니었다. 이사장을 비롯한 몇몇이 동문·재학생·학부모를 상대로 전쟁을 벌이는 격이었다. 어쩌면 교직단체와 시민들을 상대로 전쟁을 해야 할지도 모르고, 법과 싸워야 할지도 몰랐다. 그 전쟁에서 이기기를 바라는 것은 계란으로 바위를 깨부수겠다는 것과 다를 바가 없었다.

이 선생의 평상시 성격으로 봐서 그에 대한 대비를 안 했을 리 없었다. 이 선생이 제기한 〈이사장의 교권 침해 사례〉를 보면 분명한 근거를 가지고 접근하고 있었다. 단순한 기억에 의해 기술하고 있는 게 아니라, 일기나 기타 다른 기록을 바탕으로 하고 있는 게 분명했다. 그렇지 않다면 그렇게 정확하고 정교한 〈이사장의 교권 침해 사례〉가 나올 수 없었다. 그렇게 치밀한 사람이 이런 상황에 대해 대비하지 않았을 리 없었다.

교생 실습을 왔을 때부터 15년 넘게 지켜본 그는, 비분강개형이긴 했지만 치밀하고 정교했다. 또한 다른 사람들은 생각지도 못하는 방법으로 문제를 해결하는 해결사이기도 했다. 학생들이나 선생들뿐만 아니라 학부모들까지 혀를 내두를 정도로 치밀하고 끈덕지고 야무진 사람이었다. 그런 그가 이런 중대한 일, 자신의 일생은 물론 다른 사람의 일생까지 뒤바꿀 수 있는 일을 이렇게 허술하게 접근하지는 않았을 것이었다.

어쩌면 이런 악수가 나올 것을 예상하고 기다리고 있는지도 몰랐다. 그러니 그의 다음 행동은 생각지도 못할 후폭풍을 가진 그 무엇일 게 분명했다.

"실장님, 대단하시네요. 이 선생이 아주 꼼짝 못 하게 걸렸네요. 다음 수는 뭐죠? 이런다고 이 선생과 우리가 물러설 것 같아요? 너무 계산이 허술한 거 아니에요? 주먹으로 구굿셈을 해도 분수가 있지 이 정도론 안 되죠. 좀 더 강한 드라이브를 걸어야 하는 거 아니에요?"

정우형 선생의 이죽거리는 전화는 안 그래도 뒤집힌 속을 더 후벼 팠다.

"정 선생. 나한테 너무한다 생각하지 않아? 난 중간자 입장에서 정말 좋게 해결하기 위해 고심했다고. 일이 이렇게 전개될 줄 알았다면 애당초 중간에 서지도 않았다고."

"예에, 그러세요? 그런데 어쩌죠? 이사장 조카에다 재단 실세라서 그 타이틀 버리기도 힘들 텐데. 아예 이 기회에 양심선언을 하든지 내부고발이라도 하시죠. 난 재단 편도 이사장 편도 아니라 이정훈 선생 편이라고요. 그러면 혹시 감동해서 실장님을 용서할지도 모르니까요."

"뭐라고? 정 선생 너, 말 다 했어?"

"어이구, 이제야 본색을 드러내시네. 진작 그랬으면 우리가 인간에 대한 예우라도 안 했을 거 아니에요. 이제서야 본색을 드러내니 괜히 우리만 손해 본 것 같잖아요. 그래요, 이제 그렇게 완전히 재단 편이라고 분명한 색깔을 내세요. 괜히 사람 헷갈리게 하지 말고."

일방적으로 자기 말만 하고 전화를 끊어 버리는 녀석이 괘씸하여 다시 전화를 걸까 하다가 그만두었다. 그의 입장에서 이제 비아냥거리고 화풀이할 사람이 자신뿐이라는 생각이 들자 안쓰럽기까지 했다. 그에게 이 선생의 구속은 대들보가 내려앉은, 손쓸 새도 없이 집이 폭삭 내려앉은 것과 다를 바가 없었을 것이었다. 설상가상으로 이사장을 비롯한 몇몇이 이 선생에 대한 무고와 조작을 감행하는 상황에서 그가 할 수 있는 일이란 나에게 전화를 걸어 이죽거리는 일밖에 없을 것이었다.

그러나 일은 이사장과 교장의 예측과 뜻대로 되어 갔다. 이 선생에 대한 무고와 조작이 감행되어 매스컴에 보도되기 시작하자 선생들은 기다렸다는 듯이 이사장 휘하로 몰려가고 있었다. 대놓고 이 선생을 비난하는 측들도 있었다. 이 선생과 가까웠던 축들일수록 자신들의 오판을 비판하고 이 선생의 행동을 비난하며 이사장 밑으로 기어드는 것 같았다. 정우형·진용현·김수용·강형민 선생을 비롯한 몇몇만 지조를 지키며 외톨이가 되어 갔다. 뻔뻔한 인간들이라고 손가락질받고 있었다.

이제쯤 움직일 때가 됐다 싶어 이 선생의 다음 수를 기다렸으나 그에 대한 준비를 못 했던지 아무런 후속 대책이 나오지 않았다. 너무 싱겁다는 생각이 들 정도로 일은 정리되고 있었다. 그러는 사이 이사장은 보란 듯이 학교를 드나들며 선생들을 옥죄고 있었고, 퇴진 운동에 동참했던 선생들뿐만 아니라 자신을 지지하지 않은, 중립적인 입장을 유지했던 선생들에게까지 사사건건 꼬투리를 잡으며 몰아붙였다.

그러자 선생들은 비굴하다 싶을 정도로 백기를 들고 이사장 진영으로 몰려갔다. 이사장이 평소에 자주 얘기했던 대로 쫌팽이 모습 그대로, 약삭빠르게, 살아남기 위해, 비열하게, 이사장 쪽에 붙었다. 그들에게 학교란 제자들을 가르치는 교육기관이 아니라 월급을 받아먹는 직장 그 이상도 그 이하도 아닌 듯싶었다.

상황이 이렇다 보니 이제 이 선생이 풀려난다 해도 어떤 힘을 발휘할 수 없을 만큼 학교 분위기는 이사장과 교장, 그리고 조·박 선생 쪽으로 기울어 있었다. 이사장이 행정실로 찾아와 고성을 지른 일은 그걸 증명하고도 남았다.

"행정실장, 당신 뭐 하고 다니는 사람이야!"

학부모 학운위원들에게 올해 예산에 대해 설명하고 있자니 이사장이 행정실 문을 벌컥 열며 다짜고짜 소리를 질렀다. 영문을 몰라 쳐다보자 그는 더욱 언성을 높이며 악을 썼다.

"모르면 잠자코 있다가 떡고물이나 얻어먹지, 지가 뭔데 내 행동을 간섭하고 교장을 만나서 이러쿵저러쿵 헛소릴 하고 다니는 거야!"

이 선생에 대한 날조와 비방, 무고를 중단하라고 교장을 찾아갔던 일을 두고 하는 말인 게 분명했다. 이제껏 숨어 다니다가 오늘 갑자기 나타나 고함을 치는 건 교장이 충동질했기 때문일 것이 분명했다.

"만약 그때 당신 말 들어서 일을 미루거나 멈췄으면 이렇게 빨리 학교가 안정됐겠어?"

할 말이 없었다. 나도 이렇게 빨리 사태가 수습될 줄은 몰랐으니깐. 이 선생은 구속됐지만 비대위 선생님들이 남아 있으니 당분간 여진이 계속될 줄 알았다. 특히 이 선생에 대한 날조·비방·무고엔 적극적인 움직임을 보일 줄 알았다. 기다렸다는 듯이 이 선생을 성토하며 제 살길을 찾아 가리라곤 예상하지 못했다.

그러나 아직 끝나지 않았다는 생각이 들었다. 이 선생 쪽에서 아무런 반응을 보이지 않는다는 게 그 증거였다. 더 높이 뛰기 위해 잔뜩 움츠리고 있는 듯한 느낌이 들었기 때문이었다. 그렇다고 그런 얘기를 할 수는 없었다. 안 그래도 내 편인지 산적 편인지 분명한 태도를 취하라고 소리치는 이사장에게 그런 말을 했다간 발광할 게 뻔했다. 아니, 어쩌면 죽이겠다고 덤벼들지도 모를 일이었다. 형들마저 죽이겠다고 발광했던 인물이 아닌가. 그래서 아무 대꾸도 못 한 채 이사장 고함을 들을 수밖에 없었다.
 "내 밑에서 월급이라도 받아먹으려면 내 편을 들어야지······. 조카라고, 아버지 뜻을 받드는 차원에서 행정실장 자리에 눌러앉혀 놓았더니 뭐? 조작 어쩌고 저째? 뭐? 잠자는 호랑이 코털을 어쩐다고? 그럼 지가 직접 처리하든지, 능력 없으면 가만히라도 있든지, 어디 함부로 설쳐대는 거야, 설치길!"
 학부모들이 있든 말든, 누가 있거나 말거나 자기 할 말만 해 놓고 문을 쾅 닫고 나가 버렸다.
 나는 그런 그의 모습에서 격세지감을 맛봐야 했다. 무슨 일만 있으면 나에게 쪼르르 달려와 통사정을 하던 모습은 전혀 찾아볼 수 없었다. 설립자이신 할아버지와 사소한 갈등만 있어도 어떻게든 할아버지를 설득해 달라고 애걸복걸하던 그가 아니었다. 이제 법인의 모든 것을 장악한 독재자의 모습만이 남아 있을 뿐이었다. 아니, 고등학교 때 깡패 뒤를 쫓아다니면서 막무가내로 설쳐 대던 그 모습 그대로였다.
 학부모들에게 양해를 구하고 행정실을 나서는데 귓가에 할아버지 목소리가 쟁쟁하게 울렸다.
 "아무리 조카긴 하지만 니가 잘해야 한다. 누가 이사장이 되든 너만큼 학교 사정을 아는 사람이 없으니, 니가 잘못하면 학교 꼴이 말이 아닐 것이다. 그러니 삼촌들하고 쌈을 해서라도 바로잡을 건 바로잡아 나가도록 해라."
 할아버지는 손아래 삼촌들과 싸움을 해서라도 학교를 제대로 세우라고 틈만 나면 되뇌곤 했었다. 특히 작은삼촌이 이사장이 되거들랑 옷 벗을 각오하고 저항하라고 하셨다. 그러나 형들마저 완력으로 제압하고 이사장 자리에 앉은 작은삼촌은 이제 나이보다는 항렬을 앞세우는 한편, 직위를 앞세워 나를 억누르고 있었다. 할아버지는 이런 상황을 예견하시고 '옷 벗을 각오'란 말을 자주 하셨던 게 아닌가 싶었다.

　이사장 퇴진 운동이 일어나자마자 나는 중립적인 입장을 취할 수밖에 없었다. 형들을 누르고 작은삼촌이 이사장 자리에 앉고부터 학교는 퇴보하고 있었다. 선생님들은 재단파와 비재단파로 갈려 서로 반목하는 정도가 아니라 잡아먹지 못해 으르렁거리고 있었고, 그러다 보니 학교 꼴이 말이 아니었다.

　특히 교장과 조·박 선생이 이사장에게 아부하는 꼴은 눈꼴사나워서 견딜 수가 없을 정도였다. 모든 인사권을 이사장이 가지고 있고 그들이 어려울 때 구원해 줬다 해도 정도가 너무 심했다. 이승만 대통령 시절에 이승만 대통령이 방귀를 뀌자 "각하, 시원하시겠습니다."고 아부했다던데 그 이상이면 이상이었지 이하가 아니었다. 이사장의 말이면 무조건 옳다고 아부하는 한편, 이사장을 부추기기까지 했다. 그러니 옳은 소리는 그들에게 가려 이사장 귀에 들어갈 수 없었고, 이사장 귀에 들어가는 소리란 그들에 의해 걸러지거나 왜곡·날조된 소리뿐이었다.

　"행정실장님, 어떻게 이럴 수가 있습니까? 이건 해도 너무하는 거 아닙니까?"

　이 선생은 나를 찾아와 자주 시시비비를 따지곤 했었다. 옳은 것을 옳다고 하고, 그른 것을 그르다고 하는 그의 소신은 입에 쓴 약과도 같았다. 그러나 그의 소리는 메아리도 없이 잦아들기만 했다. 심지어는 그를 모함하는 말이 이사장에게 보고되기도 했으니, 그런 이야기를 들을 때마다 나를 불러 소리를 질러댔다.

　"산적 그 새끼, 그렇게 불만이면 지가 나가면 될 거 아냐. 좆도 아닌 새끼가 어디서 지랄이야, 지랄이. 행정실장이 그 새끼 싸고도니까 그러는 거 아뇨. 그 새끼, 한번 걸리기만 해 봐라, 아주 골로 보내 버릴 테니깐."

곁에 누가 있건 없건 선생님한테 이 새끼 저 새끼라 부르며 막말을 해댔다. 그런 상황이고 보니 설립자이신 할아버지의 뜻이 이어질 리가 없었다.

그래서 이사장 퇴진 운동이 일어나자 드디어 올 것이 왔구나 싶었다. 물론 이사장은 버티면서 무마하려 하겠지만 이정훈 선생이 주도하는 이상 호락호락하게 물러서진 않을 것이라 생각했다. 그래서 이사장 편도 이 선생 편도 아닌 중간자적 입장에서 사태의 추이를 지켜보고 있었는데 교장과 조·박 선생의 농간에 너무나 쉽게 끝나 버렸다. 이제 학교를 바로 세우기 위해 수고를 마다하지 않을 사람은 없었다. 슬금슬금 눈치나 보면서 제 밥통 지키기에 혈안이 될 것이었다. 이 선생이 돌아와 봤자 기댈 곳이 없었다.

그랬는데 이사장 쪽에서 악수를 두기 시작했다. 눈엣가시를 완전히 제거할 생각이었는지 엉뚱하게도 여제자 성추행, 성적 조작 카드를 꺼내 든 것이었다.

조·박 선생이 벌였던 치사하고 더러운 일을 이 선생에게 뒤집어씌웠다. 자기가 싼 더러운 똥을 이 선생의 똥이라고 우기면서 이 선생 얼굴에 던지는 격이었다. 그걸 뻔히 알면서도 선생님들은 '에이, 더러워.' 하는 표정으로 이 선생을 매도하며 이사장 휘하로 몰려들었고.

그러나 내가 보기에 이사장이 쓴 그 카드는 호랑이 코털을 뽑는 행위였다. 미국을 얕보고 진주만을 폭격했다가 결국 원자폭탄의 맛을 봤던 일본이나 다를 바 없었다. 이 선생은 그리 허술한 사람이 아니었다. 모든 걸 예상하고 기다리고 있거나, 이쪽의 행동에 따라 그 대응 수위를 조절하고 있을 가능성이 높았다.

  이 선생이 애초 자신이 세웠던 다양한 방안들을 한꺼번에 쓰지 않는 이유는 학교와 돌아가신 설립자의 명예를 지키기 위해서일 것이었다. 어쩌면 이사장·교장·조·박 선생을 한꺼번에 공략할 수 있는 고단수를 준비해 놓고 있는지도 몰랐다. 그런 사실도 모르고 절대로 써서는 안 될 카드를 써 버렸으니 이 선생이 가만히 있지 않을 게 뻔했다. 조용히, 폭풍 전야처럼 움츠리고 있는 게 그 증거였다. 그 괄괄한 성격에 이렇게 조용히 당할 사람이 아니었다.

  그런 나의 예상은 잘못되지 않았다. 이 선생이 아닌, 이 선생의 제자들의 움직임이 심상치 않다고 했다. 이 선생이 시켜서가 아니라 자발적으로 이 선생의 제자들이 움직이고 있다고 했다.

  들리는 말로는 언론사뿐만 아니라 법조계에 있는 제자들까지 합세해서 일을 준비하고 있다고 했다. 실제로 학교를 찾아와 상황을 파악하고, 여론의 진위를 파악하는 일도 점차 늘어나기 시작했다. 학생회장 출신의 졸업생이 찾아오는가 하면, 동문회에서도 비상한 관심을 가지고 학교를 방문하기도 했다. 성추행을 제기한 아니, 날조한 재학생을 물밑에서 접촉한다는 소식까지 들려왔다. 일이 이쯤 되자 이사장에게 보고하지 않을 수 없었다.

  "아무래도 졸업생들의 동태가 심상치 않습니다. 이 선생이 시켜서 하는 일이 아니라 자진해서 하는 게 아무래도 대비를 하는 게 좋을 듯합니다."

  "행정실장이 그놈들하고 잘 통하니 한번 막아 보지?"

  "예에?"

  "왜요? 진작부터 산적하고 잘 통했잖아? 그러니 산적 편드는 놈들하고도 통할 게 아냐. 그러니 한번 막아 보라고."

"무슨 말씀을 그렇게 심하게 하십니까? 내가 비록 항렬은 아래지만 엄연히……."

"그래서? 나이가 많으니깐 어른 대접해 달라 이거야? 나일 먹었으면 판단을 바로 해야 할 거 아녀? 이제 와서 내 편을 드는 이유가 뭔데? 지금까지 모른체하다가, 그날 그만둘 것처럼 이사장실을 뛰쳐나갔던 사람이 이제서야 그런 보고를 하는 속셈이 뭐냔 말이야?"

말문이 막혀 말을 할 수가 없었다. 일이 커지는 걸 막아 보려는 나의 노력을 자기 쪽에 붙기 위한 아부 정도로 치부하는 데는 더이상 할 말이 없었다. 그런 사람에게 더이상 말을 하는 것은 쇠귀에 경 읽기가 아니라 관 속에 누워 있는 사람에게 인공호흡기를 부착하는 것과 다를 바가 없었다.

말도 한마디 못 하고 이사장실을 나서니 후회가 엄습했다. 그날 이사장 자리에서 물러나지 못한다고, 자기 밑의 애들 동원해서 선생들 다 때려죽여 버리겠다고, 형들이든 나발이든 죽고 싶지 않으면 입 닥치라고, 행정실장이란 놈이 산적 편을 들어 자신을 몰아내려 한다고 발광을 할 때 그만두지 못한 게 후회스러웠다. 이사장실을 뛰쳐나와 집으로 갈 때 사표를 내고 갔어야 했다. 아니, 이 선생이 새벽에 전화를 해서 학교 걱정을 앞세울 때 냉정하게 잘라 버리지 못한 게 후회스러웠다.

형들마저도 동생을 제어하지 못하는 판국에 내가 어떤 방안을 내놓는다 해도 아무 필요가 없었다. 공염불에 지나지 않거나 산적 편을 든다고, 자길 몰아내려 한다고 발광할 게 뻔했다. 그러니 내가 학교를 그만두는 방법밖에 없었다. 돌아가신 할아버지께 죄스럽지만 더이상 학교를 위해 아무 일도 할 수 없다면 깨끗이 물러나는 수밖에 없었다.

"만약…… 우리가 생각지도 못한 불미스러운 일이 생기면 나도 피해를 입지만, 우리 학교, 돌아가신 이사장님께도, 누를 끼칠 게 아닙니까?"

그날 새벽, 이 선생이 그 말만 안 했어도 학교에 다시 오지 않았을 것이었다. 그런데 이 선생의 그 말을 듣는 순간, 그의 마음이 집혀 왔다. 그런 그의 마음이 전해지자 가만히 있을 수가 없었다. 어떻게든 평화적으로 문제를 해결하여 학교를 정상화시켜야 한다는 생각이 들었다. 그런 후 사표를 써도 늦지 않으리라 생각했다. 그래서 지끈지끈 쑤셔 오는 머리를 이끌고 학교로 다시 돌아왔는데 그게 최대의 실수였다.

그래, 지금이 아니면 더이상 기회가 없을지 몰라.

나는 생각을 굳혔다. 더이상 학교를 지키겠다고 발버둥 치다가는 양쪽 모두에게 돌팔매를 당할지도 몰랐다. 그럴 바엔 차라리 지금 깨끗이 물러서는 게 상책일 것 같았다.

사표를 써서 책상 위에 올려놓고 행정실을 나섰다. '양심은 있나 보지? 사표를 써 놓고 간 걸 보니?' 이사장은 이런 말로 그를 비웃을지 모르지만, 그렇다 하더라도 내가 할 수 있는 일은 없는 것 같았다. 내가 없어진 후에 어떤 일이 벌어지더라도 그건 모두 이사장의 몫이었다.

이제 내가, 이 학교에서 할 일은 아무것도, 정말 아무것도 없었다.

오월, 장미꽃 향기 날리던 날

30

 이제 일주일 남았지? 일주일 후면 산적 새낀 완전히 끝이고.
 두희는 피우던 담배를 재떨이에 비벼 끄며 자리에서 일어났다. 일곱 시에 만나기로 했으니 이제 슬슬 출발할 시간이었다.
 산적이 실형을 받는 순간 짤라 버리면 그만이고. 범법자를 짜르는데 누가 뭐랄 거야. 그날부턴 두 다리 뻗고 잘 수 있을 것이고. 흐흐흐.
 절로 웃음이 나왔다. 동료 교사 폭행이야 벌금형으로 끝날 수도 있겠지만, 여제자 성추행은 실형을 피하기 어려울 것이었다. 실형을 받는 순간 파면시켜 버리면 그만이었고. 산적에게 퇴직금을 안 준다고 자기가 갖는 건 아니지만, 어떻게든 새낄 못 견디게 굴어야 직성이 풀릴 것 같았다. 두 달 가까이 피 마른 생각을 하면 이가 갈렸다.
 그동안 당한 고통과 들인 돈만도 얼만가. 경찰서로, 신문사로. 또한 그들에게 다리를 놓아 달라고 가져다 바친 돈만도 그 새끼 퇴직금의 몇 배

정도는 될 것이었다. 돈도 돈이지만 그 좆같은 새끼들한테 굽실거리며 통사정을 한 걸 생각하면 지금도 아니꼽고 더러워서 치가 떨릴 정도였다. 그런 수치와 모멸감을 안겨 준 산적 새끼를 일주일 후면 학교에서 완전히 내쫓을 수 있다니 십 년 묵은 체증이 다 내려가는 듯했다.

오랜만의 만남이면서 산적을 완전히 골로 보내기 위한 마지막 점검의 자리고, 약발을 세우기 위한 모임인 만큼 최고급 일식집에, 최고급으로 예약하라고 했다.

최고의 공격은 최고의 방어라더니 산적은 쥐 죽은 듯 감방에 갇힌 채 재판 날만 기다리고 있다고 했고, 학교도 정상을 찾아가고 있었다. 정상을 찾은 정도가 아니라, 산적 새끼가 데모를 일으켰을 때보다 한참 안정되어 있었다. 산적 쪽에 가담해 자신을 몰아내려던 선생들 대부분이 백기 투항해 오지 않았던가. 백기 투항 정도가 아니라 살려 달라고, 충성을 다하겠다고 맹세하고 굽신거리는 꼴이라. 정말 쫌팽이 그대로였다. 정우형일 비롯해 몇몇이 아직까지 버티고 있었지만 그 정도야 애교로 봐줄 수도 있고, 필요하다면 바람과 햇빛으로 다스리면 그만이었다.

졸업생들의 움직임이 있다고 했지만 그건 신경 안 써도 될 것이었다. 그놈들이 나서 봐야 어쩔 수 없을 것이고, 그들도 바람이나 햇빛으로 충분히 누를 수 있을 테니까. 어린놈들이 치기에 한번 자기 스승을 도와 보겠다고 설치기야 하겠지만, 이제 곧 언제 그랬냐는 듯이 제자리로 돌아갈 것이었다. 냄비 근성은 시대를 초월한 조선 놈들의 공통된 속성이 아닌가. 더군다나 그들이 설쳐 봐야 자신들이 쳐 놓은 그물을 어쩌지는 못할 것이었다. 고래도 걸리면 빠져나가지 못하게 그물을 쳐 놓지 않았는가. 다른 건 몰라도 여제자 성추행은 고래도 빠져나갈 수 없는 그물이 아닌가.

그러면 그렇지, 지가 뭔 수로 그 그물을 빠져나와?

두희는 어깨를 추기며 이사장실을 나섰다.

"이사장님, 벌써 가시게요?"

이사장실을 나서니 안 상무가 허둥대며 물었다.

"어, 근데? 뭔 일 있어?"

"오늘 김 의원님 만나기로 한 날 아닌가요? 저녁 7신데 너무 일찍 나서시는 것 같아서요."

"일찍 나가서 기다려야지. 그래도 명색이 국회의원인데."

"하긴 그렇죠. 이사장님이니깐 그런 사람과 만나죠. 우리 같은 사람은 감히 엄두도 낼 수 없는 일이죠."

"국회의원이 뭐 별난 사람이야? 언제 봐서 안 상무도 한번 인사할 시간 마련해 보지 뭐."

"예, 감사합니다. 이사장님 덕에 국회의원 한번 뵙겠네요."

별다른 정치적 관심도 없는 것 같은데 국회의원을 소개해 주겠다는 말엔 황송하다는 듯 고개를 숙이는 안 상무를 보면서 역시 힘은 있어 놓고 봐야 한다는 생각을 다시 하며 두희는 금고를 나섰다.

김 의원과의 약속은 이미 취소됐다. 그런데 그걸 안 상무한테 얘기하지 않았다. 또 까였다는 걸 안 상무한테 들키고 싶지 않았기 때문이었다. 번번이 까이는 걸 안 상무가 알게 되면 지금껏 부풀린 김 의원과의 관계가 들통 날 것이고, 다른 정치인이나 관계·재계 인사들과의 관계도 의심할 소지가 있었다. 그래서 알리지 않았는데, 안 상무는 김 의원과의 자리를 마련해 보겠다는 말에 그저 두희가 부럽고 고마운 모양이었다.

김 의원이라 함은 법사위 소속 지역구 의원 뺀질이를 말한다. 선거 때 제법 도움을 준 사람이라, 이번 일이 터지자 보좌관을 통해 벌써 두 달 전부터 한번 뵙자고 청을 넣었는데 시간 없다고 차일피일 미뤘다. 역시 정치인이란 선거 때나 일반 서민이 만날 수 있는 존재지 당선된 후에는 감히 우러러보기조차 힘든 존재가 되는 것인지, 쌩 까는 걸 권위로 생각하는지 별의별 핑계를 대며 피했다.

다음은 필요 없다 이거지? 안면몰수 끗발 유지할 테면 해 봐라.

화가 치밀어 올랐다. 돈을 갖다 바치는 걸로는 부족한 것 같아 지역구에 있는 동생들까지 몰아다 줬구만 지 빽 한번 써먹으려니 뺀다 이거지? 이런 생각이 들었으나 참고 참아, 조르고 조른 끝에 겨우 오늘에야 시간이 있대서 약속을 잡아 두었었다.

그런데 며칠 전 김 의원 보좌관으로부터 연락이 왔다.

"예, 방 이사장님. 안녕하십니까? 잘 지내시죠? 근데, 이를 어쩌죠? 하필이면 그날 의원님께서 법사위 모임이 잡혀서, 아무래도 약속을 다음으로 미뤄야 할 것 같아 전화드렸습니다."

"김 보좌관, 이거 나한테 너무하는 거 아뇨? 벌써 몇 번째 약속인데?"

"정말 죄송합니다. 안 그래도 의원님께서 그 말씀을 하셨습니다. 이사장님이 오해하시지 않게 잘 말씀드리라고. 그리고 최대한 빠른 시일 내에 약속을 다시 잡으라고요."

"알았어요. 의원님께 섭섭해하더라고 꼭 전해 주세요. 그리고 학교 일을 신경 안 쓰셔도 되겠다는 말도 좀 전해 주시구요."

"아, 예. 잘 전해 드리겠습니다. 학교 일이 잘 해결돼서 다행이네요."

"아, 고맙소. 아무튼 의원님께 나중에 한번 뵙잔다고 전해 주세요."

"예, 잘 알겠습니다. 고맙습니다."

고마워 지랄하네. 고맙기는 내가 고맙다. 두희는 휴대폰을 거칠게 던져 놓으며 혼자 중얼거렸다.

이제 그를 만나 돈을 바칠 이유가 없었다. 일은 자기가 다 해 놓고 생색은 그가 내게 할 일이 아닌 것 같았다. 돈이라면 있을 만큼 있는 그에게 그깟 돈을 바치는 건 한강에 돌 던지기나 다름없었다. 그럴 바엔 차라리 이번 일에 고생한 사람들을 위해 돈을 쓰는 게 나을 것 같았다.

차로 향하던 두희는 안 상무에게 전화를 했다. 나오면서 내일 자신을 찾지 말라는 말을 안 하고 온 게 떠올랐기 때문이었다.

"오늘 김 의원 만나면 많이 늦어질 거니깐 내일 나 찾지 말어. 오랜만에 만나는데 1차로 끝낼 순 없잖아. 그러니 안 상무가 좀 알아서 하고."

오늘 일식집에서 1차 하고, 룸살롱〈VIP〉에서 진탕 마시고, 3차로 김 양과 한판 벌이면 내일은 늦어질 것 같아 미리 언질을 주었다. 그렇지 않으면 찾다 찾다 또 마누라한테 전화할지도 몰랐다. 마누라야 들어가건 말건 별 신경 안 쓰지만 직원들한테 외박한 사실을 들키고 싶진 않았다. 학교와는 달리 입들이 싸서 뭔 일만 있으면 곧바로 퍼져 나갔다. 산적 죽이기 작전으로 꾸민 성적 조작 건과 여제자 성추행 건을 물어 나른 사람들도 다름 아닌 금고 직원들이었다. 산적 죽이기에도 금고 직원들을 적극 활용했던 것. 금고 직원들에게 흘려만 놓으면 금세 퍼졌다. 인터넷 뉴스나 SNS만큼은 아니지만 그 어떤 매체보다 빨랐다. 하기야 하루에 수천 명이 들락거리는 곳이고 보니 전파력이 빠를 수밖에.

밖으로 나가자 기사가 차 뒷문을 열어 놓고 기다리고 있었다. 그도 오늘 김 의원을 만나는 줄 알고 있었다.

"〈하루〉로 모시면 되지요?"

"어, 그래. 그리고 오늘은 트렁크에 돈 옮기지 않을 거야. 김 의원도 나하고 진탕 마실 거라고 차 안 가지고 온다 했어. 그러니 나 내려 주고 바로 퇴근해."

"그럼 돈은?"

"그거야 내일 아침 안 상무에게 돌려주면 되지. 그리고 내일은 출근 안 할 거니깐 김 기사도 하루 쉬고."

"예? 무슨 일이라도?"

"일은 무슨? 오랜만에 김 의원 만나는데 1차로 끝낼 순 없잖아."

"아, 예. 알겠습니다."

두희는 뒷좌석에 머리를 기댔다. 산적 그 새끼도 이제 골로 보내게 됐고, 그동안 산적 그 새끼한테 신경 쓰느라 오입도 제대로 못 했는데, 오랜만에 셰리와 회포를 풀 생각을 하니 가운뎃다리가 뻣뻣해지고 있었다. 미국에서 직수입한 비아그라도 있으니 오늘은 셰리와 뱀처럼 붙어 밤새 즐겨 봐야지. 비음과 함께 성욕을 최대한 끌어올리는 애무, 쫀득쫀득한 음부를 떠올리자 짜릿하면서도 흡족한 미소가 절로 흘러나왔다.

31

약속 장소인 일식집 〈하루〉엔 현배, 영건, 영철 세 사람이 미리 나와 두희를 기다리고 있었다.

일찍 나오라는 현배의 주문에 영건과 영철이 약속 시간보다 20분이나 일찍 나왔고, 현배도 그쯤 도착했다.

일식집이라니 상가에 있는 줄 알았는데 정원까지 갖춰진 한옥이었다. 한옥 전체를 일식집으로 꾸몄는지 일식집이 아니라 정통 한식집 같았다.

그러나 대문 안으로 들어서자 왜색이 물씬 풍겼다. 겉만 한옥이지 안은 완전히 왜옥(倭屋)이었다.

대문까지 마중 나온 왜색풍 옷을 입은 안내양이 안으로 들어가자고, 안내해 드리겠다고 했으나 셋은 한 사람 더 올 거라며 대문간에서 기다리겠다고 했다. 또라이가 모처럼 선심을 쓰는데 답례는 해야 할 것 같았고, 안 그랬다간 초장부터 성깔을 부리며 난리 칠 수도 있었다. 건방지게 자기보다 먼저 들어가 앉아 있다고. 하여 대문간에서 기다리고 있자니 다른 손님들이 자꾸 들어오는 통에 자리를 옮겨 대문에서 좀 떨어진 담벼락에 있는 벤치로 자릴 옮겼다. 그랬는데 영건이 느닷없이, 무슨 안타까운 사연이라도 있는지, 엉뚱한 소리를 뱉어냈다.

"참, 좋은 계절에 안 됐다."

영건이 불빛이 은은하게 퍼져 있는 하늘을 바라보다 불쑥 내뱉었다.

"뜬금없이 뭔 소리야?"

현배가 촉새답게, 누가 촉새라고 안 할까 봐 바로 물었다.

"아무리 생각해도 산적을 꼼짝 못 하게 옭아맨 게 너무나 고소해서요. 들리는 소문엔 제자들이며 마누라가 권해도 변호사도 선임하지 못하게 한다고 하데요. 하기야 지 무덤 속으로 제 발로 들어갈 이유가 없지요. 우리가 다 알아서 무덤도 파 주고, 옮겨 주고, 흙도 다 덮어 줄 테니까."

그러자 현배가 바로 받았다.

"산적 얘기야? 난 또……. 하긴 나도 요즘 두 다리 쭉 뻗고 자고 있네. 모든 게 조 선생 덕이지 뭐."

현배는 영건이 쳐다보는 하늘을 같이 올려다봤다. 5월이라 그런지 하늘에도 장미꽃 냄새가 흩어져 내리는 것 같았다.

"밤하늘에서 장미꽃 향기가 쏟아지는 것 같지 않아?"

"예? 장미꽃 향기라니요?"

"산적을 골로 보내게 됐으니 하늘에서도 장미꽃 향기가 쏟아지는 것 같아서."

"교장 선생님도 참. 아무리 기분이 좋다기로 시인으로 등단했어요?"

"내가 시인 못 할 것도 없지. 아, 장미꽃 피는 계절은 장미꽃 넝쿨 속에 갇힌 그대가 슬퍼. 어때?"

"정말 시인으로 등단해도 되겠네요. 장미꽃 넝쿨 속에 갇힌 그대가 슬퍼. 이야, 그거 말 되네요."

둘이 그러는 모양을 지켜보던 영철은 한숨을 푹 쉬었다. 아내가 집을 나가자 집안 꼴이 말이 아니었다. 처가며 친구들에게 연락을 해 봐도 아내의 행방은 묘연했다. 그걸 이들에게 알릴 필요는 없었다. 아내와 산적 선생의 관계는 수면 위로 떠오르지 않는 게 좋았다. 대학 선후배인 정도는 모르는 사람이 거의 없었지만 그렇게 가까운 사이인지는 거의 모르고 있었다. 그런 상황에서 아내와 산적 선생의 관계가 수면 위로 떠오른다는 건 결코 반가운 일이 아니었다. 운신의 폭이 좁아질뿐더러 이 패거리에서도 냉대당할 수 있었다. 아내의 가출은 분명 산적 선생과 관련 있는 게 분명해 보이는 지금은 더욱 아니었다.

"박 선생, 뭘 그리 생각해?"

둘이 수작을 부리다 말고 영건이 영철에게 물었다.

"아니, 두 분이 시를 짓는 데 방해가 될까 싶어서. 두 분은 문과 출신이지만 난 문학과는 거리가 먼 수학과 출신이잖아. 그러니 내가 조용히 입 다물고 있어야지 산통 깰 일 없잖아."

"왜 그래, 갑자기? 그러니깐 더 이상해지잖아. 웃자고 한 얘긴데 죽자고 덤비니깐……."

"어어, 그랬어?"

영철은 느긋한 영건과 현배를 볼 때마다 조바심이 일었다. 일이 너무 쉽게 풀리는 게 이상했다. 아내를 통해서 들은 산적은 그리 만만한 사람이 아니었다. 이렇게 쉽게 당할 사람이 아니었고 어떻게든 반격을 해 올 것이 분명했다. 그런데 너무나 고요했다. 그것이 오히려 더 두려웠다. 태풍 전야의 고요처럼 불안했다.

"어, 이사장님 오셨네요."

영건이 몸을 발딱 일으키더니 쪼르르 먼저 달려갔다. 그에 질세라 두 사람도 뒤따라가며 안녕하십니까? 꾸벅 인사를 했다. 셋이 동시에 인사를 하자 두희가 흡족한 얼굴로 대꾸했다.

"어, 벌써 다 왔네. 들어가자고. 역시, 우리 패밀리들은 언제 봐도 든든하단 말이야. 자, 들어가자고."

두희가 앞장서자 셋은 그 뒤를 따라 들어갔다.

32

"참! 김 교장, 왜 민 교감 부르잖고?"

"예? 민 교감을요?"

두희가 현배에게 묻자 영건이 먼저 받았다.

"왜? 아니야?"

"그게 아니고, 이 자리에 오면 우리가 꾸민 일들을 다 알게 되지 않을까 해서요."

"그러면 어때? 이젠 한식군데."

"그래도 그게……."

"아, 괜찮아. 전임 교감 짤라낸 이유가 뭔데. 다 민 교감 앉힐려고 쌩쑈를 한 건데. 민 교감이 벌써 나한테 얼마나 충성인데?"

"그래도, 오늘은?"

"아 참, 괜찮대도 그러네. 내가 전화해?"

"아, 아닙니다. 제가 하겠습니다."

현배가 휴대폰을 꺼냈다. 그러더니 한참을 헤맸다. 그걸 보던 두희가 물었다.

"왜? 민 교감 전화번호 없어?"

"아니, 여기 저장해 뒀는데 못 찾겠네요."

"그러게 좀 좋은 핸드폰 가지고 다녀. 맨날 월급 받아서 뭐하는 거야? 좀 쓸 때 과감하게 쓰라고. 누가 쫌팽이 아니랄까봐. ……어, 여 네."

현배는 속이 상했으나 티내지 않았다. 하루 이틀 당하는 일이 아니었다. 그러나 쫌팽이란 말이 거침없이 튀어나오자 욱했다. 다른 자리도 아니고 자신들이 온갖 고생을 마다하지 않고 산적을 처리한 기념으로 모인 자리에서 쫌팽이 운운하자 기분이 꽉 상했다. 더더군다나 코빼기도 안 비치던 새 교감까지 불러내면서 자신을 깔아뭉개는 것 같아 더욱 화가 났다.

한편, 영건은 두희가 왜 새 교감을 부르는지 알 수가 없었다. 영건이 판단할 때 새 교감은 중도적 입장을 유지하고 있었다. 물론 두희에게 얼마나 잘 비볐으면 교감이 됐을까 하는 마음도 있었지만, 이번 일에서만큼은 중도적이라고 볼 수 있었다. 그런 사람을, 다른 자리도 아니고 축배를 드는 자리에 불러내려는 이유를 알 수 없었다. 그러나 상대가 두희라 입을 다물 수밖에 없었다.

그건 영철도 마찬가지였다. 새 교감을 부르겠다는 순간, 영철은 가슴이 철렁했다. 새 교감을 못 믿어서가 아니라 네 사람이 꾸민 일인 게 새 나가는 게 두려웠다. 비밀이란 여러 사람이 나누는 게 아니었다. 오죽하면 비밀을 지키기 위해 비밀을 아는 사람을 죽이기도 하고, 비밀을 지키기 위해 자신의 목숨을 버리기도 하겠는가. 비밀이란 그런 것이었다. 그런데 두희는 그런 비밀을 공공연한 사실로 떠벌일 게 분명했다. 새 교감이 온다면, 승리감에 도취되어, 비밀을 자랑할지도 몰랐다. 영철이 본 두희는 그런 개념이 없는 사람이었다. 그러나 그도 상대가 상대인지라 입을 다물 수밖에 없었다.

아내 숙경을 찾아 처가에 갔다가 영철은 큰 충격을 받았었다. 처가에선 이번 일의 진상을 알고 있었기 때문이었다. 성적 조작은 자신이 했던 일이고, 여제자 성추행은 조영건이 했던 일임을. 그걸 이사장과 교장, 그리고 조영건과 한패가 되어 이 선생에게 뒤집어씌우고 있음을 너무 잘 알고 있었다. 마치 그들이 모였던 장소에서 본 듯 알고 있었다. 아내가 말했을까? 그러나 아내도 그런저런 사실을 알 리 없었다. 그녀에게도 철저히 비밀에 부쳤으니깐. 그런데 처가에서 알고 있다는 것은 이미 자신들의 일을 다른 사람들도 다 알고 있다는 뜻이었다. 입을 다물고 있기는 하지만 공공연한 사실이 되었음을 의미했다.

"자네, 자네 집사람이 왜 떠났는 줄 아는가? 아마, 자네를 지키고 싶었기 때문일 거야. 자네가 충격을 받고 그곳에서 빠져나오기를 바랐기 때문에⋯⋯. 그것만이 자네를 지킬 수 있을 거란 생각에 말일세."

장인은 대문까지 마중을 나왔다가 쓸쓸히 돌아서는 그에게 말했었다. 담담하게, 지나가는 말처럼 했지만 많은 고민과 숙고 끝에 한 말임을 알 수 있었다. 그 말을 하고 난 뒤 뱉어낸 깊은 한숨이 그걸 말해 주고 있었다.

그러나 돌이키기엔 너무 늦었다. 어떤 형태로든 그는 자신의 죗값을 치를 수밖에 없었다. 산적에 의해서든, 아내에 의해서든, 세상에 의해서든, 법에 의해서든. 어쩌면 이 모든 것으로부터 죗값을 치러야 할지도 모른다는 생각에 고개가 무거워 들 수가 없었다. 그런데 오늘 이 자리에 와 보니 고개가 더욱 무겁게 느껴졌다. 그러나 그런 그의 낌새를 알아차리는 사람은 하나도 없었다. 승리감에 도취되어 자신들이 무슨 일을 하고 있는지도 모르고 있었다.

"어, 민 교감. 우리 〈하루〉에 있어. 저녁 먹지 말고 빨리 와."

두희가 유쾌하게 전화를 끊었다. 그러곤 씁쓰레한 표정으로 앉아 있는 세 사람을 돌아보더니 물었다.

"왜 그런 표정으로 앉아들 있어? 여기 술 좀 쳐 봐."

두희는 산적이 찍소리도 못 하고 갇혀 있는 게 기쁘기도 했지만, 김 의원에게 갈 돈이 굳었다는 생각에 한껏 기분이 좋았다. 그 돈의 십분의 일만 써도 오늘 다섯 사람이 네 다리로 길 정도로 마실 수 있었다. 애당초 버린 돈이라고 생각했던 돈을 굳히게 됐으니 십분의 일 정도는 쓸 요량이었다. 그래서 지난번 술을 얻어먹었던 민 교감을 불렀던 것이고.

그가 생각하기로는 민 교감이 합석을 한다 해서 문제가 될 게 없었다.

민 교감은 이미 이 일의 전말을 다 알고 있었다. 지난번 술자리에서 다 얘기했으니깐. 오랜만에 선생에게 얻어 마시는 술이라 기분 좋았고 기뻐 자랑을 했었으니까.

33

민 교감과 함께 룸살롱으로 자리를 옮긴 두희는 세 사람을 추켜세웠다. 세 사람이 없었으면 오늘 이 자리도 없었을 것이라며 오랜만에 마음 푹 놓고 마셔 보자고 호기를 부렸다. 그래 놓고 네 사람에게 권커니 잣거니 술을 마셔 댔다. 산적 일이 잘 마무리되고 있음도 그렇지만, 김 의원에게 바치기로 했던 돈이 굳은 게 여간 즐겁지 않았다. 마치 하늘에서 돈다발이 떨어진 것처럼 기뻤다. 그래서 김 의원을 만나면 대접하려던 최고급 양주를 주문했다. 현배가 말리자 또 '쫌팽이' 운운하며 밀어붙였다. 역시 술맛이 났다.

"이거 한 잔에 얼만 줄 알아?"

술병을 들고 현배에게 따르며 물었다.

"글쎄요. 전 이런 고급술을 마셔 보지 않아서······."

"하긴 김 교장은 평생 살아도 이런 술 못 마실 거야. 이 술 말이야, 고급 술집에선 한 잔에 이십만 원을 받는다고. 여기서도 한 병에 이백만 원 가까이 되니까, 잔당 십만 원 가까이 될걸? 그렇지?"

"아, 그렇습니까? 정말 영광입니다. 저 같은 사람이야 이사장님이 아니면 언제 이런 술을 마셔 보겠습니까? 그래서 입에 착착 감겼군요."

"그렇지? 입에 착착 감기지?"

"예, 감기다마다요. 넘기기가 아까워서 눈을 감고 마시고 있습니다."

곁에 있던 영건이 받아치자 두희가 기쁜 듯이 말했다.

"역시, 역시, 조 선생은 남의 고마움을 아는 사람이야. 아까워서 눈을 감고 마신다. 이 얼마나 멋진 말이야. 아주 문학적인 냄새가 팍팍 나지 않아?"

"예, 그러믄요. 우리 학교에서 영어 하면 조영건, 조영건 하면 영어 아닙니까?"

현배가 또 영건을 추켜세우며 아부를 떨었다.

"어, 그래? 그렇다면 내가 가만히 있을 수 없지. 야, 여기 한 병 더 가지고 와."

그래 놓고 영건의 잔에 가득 술을 따랐다. 취기가 오르는지 술잔이 넘치려 하자 조영건이 재빠르게 입을 대고 넘치는 술을 마셨다.

"역시, 우리 조 선생은 하는 짓이 다 예뻐! 아까운 술 넘칠까 봐 입을 대고 핥아 마시는 거 봐. 역시, 조 선생이야. 내가 이래서 좋아한다니까. 계략이면 계략, 예의면 예의, 실력이면 실력. 아무튼 조 선생이 못 하는 게 뭐야? 어이, 민 교감. 그거 알고 있지? 이번 여제자 성추행 건과 성적 조작 건은 이 조 선생이 낸 아이디어라고? 내가 지난번에 말하지 않았나?"

"아, 예……. 지난번에 들었습니다."

"그렇지? 내가 지난번에 말해 줬지? 그래서 말인데, 이번 폭동 해결의 일등 공신은 조 선생이다, 이 말이야."

"아, 예……. 잘 알고 있습니다."

"그래, 그래야지. 암, 그래야 하고말고. 민 교감도 이제 조 선생 잘 봐줘야 할 거야. 내 오른팔이니까. 그리고 저기 앉은, 어이, 박 선생, 이리 와.

왜 그리 혼자 앉아 있어? 이리 와! 이리 와서 내 술 한 잔 받아. 그리고 말야, 저기 박 선생은 내 왼팔. 그리고 여기 김 교장은 내 다리. 이렇게 다 갖춰졌지. 그런데, 그러고 보니 민 교감 자리가 없네? 어이, 민 교감. 민 교감은 내 가슴 할래? 이거, 가운데 다린 저년 꺼니깐 민 교감한테 줄 순 없고. 그래, 내 가슴 해라. 내 가슴."

그렇게 한참을 두희가 얘기한 끝에 영건이 조심스레 물었다.

"이사장님, 아무래도 산적네 집을 감시해야 하지 않을까요?"

"왜? 산적 그 새끼 마누라가 무슨 일을 꾸민대?"

"아니, 그게 아니라…… 무슨 일을 꾸민다면 거기서 무슨 냄새가 나지 않을까 해서요. 지가 별수야 없겠지만 만약의 경우를 대비하는 게 좋지 않을까 해서요."

"그래? 그럼, 내일부터 내 동생들 두엇 붙이지 뭐. 그거야 어렵지 않지. 내 한마디면, 그만이니깐. 산적 마누라건 딸들이건 쥐도 새도 모르게 처리할 놈들 붙여 놓고 여차하면 그것들 먼저 없애 버리라고 하지. 됐어?"

"예. 그래야 마음이 놓일 것 같아서요. 이사장님 말씀처럼 여차하면 가족을 인질로 삼을 수도 있고요."

"그래, 그건 걱정 마. 지금 당장이라도 전화 한 통화면 걔네들은 찍이니까."

"예, 그럼 이사장님만 믿고 마음껏 마시겠습니다."

"그래, 그게 걱정돼서 술도 못 마신 거야? 마셔, 마셔. 그 정돈 내가 다 알아서 처리할 테니깐."

취기가 오르자 밴드를 불러 노래를 부르며, 아가씨들과 춤을 추며, 입을 맞추기도 하고, 가슴과 다리 사이를 더듬기도 하며 그들은 마음껏 즐겼다.

오월의 밤은

장미꽃 향기가 아닌

그들의 음심으로 짙어지고 있었다.

봄은 남쪽에서 오는 것을

34

 선생이란 사람들이 이렇게까지 옹졸하고 비겁할 줄이야. 쫀쫀하고 자기중심적인 속성은 알고 있었지만 이렇게까지 나올 줄은 몰랐다. 최소한의 지조는 지킬 줄 았았다. 그러나……
 이번 〈이사장 퇴진 운동〉은 이 선생 개인의 감정 때문에 일으킨 것도 아니고, 개인의 욕심 때문도 아니었다. 대승적인 관점에서, 모두를 위해 자신을 희생하면서까지 일으킨, 우리 모두의 일이었다. 모두가 한목소리로 지지하며, 동질감을 가지고 진행했던 일을 부정하고 내팽개치는 데는 하루가 채 걸리지 않았다. 인터넷 신문에 이 선생을 모함하는 기사가 뜨기를 기다렸다는 듯이 낯빛을 바꾸기 시작했다.
 뭔가 있는 거 아냐? 정말 그랬던 거 아냐? 또라이가 아무리 막 나간다고 해도 법적 문제가 걸려 있는데 근거 없이 이런 얘길 할까?
 점심시간쯤에 이런 말들이 돌기 시작하더니 퇴근 무렵에는 이 선생이 정말 그랬다는, 구체적인 정황과 근거까지 나돌고 있었다. 모두가 또라이 일당이 퍼트린 것임을 뻔히 알면서도 루머를 사실인 것처럼 받아들이고 있었고, 이 선생과 뜻을 같이했던 사실마저도 부끄럽게 여기는 듯했다. 그런 분위기가 감지되자 또라이가 학교에 나와서 판을 치기 시작했다. 그쯤 되자 자신의 안위를 걱정하며 두려워하였다.

이번 운동에 참여했던 선생들을 가만두지 않겠다고 한다는데, 벌써 살생부까지 만들었다고도 하던데.

이러다가 우리 쫓겨나는 거 아냐?

괜히 잠자는 사자 코털만 건드렸어.

이 선생한테 분명 뭔가 있었던 거야. 안 그러면 어떻게 이런 뉴스가 나오겠어.

똥 묻은 개가 겨 묻은 개 나무란 격이네.

이런 말들이 난무하기 시작했다. 그 근저에는 두려움이 도사리고 있었다. 그런 선생들의 속성을 너무나 잘 알고 있는 또라이는 공포에의 호소를 통해 이번 일을 정리하려 하고 있었다. 일이 이쯤 되자 발 빠른 축들 몇몇은 이사장실로 몰려가 투항 및 충성 서약까지 했다는 말이 돌기도 했다.

"이건 선생들이 아니에요, 선생들이. 선생이라는 사람들이 어떻게? 선생이라는 게 그저 환멸스러울 뿐입니다."

이 선생 사모님께 할 말이 없었다. 혹시나 하는 마음에, 전화를 기다릴 것 같아 전화해 놓고도 나는 이 말밖에 할 수 없었다. 긍정적이고 낙관적인 이야기를 할 수 없다면 안심이라도 시켰어야 했지만 좋은 말로 그녀를 기만할 수가 없었다. 있는 그대로 알려, 그녀가 학교 사정을 정확히 판단할 수 있게 하는 게 낫겠다는 생각에 있는 그대로의 사실을 전했다. 그녀도 내 얘기가 예상외였는지 한동안 말을 하지 않았다. 그러나 그녀는 곧 눈치채는 듯했다. 나의 분노가 자신의 분노를 가라앉히는지 차분한 목소리로 또박또박 말을 이어 갔다.

"예, 잘 알겠습니다. 정 선생님만 괜히 고생하시겠네요. ……죄송합니다."

자신이 무슨 잘못이라도 저지른 사람처럼 죄송합니다란 말로 전화를 끊는 그녀의 목소리가 한동안 귀 안에서 메아리쳤다. 죄송은 무슨 죄송인가? 죄송은 도리어 우리가 해야 할 말이었다. 지켜 드리지 못해, 이어받지 못해, 믿어 주지 못해, 굳건하지 못해, 끈질기지 못해 죄송한 쪽은 우리였다. 그런데 그녀는 모든 책임이 이 선생에게 있는 것처럼 죄송하다는 말을 하고 있었다.

그러나 가만히 생각해 보니 그 말은 너무들 하시네요란 말로 들렸다. '어떻게 이럴 수가 있죠? 해도 너무들 하는 거 아녜요?' 죄송합니다란 그녀의 말 속에는 이런 의미가 담겨 있는지도 모른다는 생각이 들자 낯이 뜨거워서 견딜 수가 없었다.

"정 선생, 이 선생이 USB 외에 다른 건 남기지 않았어? 그 철저한 사람이 이렇게 속수무책으로 당할 린 없잖아."

강형민 부장도 나와 같은 생각을 하는 모양이었다. 내가 이 선생 사모님한테 물었던 말을 강형민 선생이 나에게 묻고 있었다. 그러나 나는 고개를 가로저을 수밖에 없었다.

"답답하구만. 면회라도 돼야 뭘 물어보든지 하지, 이거야 원."

이렇게 나가다 우리만 당하는 거 아냐? 강형민 부장은 그런 말을 삼키는 듯 보였다. 걱정과 함께 밀려드는 불안감 때문인지 그는 안 피우던 담배까지 한 개비 달래서 붙여 물었다.

김수용 선생이나 진용현 선생도 다를 바가 없었다. 그들도 답답하고 초조한지, 아니 불안한지 시간이 날 때마다 나를 찾아와 묻곤 했다. 그러나 나도 아는 게, 귀띔을 받은 게, 전해 받은 게 전혀 없었다.

그렇게 일주일이 지나자 학교는 정상을 찾아갔고 선생들은 아무 일도 없었다는 듯 제자리를 찾아갔다. 이번 일이 한바탕의 해프닝으로 정리되고 있었다. 이 선생이 구속되어 있다는 사실에 대해선 애써 모른체했다. 직접적으로 또라이 휘하로 몰려가지는 않았지만, 뿌리는 흙 속에 박은 채 담장을 기어오르는 담쟁이들처럼 그쪽으로 더듬이를 내밀고 있었다. 이 선생이 억울하게 어둠 속에 갇혀 있음을 잘 알면서도 자신이 갇히지 않았음을 다행이라 여기며 빛을 향해 부지런히 촉수를 움직이고 있었다.

지연된 평화나 안정보다는 현재의 안락을 좇는,

양심과 시비지심(是非之心)을 잃어버린,

역사를 두려워하지 않는

그들에게 환멸을 느끼고 있을 즈음 한 통의 전화를 받았다.

"저, 송혜란입니다. 이정훈 선생님 일, 어떻게 된 거예요?"

보도를 통해 알았는지 제법 격양된 목소리였다. 그러나 그녀의 목소리가 격양된 이유를 정확히 알 수 없었다.

이 선생에 대한 제자들의 감정은 좋은 편이 아니었다. 궂은일을 도맡아 하는 해결사에다 악역 담당이다 보니 제자들은 이 선생을 부정적으로 보곤 했다. 직접적으로 이 선생을 비난하거나 성토하는 경우도 제법 있었다. 그런데 단도직입적으로, 격양된 목소리로 물어 오자 나는 그 이유를 몰라 미지근히 대답할 수밖에 없었다.

"무슨?"

"여제자 성추행에다 성적 조작했다는 신문 보도 말이에요."

"으응, 그건……."

"조작된 거 아녜요? 산적 선생님은 그럴 분이 아니시잖아요. 그건 산적 선생님과 가까운 선생님께서 누구보다도 더 잘 아시잖아요."

머리를 둔기로 얻어맞은 듯했다. 당신이 더 잘 알면서 왜 가만히 있냐고 따져 드는 그녀의 목소리에 나는 할 말이 없었다. '비겁해요, 선생님이 어떻게 그럴 수 있어요?' 그녀는 그런 말들을 참고 있는 것 같았다.

"그래, 잘 알고 있어. 그런데…… 상황이 여의치 않다. 너희들에게 당당하게 말할 수 있어야 하는데, 최소한 나라도 그 말을 할 수 있어야 하는데…… 미안하다."

나는 일이 시작된 후 처음으로 심한 부끄러움을 느꼈다. 다른 선생들의 행동을 보면서 나는 정당하고 떳떳하다고 생각했었는데 제자에게 추궁을 당하자 부끄러워서 견딜 수가 없었다.

"아뇨, 선생님께서 미안해하실 일은 아닌 것 같아요. 다만, 저희들은 진실을 알고 싶어서요. 저희는, 산적 선생님을 그렇게 보지 않거든요. 선생님들께서는 어떻게 생각하실지 모르지만…… 저희는 선생님을 믿거든요. 그러니 사실대로 말씀해 주세요. 정말 산적 선생님이 그런 일을 하신 건가요? 아니면, 산적 선생님을 모함하기 위해 누군가가 일을 벌이고 있는 건가요?"

그녀는 '저'가 아닌 '저희'란 말을 통해 자신이 대표자 자격으로 전화하고 있음을 분명히 했다. 자기 혼자가 아니라 여러 명의 제자들이 모여 있음을 간접적으로 알리면서 분명한 답변과 입장 표명을 요구하고 있었다. 질문이 아니라 추궁이었고 원망의 목소리였다.

"글쎄, 너희들 생각이 맞지 않겠니? 3년간이나 이 선생의 품행을 곁에서 지켜봤으니 너희들이 누구보다 잘 알겠지?"

"그럼, 누군가가 선생님을 모함하고 무고하고 있다는 것으로 받아들여도 되겠네요?"

"그래, 그게 맞지 않겠니? 나도 너희들과 같은 생각이다만, 어떻게 해 볼 방법이 없구나. 그러니 너희들이라도 이 일에 관심을 좀 가져 줬으면 좋겠구나."

"예, 잘 알겠습니다. 안 그래도 '산사모'를 주축으로 이번 일의 진상을 파악한 후 그에 따라 대응하려고 모여 있습니다. 선생님께서 좀 도와주셨으면 합니다."

"그래, 내가 도울 게 있을지 모르지만 발 벗고 나서 보마."

"고맙습니다. 그렇게 알고 전화 끊겠습니다."

"그래, 그래. 고맙다. 그리고…… 부끄럽고."

같은 교직에 송혜란과 같은 제자가 있다는 게 마음 든든했다. 제 밥그릇 챙기기에 바쁜 우리 학교 선생들과 비교하면 달라도 너무나 다른 선생이었고, 내가 키운 제자가 바른 판단을 하고 바른길을 가고 있는 게 뿌듯하기도 했다.

그러면서 이 선생이 부럽기도 했다. 무섭게만 군 줄 알았더니, 애들로부터 욕이나 먹는 줄 알았더니 든든한 지원군을 키워 놓은 이 선생이 부러웠다. 만약 내가 이 선생과 같은 상황에 처한다면 나를 위해 나설 제자가 얼마나 있을까 싶자 괜한 질투심까지 치밀어 올랐다.

인간, 몹쓸 짓은 다 하는 척하면서도 제자들은 제대로 키워 놓았구만. 맨날 욕만 먹는 줄 알았더니, 겉으론 욕먹는 척하면서 안으론 존경만 받아 처먹었구만.

　송혜란의 전화를 시작으로 제자들의 전화가 계속 걸려 왔다. 나는 일일이 대꾸할 수 있는 입장이 아니어서 송혜란의 전화번호를 알려 주었다. 송혜란의 전화를 받는 순간, 안에서 안 되면 밖에서라도 어떤 움직임을 보여야 할 게 아닌가 하는 생각에 송혜란의 전화번호를 알아 두었었는데 역시 나의 판단이 맞았다. 산적, 이정훈 선생의 일은 낡아빠진 학교 선생들에 의해서가 아니라 이정훈 선생의 가르침을 받은, 바르면서도 새로운 생각을 가진 제자들이 해결할 수 있는 일인지도 모른다는 생각을 했다.

　유신과 군부정권하에서 숨죽인 교육을 받은 자신들이 아니라 민주화된 시대에 교육을 받은 그들이 아닌가? 양푼에 매달려 형제들보다 한 숟가락이라도 더 떠먹으려고 다투었던 세대가 우리들의 세대라면 그들은 각자의 그릇에 자신의 밥을 먹고 자란 세대가 아닌가? 아니, 이 선생 또한 밥숟가락 속에서 자라긴 했지만, 그 누구보다 당당하고 떳떳한 자세를 유지하려 했었다. 그리고 그런 자세로 제자들을 가르쳤으니 그 교육을 받은 제자들은 이 선생만큼이나 바른 생각을 갖고 행동하리라 여겨졌다. 그러기에 그들에게 기대하는 것도 나쁘지 않을 것이란 생각이 들었다.

　송혜란과 전화 통화를 한 지 보름 만에 학교는 졸업생의 발길이 이어지기 시작했다. '산사모'란 알 수도 없는 단체 대표들의 발길도 이어졌다. 그들은 하나같이 동창들을 대표할 만한 제자들이었고, 선생님들의 신뢰와 인정을 받는 제자들이었기에 선생님들의 관심도도 높아져 갔다. 그리고 동문회에서도 직접 나서서 진상을 조사하기 시작했다. 그런가 하면 학생 때 건들거렸던, 이 선생에게 많이 맞았고 탄압(?)당했던 제자들까지 나타났다.

"선생님, 산적 선생님이 이런 나쁜 짓 한 거 맞아요? 선생님도 잘 아시다시피 우린 산적 선생님에게 감정이 좋지 않아요. 그렇지만 산적 선생님이 이런 일을 했으리라곤 생각하지 않습니다. 뭔가 있는 것 같아요."

"글쎄다. 3년간 지켜보고 부대껴 본 너희들 생각이 맞겠지. 그렇지만 증거가 없어. 심증은 있는데 물증은 없으니…… 우리도 딱하기만 하다."

나는 있는 그대로, 어느 쪽으로 기울지 않게 객관적인 사실만을 전했다. 이 선생을 믿지만 증거가 없었고, 그렇다고 그들을 충동질할 수도 없었다. 학생 때 놀던 버릇대로 감정적으로 처리해 버릴 가능성도 있었기에 최대한 객관성을 유지하려 했다.

그런데 내 판단이 잘못됐음을 아는 데는 그리 많은 시간이 필요하지 않았다. 송혜란과 통화를 하면서 그들, 특히 이 선생에게 핍박(?)당했던 제자들이 적극적으로 나서서 이 선생 일을 돕고 있다는 사실을 알게 되었다. 그들은 이 선생에게 감정을 가지고 있는 게 아니라 고마움을 가지고 있다는 사실도 알게 되었고.

"이거 이러다가 부끄러움만 키우는 거 아냐? 제자들이 나서는 게 이 선생을 생각하면 더없이 좋은 일이지만, 우리 입장에서 보자면 그리 단순한 문제가 아닌 것 같아. 안 할 말로 제자들이 이 선생의 문젤 해결하기라도 한다면 우린 뭐야? 동료로서, 같이 운동했던 사람으로 너무 부끄럽지 않겠느냔 말이야."

강형민 부장의 격양과 부끄러움이 묘하게 뒤섞인 목소리는 나뿐만 아니라 김·진 선생의 입장까지 대변하고 있었다.

그동안 동료 선생들에게서 참담함을 맛보며 숨죽인 채 지내던 우리에게 제자들의 적극적인 행동은 차가우면서도 뜨거운 자극이었다. 학교에서 직접적으로 만나 얘기를 나눌 수는 없었지만 그들과 정보를 공유하는 일도 부쩍 늘었다. 그리되자 우리(또라이가 말하는 골수분자)도 힘을 얻기 시작했다. 금방이라도 우리를 자를 듯이 덤비던 또라이의 자세도 변했다.

이 선생은 이 학교에 봄의 씨를 뿌린 것이 아니라

제자들 가슴속에 봄의 씨앗을 뿌려 두었던 것이었다.

그 봄의 씨가 무르익어

바야흐로 남쪽에서부터, 느릿느릿,

사람의 애간장을 녹이며,

특유의 느긋함으로 밀려오고 있었다.

"어떻든 간에 이 선생은 참 대단한 사람이야. 아니, '산사모'란 조직까지 언제 갖춰 둔 거야?"

'산사모'란 조직이 적극적으로 나서기 시작하고 나서 우리는 얼마간 마음의 여유를 찾을 수 있었다. 그에 따라 한동안 엄두도 낼 수 없었던 '골수분자 모임'을 가질 생각도 하게 됐다. 그리고 모처럼 골수분자들이 오랜만에 모여 저녁을 함께 하면서 나온 말은 당연히 '산사모'였다.

"갖춰 둔 게 아니고 키웠겠지요. 그 사람, 자기와 뜻만 맞는다 싶으면 간쓸개까지 다 빼 주는 사람 아녜요."

"허긴, 그 사람 일부러 뒷자금까지 대면서 키웠을지도 몰라."

"능히 그랬겠죠."

"그럼, 그럼."

우리는 오랜만에, 실로 오랜만에 선생이란 직업에 보람을 느끼며, 선생으로 산다는 게 어떤 것인가를 깨달으며 호탕하게 웃으며, 술 한잔을 기울일 수 있었다. 그리고 우리는 어떤 일이 있더라도 이번 기회에 또라이 일당을 학교에서 추방해서 학교를 바로 세워야 한다는, 바른 제자들을 길러내야 한다는 당위성에 한 번 더 못을 박았다.

송혜란이나 '산사모' 대표와 같은, 옳은 것을 옳다고 하고 그른 것을 그르다고 할 줄 아는 제자를 키우기 위해선 학교 정화가 급선무였다. 그 정화의 핵이 또라이와 쫄배·조영건·박영철 그리고 그에 빌붙어 일신의 안위를 도모하려는 기회주의자들이란 사실에 이의를 달 사람은 없었다. 비록 해를 향해 더듬이를 분주히 움직이고 있는 선생들마저도 이에 대해서는 부정하지 않을 것이었다.

안팎이 호응하면서 또라이 측에 대항하려는 움직임이 활발히 진행되고 있을 즈음, 이 선생 사모님한테서 전화가 걸려 왔다.

"애 아빠가 선생님과 상의하라고, 다른 사람들에게는 비밀로 하라는 문서 하나를 넘겨줬어요. 오늘 저녁에, 집으로, 아니 어디 조용한 데서 좀 뵐 수 있을까요?"

평소 침착하기만 한 그녀의 침착성을 잃게 할 만큼 중요한 문서임을 그녀의 말투에서 읽을 수 있었다. 그러나 비밀에 부칠 문서를 읽고 의견을 교환할 만한 곳이 얼른 떠오르지 않아 망설이고 있자니 그녀가 말을 이었다.

"애 아빠 친구인 변호사와 저녁에 만나기로 했는데 그곳으로 오실 수 있으세요?"

"아, 그래요? 그럼 제가 거기로 갈게요. 거기서 뵙죠."

변호사와 접촉하라고 했다는 건 전면전을 선포한 것이나 다름없었다. 지금껏 수차례나 권하고 강요까지 했으나 번번이 거절했던 그가 변호사를 만나라 했다는 건 이제 모든 준비가 끝났음을, 때가 됐음을 뜻했다.

나는 떨리는 가슴을 억누르며 퇴근 시간을 기다렸다. 이제 이 선생 사모님을 만나는 순간, 또 새로운 역사가 시작될 것임을, 봄의 시작을 알리는 꽃망울이 터질 것임을 나는 너무나 잘 알고 있었다.

철두철미한 이 선생이 이제 움직이기 시작했다는 건 모든 준비가 끝났다는 뜻이고, 이제 권토중래(捲土重來)하겠다는 뜻이었다.

묵고 딱딱한 땅을 갈아엎기 위해

무겁게 움직이는

육중한 땅울림이 들리는 듯했다.

새벽빛은 좁은 창살 너머로

35

날이 밝기 시작하는지
깜깜했던 창살 너머에
여린 빛이 감돈다.
여명.
그래, 여명이었다.
서서히, 서서히, 멀리서부터
모두가 잠든 시간을 빚어
고역의 어둠을 달여
새벽이 빛으로 다가오고 있었다.
새날이 오고 있었다.
모두들 곤히 자고 있었지만 나는 혼자 일어나 새벽을 맞이하고 있었다.
어젯밤, 어둠 속에서 많이도 뒤척였었다. 설렘과 걱정, 가벼움과 무거움,

흔연함과 아쉬움. 이런 상반된 감정이 들끓어 마음이 가라앉지 않았다.

그러나 일부러라도 잠을 자 둬야 했다. 동료들에게 초췌한 모습을 보이고 싶지 않았다. 혼자 속 끓였던 지난 시간을 사람들에게 보이기 싫었다. 아무렇지 않게 기다렸던 사람처럼, 모든 걸 예상하고 담담했던 사람처럼 보이고 싶었다. 밖에서 고생한 사람들에게는 미안한 일일지 몰라도, 당당하고 떳떳하게 보이고 싶었다. 그래서 안 오는 잠을 겨우 청했는데 새벽같이 눈이 뜨였다.

잠은 깼지만 그냥 누워 있었다. 내가 몸을 일으키면 잠귀 빠른 황사장도 덩달아 일어날 것이었다. 평생 택시 운전을 했다더니 잠귀가 여간 빠르지 않았다. 부스럭거리는 소리에도 눈을 떠 반응을 보이곤 했다. 한 명의 손님이라도 더 태우기 위해 차 안에서 졸던 버릇이라 했다. 얘기 끝에 매달던 그의 쓸쓸하고도 매운 미소가 눈에 잡혔다. 그런 그를 조금이라도 더 재우기 위해서는 누운 채 있을 수밖에 없었다.

희미한 새벽빛에 어슴푸레 떠오르는 사람들. 오랫동안 그리워질 사람들이었다.

김도사, 장목사, 현노조, 하정의, 한수표, 오억울, 그리고 황사장.

모두들 나만큼 억울한 사연을 가진 이들이었다.

참다 참다 위층 입주자와 말다툼을 하다 상대를 밀쳐 식물인간을 만든 층간소음 피해자, 김도사. 입감 후 한쪽에 가부좌를 틀고 앉아 있는 모습이 도를 닦는 도사 같다고 붙여진 별명이었다.

하나님과 예수님을 팔아 제 배를 채우는 담임목사를 묵인할 수 없어 목사의 비리와 비행, 교무금 횡령을 들춰냈다 오히려 목사의 역공으로 구치소에 들어온 장목사. 그에게 장목사란 별명을 붙인 것은 정말 목사가 되어야 할 사람은 그라는 뜻을 담고 있는 듯했다.

공무원 노조 결성을 위해 동료들을 결집시키다 업무 방해와 공무원법 위반으로 구속 수감 된 현노조. 그는 6급 국가공무원이었다.

국회의원 선거 참모로 활동 중 알게 된 국회의원의 비리와 뇌물 수수 등을 고발했다가 역공당해 재판을 기다리는 하정의. 검찰 인사들을 언급했던 게 문제였을까. 그는 별다른 혐의가 없는 것 같은데 갇혀 있었다.

사기꾼인 줄 모르고 자신의 당좌수표를 친구에게 빌려줬다가 부도가 나는 바람에 경제범으로 구속된 한수표. 자신이 빨리 나가지 않으면 20년 넘게 공들인 자신의 사업체마저 부도처리 될지 모른다고 조바심을 내는 그는 잠도 제대로 자지 못했다.

상사의 죄를 대신 뒤집어쓰고 수감된 오억울. 그는 대기업체 부장으로 근무하다 부정 횡령 사건을 저지른 상사를 대신해 구속됐는데, 구속 이후 모든 비리를 그에게 뒤집어씌우는 통에 죄 없이 죄인이 된 사람이었다.

그리고 황사장. 큰딸 결혼 자금을 마련해 주려고 새벽에 운행하다 취객이 신호를 무시하고 뛰어드는 바람에 업무상과실치사 혐의로 구속되어 있었다. 그의 얘기를 들으며 나는 아버지의 드러나지 않는 사랑과 험난한 아버지의 길을 생각하며 많은 눈물을 흘리기도 했었다.

정확한 사건 진상은 알 수 없고, 그들의 얘기를 곧이곧대로 믿을 수도 없겠지만, 그들의 얘기를 듣다 보면 우리 사회의 치부와 법의 모순이 보이곤 했다. 약지 못하면 당하고, 힘이 없으면 눌리고, 옳은 걸 추구하면 쫓기는 사회. 또라이나 쫄배, 조·박 같은 인간쓰레기들은 일신의 안위와 이익을 탐하며 잘살고 있는데, 나는 구치소에 갇힌 채 이들의 서러운 얘기를 들으며 분노하고 있었다. 유전무죄 무전유죄의 사회요, 유권무죄(有權

無罪) 무권유죄(無權有罪)의 퇴폐한 사회가 바로 대한민국이었다.

그런데 나는 이들의 이름을 모르고 있었다. 교도소에 들어오기 전의 직업이나 그들의 특징을 딴 별명만 알고 있을 뿐이었다. 그들은 나를 이 선생님 또는 이정훈 선생님이라고 깍듯하게 존대하며 예를 다하는데도 말이다.

그들과 많은 정을 나눴고 그새 정도 많이 들었다. 영치품들을 나눠 먹거나 나눠 쓰는 정도가 아니라 형제처럼, 삼촌 조카처럼 가까이들 지냈다. '선생님 말씀 잘 들어야지.' 농담처럼 황사장이 던진 이 말이 우리 방의 유행어가 되어 버렸다. 그 유행어가 변형되어 '그러게 선생님 말씀 잘 들었어야지.'가 만들어지기도 했고. 말끝마다 이런 농담으로 서로를 격려하고 위로하며 지루하고 답답한 영어 생활을 견뎠다. 그러면서 내 눈치를 살짝살짝 살폈고, 쓰게 웃기도 했다. 그리고 자연스레, 나는 원하지도 않은 방장을 맡게 되었다. 나이는 중간밖에 안 됐는데 최고령 황사장의 제안에 그러자고 해서 졸지에 방장이 되었다. 그러더니 내 말을 따라 주었고 '형제처럼 지내다 하루라도 빨리 이곳에서 나가자.'는 내 말은 그대로 우리 방의 방훈(房訓)이 되었다. 그런데도 나는 그들의 이름을 모르고 있으니.

오늘 재판정에 나가기 전에 그들의 이름을 물어봐야 하는 건지, 그냥 모른체해야 하는 건지 잠시 망설여졌다. 그러나 곧, 모르는 게 낫겠다 싶었다. 이런 곳에서 만나 서로 정을 나누기는 했지만 이곳에서 나가면 서로 쑥스러울 수도 있었다. 이유야 어찌 됐건 이런 곳에서 서로 알게 됐다는 건 자랑이 아니라 부끄러움으로 작용할 가능성이 컸다. 그들이 나를 찾을 마음이 있다면 내가 근무하는 학교를 알고 있는 만큼 찾아올 수 있었고, 굳이 이름을 밝히지 않으려는 그들의 이름을 물어보는 것도 예의가 아닐 것 같았다.

　그러나 그들의 얼굴과 모습을 기억하고 싶은 마음에 찬찬히 다시 기억을 더듬어 봤다. 누구 하나 이런 곳에 올 만한 사람이 아니었다. 물론 죄질이나 예상 형량을 기준으로 방을 배정했겠지만, 우리 방엔 유독 선량한 사람들뿐이었다. 이런 곳에 올 사람이 따로 정해져 있는 것도 아니고, 이런 곳에 올 사람의 얼굴이 다른 것도 아니겠지만, 이들은 그 누구보다 진솔하고 인간적인 사람들이었다. 같이 근무하는 선생들보다도 밝은 느낌과 선한 인상을 가지고 있었고, 생각이나 행동 또한 그랬다.

　선한 얼굴에 선한 마음.

　남의 아픔을 자신의 아픔처럼 공감하고,

　함께 아파하고, 함께 나누는 이들.

　영악하지 못한 그들이 정겹고 따뜻했다.

　많이 배운 건 아니지만 그들에게선 사람 냄새가 났다.

　분노할 것에 분노하고, 욕할 것에 서슴없이 욕을 해대고, 보듬을 것을 보듬을 줄 알고, 배척할 것을 배척할 줄 아는 그들이야말로 참사람이었다. 이익에 밝지 못하고, 권력에 아부하지 않는 그들의 진솔함이 마음을 따뜻하게 했다. 그래서 그들과 흉허물 없이 사는 이야기를 나눌 수 있었다. 뻥이 좀 심하고, 고집이 세고, 남의 말을 건성으로 듣긴 했지만, 그들은 누구보다 아름다운 마음을 가진 사람들이었다. 특히 황사장이 그랬다.

　잘나가던 친구들이 조퇴다 명퇴다 쉰도 되기 전에 직장을 그만두는 걸 보며, 환갑이 지나서도 제 일을 할 수 있는 걸 감사히 여기며 살고 있었는데 뜻하지 않은 사고로 구치소에 수감 된 그는 딸 걱정에 입이 말라 가고 있었다. 자기 때문에 딸이 결혼식도 제대로 치르지 못할까 걱정이었고,

딸 결혼식에는 어떻게든 참석해야 하는데 그러지 못할 것 같아 애를 태웠다. 그러면서도 시간만 있으면 나를 위로하곤 했다.

"중학교도 겨우 졸업한 내가 고등학교 선생님과 같이 먹고 같이 잘 줄 어찌 알았고, 선생님한테 이런 말을 할 날이 올 줄 어떻게 알았겠습니까만, 다 잘될 테니 걱정 마세요."

그는 내 제자라도 되는 듯 깍듯했고 혼자 가슴 끓이는 나에게 걱정 말라는 말을 자주 했다.

"선생이 그렇게 힘든 직업이었습니까? 난 학생들과 학부모로부터 존경을 받으며 휴일에 방학에 따박따박 찾아 먹는다고 부러워했었는데, 선생님 얘길 듣고 보니 운짱인 나보다도 힘든 직업이었네요."

그러면서 한숨과 함께 눈을 씀벅거려 나의 눈마저 아리게 했었다. 하여 나는 진즉에 써 놓은 탄원서를 어젯밤 다른 사람들 몰래 황사장에게 넘겨주었다. 그 탄원서가 얼마만큼의 효과를 낼지는 모르지만 그를 위해 내가 할 수 있는 일은 그것뿐이었다. 처음에는 출소하걸랑 자신의 일 좀 봐 달라고 부탁하기도 했었다. 내가 처한 상황과 선생이란 직업의 비자유성과 제한성을 자세히 설명하자 다소 실망하는 빛이었으나 가족들, 동료들, 지인들의 사인을 받을 수 있게 탄원서라도 써 드리겠다는 말에 넙죽 절까지 했었다. 그런 그와 헤어진다고 생각하자니 마음이 허전했다.

오늘이 그와 마지막이 될지도 모르겠군.

나는 한숨을 쉬며, 잠을 자는 이들을 돌아보았다. 학교 선생들이 이들만 같았어도 내가 여기 있지는 않았을 거란 생각이 들자 갑자기 선생이란 사실이 환멸스러웠다.

선생들의 인색하고 옹졸하고 자기중심적인 속성이야 진작 알고 있었지만 옳은 것에 대해선 한목소리를 낼 줄 알았다. 하여 내가 없을 때를 대비해서 운동의 방향성과 행동 지침까지 책상 서랍 속에 남기고 왔다. 내가 의도한 대로 되지야 않겠지만 어떤 움직임이 있을 줄 알았다. 그리고 내가 경찰에 연행되자마자 정 선생이 거기에 적힌 대로 시행했다고 했다.

그러나 선생들은 머뭇거리는 정도가 아니라 못 들은 체하더란다. 언론사에서도 나의 주장은 들은 체도 않았을 뿐만 아니라 오히려 또라이 편에 서서 나를 매도하는 기사만 쏟아 내더라고 했다. 돈의 힘이었을 것이었다. 광고라 생각하고 또라이의 주장을 거르지도 확인하지도 않고 기사로 내보냈을 것이었다.

그러나 선생님들에 대한 행동 지침이 전혀 먹혀들지 않았다는 사실엔 화가 났다. 또라이와 쫄배·조·박의 모함과 무고인 줄 뻔히 알면서도 자기 혼자 살겠다고, 자기 편안함과 이익을 위해서 복지부동하는가 하면 그 휘하로 몰려갔다니. 오늘 내가 겪는 고초를 내일 당장 자신이 겪게 될지도 모른다는 생각을 왜 못 하는지, 답답하면서 화가 났다.

그와 함께 자신의 영달과 죄의 은폐를 위해 또라이 곁에 찰싹 붙어서 나를 모함·무고하는 쫄배와 조·박이 선생이란 게 역겨웠고, 그들과 함께 직장 생활을 하는 게 부끄러웠다. 그 부끄러움을 지우기 위해서라도 그들을 내쫓아야 했다. 또라이와 함께 다시는 학교에 얼씬거리지 못하게.

그러나 뭐니 뭐니 해도 문제는 또라이였다. 인간다움이란 약에 쓰려고 해도 찾을 수 없는 인간. 그가 이사장 자리에 있는 건 퇴폐적 자본주의가 판치는 한국 사회의 구조적 모순을 단적으로 보여 주는 예였다. 돈만 있으면 그만이라는, 돈이면 못 할 게 없다는 사고가 지배하는 사회가 바로 한국 사회였다.

자본주의 이념 자체가 최소 투자에 최대 효용이라는 자기중심적이고 이기적이고 개인주의적인 것이다. 그러나 자본주의 사상을 공동체적 관점에서 볼 수도 있었다. 자기가 살고 있는 사회를 유지시켜야 자신의 권리를 보장받을 수 있고, 자신이 향유하는 모든 것들을 보장받기 위해선 소속 사회를 유지시켜야 한다는 것. 그러기 위해서 자신의 위치에 맞는, 합당한 역할을 수행해야 한다.

노블리스 오블리제.

그러니 자신의 역할이나 책임에 대해선 생각지도 않고 자신의 권리만을 누리려는, 개념이 증발된 사회는 퇴폐적일 수밖에 없었다. 자본주의의 퇴폐적 양상만 비정상적으로, 불균형적으로 비대해진 사회. 그 사회가 바로 한국 사회였고, 그 사회에서 삶을 영위해야 하는 한국인은 또한 퇴폐적일 수밖에 없었다. 그러나 '시인이란 타락한 사회에서 타락한 언어로 진실을 추구하는 사람'이란 말이 있듯이 단 한 명만이라도 진실을 추구할 필요가 있었다. 나 혼자의 힘으로 이룰 수 있고 바꿀 수 있는 건 아주 미미하겠지만 나는 그걸 하고 싶었다. 비록 아무런 결과를 내지 못하고 스러질지라도, 발버둥이나 입김이라도 남기고 싶었다.

나는 누운 채 오늘 해야 할 일들을 가만히 떠올려 보았다.

법정에 들어서자마자 가족이 왔는지부터 살펴야 했다.

꼭 데리고 오라고 했으니 무사했다면 데리고 올 것이었다. 그러니 우선 그들을 찾아야 했다. 그들을 먼저 찾지 못한다면 오늘 재판을 내 의도대로 진행시킬 수가 없었다. 그들이 법정에 오지 않았다는 건 그들 신상에 무슨 일이 생겼다는 뜻이니까.

생각할수록 치가 떨렸다. 아무리 무식하고 잔인한들 어떻게 내 가족에게까지 해를 가할 생각을 한단 말인가. 아무리 위기에 몰렸다 해도 그들은 학교법인 이사장이었고, 교장이었고, 선생들이었다. 그런 그들이 범죄 집단에서나 저지를 만한 일을 벌인다는 게 이해가 되지 않았다.

양심의 소리를 묵살하고

역사를 두려워할 줄 모르는

그들은 이미 인간이기를 포기했다고 볼 수 있었다.

그래서 인간적인 접근을 포기하는 수밖에 없었다.

용서란 있을 수 없었다.

그 빠른 등기가 도착한 건 5일 전이었다. 일을 마무리 짓기 위해 차분히 마지막 조율을 하고 있는데 빠른 등기 한 통이 날아들었다. 익명으로 보낸 편지는 봉투마저 워드로 쳐서 출력한 것이었다. 자신의 필체를 감추기 위해 부러 그런 것 같았다.

이정훈 선생님

이렇게 급히 소식을 전하는 이유는 선생님 가족이 위험에 처해 있기 때문입니다. 많이 망설였고 고민했지만, 선생님 가족에게 위해를 가하려는 그들을 도저히 용서할 수 없었기에 용기를 냈습니다. 가정과 가족은 우리 모두가 지켜야 할 마지막 보루라고 생각하기 때문입니다.

여제자 성추행 건과 성적 조작 건은 조영건 선생이 조작한 것입니다. 물론, 이사장, 교장, 박영철 선생 등 넷의 공조가 있었고요. 그것도 모자라 선생님의 댁을 감시하는 정도가 아니라 가족을 인질로 삼을 계획까지 세워 놓고 있습니다. 여차하면 가족에게 위해를 끼칠 가능성도 있습니다. 모종의 안전 조치를 취해야 할 것 같습니다.

어떤 일이 있더라도 끝내 이기시기 바라며, 힘내십시오.

편지를 읽고 있자니 치가 떨렸다. 다른 일이야 다 예상하고 대비하고 있었지만 내 가족에게 마수를 뻗칠 줄은 꿈에도 생각하지 못했다. 나를 학교에서 내몰기 위해 안달 부리는 거야 있을 수 있지만 내 가족에게까지 손을 뻗치다니. 도저히 있을 수도, 생각할 수도 없는 일이었다.

그들이 내 가족을 노리고 있다면 한시가 급했다. 빨리 대책을 강구하지 않으면 무방비 상태의 가족이 꼼짝없이 당할 수 있었다. 또한 그들이 마음먹었다면 미루지 않을 것이고. 내가 아무런 대책도 없이 전전긍긍하고 있다는 인상을 주어 그들을 방심시키려 했는데 그 의도를 간파하고 있는지도 몰랐다. 그렇다면 더욱 서둘러야 했다. 시간 싸움이었다. 선즉제인(先則制人).

그러나 밖에 연락을 취할 수가 없었다.

방법을 찾지 못해 좌불안석, 전전긍긍하고 있자니 같은 방 동료들이 물었다. 내키지 않았으나 그들에게 알려야 할 것 같았다. 누가 면회를 와 주지 않는다면 아무리 대책을 세운다 한들 그 대책을 전할 길이 없었다. 나에게든 방 동료들에게든 면회 온 면회객에게라도 알려 가족들을 보호해야 할 것 같았기에. 편지를 읽은 동료들이 깜짝 놀라는 표정이었다. 특히 황사장이 치를 떨었다. 조작·날조하는 것도 모자라 가족들을 해치려 한다는 사실에 그들은 분노했다. 그러나 그들도 나와 같은 영어의 신세였기에 하릴없이 한숨만 쉬었다.

누구든 제발 면회 좀 와라.

오후 내내 빌고 또 빌었으나 나의 간절한 소망은 이루어지지 않았다. 그날따라 나에게뿐만 아니라 우리 방 수감자들을 찾는 면회객은 한 사람도 없었다.

한잠도 못 자고 아침을 맞았으나 면회 신청은 없었다. 다른 방에는 면회가 들어오는지 철문 열리는 소리가 들렸고, 복도를 지나는 발자국 소리가 들리기도 했지만 우리 방문은 좀체 열리지 않았다. 초조함을 넘어 극도의 긴장으로 숨쉬기조차 힘겨울 정도였다.

교도관을 불러 그에게라도 부탁하고 싶었다.

아니, 탈출이라도 시도하고 싶었다.

비록 사살되는 한이 있더라도 탈출을 감행하고 싶었다.

그렇게라도 가족에게 위험을 알릴 수 있다면

내 목숨과 내 가족의 목숨을 바꿀 수 있다면

그렇게 하고 싶었다.

그러나 내 마음속에서만 맴돌 뿐

나는 기다림에 지쳐 서서히 무너지고 있었다.

점심시간이 가까워질 무렵, 중간 복도 문이 열리는가 싶더니 발자국이 우리 방 앞에서 멈췄다. 우리 방 모든 귀들이 긴장했다. 과연 우리 방에 면회가 왔을까? 왔다면 누굴까? 모두들 초긴장 상태였다.

천삼백공오 번, 면회!

와아! 왔어! 왔어!

우리는 누가 먼저랄 것도 없이 환호성을 질렀다. 교도관이 조용하라고 소리쳤다. 그러더니, 참 좋기도 하겠다. 하기야 오랜만의 면회니 난리칠 만도 하지. 면회가 거의 없었던 한수표의 면회였기에 교도관도 우리의 환호성을 얼마간 눈감아 주었다. 한수표에게 면회 온 것은 정말 오랜만이었다.

"한수표! 어디에 누구라고?"

오억울이 물었다. 그러자 한수표가 짜증 난다는 듯이 내뱉었다.

"아이, 정말. 누굴 바보로 아나? ○○경찰서 안창수 경정! 됐어? 나도 세 자리야, 왜 이래."

"그래, 너 아이큐 100인 줄 다 알고 있으니 똑똑히 전해. 오늘 내로 그 경찰 면회 안 왔다간 넌 오늘 밤 내로 죽는 줄 알아?"

"알았어, 알았어. 내가 죽지 않기 위해서라도 똑바로 전할 테니까 염려 마."

그러더니 신발을 신으며 나갈 준비를 하다 나를 돌아보며 물었다.

"선생님, 역시 최고의 제자는 제가 맞죠? 맨날 면회 오면 뭐 해요. 이럴 때 오는 면회가 진짜 면회지. 안 그래요?"

"예, 맞습니다. 잘 부탁할게요."

나도 모르게 목이 메었다. 내 인생에서 하루가 그렇게 길게 느껴진 적은 없었던 것 같았다.

그렇게 해서 안창수가 면회를 왔고, 안창수에게 가족의 안전을 부탁했다. 만약을 대비해서 재판 날까지만 가족을 좀 돌봐 달라고.

처음에는 아내나 혜란이, 정우형 선생에게 연락할까 하다가 안창수로 잡았다. 아내에게 알리면 불안감을 견디지 못할 것이고, 집을 옮긴다면 자신들의 계획이 새 나간 것을 또라이 일당이 눈치챌 수 있었다. 그렇게 되면 제보한 사람이 위험해질 수도 있었다. 혜란이나 정우형 선생은 학교에 매인 몸이라 자유롭지도 않을뿐더러 마음고생을 그만 시키고 싶었다. 이번 일로 가장 고생을 하는 그들에게 이 일까지 떠맡기고 싶지 않았다. 그들에게 이 일까지 맡기는 건 자기 몸도 건사하기 힘든 곱사등에 짐을 지우는 일이나 다름없었다. 그러다 떠오른 게 안창수였다. 3학년 때 담임을 했으니 직계 제자였고, 누구보다 신중하고 침착한 그에게 맡기는 게 가장 좋을 듯했다. 그는 또한 경찰이어서 만약의 경우 공권력을 행사할 수 있는 위치에 있었기에 더욱 그랬다.

그렇게 피 마름 속에서 또 한고비를 무사히 넘기자 편지 발신인이 궁금했다. 행정실장이라면 구치소에 갇혀 있는 나에게 알리기보다 정 선생이나 다른 사람에게 알리거나 자신이 직접 행동을 취했을 것이었다. 행정실장은 나와 애증의 관계이긴 하지만 학교를 바로 세우고자 하는 뜻만은 같을 것이고, 일이 더이상 확대되는 걸 어떻게든 막으려 할 것이기에 직접 행동을 취했을 것이었다. 또한 행정실장은 아내를 알고 있었고, 아내 또한 행정실장을 알고 있으니 아내에게 직접 연락했을 수도 있었다. 그러니 행정실장은 아닌 것 같았다.

행정실장이 아니면 누구지? 누가 또라이 쪽 일급기밀을 나한테 알린 거지?

아무리 생각해 봐도 잡히지 않았다. 또라이 쪽에 그런 양심을 가진 이는 없었다. 생각에 생각을 곱씹어 봐도 발신인을 찾을 수가 없었다. 그러고 있는데 행정실장에 대한 안 좋은 소식이 날아들었다.

"이 선생, 행정실장이 그만뒀어."

행정실장의 사직은 정 선생한테도 톱뉴스인지 면회소에 나가자마자 그 소식 먼저 전했다.

"뭐? 행정실장이? 왜?"

"정확한 건 모르겠고…… 또라이와 대판 한 모양이야."

정 선생도 착잡한지 말을 아끼며 나를 쳐다봤다.

"그러면 어떻게 되는 거야? 이젠 저쪽하고 얘기할 사람이 전혀 없는 거야?"

"그런 셈이지. 이럴 줄 알았으면 막말이라도 하지 말걸."

"막말이라니?"

"아, 아냐. 그런 일이 좀 있었어."

"행정실장하고?"

"응."

"무슨 일? 무슨 일인데 그래?"

"으응, 별건 아닌데, 이 선생 관련 악성 루머가 나돌길래 행정실장한테 한바탕했거든."

정 선생의 얘기를 듣고 나니 더욱 착잡했다. 행정실장도 얼마간 이해야 하겠지만 상황이 상황인지라 화가 날 만했다.

"엎질러진 물을 어쩔 거야? 전화해서 내가 그러더라고, 학골 지켜야 할 거 아니냐는 말이나 한번 던져 보든지."

"글쎄, 병 주고 약 주는 거 같아 영 안 내키네."

"그렇다고 모른체할 수는 없잖아. 내 핑계 대고 통화라도 한번 해 봐!"

"알았어. 그건 그렇고…… 이제 모든 준비는 완벽히 된 거지?"

"완벽이 어딨어. 최선을 다해 보는 거지. 행정실장마저 그만둔 상황이 걱정스럽긴 하지만 일이 잘 마무리되면 행정실장 복귀도 그리 어렵지만은 않을 거야."

"알았어. 그렇게 알고 통화나 한번 해 볼게."

"그래, 그래 줘."

정 선생과 면회를 마치고 방에 돌아오자 마음이 더 답답했다.

행정실장의 사직은 단순히 학교를 위해 걱정하고 고민할 사람이 한 명 줄어들었다는 것으로 끝나지 않았다. 또라이와 쫄배 일당을 처리하고 난 후 학교를 바로 세울, 비교적 객관적인 입장에서 법인과 교사 사이를 중재할 끈을 잃어버린 셈이었다. 아니, 또라이 일당을 처리하고 난 후 학교 재편을 위한 중심축을 잃어버린 것이었다.

행정실장은 설립자와 썩 가까운 인척은 아니었지만 학교 설립 전부터 학교의 기틀을 다진 사람이고 법인 관련 인사 중 학교의 속성을 잘 아는, 유일하게 학교 근무 경력을 가진 사람이었다. 또한 그는 법인과 교사, 관리자와 평교사, 교사와 교사, 교사와 학부모의 갈등 및 충돌을 합리적으로 중재·해결해 소방수 역할을 톡톡히 해 왔었다. 그런 그를 잃는다는 건 우리 쪽에서도 소방수를 잃는 것이었다. 그리고 그가 사표를 쓰지 않으면 안 될 만큼 상황이 악화되고 있음을 뜻하기도 했다. 또라이와 도저히 대화로 문제를 해결할 수 없는, 극단으로 치닫고 있음을 보여 주는 단적 증거이기도 했다. 그런 상황인 만큼 걱정스럽지 않을 수 없었다.

행정실장을 돌아오게 할 수 있는 길이 무얼까?

생각을 곱씹어 봤지만 별달리 뾰족한 수가 없었다.

우선 또라이 일당을 학교에서 추방함을 물론 다시 발붙이지 못하게 안전장치를 마련해 두어야 했다. 그것이 선행되지 않고서는 어떤 방안이나 대책도 먹혀들 리 없었다. 행정실장이 직접적으로 표현하지야 않겠지만 그도 그걸 최우선 과제로 생각하고 있을 것이었다. 또라이가 복귀할 가능성을 완전 봉쇄하지 못하면 이번 일은 실패한 것이나 다름없었다. 선생들은 또라이의 입김이나 눈길이 남아 있는 한 아무런 행동도 하지 않으려 할 가능성이 높았다.

그런 만큼 내가 아무런 방비도 없이 속수무책으로 당하는 듯한 인상을 주어야 했고, 그러기 위해서는 최대한 일을 지연시켜야 했다. 설익은 과일을 따거나 덜 곪은 종기를 짜낼 수는 없지 않은가. 내가 고통을 감내하며 익기를, 곪기를 기다려야 했다. 그렇게 해서 단 한 번에 그 일당을 쓸어버려야 했다.

지가 별수 있어? 감옥에 가둬 버리니 옴짝달싹 못 하는구만. 이 기회에 산적 그 새낄 아예 골로 보내 버리자고.

그런 안심과 방심 속에 자신들을 옭아맬 악수를 계속 만들게 해야 했다. 그래서 정 선생이나 제자들, 심지어는 아내에게까지도 내 계책을 철저히 감추고 있었고, 그들을 못 믿어서가 아니라 믿기 때문에, 나를 충분히 이해해 줄 것이라 판단했기에.

나는 한숨과 함께 다시 한번 오늘 재판정에서 보여야 할 결의를 다졌다.

"어? 선생님, 벌써 깨셨어요?"

내 한숨 소리가 너무 컸던지 옆자리에서 자던 황사장이 몸을 일으키며 물었다.

"예. 잘 주무셨어요?"

그 소리에 여기저기서 일어나며 인사를 했다. 그중 한수표에게 정색하며 물었다.

"한수표 씨도 잘 주무셨어요?"

"예, 예. 마음이 편해지는지 여기 들어와서 잠만 느는 것 같아요. 밖에선 맘껏 자 보지도 못했는데……. 잠도 제대로 못 자는 걸 보고 잠시 쉬라고 여길 보낸 것 같네요, 좀 푹 쉬라고요."

그는 웃으면서 너스레를 떨었으나 하루라도 빨리 나가고 싶은 마음을 표현하고 있었다. 자기가 나가서 사업을 직접 챙기지 않으면 자신의 사업체가 바람에 가루 날리듯 흩어져 버릴 것이란 근심을 깔고 있었다. 빨리 나가서 일을 정리하지 않으면 20년 넘게 피땀으로 일구어 온 사업체가 엉뚱한 놈 아가리에 들어갈 것 같아서 밤잠도 제대로 못 이루었던 그였다. 그런 그가 깊은 잠을 잔다는 것은 이제 안달복달해 봐야 아무 소용 없는 일이란 걸, 체념의 단계로 들어섰음을 보여 주는 것이었다.

미루어 조지는 우리나라 재판 제도는 체념을 빨리 배우게 하지만, 밖에선 팔아 조지고 안에선 먹어 조지게 만듦으로써 이곳에 한번 들어왔다 가면 재기하지 못하게 만들어 버리는 묘한 시스템을 가지고 있었다. 그 시스템을 변호사 명식에게 미리 듣지 못했고 대비해 두지 않았다면 나도 별수 없었을 것이다. 그걸 몰랐을 한수표가 어떻게 그에 대한 대비를 해 두었겠는가. 그러니 체념을 일찍 배우는지도 몰랐다. 한두 주 정도는 별의별 방법을 다 쓰는 것 같더니 벌써 체념한다는 게 아쉽기도 하고 안타깝기도 했지만 어쩔 수 없는 일이었다.

"잘되지야 않겠지만, 말처럼 마음만이라도 편히 가지세요."

나는 안쓰럽게 그를 바라보며 말했다.

"예, 안 그래도 그렇게 생각하고 아니, 생각하려고 노력 중입니다. 너무 단순했던 것 같아요. 세상을 너무 순진하게 생각했어요. 그러나 후회는 안 해요. 돈은 잃겠지만 건강과 신용만 잃지 않으면 언젠가 재기할 수 있겠죠, 뭐."

그는 벌써 반(半)철학자가 되어 있었다. 나의 사연을 듣고 다른 이들보다 더 비분강개했던 것도 따지고 보면 자신이 당한 것과 너무나 닮아 있기 때문이었는지도 모를 일이었다.

"그나저나 사모님과 변호사님께선 잘 준비했겠죠?"

황사장이 걱정을 실어 물었다.

"글쎄요. 오늘 공판에 나가 보면 알겠죠. 나보다 똑똑한 사람들이니 잘 처리했을 겁니다."

나는 쓰게 웃었다. 아내와 변호사가 제대로 일을 처리하지 못했다면 모든 게 허사였다. 그러나 나는 그들을 믿었다. 일을 무난히 처리할 수 있게 모든 방법들을 소상히 적어 놨으니 잘 처리했을 것이라고 믿고 싶었다.

36

일주일 전, 나는 그간 감추고 미뤄 두었던 계획을 실행하기 위해 명식을 불렀다. 접견실에 도착하자 명식이 상기된 목소리로 물었다.

"어이, 이 선생, 네가 웬일이냐? 난 다시 못 보는 줄 알았는데. 아니지, 날 자른 줄 알고 마음 푹 놓고 있었는데."

"그래, 그렇게 됐다. 미안하다."

"미안한 건 아나 보지? 미안은 나한테 할 게 아니라 제수씨한테 해야 하는 거 아냐? 혼자 속을 엄청 끓인 모양이던데."

녀석은 내 얼굴과 표정을 보고 얼마간 마음을 놓았는지 신소리부터 주워섬겼다. 자기가 생각하기엔 갈등과 고민으로 몸이 상했을 줄 알았는데 멀쩡하게 나온 내가 믿음직스러웠던 모양. 사실, 나는 새롭게 시작하는 의미에서 면도를 깨끗이 했고, 머리도 얌전하게 깎은 후 그를 만나러 갔다. 녀석에게 믿음직스럽게 보이고 싶어서. 지금까지와는 다른 모습을 보이고 싶어서. 나의 의지를 얼굴과 몸으로 표출하고 싶어서.

"그래. 나야 안에 들어앉아 있으니 몸이라도 편했겠지만 밖에 있는 사람들이야 맘고생 몸 고생 다 했겠지. 나가면 다 보답해야지. 그리고 이건……."

나는 익명의 빠른 등기를 녀석에게 내밀었다.

"며칠 전에 배달된 등긴데, 너에게 보여야 할 것 같아서……."

녀석이 잠시 읽어 보더니 소리를 질렀다.

"아니, 어떻게 이럴 수가 있어? 다른 사람도 아니고 선생과 학교법인 이사장이란 사람들이 어떻게 이럴 수가 있어? 어떻게?"

명식이 허둥거렸다. 어떻게 해야 할지, 누구한테 먼저 전화해야 할지를 고민하는 것 같았다.

"괜찮아, 이미 조치했으니깐."

"뭐?"

명식이 나를 빤히 쳐다보았다.

"제자 애 중에 경찰이 있는데 그 녀석한테 부탁해 뒀으니 괜찮을 거야."

"그래애? 아, 이래 버리면 내가 할 일은 하나도 없는데. 제수씨가 넘겨준 자료만으로도 충분한데 이런 것까지 다 있으니 난 법정에서 증거만 들이대면 되겠네. 허허."

비로소 마음이 놓이는지 소리 내어 웃었다. 변호사로서보다 친구로서 마음을 놓는 것 같았다. 어쩌면 녀석은 변호사가 아니라 죽마고우로서 걱정이 태산이었을 것이었다. 예상치 못했던 일들이 계속 터졌고, 구속과 동시에 나는 변호인 접견을 거부한 채 틀어박혀 버렸으니까. 녀석에게까지 감추며 혼자 칼을 갈았으니까. 그러다 갑자기 불러 그간의 사정을 털어놓는 나를 보자 마음이 놓이는 모양이었다.

그런 그의 모습을 보고 있자니 정작 내가 해야 할 말을 할 수가 없었다. 그렇지만 이제 결단을 내려야 했다.

"명식아, 정말 미안한 얘긴데…… 차마 입이 안 떨어지지만 오늘 널 보잔 건 다름이 아니라……."

내가 뜸을 들이자 녀석이 나를 다시 빤히 쳐다보았다. 무슨 말인데 이리 뜸을 들이지? 뭔가 있구나. 싶은 표정이었다. 아니, 무슨 말이든 괜찮으니 해 보란 표정인 것 같았다. 거기에 용기를 얻은 내가 조심스레 말을 이었다.

"미안하지만 이 편지와 네가 가지고 있는 자료들을 우리 제자들에게 넘겨줬으면 해서 보잔 거야. 내 변호를 네가 아니라 내 제자들이 해 줬으면 해서."

"그 말은?"

"그래, 널 해임하는 거야."

"이제 와서 왜?"

변호사로서, 친구로서 기분이 상할 만도 한데 녀석은 여전히 날 걱정하는 표정으로 물었다.

"날 돌아보고 싶어서."

"……?"

"15년 내 교직 생활을 돌아보고, 아니다 싶으면 이 기회에 선생 그만둘라고. 그건 **빠르면 빠를수록** 좋을 거 같고."

나는 혼자 가슴속에서 키웠던, 가슴속에만 묻어 두었던 생각들을 털어놓았다.

"너무 위험한 모험이 아닐까? 네 마음을 이해 못 하는 것도 아니고, 너다운 결단이긴 하지만 시간이 너무 촉박해. 재판이 일주일도 안 남았는데 이제 변호인을 바꾸면 준비할 시간이 없을 거야. 아무리 자료가 완벽하다 해도 자료들을 훑어보고 필요한 자료를 모으자면 시간이 필요한데 일주일은 너무 짧아."

명식이 걱정을 실어 말했다. 재판에서 내가 질까 봐 걱정스러운 모양.

"제자들이 따로 준비하고 있었나 봐. 이번 일만큼은 자신들이 맡게 해 달라고 계속 조르고 있고. 그래서 널 부른 거고."

"따로 준비했다고? 어떻게? 자료들도 없었을 텐데."

"그건 잘 모르겠어. 그런데도 자기네를 믿어 달라고만 하니 믿을 수밖에. 그게 이번 이사장 퇴진 운동의 뜻과도 부합되고."

"잘 안되면?"

"잘 안되면 다음 기회를 노려야지. 이번 공판이 첫 공판이지 마지막 공판은 아니잖아. 지면 항소할 수도 있고. 그쯤 되면 제자들도 얼마간 적응하겠지."

"그러면…… 두어 달은 구치소에 더 있어야 할 건데?"

"참아 보지 뭐. 기왕에 국립호텔에 들어온 거 신세 좀 더 지지."

"알았어. 능력 없다고 자르는데 변호사가 별수 있나, 따르는 수밖에."

"미안하고 고맙다. 지금까지 도와준 건 내가 나가면 꼭 복수할게. 너 잘 알지? 보답은 못 해도 복수는 꼭 하고야 마는 내 성깔."

"어련하겠냐. 기다릴게. 그리고…… 변호사로는 잘렸지만 친구로서 재판정엔 갈게. 이 기회에 네가 그렇게 믿는 제자 변호사들의 변호 솜씨도 좀 보고."

"그래, 꼭 와라 네가 와야 힘이 나지. 안 왔다간…… 죽을 줄 알고."
나는 고마움과 미안함을 가득 담아 고개를 끄덕여 주었다.

* * *

세면과 청소를 마치고, 방 동료들과 아침을 먹으러 갔다. 밥맛이 없었지만 맛있게 먹으려 했다. 걱정 때문에 밥을 못 먹는 것처럼 보이기도 싫었고, 나가게 되자 밥을 안 먹는 사람처럼 보이기도 싫었다. 그런 나를 지켜보던 황사장이 말을 걸었다.
"방장님, 다 안 드셔도 돼요. 오늘 나가면 맛있는 거 실컷 드실 텐데요."
"아닙니다. 공짜라서 그런지 전 여기 밥맛이 좋아요."
그래 놓고 한 숟가락 푹 떠먹고 반찬도 양껏 집어넣었다. 전에 없이 한 가득 밥을 문 채 으적거리는 나를 모두들 이상한 눈으로 쳐다보았고.
사람들과 일일이 악수를 한 후, 밖으로 나가니 교도관이 기다리고 있었다. 그가 채워 주는 수갑을 차고 몸도 마음도 가볍게 호송버스에 올랐다.

8 : 23

호송차에 매달려 있는 시계가 시간을 알려 주었다. 열 시부터 재판인데 너무 일찍 출발하는 게 아닌가 싶었다. 그러나 오히려 그게 고마웠다. 유치장에 갇힌 지 두 달밖에 안 됐지만 바깥 공기를 조금이라도 일찍 쐬게 됐으니 말이다. 정말 바깥 공기는 다를까? 다를 리 없었다. 그렇지만 느낌만은 분명 다를 것이었다. 자유 공기란 그런 것이니까. 느낌부터가 다른 것이니까.

　차가 출발하자 나는 유리창에 머리를 기댄 채 생각을 정리하기 시작했다. 재판은 모든 진행을 판사와 검사, 변호사가 하니 내가 따로 말할 기회가 없겠지만, 질문에 대한 답변과 최종변론을 준비해 둬야 했다.

　그런데 생각을 정리할 수가 없었다. 불쑥 떠오른 영상 하나가 나를 흐트러트렸다. 아이들의 풀죽은 모습이었다.

　아빠 잘못 만나 잔뜩 풀죽은 아이들의 모습이 떠오르자 가슴이 미어지는 것 같았다. 밝고 명랑했던 아이들의 풀죽은 모습은 아버지가 없었던 어린 시절의 내 설움을 들춰내기에 충분했다.

　아버지가 없는 삶은 뚜껑이 없는 삶이었다. 연약하고 여린 나를 보호할 뚜껑이 없어 늘 바람과 눈비에 노출되기 일쑤였고, 나를 숨길 수도 없었다. 그 설움은 안 그래도 가난으로 크지 못한 작은 키를 짓눌렀었다. 하늘마저도 무겁게 느껴지곤 했었다. 그런 내가 아이들에게 못할 짓을 하다니. 아빠 잘못 만나 손가락질과 수모를 당하는 아이들을 생각하자니 눈물이 흘렀다. 아이들에게 힘이 되지는 못할망정 부끄러움과 수모를 떠안겨주고 있으니 참담하기 그지없었다. 죄스러웠다.

　내가 구치소 안에서 갈등했던 이유는 다른 게 아니었다. 아이들 때문에 주저하고 망설였다. 나야 바른길을 간다지만 아무것도 모르는 아이들에겐 충격과 슬픔, 그리고 아픔이 될 것 같았다. 감수성이 한창 예민할 때 받은 심리적 상처는 그 사람의 전 생애에 영향을 미친다고 하지 않는가. 기억나지도 않는 어린 시절 아버지가 없었기 때문에 겪었을지 모르는 아버지에 대한 공포는 일평생 나를 따라다니는 검은 그림자이자 나를 주눅 들게 하는 매복병이 아닌가. 그걸 누구보다 잘 알고 있고 오늘까지도 생생한 공포로 간직하고 있으면서 아이들에게 부끄러움 또는 두려움 또는 공포심을 심어 줄 수는 없었다. 잘못하다간 사람과 세상에 대한 거부감과 공포심을 심어 줄 수도 있었다. 각인되어 한평생 아이들을 괴롭힐 수도 있었고. 갈등하고 망설이지 않을 수 없었다.

아버지인 나는 그만 멈추라 하고

선생인 나는 이대로 멈출 수 없다고

끝까지 버티고 이겨내라고 하고 있었다.

아버지와 선생 사이에서의 갈등은 당연히 아버지 쪽으로 기울었다. 그러나 나는 끝내 버텼다. 당장의 부끄러움과 싸늘한 눈총, 날카로운 입방아보다는 당당하고 떳떳한 아버지의 모습을 각인시켜 주고 싶었다. 그래서 오늘까지 참고 기다려 왔고, 오늘 재판정에 아이들을 데리고 오라 했던 것이었다. 아이들의 안전도 확인하고 싶었지만 당당하고 떳떳한, 평생 가슴에 새겨 둘 훈장을 달아 주고 싶었기에.

오늘, 당당하고 떳떳한 아빠의 모습을 보여 줄게. 먼 훗날 아빠 하면 오늘의 모습이 제일 먼저 떠오르게 각인시켜 줄게.

부끄러운 아빠가 아니라 떳떳하고 당당한 아빠로 새기기 위한 성장통이 될 것이라 생각하며 나는 이를 악물었다. 그러자 다른 영상이 떠올랐다. 제일 먼저 떠오른 영상은 또라이가 나를 회유했던 장면이었다.

"역시 일등 해결사 손이 닿으니 이렇게 해결되는 걸."

또라이가 부른다는 전갈에 이사장실로 가니 희색만면하게 나를 맞았다. 그러더니 느닷없이 툭 던졌다.

"아무래도 이 선생을 교감에 앉혀야겠어. 교장·교감이 있어 봐야 결국 이 선생이 들어야 하니 아예 이 선생이 교감으로 앉아."

"……?"

"왜 그렇게 봐? 진작부터 해 온 생각이야. 즉흥적인 얘기가 아니라고."

또라이의 말에 어떻게든 대답을 해야 할 것 같았다. 조용히 있으면 자신의 뜻을 받아들인다고 생각해, 무슨 말을 어떻게 퍼트릴지 알 수 없었다.

"빼어난 선배 선생님들이 많은데 어떻게 제가? 말씀만이라도 고맙습니다만 교직, 특히 사립학교는 교직 경력과 서열대로 관리자를 세우는 게 제일 좋습니다."

"아, 답답하고 고리타분한 선생 아니랄까 봐. 그럼 쫄뱅 경력이 많고 서열이 앞서서 교장 됐어? 이젠 과감히 능력젤 도입할 때가 됐다고. 안 그래?"

그러면서 비릿하게 웃었다. 그 웃음을 보는 순간 뭔가 있구나 싶었다. 나에게 맡길 일이 있거나 나를 떠보고 있거나 나에게 잘못한 게 있거나. 그렇지만 내색할 수 없어 얼떨떨하게 서 있으려니 나를 포섭하는 데 실패했다고 생각했는지 하지 말았어야 할 말까지 던졌다.

"내년이면 쫄배 임기가 다 되는데, 쫄뱅 재임용시킬 순 없잖아. 쫄뱅 재임용하면 교감 자리도 안 나고, 이 선생 자리가 없어지는 셈이지. 이 기회에 무능하고 쓸모없는 쫄뱅 짤라 버려야지. 교감도 마음에 안 드는데 이 기회에 짤라 버려?"

그래도 내가 별다른 반응을 보이지 않자 또라이는 비로소 자신의 속마음을 드러냈다.

"이번 일만 해도 그래. 이 선생이 교감이나 교장이었어 봐. 이런 소란이 일었겠냐고. 이 선생 같은 사람이 교감이나 교장 자리에 앉아 있어야지 안 그러면 마음이 안 놓여서 그래, 내가."

3학년 교과 선생님과 학생 간의 갈등이 학부모와의 갈등으로 번졌고,

학교 대응이 미온적이라 판단한 학부모는 급기야 교육청에 진정해 버렸다. 교장과 교감이 나서서 중재하려 했지만 양자가 워낙 강경하게 나와 중재하지 못했고, 그런 사실을 뒤늦게 안 내가 나서서 양자를 설득하였고, 양자가 한 발씩 물러섬으로써 해결의 실마리를 찾게 됐다. 학생은 내가 1학년 때 담임했던 애고, 성적은 상위권이었지만 좀 날카롭고 까탈스러운 면이 있는 애였다. 그래서 학부모와도 전화상이긴 했지만 많은 대화를 나눴던 사이였다. 또한 교과 선생은 학생부에서 나와 함께 교내생활을 지도하는 둘도 없는 콤비였다. 그런 인연이 있었기에 내가 나섰고 둘 사이를 원만하게 중재할 수 있었다. 그 사실을 또라이가 알고 나를 부른 것이었다.

"어때, 이 선생? 나와 한번 손잡아 보는 게. 나 이래 봬도 의리 빼면 시체인 사람이야. 한번 해병이면 영원한 해병이듯, 한번 내 사람은 영원히 내 사람으로 여긴다고. 어때?"

군대도 안 갔다 온 놈이 해병대를 들먹이는 게 역겨워 아구창을 돌려 버리고 싶은 걸 참자니 손이 바르르 떨렸으나 아무 말도 할 수 없었다. 더럽고 아니꼽고 배알이 꼴렸지만 나는 무력한 교사이자 처자식을 거느리고 있는 가장이었다. 하여 또라이의 회유를 정중히 거절하고 조용히 물러 나왔고.

그때 또라이의 회유에 응했다면, 최소한 이번 퇴진 운동을 하지 않았다면 아이들이 이런 고통을 받지 않았을 거란 생각이 들자 아이들에게 미안해 고개를 들 수 없었다.

그렇지만 그때 또라이의 회유를 받아들였다 해도 상황은 달라지지 않았을 것이고, 더욱 나빠졌을 것이었다. 학교가 엉망이 되는 건 물론이려니와 나도 또라이 등쌀에 견뎌 나질 못하고 있을 터였다. 어쩌면 벌써 학교를 그만뒀을지도 모르고.

이번 퇴진 운동도 그랬다. 다소 시간이 지연될지는 몰라도 결국은 터지고 말 일이었다. 내가 아니라도 누군가는 들고 일어섰을 것이었다. 그걸 내가 한 것에 지나지 않았다. 또라이 힘이 더 커지기 전에, 쫄배와 조·박 같은 기회주의적이고 비양심적이고 인간이기를 포기한 쥐새끼들이 더 늘기 전에 일으킨 것이 다행이다 싶었다. 또한 나이가 들면 들수록 행동하는 양심 또한 줄어들 수밖에 없지 않은가.

쫄배와 조·박을 생각하자니 가라앉던 감정이 다시 치솟아 올랐다. 쾌재를 부르며 가소롭다는 듯 비웃고 있을 그들을 떠올리자니 억지로 떠 넣은 아침밥이 쌀알이 되어 튀어나올 것 같았다. 그와 함께 세 사람을 또라이와 함께 정리하기 위해 참고 견디길 잘했다는 생각이 들었다. 또라이를 몰아낸다 해도 그런 이기적인 기회주의자들이 존재하는 한 학교는 갈등하고 반목할 수밖에 없으니 이번 기회에 정리하는 게 맞았다. 돌팔매질로 새 두세 마리를 잡기 위해 벌인 일이 아니잖는가. 촘촘하게 얽어 짠 그물을 던져야 했다. 일석이조가 아니라 일망타진이어야 했다. 그러기 위해 지금껏 참고 기다려 온 게 아닌가.

그다음 떠오른 영상은 나를 변호하기 위해 부산을 떠는 제자들의 모습이었다. 변호인은 몇 명인지 새로 선임된 준석에게 묻지 않았다. 준석도 그걸 알리고 싶지 않은지 그에 대한 말이 없었고, 그러나 준비만큼은 꼼꼼히 하는 것 같았다. 명식을 통해 넘겨준 자료들이며 자신들이 직접 수합한 자료들을 언급하는 게 필요한 자료들과 증거들을 확보하고 있는 것 같았기에 별다른 말을 하지 않았다. 잘 부탁한다는 말만 했고.

사실 불알친구인 명식을 해임하고 제자들에게 변호를 맡기기까지는 많은 고민과 갈등이 있었다. 명식의 말마따나 모험이기도 했다. 그러나 친구에게 맡기는 것보다 제자들에게 맡기는 게 낫겠다 싶었다.

먼저, 학교 일을 외부에 알리고 싶지 않았다. 아무리 친구이고 내가 건네준 자료들을 통해 얼마간 알고 있겠지만 변호를 하자면 학교 상황을 좀 더 깊숙이 알아야 하고, 그러자면 지금껏 내가 감춰 왔던 내막들을 들춰내야 했다. 그러나 친구인 명식에게도 말 못 할 일들이 너무나 많았다. 또 라이에 대해서는 거의 알고 있겠지만 쫄배나 조·박의 일은 들춰내기 싫었다. 그런 걸 들춰낸다는 자체가 부끄러운 일이고, 그런 사람이 선생으로 있다는 사실을, 그런 추잡함 속에 학생들을 가르치고 있는 걸 감추고 싶었다. 그렇지만 제자들은 이미 그 사실을 알고 있고 증거들도 수집해 놓은 것 같았기에 제자들에게 맡기기로 했다. 제자들은 남의 일이 아니라 자신들의 모교와 스승에 관한 일이기도 하기에 수치스럽고 냄새나는 비밀을 발설하지 않을 것 같았다.

또한 이번 일을 통해 나를 되돌아보고 싶기도 했다. 내가 제자들을 제대로 키웠는지, 제자들에게 용납될 수 있는 선생인지 확인하고 싶었다. 그리고 그게 아니라면 이 기회에 다른 길을 찾고 싶었다. 제자들에게 존경은 못 받을지언정 용납되지 않는 선생이라면 하루라도 빨리 다른 길을 찾는 게 맞을 것 같았기 때문이었다. 여제자 성추행에 얽히지 않았다고, 시험지를 유출하지 않았다고, 학부모와의 관계가 떳떳하다고 스승은 아니지 않는가. 제자들에게 용납되고 제자들이 믿는 선생이 못 될 바엔 하루라도 빨리 다른 길을 찾는 게 맞을 것 같았다. 명문대 합격 인원과 진학률로 판단되는 선생이 아니라, 존경까지는 바라지 않지만 나이가 들어서도 생각나는 스승으로 남고 싶었다. 그걸 이번 기회에, 위기 상황에 처했을 때 판단하고 싶었다. 어려울 때 진정한 친구를 판단할 수 있고, 사람은 위기가 닥치면 진정한 자기 본연의 모습을 드러낸다 하지 않았는가.

준석이 외에 몇 명이나 올까. 고3 담임만도 서너 번 했고, 변호사 제자만도 열은 넘겠지만 그들이 전부 동참할 리도 없고, 동참하지도 않을 것이었다. 어쩌면 준석과 혜란만 생고생을 하고 있을지도 몰랐다. 그들의 얼굴을 떠올리니 미안하고 고마워 고개를 들 수가 없었다.

특히 혜란은 전공이 법학도 아닌데 이번 내 일로 반(半)변호사가 다 된 것 같았다. 산사모를 움직이랴, 재판 준비를 하랴 정신없이 뛰어다니고 있을 그녀를 생각하니 콧날이 다 시큰했다. 안 그래도 스승의 날이면 잊지 않고 선물을 보내곤 했는데, 이번 스승의 날엔 어떤 선물을 할지도 궁금했다.

이런저런 생각을 하다 창밖을 보니, 버스가 도심지를 가로질러 가고 있었다. 이제 법원까지 얼마 남지 않은 것 같았다. 법원의 정확한 위치는 모르지만, 전혀 모르는 길은 아니었기에 주위를 둘러보니 법원 앞이었다.

그런데…….

버스가 법원으로 접어들자 함성이 터져 나왔다. 무슨 소린가 싶어 창밖을 내다보니 법원 앞은 사람들로 꽉 차 있었고, 무언가를 외치고 있었다.

삐죽삐죽한 인간 선인장들이

법원 앞에 모여

목청껏 외치고 있었다.

그 모습에 눈물이 고이기 시작했다.

그러나 눈물을 헛되이 흘릴 수 없었다.

그 눈물을 모았다가

오롯이 선인장에 주고 싶었다.

그저 바라볼 수만 있어도

37

"혜란아, 내가 누구냐? 선인장 맞지? 그렇지? 난 아직도 사막의 선인장이지?"

선인장 화분에 물을 주려다 산적 선생님의 말을 떠올린 나는 멈칫했다. 물을 많이 주면 뿌리가 썩어 버리는, 풍족한 환경을 거부하는 선인장의 속성이 떠올랐기 때문이었다. 그리고 산적 선생님에게나, 선인장에게나, 나에게나, 지금 필요한 것은 물이 아닌 것 같았다.

극도의 목마름과 뙤약볕.

선인장을 튼실하게 하는 자양분은 그것 같았다.

물주기를 멈췄다.

그리고 화분을 베란다 양지쪽에 내다 놓았다.

그래, 재판이 끝날 때까진 목마름과 뙤약볕에 시달려야 해.

그래야 진정한 선인장으로 서 있지.

나는 다짐이라도 하듯 혼잣말을 했다.

물주기를 중단한 나는 방으로 들어가 서류 뭉치들을 챙기기 시작했다. '산살본(산적 살리기 운동 본부)' 산하의 '변호사 모임'에서 최종 점검을 위해 모인다는 연락이 왔던 것. 그래서 모임에 나가기 전에 선인장에 물을 주려 했던 것이고. 물을 주면서 의지를 다지고 싶었기에. 그러다 물을 주면 선인장이 나약해질 것 같아 그만둔 것이고.

모임 장소에 도착한 나는 변호사 셋과 마주 앉아 최종 점검을 시작했다. 세 시간 넘게 자료를 검토한 끝에 김준석이 말했다.

"모든 정황과 증거를 가지고 판단할 때 이사장 측은 무고와 날조로 일관하고 있고, 특히 송혜란 선생님이 지금껏 수집해 놓은 자료를 검토해 볼 때 그런 결론을 내리지 않을 수 없습니다. 이런 우리 주장들을 법정에서 관철시켜 첫 공판에서 이정훈 선생님의 무죄를 입증하여 석방시키는 한편, 이사장 측근의 무고와 모함, 날조를 세상에 알립시다."

준석이 격양되면서도 충혈된 목소리로 말했다.

그 소리를 듣는 순간 나는 서글펐다. 내가 변호사가 아닌 만큼 직접 나설 수 없음이. 그들에게 자료들을 넘겨주어야 하는 신세가. 산적 선생님 일을 내 손으로 처리하지 못하고 남의 손에 맡기는 게. 힘들게 모은 자료들을 변호사들에게 넘겨준 순간, 나는 산적 선생님과 아무 관계도 없는 국외자가 된 것 같았기에.

그렇게 최종 점검을 마치고 변호사 사무실을 나서는데 다리가 휘청거렸다. 무거운 짐을 내려놓으면 짐 무게에 눌렸던 몸이 중심을 잃기도 하는구나 싶자 피식 웃음이 나왔다. 그러나 마음만은 뿌듯했다. 산적 선생님께 도움을 줄 수 있다는 게.

많은 이들의 반발과 거부, 냉대 속에서도 용케 버틸 수 있었던 건 선인장의 힘이었는지도 몰랐다. 힘들 때마다 선인장을 봤고, 선인장 가시를 통해 의지를 다질 수 있었고 용기를 낼 수 있었으니까. 그렇게 버티다 보니 뜻이 통하는 동기와 후배들을 만날 수 있었고, 많은 이들을 통해 산적 선생님의 진면목을 볼 수 있었다. 그리고 그들을 통해 다양한 정보와 증거들을 모을 수 있었다. 특히 학생 때 말썽깨나 피웠던 이들이 적극적으로 나서서 일을 처리해 줌으로써 생각했던 것보다 쉽고 빠르게 일을 처리할 수 있었다. 경찰이나 법조계에 있는 이들의 도움은 말할 것도 없고.

"야, 산적 선생이 왜 저런 놈들을 키워 놨는지 알아? 이럴 때 써먹으려고 그랬던 거야, 안 그래?"

한 친구의 짓궂은 농담처럼, 그분은 이런 날을 미리 알고 계셨던 것일까? 그럴 리가 없었다. 그분은 뭘 바라서가 아니라 당연히 해야 할 일인 것처럼 그냥 해 오셨다. 그건 선생님의 천성이었고, 소신이기도 했으니까.

"야, 공부 잘하는 놈들은 한 대씩 더 맞아! 왜냐고? 마, 생각해 봐. 주먹 쓰는 놈이 주먹 하나로 사람을 얼마나 해치겠어? 잘해 봐야 한두 명이지. 그러나 너희들, 공부 잘하는 놈들은 주먹 한번 안 쓰면서 수십 명, 수백 명, 수천 명을 한꺼번에 해칠 수 있잖아, 머리 하나로. 그러니 너희들 같은 놈을 제대로 교육시켜야지. 맞아, 틀려? 맞으면, 엎드려."

소위 공부 잘하고 잘나가는 제자들에게 매를 들 때마다 늘 강조하셨던 말씀. 산적 선생님은 이 말을 제자들에게 했다기보다 당신 자신에게 했던 말인지도 몰랐다.

아차, 사모님께 전화드린다고 해 놓고……. 무척 기다리고 계실 텐데?

전화벨이 울리자 나는 깜박 잊고 있었던 일을 떠올렸다. 그리고 그분의 전화일 거라 생각하며 급히 가방 속의 핸드폰을 꺼냈다.

그런데 화면에 떠 있는 이름은 사모님이 아니라 안창수였다. 웬일이지? 근무 시간에?

어, 창수야.…… 나? 어어, 여기 지금 법원 쪽인데 왜?…… 왜? 무슨 일 있어?…… 그래, 알았어.

38

산적 선생님으로부터 얘기를 듣는 순간 나는 기겁했다.

"정말입니까? 어떻게 그걸……?"

"여기 익명의 편지 속에 적혀 있었어. 그러니 좀 서둘러 주게."

"알겠습니다. 그건 제가 처리하겠지만, 변호사를 선임해야 하지 않겠습니까? 전 선생님께 도움을 줄 수 없는 입장이라서요."

"그러겠지. 안 그래도 내일 변호사가 올 거야. 그러니 자넨 우리 가족 좀 보호해 주게."

"알겠습니다. 더 하실 말씀 없으면 바로 가 보겠습니다."

"그래. 좀 부탁하네."

면회실을 나왔으나 멍했다. 어떻게 그런 일을 획책할 수 있단 말인가. 선생은 아닐지라도 학교법인 이사장이라면 최소한의 선을 지켜야 했다. 그런데 깡패 집단에서나 할 일을, 아니 깡패들도 피하는 양아치 짓을 한다는 게 믿기지 않았고, 그건 경찰인 나도 상상하지 못했던 일이었다. 한마디로 막가자는 것이었다.

선생님 가족을 보호하려면 어떤 방법을 써야 할까?

먼저 '산사모'를 동원해서 가족을 보호하는 방법이 있을 수 있었다. 제자들 중에는 분명 이 방면에 일가견을 가지고 있는 제자들도 있을 테니까. 그러나 선생님 가족의 안전을 보장할 수 없을뿐더러 그들을 동원했다는 자체만으로도 문제가 될 수 있었다.

다음으로 경찰에 신변 보호를 요청할 수 있었다. 내가 직접 요청할 수도 있지만 그것 또한 썩 바람직한 그림은 아니었다. 더군다나 우리 관내 일도 아니지 않은가. 다른 경찰서에 요청해야 하는데, 그랬다가 아무 일도 일어나지 않으면 공권력 남용이란 비난을 피하기 어려울 것이었다.

마지막으로 내가 직접 부하들을 데리고 가 보호하는 방법도 있었다. 그러나 공권력을 개인적인 일에 행사할 수는 없었다. 표면화되지 않는다 하더라도 부하들이 좋게 받아들이지 않을 것이었다. 그리고 지금 거의 모든 일손이 선거 쪽에 쏠려 있어 가용 인원도 많지 않았다. 그들을 동원하는 것도 불가능해 보였다.

답답했다. 산적 선생님은 나를 믿어, 근무 중인 줄 뻔히 알면서도 급히 불렀을 텐데 해결책이 떠오르지 않았다. 그러나 빨리 보호하지 않으면 생각지도 못한 문제가 발생할 수도 있었다.

우선 사무실로 들어갈 생각으로 차를 몰았다. 사무실에 들어간다 해도 별 뾰족한 방법이야 없겠지만 연락을 취하거나 이동에 용이할 것이었다.

안양을 빠져나와 도시고속도로에 올라서자 길이 막히기 시작했다. 5월을 맞아 여행을 떠나는 가족 단위 나들이객들 때문일 것이었다. 그리고 보니 스승의 날도 코앞이었다. 졸업하고 뭐가 그리 바쁜지 한번 찾아뵙지도 못했는데, 이번 스승의 날엔 찾아뵈려고 했는데, 이렇게 뵐 줄은 몰랐었다. 그런 생각을 하다, 사랑은 혼자 독차지해 놓고 이런 일엔 코빼기도 안 비친다고 성토하던 혜란이가 떠올랐다.

그렇지. 혜란이가 '산사모' 대표에다 비대위원장이었지.

차가 서 있는 틈을 타 전화번호를 눌렀다. 전화를 받은 혜란인 두말없이 기다리고 있겠다고 했다.

"그게 정말이야? 정말?"

산적 선생님께 들은 말을 혜란에게 전했더니 혜란이 펄쩍 뛰며 소리를 질렀다. 주변도 의식하지 않고. 사람들은 그런 우리가 사랑싸움이라도 하는 줄 아는지 슬금슬금 쳐다보았다. 그러나 그녀는 아랑곳하지 않은 채 말을 이었다.

"정말 그쪽에서 그런 일을 벌이려 한단 말이지?"

"그래. 지금 막 만나 뵙고 오는 길이야."

"설마 설마 했는데, 대단하다. 정말 대단해!"

"……?"

"아니. 그 애들 있잖아?"

"……그러니까 누구?"

"아, 왜 있잖아. 학교 다닐 때 껄렁대다 산적 샘한테 맞았던 애들."

"누구? 삼락이 일당?"

"아니, 그 이름이 뭐더라? 아, 왜 우리 2학년 때 버스 안에서 ㅈ고 애들이랑 패싸움했던 애들."

"그래, 삼락이 일당!"

"걔넌가? 이름이…… 아닌 것 같은데?"

"으응, 그 우두머리 별명이야. 술, 담배, 여자가 지 인생삼락이라고 하고 다녔어서 삼락이, 삼락이 부르지. 근데 걔들이 왜?"

"안 그래도 걔네가 아무래도 선생님 가족을 지켜야 할 것 같다며 벌써 일주일 전부터 선생님 댁 주변에 매복해 있거든."

"뭐어?"

말문이 막혀 말이 나오지 않았다. 아니, 어떻게 그런 일이? 경찰인 나보다도 후각이 예민한 그들의 감각에 혀를 내두를 수밖에 없었다.

"이사장이 자기네와 같은 생각을 한다면 분명히 가족에게 손을 뻗칠 거라고……."

"야, 정말 미치겠다. 그래서 경찰 못 돼서 깡패 되고, 깡패 못 돼서 경찰 된다고 했구나?"

"그건 또 무슨 말이야?"

"아냐, 아냐. 그냥 그런 말이 있어. 그나저나 내가 할 일을 뺏겨 버렸으니 어쩌지? 산적 샘이 큰맘 먹고 내게 내린 특명인데."

"뭘 어째? 퇴근하고 걔네들 불러서 저녁이나 사 주든지. 널 대신해서 치안을 유지하고 선생님 가족을 보호하고 있으니 경찰인 넌 당연히 밥 사야 하는 거 아냐? 그리고 그 일을 총괄해 온 나한테도."

"그래, 알았어. 내가 한턱 쏠게. 근데, 오늘 뭔 모임 있다고 안 했어?"

"아 참, 사모님께 전화드려야 하는데."

허겁지겁 전화기를 꺼내는 혜란을 바라보며 나는 미소를 지었다. 이번 일로 가까워진 친구였다. 고등학교 때 공부도 잘했던 것으로 기억하는데, 이번 일을 처리하는 걸 보니 역시 똑순이였다.

나는 통화하는 그녀를 다시 한번 쳐다봤다. 마흔이 다 되어 가는 노처녀가 여고생 목소리로 조심스레 통화하는 모습이 귀여웠다. 그런 그녀를 바라보며 나도 모르게 입가에 미소를 짓고 있는데 그녀가 손으로 무언가를 쓰는 시늉을 했다. 펜을 달란 말이구나 싶어 펜을 넘겨줬더니 인상을 팍 쓰며 탁자를 쳤다. 급히 수첩을 꺼내 아무 데나 펼쳐 줬더니 이름과 전화번호를 받아 적었다. 그러더니 나를 보고 싱긋 웃었다.

39

정훈의 제자 송혜란 선생은 여간 치밀한 친구가 아니었다. 그 밥에 그 나물이고 그 선생에 그 제자라더니 정말 그른 말이 아니구나 싶었다. 치밀하고 야무진 게 정훈이 녀석을 능가하면 능가했지 결코 뒤지진 않을 것 같았다.

뭐라더라? 그래, '산사모' 모임이 있어서 먼저 가 보겠다고 인사를 하는 품새까지 똑순이였다. 그녀라면 안심해도 되겠구나 싶어 나는 손을 흔들며 그녀를 전송했다.

나도 선생이나 될걸.

혜란을 보내며 문뜩 그런 생각을 했다. 정훈이 그놈이 갑자기 부러웠다. 그녀와 같은 제자를 키워 보고 싶었다. 그 감정은 풋내 나는 동경과는 다른 것이었다. 그녀를 보면 볼수록 그런 생각이 들었.

그녀가 전화로 알려 준 대로 '산적 살리기 변호사 모임' 임시 사무실인 G법무법인을 찾아가자 세 명의 변호사들이 모여 있었다. 물론, 혜란이 그녀도. 벌써 모임을 끝내고 달려온 모양이었다.

인사 끝에 준비 상황을 알려 달라는 요구에 그들은 마치 자기들의 스승인 정훈을 대하듯 깍듯하면서도 절도 있게 브리핑해 주었다. 그들이 준비한 자료는 내가 준비한 것과 제수씨(정훈의 아내)한테서 받은 것보다도 훨씬 많았다. 이번 재판에 필요한 모든 것들이 망라되어 있었다. 아니, 너무 많아서 줄여야 할 정도였다.

"아니, 언제 이렇게 준비해 뒀어요?"

그러자 송혜란 선생이 대답했다.

"선생님이 구속되시자 조금씩 모아 뒀습니다. 아무래도 필요할 것 같아서요."

그 말에 대표 변호사란 친구가 말했다.

"저희들도 며칠 전에야 혜란이 선생한테서 넘겨받아 검토를 마친 지 얼마 되지 않습니다. 일은 저 친구가 다 한 거죠."

"그래요? 담당 과목이 혹시 법 쪽입니까?"

"아뇨. 전 국얼 가르칩니다."

"그래요? 국어 선생님이 이런 자료들을, 전문적인 자료들까지 다 준비했단 말입니까?"

"그래서 저희들도 검토하면서 혀를 내둘렀었죠. 변호사님도 읽어 보시면 아시겠지만, 잘못하다간 변호사 자릴 뺏길 것 같아 불안합니다."

"그렇게까지?"

"아, 아닙니다. 저는 혹시 필요할지 몰라서 이것저것 닥치는 대로 모은 것뿐입니다. 자꾸 그러시면 놀리는 걸로 받아들이겠습니다."

"아냐. 정말이야, 혜란아. 정말 읽으면서 엄청 놀랐어. 그리고 자료 만드느라 고생했고."

"뭘, 별것도 아닌데……. 아무튼 도움이 됐다니 기뻐."

얼굴을 붉히며 고개를 떨구는 모습이 고혹적이었다. 나한테도 저런 제자 하나 있었으면 싶었다. 그리고 내가 빠져도, 이 선생의 제자들이 변호한다 해도 아무런 문제가 없겠다는, 아니 나보다 훌륭하게 변호하겠다는 생각이 들었다. 하여 정훈이 녀석의 부탁을 전했다.

"이래서 이 선생이 날 해임하고 제자들에게 변호를 맡기려 하는구만."

"예? 그게 정말입니까? 선생님께서 정말 저희한테 변홀 맡으라 하시던가요?"

대표 변호사보다 옆에 앉았던 친구가 믿기지 않는다는 표정으로 물었다.

"예. 그 정도면 자존심이라도 안 상하겠는데 저보고 손 떼라고, 모든 자료들이며 증거들을 제자분들에게 넘겨주라더군요."

내 말에 대표 변호사가 반색을 했다.

"고맙습니다, 변호사님. 저희들이 그동안 계속 저희에게 변호를 맡겨 달라고 부탁을 드렸는데 번번이 거절당했습니다. 부끄러운 모습 보여 주기 싫다면서요. 그런데 변호사님께서 어떻게?"

"아닙니다, 아니에요. 전 아직도 이정훈 선생이 야속한걸요. 부산에서 서울까지 올라왔는데 냉정하게 해임하고 모든 자룔 제자분들에게 넘겨주라고 해서 이 기회에 손절할 생각인데요."

"아무튼 고맙습니다. 우리가 선생님의 무죄를 밝히고 폭행 또한 정당방위인 것을 증명해 보이겠습니다."

이번에는 가장 어려 보이는 변호사가 받았다. 말을 하는 그의 눈빛과 어조에는 강한 의지가 가득 담겨 있었다.

그렇게 이 선생과 제수씨한테 받은 자료들이며 그동안 내가 모았던 자료들까지 넘겨주고 사무실을 나서려니 너무나 허전했다. 마치 사랑하는 여자를 다른 놈팽이에게 빼앗기고 돌아서는 것처럼, 힘들게 모아 둔 재산을 다 도둑맞고 맥 빠진 사람처럼. 하여 같이 사무실을 나서는 송혜란 선생과 차라도 한잔 마시고 싶었다. 이번 일의 준비 과정과 그 외 이야기들도 좀 듣고 싶었다. 그래서 물었더니 마침 모임이 있어서 죄송하다고 했다. 서운했다. 그런데 그 모임이 이 선생을 위한 모임인 것 같아서 잡을 수가 없었고.

나는 한동안 그녀가 멀어지는 모습을 지켜보았다. 그녀의 뒷모습에 정훈의 뒷모습이 겹쳐졌다. 외로운 듯 쓸쓸한 듯 보이면서도 무언가에 꽉 채워진 듯한 느낌. 두 사람에게서 느끼는 그런 감정에 마음이 든든했다.

지난 삼월, 정훈이 다녀간 후 나는 몇 번을 고민했었다. 다른 일이라면 몰라도 학교 쪽 일은 한 번도 맡아 본 경험이 없었기 때문이었다. 더군다나 재단 이사장과 싸움을 벌여 이사장을 내쫓겠다는 계획은 상식적으로 도저히 용납될 수 없는 일이었다. 그러나 녀석의 일기를 읽어 가면서 마음이 바뀌기 시작했다.

그놈이 이런 데서 선생을 해 왔다고?

이해할 수가 없었다. 그러나 정훈이 주고 간 일기를 얼마 읽지도 않았는데 나도 모르게 책상을 내려치고 말았다. 그가 주장하고 있는 교권 침해 사례에 대한 구체적인 내용은 일기장에 고스란히 적혀 있었다. 둘을 번갈아 가며 읽어 가노라니 마치 내가 당한 것처럼 느껴져 얼굴마저 화끈거렸다.

짜식이 나한테 이걸 주고 간 게 이 때문이었군.

나는 정훈이 교직일기를 잠시 맡아 달랬던 의미를 알게 되었다. 혹시나 내가 수임을 거부할까 봐 교직일기 먼저 읽어 보게 한 것이었다. 그 내용을 읽어 보면 상황을 파악게 될 것이고, 그리되면 내가 자진해 먼저 나서게 될 거라는 걸 알고 있었던 듯했다.

그러나 그 시간은 길지 않았다. 나는 곧 정훈의 일을 잊어버렸으니까.

두어 번의 전화 끝에 그는 구속되었고, 연락도 닿지 않았다. 학교로 전화해서 제수씨 전화번호를 알아내고 제수씨에게 연락했으나 남편이 어떤 일도 하지 말란다는 말만 했다. 내가 안달복달 전화를 할 때마다 같은 말만 되풀이했다.

이 친구, 정말 뒤가 구린 게 아냐? 그렇지 않고서야 이렇게 당하기만 할 리가 없는데…….

그렇게 아무런 일도 하지 말라는 정훈을 의심했다. 당당하다면 그 성질에 가만히 있을 리 없었다. 고교 시절에도 그는 지고는 못 배기는 성미였고, 정의감에 불타서 노는 놈들과 대판 붙은 적도 있었다. 물론 놈들에게 죽지 않을 만큼 얻어터지긴 했지만 결국 그가 이겼다. 공부마저 제쳐 두고 녀석들을 쫓아다니며 끝까지 덤비는 통에 논다는 놈들이 두들겨 패다 못해 백기를 들었던 것이었다. 그렇게 놈들을 굴복시킨 녀석은 놈들을 끝내 친구로 만들어 버렸고.

진돗개, 거머리, 찐득이.

그런 별명이 난무했던 건 그 때문이었다. 그러던 놈이 지원해서 해병대까지 다녀왔으니 더 말할 필요가 없었다. 그래서 꼼짝 않고 있는, 아무 일도 하지 말라는 그를 의심하지 않을 수 없었다. 그래서 나는 방관 내지는 방치하고 있었다.

그런데 그는 때를 기다리고 있었던 것이었다. 사냥감이 최대한 근접하기를 끈기 있게 기다리는 노련한 맹수처럼, 미끼를 완전히 물 때까지 기다렸다가 낚아채는 낚시꾼처럼, 기다리고 있었던 것이었다. 유예된 만족을 위해 외로움과 고통을 혼자 감내해 왔던 것이었다. 소리 소문 없이 노는 놈들을 쫓아다니며 겁에 질리게 했던 고등학교 때 그대로.

그래서 그랬을까. 그는 나에게 아무 일도 하지 말라고 했다.

"자넨 아무 일도 하지 마."

특별면회를 마치고, 일주일 동안에 다 할 수 있을지 걱정하며 돌아서려는데 그가 말했다. 처음엔 잘못 들었나 싶었다. 그러나 그게 아니었다.

"……?"

"자넨 그냥 내 제자들한테 증거들만 넘겨주고 거기서 끝내. 아무 조언도 방법도 제시하지 말고."

"그게 뭔 소리야? 증거들을 보완할 수 있게 도와줘야지."

"아니, 그러지 마. 그들이 알아서 하게 그냥 놔둬."

"지금 정신이 있어 없어? 재판이 코앞이라고."

"알아. 제자들을 믿고 싶어서 그래. 아까도 말했지만, 교직 생활 15년을 한번 되돌아보고 싶어서 말이야. 내가 제자들을 제대로 키웠는지, 제자들이 날 선생으로 생각하는지 알고 싶어. 그러니 자넨 내 제자들에게 맡겨 두고 빠져. 그들이 알아서 하게 내버려 둬."

"지금 이런 상황에서도 그런 무리술 두고 싶어? 제자들을 꼭 지금 시험해야겠어?"

"그래야 될 거 같아. 그래야 내가 교직에 계속 있을 건지 다른 길을 갈 건지, 내가 이사장과 그 졸개들을 몰아내야 할지 아니면 그들에게 무릎을 꿇어야 할 건지 결정할 수 있을 것 같아. 그러니 내가 하자는 대로 좀 해 줘. 미안하지만 부탁할게."

그러면서 덧붙였다.

"이번 싸움은 이사장과 그에게 빌붙은 하수인들과의 싸움이기도 하지만, 나의 길과의 싸움이기도 해. 그러니 좀 도와줘."

그의 부탁이 너무나 간절해 보여 알았다고 했는데, 제자들을 만나 보니 정훈이 왜 그러는지 알 것 같았다. 특히 송혜란 선생과 정훈 두 사람은 사제지간이 아니라 부녀지간(父女之間)처럼 느껴졌다.

그들은 그저 바라만 볼 수 있어도

마음 든든하고

믿음직스러운 사람들이었다.

선인장 꽃향기를 맡다

40

 "여보, 그러지 말고 무슨 말이라도 좀 해 봐요. 변호사를 선임하라든지, 누굴 만나 보라든지, 하다못해 읽을 책이라도 좀 넣어 달라고 말이에요."
 면회 갈 때마다 남편을 졸랐으나 남편은 아무런 반응도 보이지 않았다. 화를 내며 소리라도 칠 것 같은데, 쌍욕이라도 걸게 할 것 같은데 너무나 침착하고 차분하게 듣기만 했다. 이미 예상하고 있었던 사람처럼 표정 하나 변하지 않았다. 바깥 상황을 제대로 알지 못해서 그러는가 싶어 언론에 보도되는 내용까지 알려 줬으나 그럴 줄 알았다는 듯 고개만 끄덕였다. 도무지 무슨 생각을 하는지 알 수가 없었다. 모든 걸 포기한 사람처럼 보였다.
 "됐어. 좀 더 지켜보고, 생각 좀 더 해 보고……."
 뭘 지켜보고, 생각해 보겠다는 건지 알 수 없었다. 그러나 남편의 뜻을 따를 수밖에 없었다. 남편은 분명 무언가를 감추고 있는 사람 같았다.

남편은 원래 그런 사람이 아니었다. 너무 직선적이고 직설적이다 못해 자신의 감정을 숨길 줄 모르는 사람이었다. 어려서 부모를 잃고 혼자 사느라 세상과 부딪치면서 자신을, 자신의 감정을 숨기는 방법도 익혔으련만 그런 모습은 보이지 않았다. 풍족한 가정에서 응석받이로 자란 사람처럼 제 감정을 감추거나 꾸미는 법을 몰랐다.

그런데 이번 일을 겪으면서 남편의 전혀 다른 모습을 보게 되었다. 정말 중요한 일은 마음 깊숙이 담아 두고, 생각하고, 고르면서 쉽사리 표현하지 않는다는 사실이었다.

그건 오래전 남편이 감춰 두었던 비늘인지도 몰랐다. 적으로부터 연약한 자신을 지키기 위해 비늘들을 숨긴 채 혼자만 빗질하고 있었나 보았다. 그런 남편을 지켜보자니 미덥기도 했지만 한편으로는 두렵기도 했다. 철저하게 자신을, 자신의 속마음을 감춘다는 건 그만큼 자신을 보호해야 할 상황임을 간접적으로 드러내는 게 아닌가. 남편이 아니라 전혀 모르는, 다른 사람을 보는 것 같은 착각마저 들 정도였다. 그러던 남편이 입장을 바꾼 것은 며칠 전 면회 때였다.

"은주 엄마, 내 컴퓨터, 창작실, '계절 앞에서' 폴더를 열어 봐. 비밀번호는 내 생년월일이야. 거기 보면 한명식 변호사 전화번호가 있을 테니 내일 좀 보잔다고 전해 줘. 그리고 거기에 필요한 조치들을 기록해 놨으니깐 그대로 하면 될 거야. 힘들겠지만 거기 적힌 대로 좀 해 줘."

나의 설득에 대한 반응인지, 도저히 그냥 당할 수만은 없다고 생각했는지 남편은 '힘들겠지만'이란 말에 힘을 주며 말했다. 거기에 무엇, 어떤 조치들이 들어 있는지 알 수는 없었지만 남편은 적극적인 행동을 표명하고 있었다. 아니, 돌격 명령을 내리고 있었다.

변호사가 뭐 필요하냐고, 그럴 필요 없다고, 그냥 놔두라고 말하던 남편의 눈엔 아무것도 담겨 있지 않은 느낌이었다. 포기한 듯한 눈길엔 어떤 희망의 빛도 담겨 있지 않았었다. 그러나 이 말을 하는 순간 남편의 눈에는 빛이 번쩍였다. 군대서 갓 제대했을 때 빛났던, 사람의 간담을 서늘케 했던 그런 날카롭고 섬뜩한 눈빛은 아니었지만 그 눈빛만큼이나 강렬했다. 그 눈빛은 선인장의 뾰족한 가시를 연상시켰다. 군대서 갓 제대했을 때의 눈빛이 맹수나 야광귀의 눈빛이었다면, 지금의 눈빛은 작렬하는 태양 아래서 서늘히 빛나는 그런 눈빛이었다. 더운 가슴을 식히기 위해 날카롭게 돋아 있는 선인장 가시를 떠올리게 하는 그런 눈빛이었다. 그 눈빛에서 나는 삶의 의욕과 희망이란 단어를 봤다.

"거기에 적힌 대로 하려면 바쁠 거야. 그렇지만 비밀이 샐까 봐 어쩔 수가 없었어. 그러니 당신이 수고 좀 해 줘. 이젠 당신 손에 달렸어."

남편은 이 말을 끝으로 손사래를 치며 어서 가라고 재촉했다. 그 손짓은 시집으로 떠나는 내게 어머니가 흔들어 주었던 바로 그 손짓이었다. 힘들수록 더 열심히 살거라. 이제 여긴 잊어버리고 힘든 시집살이 잘하거라. 그게 이 어미한테 효도하는 길이다. 이런 의미가 담긴 어머니의 손짓 그대로였다.

나는 눈물을 흘릴 틈도 없이 면회실을 나올 수밖에 없었다. 남편 앞에서 약한 모습을 보이고 싶지 않았다. 혼자 감내하고 버티어 온 남편처럼 나도 굳건히, 꿋꿋이 서고 싶었다. 그게 남편에 대한 나의 보답일 것 같았다.

면회를 마치고 돌아온 나는 바로 서재로 들어갔다. 남편이 미리 예견하고 마련해 둔 대책을 알고 싶었고, 그 대책을 빨리 알아야만 남편의 부탁, 돌격 명령을 따를 게 아닌가.

떨리는, 급한 마음으로 컴퓨터를 켰으나 컴퓨터는 쉽사리 자신의 속을 드러내지 않았다. 꿈틀대며, 지렁이가 지나가기만 할 뿐 쉽사리 속을 드러내지 않았다. 그 시간이 너무나 길게 느껴졌다. 화가 나서 컴퓨터를 한 대 쥐어박고 싶을 정도였다. 남편이 컴퓨터를 자주 교체한 이유도 이 때문이었구나 싶었다. 잘만 돌아가는 컴퓨터를 왜 바꾸냐고 잔소리했었는데 급한 마음을 따라가지 못하는 컴퓨터를 두들겨 패고 싶었다. 컴퓨터를 두들겨 패는지 퉁탕거리는 소리를 냈던 남편의 마음을 이해할 것 같았다.

꿈틀대는, 지렁이가 한참을 움직이더니 윈도우즈 알림 소리와 함께 컴퓨터가 알몸을 드러냈다. 바탕화면에 깔려 있는 여러 폴더들 중에 '내 컴퓨터' 폴더를 찾아 창작실 폴더를 열었다.

창작실 폴더에는 최근 신작, 시, 소설, 발간 예정 등의 제목이 붙은 폴더가 있었고, 그 맨 앞에 '계절 앞에서'라는 제목의 폴더가 있었다. 남편이 말해 준 대로 암호를 넣고 비밀 폴더를 열었다. '계절 앞에서'란 다소 문학적인 제목의 폴더를 열자 다양한 문서들과 비밀들이 담겨 있었다.

남편은 다른 사람의 접근을 막기 위해 일부러 그런 이름을 붙였을 게 분명했다. 혹시나 다른 사람이 그 폴더를 보더라도 시나 소설인 줄 알고 그냥 지나치게 했음이 분명했다. 아니면 계절 앞에서 떳떳하기 위해 그런 제목을 붙였을지도 모를 일이었다. 봄 방학 동안 남편이 서재에서 사흘 동안 씨름했던 내용들이 밝혀지는 순간이었다.

평소 독서량 때문일까. 아니면 남편 특유의 기질과 섬세함, 치열함에서 오는 것일까. A4 용지 50매가 넘는 분량의 문서에는 없는 게 없을 정도였다. 취지문, 이사장 교권 침해 사례, 기타 이사장 관련 비리 사항, 이사장 관련 사건·사고 일지, 행동 강령, 대응 방안, 연락처, 언론 기관 연락처 및 제보 사항, 졸업생 명단 및 전화번호, 박영철 관련, 조영건 관련 녹취록……. 그리고 마지막엔 '조와의 통화 내용'이라는 MP 파일도 있었다.

남편은 일어날 수 있는 상황별로 나누어 계획·대응 방안, 예상되는 문제점과 보완 대책을 기술하고 있었다. 그리고 각 단계에 맞는 행동 계획도 구체적으로 밝혀 놓고 있었다. 뒤쪽에는 자신이 구속되거나 납치·상해를 입었을 경우와 정우형 선생님이 함께 일을 당했을 때의 상황까지 예상하고 그 대책을 적어 놓고 있었다. 그리고 맨 뒤쪽에는 나와 가족, 그리고 선생님과 제자들에게 쓴 편지가 있었다. 나는 '아내에게'란 제목의 문서를 열었다.

> 인정하고 수용하기 힘들 거요. 이번 일도 결국 따지고 보면 나의 일이 아니라 남의 일이니까. 그러나 결코 남의 일이 아니라 내 일이라 생각했기에 용단을 내렸소. 오늘 나에게 겨누어지지 않았다고 모른체한다면 내일 내 목을 겨눌 것이기 때문이오. 나는 당신을 누구보다 믿기에, 누구보다 강한 줄 알기에 이번 일을 시작할 수 있었소. 지금까지 당신이 나의 버팀목이 되어 주지 않았다면, 나는 존재하지도 않았을 테고 이 일을 할 엄두도 내지 못했을 거요. 난 당신이 날 믿고, 지금까지처럼 이해하고 나의 버팀목으로 서 있을 것이란 사실을 믿소.

남편은 자신의 용단을 이해해 달라고 하고 있었다. 자기 때문에 가족이 고통받는 걸 원치 않지만 옳은 일을 하는 것이니 끝까지 참아 달라고 부탁하고 있었다. 당장은 고난과 수모를 받을지 몰라도 정의는 끝내 이길 것이라 믿고 있었다. 그리고 힘들겠지만 자신이 세워 놓은 방법을 동원해서 밖에서 도와달라고 사정하고 있었고.

편지를 읽고 있자니 눈물이 흘러내렸다. 남편은 고독하고 처절한 투쟁을 하고 있는데 힘이 돼 주지는 못할망정 남편을 의심하고 원망했던 내가 미워서 견딜 수가 없었다.

사실, 매스컴에 연일 남편의 비리가 보도되자 남편을 의심하기도 했었다. 아니 땐 굴뚝에 연기 나랴 싶기도 했고, 평소 제자들이라면 남녀를 가리지 않고 가까이 지내고 어울리는 일들이 잦았으므로 그럴 수도 있겠다 싶은 마음이 들기도 했고.

남편에 대한 의심과 믿음 사이에서 번민하고 있을 때쯤 송혜란이란 제자에게서 전화가 왔다. 스승의 날에 선인장을 선물한 제자라 했다. 그렇다면 남편을 선인장으로 비유한 최초의 인물인 셈이었다. 그녀와 통화하면서 나는 남편에 대한 의심을 지워 갔고, '산사모'란 조직이 남편을 돕기 위해 움직이고 있으니 걱정 말라는 말을 듣고 남편을 믿기 시작했다. 그녀가 내게 들려준 이야기는 남편을 믿게 만들기에 충분했다.

그러나 시간이 갈수록 남편에 대한 믿음은 약해져 가고 있었다. 남들한테 꿀릴 게 없고 당당하다면 밖에서 내가 하고자 하는 일을 말릴 이유가 없었다. 변호사를 선임하는 일이나 학교 선생님들과 만나는 일을 막는 남편을 이해할 수 없었다. 그런데도 남편은 그 모든 것을 막기만 할 뿐 하나도 허락하질 않았다. 그런 남편의 강력한 반대엔 뭔가 있다 싶었다.

그러나 남편이 준비해 둔 문서를 읽어 가면서 남편에 대해 불온한 생각을 했었던 내가 미워서 견딜 수가 없었다. 남편은 모든 것을 다 준비해 놓고 일의 추이를 지켜보고 있었던 것이었다. 값을 더 준다 해도 설익은 과

일은 절대 출하하지 않는 농부처럼 기다리고 있었던 것이었다. 그것도 모르고 남편을 의심했으니 부끄럽지 않을 수 없었다.

눈물이 흘렀다. 눈물을 흘리면서 이왕 발가벗긴 것, 끝까지 싸워 보자고 다짐했다.

변호사에게 연락해서 남편의 뜻을 전하랴, 변호사에게 건네줄 자료들을 출력하랴, 정 선생님을 만나 남편의 뜻을 전하랴, 졸업생들을 만나 남편의 문서 얘기를 하랴, 굿 구경하듯 바라보는 선생님들을 만나 서명을 받으랴…… 할 일이 태산이었다. 정우형 선생님을 비롯한 몇몇 선생님들이 도와주겠다고 했고, 얼마간 도와주기도 했지만 될 수 있는 한 내가 직접 했다. 다른 일이 아니라 내 남편을 살리는 일이었다. 더군다나 남편은 내가 해야 할 일과 선생님들이나 다른 사람에게 맡겨야 할 일까지 세밀하게 구분해 놓고 있었다.

힘들겠지만 이 일은 당신이 직접 해야 할 거요. 다른 사람을 시켜도 되겠지만, 그 효과가 반감될 수도 있는 만큼 당신이 직접 다니면서 처리했으면 좋겠소.

남편은 내가 힘겨워하고 벅차할 것을 예상이나 한 듯, 아니 내가 일하는 모습을 보고 있기라도 한 듯, 힘들겠지만 직접 처리하라고 당부하고 있었다. 그런 남편의 부탁에 따라 내가 처리해야 할 일들은 많았고 힘도 들었다. 집에서 살림만 하던 내가 익숙지 않은 바깥일을 처리하자니 힘들 수밖에. 그러나 어떻게든 제시간에 제대로 처리해야 할 일들이었다.

비상시의 일 분은 평상시의 하루보다 길 수 있다는 생각을 키우며 분주

선인장 꽃향기를 맡다 339

히 돌아다녔다. 그러면서 그동안 가졌던 선생이란 직업에 대한 편견이 얼마나 잘못된 것인지 깨달았고, 남편이 가족을 부양하고 가정을 지키기 위해 얼마나 발버둥 쳤는지 알게 되었다. 선생이 최고지 뭐. 학생들이나 가르치다 제시간에 퇴근하고, 휴일이면 휴일, 방학이면 방학 다 찾아 먹고, 사회적으로도 대접받고……. 이런 안일한 생각을 싹 지우게 되었다. 남편이 늘 피곤하다고 했었는데 그 말을 이해할 수 있었다. 사람을 상대한다는 게, 사람을 키운다는 게 얼마나 힘든 일인지도 몸으로 깨닫게 되었다. 그리고 남편의 일을 대신 처리해 나가면서 나도 어느덧 남편과 많이 닮아 있음을 알게 되었고, 나와 남편은 하나란 동질 의식도 갖게 되었다.

그렇게 싸돌기를 삼 일. 그러던 중 남편의 제자 송혜란 선생을 만나게 됐고, 그녀를 통해 남편의 새로운 면모를 보게 되었다. 또한 그녀 소개로 '산적 선생님 구명 변호사 모임'과 '산사모' 최종 점검 모임에 갔을 때의 감동은 말로 다 할 수가 없을 정도였다. 그들은 남편의 단순한 제자가 아니라 남편의 동지이자 남편의 조력자였다. 특히 송혜란 선생은 선인장 이야기를 자주 하면서 선인장과 남편을 동일시하고 있었다.

"선인장은 목이 마를수록 더욱 굳건해진다잖아요. 사모님, 걱정 마세요. 선생님은 이 고난을 반드시 이겨내실 거예요. 사막에서도 굳건히 뿌리내리신 분이 이까짓 일에 무너지지 않을 거예요. 우린 선생님을 믿거든요. 그래서 미약하지만 우리가 이러는 거구요."

송혜란 선생뿐만 아니라 거기 모인 제자들은 나를 위로하고 격려했다. 마치 늙고 병든 부모를 그 자식들이 위로하고 돌보듯. 그들의 협조와 위로 덕에 나는 혼자라는 생각을 떨칠 수 있었고, 힘을 내서 남편 대신 일을 할 수 있었다.

그리고 며칠 전, 남편이 부탁한 일을 모두 마쳤다. 제자들은 남편이 요구하지도 않은, 조영건 선생의 사주를 받아 남편을 무고한 재학생과 졸업생까지 만나 그들의 증언을 녹음까지 해 두고 있었고. 이런 일련의 일들은 송혜란 선생을 비롯한 '산사모'와 남편 제자들이 없었다면 엄두도 못 낼 일이었다.

41

선인장을 바라보며 생각에 잠겨 있다가 잠시 눈을 감았다.

이제 내가 할 일과 할 수 있는 일은 다 했고, 모든 준비는 끝났다. 재판은 남편이나 내가 아닌 다른 사람 손에 의해 진행되고 결정될 것이었다. 당사자인 남편이 아닌, 검사와 변호사, 그리고 판사에 의해. 그리고 마침내 당당하고 떳떳하게, 모처럼 환하게 웃으며 법원을 나서는 남편의 모습을 그려 보고 있자니 또 그 소리가 들린다.

울부짖는 소리.

선인장을 내려다보니

선인장에서 나오는 소리는 아니었다.

창밖에서 나는 소린가 싶어 창을 열어 보니 날은 벌써 환히 밝았을 뿐, 아무런 소리도 들리지 않았다.

어딜까?

소리 나는 곳이 과연 어딜까?

소리를 찾아 헤매던 나는 비로소 소리의 진앙지를 찾아냈다.

남편의 한숨과 눈물이 밴

취지문에 쓰인 글자 하나하나에서 울려 나오는 소리였다.

글자마다 입을 크게 벌리고 소리를 질러대고 있었다.

각기 다른 소리를 내고 있어 울부짖음으로 들릴 뿐,

사실은 질서정연하게 소리를 질러대고 있었다.

그 소리를 듣고 있자니 남편은 결코 헛똑똑이가 아니란 생각이 들었다.

남들처럼 약지 못했고, 시류에 영합할 줄 몰랐고, 타협할 줄 몰랐고, 도망칠 줄 모르는 남편이 늘 불만이었다. 남들에게 이용당해 빚더미에 앉기도 했고, 독불장군이라고 미움을 받기도 했고, 혼자 모든 덤터기를 쓰고 당하기도 했다. 그중에서도 권력 거부 알레르기는 고질 중의 고질이었다.

권력자 편에 서서 편안하게 살 수도 있었는데 그러면 두드러기라도 날 것처럼 펄쩍 뛰었다. 알레르기 종류가 많다더니 별놈의 알레르기가 다 있다 싶을 만큼 권력에 대한 남편의 알레르기는 그 정도가 심했다.

권력을 가진 사람은 철저히 멀리하면서도 그 사람이 자리에서 물러나면 더없이 가까이 지내곤 했다. 학교에서 평소 친분이 있던 사람이 교감이나 교장이 되는 순간 멀리했다. 그러나 그가 물러나면 언제 그랬냐는 듯 살갑게 굴 뿐 아니라 가까이하려 했다. 친구나 선후배 중에는 시의원·국회의원도 있었고, 선거전에 직접 뛰어들지는 않았지만 직·간접적으로 돕기도 했으나 당선되는 순간부터 그들을 멀리했다.

"그 난리 치면서 당선시켰으니 뭐라도, 하다못해 무 꽁다리라도 하나 있어야 하는 거 아녜요?"

남편이 도왔던 선배가 국회의원에 당선됐을 때 나는 지나가는 말처럼 던졌었다. 그러자 남편은 버럭 화를 냈다.

"뭘 바라서 도운 거야? 아예 선거 브로커로 나설까?"

남편은, 유권자의 한 사람으로 선택을 한 것이고 바른 세상을 위해 도운 것이지 뭘 바랐다면 애초부터 돕지도 않았을 거라고 소리를 높였었다.

그렇다고 해도 이렇게 어려울 땐 그들의 도움을 받기라도 하련만 남편은 철저하게 그들을 배제하고 있었다. 컴퓨터에 저장된 문서에도 그들에 대해서는 그 어떤 언급도 없었다. 평상시 입버릇처럼 얘기했던, 그들의 도움을 받을 바엔 모랫바닥에 혓바닥을 대고 죽겠단 듯이 그들을 철저히 배제하고 있었다.

그런데, 그게 남편의 무기였다. 권력자가 아니더라도 아니, 권력자가 아니기에 남편이 어렵고 힘들 때 도움을 줄 만한 사람들은 많았다. 그들은 평상시 그 존재를 드러내지 않았지만 남편이 어려움에 처하자 그 모습을 드러냈고, 적극적으로 움직였고, 나에게 힘을 주었다. 그 보이지 않는 다수의 힘. 남편은 그걸 믿고 있었던 듯했다. 한 사람의 권력에서부터 나오는 힘이 아니라 다수의 미약함 속에서 나오는 엄청난 힘. 남편은 그걸 믿고 있었고, 알고 있었고, 기다리고 있었던 모양이었다. 그런 남편을 헛똑똑이라고 비난할 수 없었다. 권력자의 힘은 권력 한 곳만 지향하지만 미약한 민중의 힘은 낮은 곳에서부터 시작하여 다양한 곳을 지향하면서도 그 어떤 힘보다도 높이 솟아오를 수 있다는 사실을 남편은 누구보다 잘 알고 있었던 것이었다.

남편은 또한 사람들뿐만 아니라 선인장 같은 식물과 자신의 글마저도 힘을 가지고 소리칠 수 있게 만들 줄 아는 사람이었다. 그렇지 않고서야 어떻게 선인장이 소리를 지르며, 글씨들이 일정한 목청으로 고함을 지를 수 있겠는가.

생각할수록 남편은 묘한 힘을 가지고 있는 사람이었다.

다른 사람들이 생각하지 못하는 방식으로

자신의 존재 가치를 찾는 사람이었다.

서재를 나섰다. 이제 나가야 할 시간이었다, 아이들과 함께. 여제자 성추행 기사가 신문에 보도되자마자 학교 가기를 거부한 딸들이라 집에 놔두고 가려 했는데 남편이 꼭 데려오라고 했다. 아빠의 당당함을, 정의를 위해 싸우는 아빠의 떳떳한 모습을 보여 주고 싶은가 보았다. 수갑 찬 아빠의 모습이나 죄인이 되어 법정에 서서 재판을 받는 아빠는 지워 버리고, 당당하고 떳떳한 아빠의 모습을 심어 주고 싶은 모양이었다. 그래야 애들이 당당하게 학교에 갈 수 있고, 자기처럼 떳떳이 세상을 살 수 있을 거라고 생각하는 것 같았다.

아이들을 깨워 아침을 챙겨 먹이고, 차려 입혔다. 그 누구보다 당당한 아빠를 둔 딸들이기에, 어디서도 당당한 아빠를 닮은 아이들로 키우고 싶다는 생각에, 옷도 새로 사 줬다. 사람들이 뭐라고 하든 우리는 결코 부끄러울 게 없음을 보여 주고 싶었다. 그리고 나도 새로 산 옷으로 갈아입었고, 새로 산 남편의 옷도 챙겼다. 온 가족이 새롭게 다시 서고 싶었다.

그렇게 다부진 마음을 다지며 집을 나서려는데 휴대폰 벨이 울렸다.

이 아침에 누구지? 혹시 또 무슨 일이……?

알 수 없는 불안감이 훅 끼쳐와 흔들리는 눈으로 핸드폰 화면을 보니 모르는 전화번호였다. 망설여졌다. 남편과 관련된 일이 아니라면 무시하고 싶었다. 그런데 날이 날인 만큼 남편과 관련된 일일지도 모른다는 생각에 통화 버튼을 눌렀다.

"아, 사모님, 안녕하세요. 저는 이정훈 선생님 제잡니다."

"예, 안녕하세요? 근데……?"

밀러드는 불안감과 어떻게 응대해야 할지 몰라 어정쩡하게 있자니 바로 대답이 날아들었다.

"아. 예. 사모님을 모시려고 지금 집 앞에 와 있습니다. 준비 다 되시면 나오십시오. 저희들이 모시겠습니다."

"예? 오늘 평일인데 출근은……?"

"아 예, 그건 걱정 마시고, 준비 다 되시면 나오세요. 기다리고 있겠습니다."

그러곤 전화를 끊어버렸다. 그 행동에 피식 웃음이 삐져나왔다. 내가 사양이라도 할까 봐 그러는 것이 분명했기 때문이었다. 그것은 바로 남편이 평소 했던, 상대에게 선의를 베풀 때 했던 행동 그대로였다.

"그렇게 자기 말만 해 놓고 끊어 버리면 어떡해요? 상대 얘기도 들어 봐야죠."

그렇게 따지면 남편은 늘 같은 논지의 말을 했었다.

"들어서 뭐 해? 됐다고, 신경 쓰지 말라고 할 건데. 그러니 저쪽이 딴소리 못 하게 끊어 버리는 게 오히려 낫지. 내가 다 준비해 놨는데 그걸 거부하진 못 할 거 아냐. 정말 필요치 않거나 사양할 맘이 있으면 다시 전화하겠지."

남편은 이렇게 상대방에게 부담을 줄여 주려고 먼저 전화를 끊곤 했었다. 그런 수법을 제자들에게도 썼었는지 제자들마저 남편과 같은 수법을 쓰고 있었다.

한 사람의 수법이 보이지 않게 전수되고 있음에 묘한 감동이 일었다.

사람은, 좋아하는 사람의 수법마저 은연중에 배우고 그 수법을 쓰는 한편 다른 이에게 감염시키는가 보았다.

그런 생각을 하고 있자니 피식 웃음이 나오고

선인장 꽃향기를 맡다

남편은 행복한 사람이란 생각이 들었다.
자신의 바이러스를 제자들에게 감염시켜 놓고
그 바이러스를 많은 사람들에게 감염시키는
그런 힘을 가진, 천생 선생이었다.

아이들과 함께 밖으로 나가니 제자들이라며 장정 예닐곱이 정중하게 인사를 했다. 그들을 보는 순간, 깜짝 놀랐다. 한 명이면 족할 일을 예닐곱씩이나 왔다는 것도 그랬지만, 인사하는 대부분이 짧은 머리에 까만색 양복을 입은 채 서 있었기 때문이었다. 그리고 집 앞에는 같은 종류의 차가 세 대씩이나 시동을 걸어 놓고 서 있었고.

"아니, 무슨 일이에요?"

내가 놀라며 묻자 상대가 쌩긋 웃으며 대답했다. 아무래도 아이들이 인사를 하자 그 답례를 하느라 그랬는지.

"어서 타십시오. 저희들이 안전하게 모시겠습니다."

언젠가 한 번 본 듯한 말쑥하게 차려입은 청년이 재촉했다. 어느 차에 타야 할지 망설이자 가운데 차 뒷문을 열어 주었다. 그러더니 요인을 경호하듯이 재빠르게 차에 올랐고 차는 바로 출발했다.

"따님들도 같이 법원으로 가는 거죠?"

차가 출발하자마자 앞좌석에 앉은 청년이 뒤를 돌아보며 물었다.

"예."

"오늘은 저희들한테 맡겨 주십시오. 저희들이 안전하게 모시겠습니다."

"왜? 무슨 일이 있나요?"

"아니, 무슨 일이 있어서라기보다 그러는 게 좋을 것 같아서요. 저쪽 움직임을 저희들도 잘 몰라서 만약의 사태를 준비하고 있는 겁니다. 그러니 안심하시고 저희들한테 맡겨 주십시오."

"저쪽이라면?"

"예, 이사장이 워낙 돌발적인 사람이라 저희들이 대비하는 겁니다. 물론 그런 일은 일어나지야 않겠지만, 선생님을 모함하고 무고할 정도면 가족에게 위해를 가할 수 있다고 생각해서요. 그래서 차도 세 대나 움직이고 있고요."

청년의 이야기를 듣고 있자니 덜컥 겁이 났다. 아무렇지도 않게, 남편의 무고를 벗길 생각만 했지 저쪽에서 어떤 위해를 가하리라곤 생각지도 못했다. 그런데 남편 제자들이, 저쪽에서 우리 가족에게까지 마수를 뻗칠지 모른다고 판단한다는 자체가 이번 일이 결코 만만한 일이 아님을 알려 주고 있었다.

하기야 남편의 무고를 증명하는 한편, 저쪽의 범법 사실을 증명하기 위해서는 얼마간의 위험을 감수해야 했다. 저쪽에서 매수했던 증인들을 설득했고, 법정에 직접 나서기를 꺼려해서 녹음까지 해 놨으니 저쪽에서 안다면 가만히 있을 리 없었다. 그들의 범죄 사실이 다 드러남은 물론 형사적인 처벌을 받을지도, 법정구속 될지도 모르는 상황이 아닌가. 그러니 저쪽에서도 죽기 살기로 덤빌 수 있었다.

이사장이란 사람은 원래가 깡패 출신이라 그럴 가능성이 충분했다. 그렇다면 법정에서의 싸움보다 법정 밖에서의 싸움이 치열할 수도 있었다. 여자의 단순함으로 그건 생각지도 못했는데, 제자들은 그것까지도 대비하고 있었다. 남자의 세계와 여자의 세계가 다름을 새삼 느껴야 했다.

"저기, 까만 양복을 입은 사람들은 누구죠?"

"아, 저놈들 제 동창들과 후밴데 선생님 제자들입니다. 학교 다닐 때 말썽깨나 피웠고 선생님한테 많이 맞았던 놈들인데 이번 일에 적극적으로 나서서 돕고 있죠. 선생님 때문에 고등학교 졸업장을 받은 놈들이죠. 모르셨습니까? 선생님 댁에도 몇 번 찾아뵀다던데요?"

"그래요? 전 처음 보는 얼굴이던데……."

"자세히 보면 어릴 때 얼굴이 있을 겁니다. 담배를 피웠다가 선생님 댁에서 밤을 새웠던 놈도 있고, 후배 폭행했다가 퇴학당할 뻔한 걸 선생님 도움으로 학교를 졸업한 놈도 있고……. 가지가집니다. 한 며칠 선생님 댁을 경계하느라 제법 고생들 했죠."

"예? 우리 집을요?"

"아, 혹시나 저쪽에서 딴짓할까 봐 저희들이 돌아가면서 선생님 댁을 경계하려고 했는데, 녀석들이 자기네가 알아서 하겠다고 하도 덤비는 통에 녀석들한테 맡겨 됐었죠. 사모님도 전혀 눈치채지 못하셨다면 경계를 아주 잘한 것 같네요."

"그럼 어젯밤에도 경계를 했나요?"

"예, 당연히 했습니다. 선생님께서 댁으로 돌아오시더라도 당분간은 계속할 예정이구요."

"그럼, 저이들 어젯밤에 잠도 못 잤을 거 아녜요?"

"아, 아닙니다. 어젯밤 당번들은 철수했고, 저 녀석들은 오늘 낮 당번이라네요."

"그렇군요."

나는 더이상 할 말이 없었다.

남자의 세계가 무서워 더이상 묻고 싶지도 않았다. 들을수록 무섭고 두려웠다. 그런데도 남편은 그들과 온몸으로 부딪치는 걸 즐기곤 했다. 깡패 두목이 아니라 깡패의 대부라 할 수 있었다. 언젠가도 그런 일이 있었다.

결혼기념일이라 모처럼 둘이 명동에서 데이트를 하고 있는데 한 청년이 뛰어오더니 안녕하십니까? 하고 구십 도로 인사를 했다. 그 인사를 신호로 주변에 있던 머리를 짧게 깎은 검은색 양복들이 일제히 안녕하십니까? 하며 인사를 하는 통에 길을 가던 사람들이 우리를 쳐다봤다. 낯설기도 했고 창피하기도 해서 남편에게 한 소리 했더니 남편이 상대에게 소리쳤다. 야, 새꺄! 이런 데서 그렇게 인사하면 어떡하냐? 애들 데리고 빨리 가! 그러자 청년이 다시 구십 도로 인사하며 물러갔다.

"당신 깡패 두목이야?"

"그럼. 제자 중에 깡패가 있으면, 그 깡패를 키운 내가 두목이지. 아니, 대부지 뭐. 저쪽에 있는 저놈들은 내가 누군지도 모르면서 자기네 두목인 줄 알고 인살 했을걸."

그러면서 남편은 소리 내어 웃었었다. 그런 경험을 가지고 있기는 했지만 이번 일은 다를 것 같았다.

"애들을 법정에 데리고 가도 괜찮을까요?"

법원이 제일 안전할 것이라 생각하면서도 걱정이 돼서 물었다.

"걱정 마십시오. 그 법원에는 선생님 제자들도 많고, 저희들도 있으니까요. 그리고 경찰도 배치되어 있으니 안전에 대해서는 걱정 안 하셔도 됩니다."

그러면서 청년은 하얗게 웃었다. 그러자 옆에서 운전을 하고 있던 청년도 함께 웃었다. 아무래도 그곳에 근무하는 놈이란 자신들의 동료를 두고 하는 말인 것 같았다. 그러고 보니 경찰이라고 자신을 소개했던 청년이 하나 있었던 것도 같다.

선인장 꽃향기를 맡다

차는 법원으로 가는 길을 놔두고 다른 길로 한참을 돌았다. 아무래도 곧장 가다 안 좋은 일이라도 생길까 봐 안전한 곳으로 돌아가는 것 같았다. 그러나 가만히 보니 반드시 그런 것 같지는 않았다. 자꾸만 시간을 확인하면서 차량의 속도를 조절하는 게 재판 시간에 맞추기 위해 일부러 먼 길을 도는 것 같기도 했다. 궁금했으나 나는 묻지 않았다. 모든 걸 그들에게 맡겼으니 그들이 하는 대로 가만히 따르기로 했다.

그렇게 한참을 돌아 법원 앞 큰길에 들어서자 한 떼의 사람들이 몰려 있었다.

처음에는 다른 일 때문에 모인 사람들인가 했다. 그러나 그들이 들고 있는 피켓이나 현수막은 분명 남편을 응원하는 내용이었다. 다른 건 잘 보이지 않았지만 '산적 쌤! 힘내세요.'란 글자가 선명하게 내 눈에 들어왔기 때문이었다.

무슨 일인가 싶어 차창 밖을 바라다보니 각양각색의 현수막과 피켓을 든 젊은이들이 서서 우리 차를 향해 소리를 지르고 있었다.

그 소리는

마치 매일 아침 나를 깨웠던,

정체를 알 수 없는 소리와 닮아 있었다.

아니, 선인장이 외치는 바로 그 소리였고,

남편이 써 놓은 글들이 소리치는 바로 그 소리였다.

그리고 그 모습을 취재하기 위해 방송국 카메라며, 카메라를 든 채 분주하게 움직이는 사람들의 모습도 눈에 띄었다.

"저건 뭡니까?"

놀라서, 떨리는 목소리로 내가 묻자 청년이 뒤를 돌아보며 대답했다.

"선생님 제자들입니다. 오늘이 스승의 날 아닙니까? 스승의 날에 제자들이 선생님을 위해서 모인 겁니다. 그리고 좀 있으면, 재판이 끝나자마자 법원 마당에서 스승의 날 행사도 할 거고요. 언론기관에 있는 제자들도 참여해야 하니, 이 기회에 스승의 날 이벤트를 기획한 것이구요. 마침 스승의 날이 휴업일이라 재학생들도 많이 모였을 겁니다."

그의 말이 없더라도 알 만했다. 남편이 다니는 학교 교복을 입은 학생들이 가도에 서서 소리를 지르고 있었고, 중간중간 아는 선생님들의 모습도 보였고, 학부모인 듯싶은 이들의 모습도 보였다. 그들은 하나의 목소리로 목청껏 소리를 지르고 있었다.

며칠간 나를 깨웠던

알아들을 수 없는 꿈속에서의 소리가 아닌,

선인장의 목마른 소리가 아닌,

글씨에서 울려 나오는 소리가 아닌,

사람이 목청껏, 사람의 소리를 지르고 있었다.

눈에 가득 고였던 눈물이 볼을 타고 흘러내렸다. 이런 시간을 위해 남편은 그동안 어둠 속에 혼자 갇혀 있었구나 싶자 눈물을 주체할 수가 없었다. 그러나 아이들은 나의 눈물보다 밖의 사정이 궁금한지 유리창 밖을 뚫어져라 쳐다보고 있었다. 그리고 아이들이 유리창 밖의 일에 관심을 보이자 앞에 앉았던 청년이 유리창을 열어 주었다. 그와 함께 사람들의 목소리가 확 달려들었다.

교권 침해 조작 모함, 방두희 이사장 물러가라!

물러가라! 물러가라! 완전히 물러가라!

우리의 영원한 스승, 산적 샘을 석방하라!
석방하라! 석방하라! 지금 당장 석방하라!

더이상의 조작 모함 우리들이 막아내자!
막아내자! 막아내자! 온몸으로 막아내자!

그렇게 구호를 외치는가 싶더니 어느 순간 노래를 부르기 시작했다. 박수까지 치면서. 율동까지 곁들이며.

산적 샘! 힘내세요, 우리가 있잖아요.
산적 샘! 힘내세요, 우리가 있어요.

그 노랫소리가 따뜻한 5월 바람과 햇살에 섞여 법원 주위를 가득 메우고 있었다.
가슴 울리는, 그 감동적인
쭈뼛 머리를 서게 하는 소리 속에
라일락 향기가
장미꽃 향기가
치자꽃 향기가 둥둥 떠다니고 있는 것 같았다.
그리고……
한 번도 맡아 본 적이 없는
선인장 꽃향기도 풍겨 오는 듯했다.

〈끝〉